처음부터 내내 좋아했어

綿矢りさ 와타야 리사 장편소설
최고은 옮김

生のみ生のままで

처음부터 내내 좋아했어

비채

일러두기

- 이 책의 지명 및 인명 등 고유명사는 국립국어원 외래어표기법에 준하여 표기하되, 일부 어휘는 예외적으로 현지 발음을 살려 적거나 의미 전달을 우선시하여 우리말 한자 음독을 살려 적었습니다.
- 본문 내 주는 옮긴이주입니다.

창백한 햇살이 살갗을 태우고, 네 눈동자까지 물들이며 낮이나 밤이나 매끄러운 빛을 내뿜는다. 조용히 숨 쉬는 살결은 숨이 턱 막힐 만큼 고와, 감히 만지지도 못하고 손가락을 다시 접는다.
네가 그랬지. 우리가 영원히 사는 건 아니라고.
나는 이렇게 답했지. 맞아, 우리가 영원히 젊지는 않겠지.
같은 이야기인 줄 알았는데 전혀 다른 의미였다는 걸 이제는 알아.
세월이 지나도 여전히 선명하게 각인된 너의 맑은 웃음소리, 은근한 시선, 허리 굴곡에 깃든 그늘.
언제쯤이면 잊을 수 있을까? 지금 이 순간이 더 추억 같아.
나는 아직 너와 보낸 짧은 한때에 사로잡혀 있어, 언제까지고.

*

삶이 지루하지는 않았다. 사회인이 되어 한 살 위의 고등학교 선배인 마루야마 소우와 사귄 지 이 년이 지났고, 스물다섯인 올해 오봉8월 15일 전후로 조상의 영혼을 기리는 일본의 명절 휴가 때는 아키타로 여행을 갈 예정이었다.

유자와 시에 있는 대형 호텔은 원래 소우의 아버지가 다니는 회사에서 소유한 콘도였다. 복지 차원에서 직원들에게 임대하곤 했는데 요즘은 호텔 경영도 불황이라 스키 시즌 외에는 거의 공실이라고 했다. "성수기에도 원하는 만큼 묵을 수 있어. 직원 할인도 되고, 바다도 가까워." 그 말에 홀딱 넘어가 함께 살고 있는 오쓰카의 맨션에서 유자와까지 약 여섯 시간의 자동차 여행을 떠났다.

나는 고속도로를 달릴 때도 창문을 여는 걸 좋아했다. 하지만 얼굴 전체에 바람을 맞을 정도로 활짝 열면 소우가 에어컨 냉기가 날아간다고 투덜거렸다. 그래서 십 센티미터 정도만 창문을 내리고, 배기가스를 머금은 거친 바람에 앞머리를 내맡겼다.

"소우는 스카이호텔에 몇 번이나 가봤어?"

"어릴 때는 자주 갔지. 여름방학이랑 겨울방학 때마다 방을 하나 잡아놓기도 했어. 특히 아버지가 스키 마니아라 겨울에는 꼭 갔고."

운전중인 소우가 뒷좌석의 나에게 들리도록 큰 소리로 말했다. 걷어 올린 하얀 티셔츠 아래로 드러난 팔뚝이 눈부셨다. 힘을 쓸 일이 없는 운전중에도 또렷하게 불거진 팔근육과 거기서부터 이어지는 각 잡힌 어깨, 다부진 목에 콕 박힌 점, 짧게 자른 까맣고 빳빳한 머리카락까지. 뒤에서 보는 내 눈에는 전부 흡족했다.

"여름에는 바다에서 놀 수도 있다며. 인기 많을 것 같은데 왜 손님이 끊긴 거지? 많이들 찾아올 것 같은데."

"있잖아, 바다 말인데……."

소우는 일단 말을 끊더니 겸연쩍게 말했다.

"오션뷰 같은 거 기대하는 건 아니지?"

"거기까지는 안 바라. 방에서 보일 정도로 바다가 가까운 건 아니잖아. 호텔 홈페이지에도 방에서 산이 보인다는 말밖에 없었고. 그래도 차로 한 시간 거리에 닛소 마리나라는 해수욕장이 있다면서. 거기 가면 되지."

"아니, 그건 호텔에서 좀 과장한 거야. 거긴 애초에 스키장 이용객을 노리고 지은 곳이라 산 중턱에 있어. 그래서 경치는 좋아. '스카이호텔'이라고 이름 붙였을 정도니까. 하늘과 산 경치는 끝내줘. 근데 바다는 산에서 차를 타고 내려가야 나오는데, 산길이 험해서 마주 오는 차가 못 지나갈 정도로 좁거든. 안개도 잦은 편이고 밤에는 아무것도 안 보일 정도로 컴컴해. 버스도 안 다니고. 어릴 때 한번 가족끼리 해변으로 나갔던 적이 있는데, 그날 아버지 운전하는 거 보고 죽는 줄 알았어. 커브도 엄청 많거든. 물론 내 운전 실력이면 문제없이 내려갈 수 있지만 날마다 나가긴 어려울지도 몰라. 특히 전날 술이라도 마셨으면 십중팔구 토할걸."

"진짜? 그럼 사 박 오 일 동안 대체 뭐 하고 놀라고?"

"온천이나 테니스…… 아, 탁구장도 있고. 어렸을 땐 가족끼리 방에서 카드놀이 했어."

"우리 둘이서 무슨 재미로 카드놀이를 해? 그래, 아무튼 사람들이 왜 안 오는지는 알겠네."

한숨을 내쉬며 뒷좌석에 머리를 기댔다. 기껏 랄프로렌의 검은 원피스 수영복을 장만했는데, 이번 여름에는 한 번밖에 못 입을지도 모르겠다. 대세인 비키니 수영복 속에서 원피스 타입을 며칠이나 열심히 찾은 끝에 겨우겨우 맘에 드는 걸 골랐는데.

"그럼 수영장이라도 가자. 명색이 리조트 호텔인데 풀은 있지?"

"야외하고 실내에 크게 있긴 한데 손님이 없어서 그런지 내가 중학생 때부터는 물을 안 채워놓더라고."

"그게 뭐야. 장사할 생각이 있는 거야?"

"경영이 어렵다는데 어쩌겠어."

옆의 추월차선을 달리던 가벼운 차체의 미니밴이 브레이크가 들지 않아 미끄러지기라도 한다는 듯 엄청난 속도로 우리 차를 추월했다. 창문에서 불어닥친 바람에 무의식적으로 눈을 감았다.

"간 떨어지는 줄 알았네! 저 차 너무 밟는 거 아냐!"

소우는 어깨를 으쓱했을 뿐 투덜거리지도, 덩달아 속도를 올리지도 않았다.

"저렇게 급하게 어딜 간대?"

"일하는 데 지각하게 생긴 거 아냐? 영업차 같은데."

소우야 워낙 체격이 다부지니 도로 위에서만이 아니라 일상생활에서도 슬쩍 눈을 흘리기만 해도 아마도 대부분의 경우에는 무난히 지나갈 수 있을 텐데, 늘 "위험한 곳에는 일단 가까이 가지 않는 게 중요해. 피치 못할 경우에는 가급적 도망가거나 온건하게 해결하는 게 좋아"라고 조언할 정도로 쓸데없는 다툼에 휘말리는 걸 철저하게 피해왔다. 하지만 정말 피치 못할 상황에는 소우만큼 든든한 사람이 없다는 걸, 지금까지 그와 보낸 시간을 통해 실감하고 있었다. 그런 점도 사랑스러웠다.

레몬 사탕의 포장을 뜯어 얼굴 옆에 갖다 대자 소우는 혀를 내밀어 사탕을 받아 물고, 맛있게 입안에서 굴렸다.

서로 다른 사람과 사귈 때에도 그는 여전히 고등학교 시절 동경하던 선배로 가슴속에 자리하고 있었다. 대학 졸업 후 오랜만에 참석한 고등학교 농구부 술자리에서 소우가 2차, 3차까지 내 옆에 계속 앉았을 때 얼마나 기뻤는지.

2차로 갔던 술집, 취한 소우는 맥주잔을 들고 벽에 기댄 채로 남자친구가 있냐고 장난스레 물었다. 최근에 헤어졌다고 답하자 자기도 그렇다고 했다. 술기운이 돌았는지 얼굴에서 목까지 벌게져 있었는데, 나중에 이야기를 들어보니 그때 하나도 안 취했었다고 하는 게 아닌가. 3차로 간 재즈 카페의 이층 테라스 좌석에서 그는 오른손으로 내 손을 잡더니, 반대편 손으로 코로나를 병째 들고 마셨다.

재즈 연주에 섞인 이야기 소리, 먼지 쌓인 실외기가 돌아가는 소리, 사 차선 도로를 달리는 바깥의 자동차 소리가 귀를 뒤덮어 대화는 거의 나누지 못했지만 뼈가 불거진 소우의 손이 이따금 힘주어 내 손을 잡을 때마다 나는 어떤 말을 들은 것보다 더 깊이 사랑에 빠져들었다. 같은 테이블에서 상기된 얼굴로 큰 소리로 웃고 떠드는 옛 친구들은 표정도, 관계도 예전 그대로라 그 시절에는 말 한마디 건네지 못하고 멀리서 훔쳐볼 뿐이었던 마루야마 선배와 손을 잡고 있다는 사실이 꿈만 같고 믿어지지 않았다.

산길을 따라 한참을 올라가서야 눈앞에 나타난 호텔은 상상보다 거대했다. 울창한 숲에 에워싸인 채 우뚝 솟은 간소한 외관의 십층짜리 건물은 원래는 흰색이었던 것 같지만 지금은 때가 묻어 다소 칙칙한 느낌을 주었다. 소우는 겨울이면 체크인한 직후 눈이 가득 쌓인 호텔 뒤 스키장에서 곧바로 스키를 즐길 수 있는 게 이 호텔의 매력이라고 설명했다. 다만 공교롭게도 지금은 여름이라 머릿속으로 산을 한가득 물들인 하얀 세상을 상상해볼 따름이었다. 주차장도 도시에서는 찾아볼 수 없을 만큼 널찍했지만 주차된 차량은 얼마 없었다.

손님이라고는 없는 천장이 높다란 로비에서 체크인을 마치고 육층 객실로 올라가자 듣던 대로 빼어난 경치가 눈앞에 펼쳐졌다. 옅은 구름이 흘러가는 파란 하늘과 계곡이 한눈에 들어왔다. 객실은 호텔이라기보다는 넓은 맨션 같았다. 화장실, 욕실, 부엌, 거실, 침실, 다다미방까지 있었다. 소우가 어릴 적에 오픈했다니 벌써 이십 년은 더 지난 셈이라 어쩔 수 없이 벽은 누렇게 변색되었고 인테리어도 옛날 느낌이 물씬 났지만 워낙 넓어서 실내에 오래 있어도 답답하지 않을 것 같았다.

우리는 오래돼서 주름이 진 커다란 자줏빛 가죽 소파에 누워 잠깐 눈을 붙인 뒤 유카타목욕한 뒤 또는 여름철에 입는 무명 홑옷로 갈아입고 온천으로 내려갔다. 복도 창문 너머로 해 질 녘 어둠에 서서히 가라앉는 나무들이 위엄을 더해갔다. 에너지 절약 차원에서인지 길게 뻗은 복도에는 빛이 얼마 없어 어스름했는데 지하로 내려가자 더욱 어두웠다. 자판기 불빛만 보여도 마음이 놓일 것 같은 캄캄한 복도를 소우에게 달라붙어 걸어가고 있는데 별안간 앞쪽으로 사람 윤곽이 어렴풋이 보였다.

"저거 뭐야? 밀랍 인형 같은 건 아닐 테고, 손님인가? 그런데 왜 저런 데 앉아 있어, 사람 무섭게."

소우에게 속삭였지만 그는 말없이 걸음을 옮겼다. 팔을 꼭 잡은 채 끌려가듯 걸어가다 보니 실루엣의 정체가 드러났다. 폴로셔츠에 빨간 완장을 찬 통통한 중년 남성이었다.

"온천은 이쪽입니다. 들어가시죠."

웃는 얼굴로 복도 안쪽을 가리키는 남성을 향해 꾸벅 인사한 후 그를 지나쳤다.

"저 직원분은 왜 저기 앉아 있는 거지? 안내 표지판 보면 저쪽에 온천이 있다는 건 다들 알 텐데."

"글쎄, 퇴직 후에 재취업했나보지."

소우의 아버지가 다니는 회사는 유명한 대기업이었다. 회사에 밉보여서 좌천된 게 아니어야 할 텐데. 소우는 별생각 없는지 7시에 휴게실에서 만나자고 했다. 온천을 즐기고 나와 텅텅 빈 넓은 연회장에서 정식을 먹을 때도, 레스토랑에서 뷔페식 조식을 먹을 때도, 이런 데 사람이 필요한가 싶을 정도로 알 수 없는 곳에서 안내 직원이 출몰했다. 모두 중장년에 퍽 한가해 보여서 그들의 고용 형태가 궁금해졌다. 처음에는 좌천인 줄 알았는데, 모두 신수가 훤한 걸 보면 소우 말대로 퇴직 후 재취업해서 자연 속에서 유유자적하게 시간을 보내고 있는 건지도 모른다. 모든 룸을 객실로 전환한 지 오래였지만 로비에 유카타 차림의 직원 단체 사진이 연대별로 걸려 있고, 탁구장 라켓에 히라가나로 누군가의 이름이 적혀 있는 등 곳곳마다 직원 복지에 활용되던 시절의 흔적이 남아 있었다. 직원 휴양소라는 것과 무관하게 살아온 내 눈에는 공과 사가 뒤섞인 신기한 공간이었다.

이튿날에는 소우가 운전하는 차를 타고 생과 사가 교차하는 산길을 지나 바다에 도착한 뒤, 수많은 해수욕객들에 섞여 물놀이를 하고 놀다 3시 반에 다시 호텔로 돌아왔다. 주차장에 어제까지 없던 차가 몇 대쯤 주차되어 있었고, 로비에는 몇몇 그룹이 줄을 서 있었다. 주말여행을 온 손님들이 체크인하려고 기다리는 거겠지. 북적거리는 호텔 분위기에 다소 마음이 놓였다. 명색이 리조트 호텔인데 그래도 어느 정도 사람이 있어야 기분이 들뜨지 않겠는가. 지나가다 사람을 마주친 적이 별로 없어 숙박객이 얼마 없는가 했는데, 막상 조식 뷔페에 갔더니 생각보다 사람이 꽤 많아 놀랐다. 호텔이 워낙 넓어서 손님이 없다고 멋대로 착각했던 모양이다.

로비 소파에 앉아 차멀미로 금방이라도 뒤집어질 것 같은 속을 달래고 있을 때였다. 소우가 갑작스레 카운터 쪽으로 달려가 체크인 차례를 기다리던 한 남자에게 말을 걸었다. 일행으로 보이는 여자와 같이 있던 그 남자는 친근하게 말을 걸어온 소우를 금방 알아본 듯 환한 미소를 지었다. 스타일 좋은 세련된 커플이었는데, 가족 단위 손님이 많은 이 호텔에서 아까부터 은근히 눈이 가던 사람들이었다.

거리가 멀어서 무슨 이야기를 하는지는 들리지 않았지만 소우와 남자는 즐겁게 웃으며 서로의 어깨를 치고 있었다. 같이 있는 여자는 아는 사이가 아닌지 꿈쩍도 않고 선글라스 너머로 두 사람을 바라보고 있었다. 인사를 하려고 자리에서 일어나는데 소우가 이쪽으로 오라며 손짓했다.

"아이, 우연히 반가운 옛 친구를 만났어. 나카니시 다쿠마, 초등학생 때 방학마다 이 호텔에서 같이 놀던 녀석이야."

"소꿉친구?"

얼굴 윤곽에 잘 어울리는 검은 프레임의 안경을 낀 다쿠마는 온화한 미소를 지으며 고개를 끄덕였다.

"그런 셈이죠. 아버지끼리 친해서 이 호텔이 직원 휴양소이던 중학생 때까지 일 년에 한 번은 꼭 보던 사이예요."

"다쿠마, 정말 오랜만이다. 그때보다 키가 훨씬 컸지만 분위기는 하나도 안 바뀌었네. 한눈에 넌 줄 알았어."

"나도 너가 다가왔을 때 바로 알아봤어. 큰 걸음으로 성큼성큼 걷는 게 어릴 적 그대로라! 산길을 운전해서 오는데 호텔 생각이 나면서 네 생각도 나더라고. 소우는 지금 어떻게 지낼까 했는데 설마 실제로 만날 줄이야."

"이런 우연이 다 있네. 역시 다쿠마도 이맘때면 저절로 여기 생각이 나는구나."

"맞아, 각인 효과 같은 건가봐. 여름, 겨울마다 유자와 휴양소에 가야 되는데, 하는 생각이 든다니까."

"이젠 스카이호텔 유자와지, 세월 참 빨라."

짙은 쌍꺼풀과 도톰한 애교살이 인상적인 다쿠마는 피부가 나보다 희었고 어깨도 떡 벌어지고 키도 훤칠한 데다 손도 컸다. 파마를 했는지 컬이 살짝 들어간 헤어스타일도 잘 어울렸다. 한눈에 봐도 여자들에게 인기가 많을 것 같았다.

소우의 그늘에 살짝 숨어 조신한 미소를 지으며 인사를 건넸다.

"소우 여자친구 난리 아이예요. 저희는 사흘 더 있을 건데 괜찮으시면 같이 놀아요."

"감사합니다. 저희도 사흘 묵을 예정인데 잘 부탁드립니다."

다쿠마는 인상 좋은 산뜻한 사람이었지만 같이 온 여자는 살짝 고개를 까닥했을 뿐 여전히 선글라스를 끼고 있었다. 선이 고운 분홍색 입술에는 으레 짓는 억지웃음조차 보이지 않았다. 못 본 척 웃는 낯으로 시선을 돌려 다시 다쿠마를 보았다. 그의 표정도 약간 굳어 있었다. 긴장 섞인 분위기를 혼자만 알아채지 못한 소우가 "다쿠마 여자친구야? 잘 부탁해요! 마루야마 소우입니다. 이따가 우리 방에서 같이 마실래요? 술을 차에 가득 실어서 산더미만큼 가져왔거든요!" 하고 넉살 좋게 인사를 건네도 여자는 고개를 살짝 갸웃할 뿐 이름도 말하지 않았다. 소우가 딱히 개의치 않는 얼굴로 다시 다쿠마와 대화를 나누기 시작하자 여자가 나를 보았다. 머리부터 발끝까지 구석구석 훑어보는 게 미세한 턱의 움직임을 통해 선글라스 너머로도 전해졌다. 빤한 시선이 쏟아지는데도 선글라스가 가리고 있어 내 쪽에선 상대의 눈이 어디로 움직이는지 파악할 수 없었다. 일방적인 시선을 받고 있으려니 내심 불편했다.

"나중에 방에서 천천히 이야기 나누자. 소우, 휴대전화 번호 안 바뀌었지? 이따가 연락할게."

일행의 눈치를 보는 기색이 역력한 다쿠마는 서둘러 그렇게 말하더니 여자의 어깨를 살며시 안고 다시 체크인 줄로 돌아갔다. 우리도 손을 흔들며 자리를 떴다. 엘리베이터를 기다리는 동안 살짝 돌아보자 그는 '피곤한데 서서 이야기하게 해서 미안해' 하고 사과라도 하듯 옆에 있는 여자에게 계속 말을 걸고 있었다.

"같이 놀자는 소리 괜히 했나?"

방으로 올라가는 중에 소우에게 속삭이듯 말했다.

"왜? 좋아하던데."

"소우 친구는 그랬지. 근데 같이 있던 여자는 딱 봐도 싫어하던데? 한마디도 안 했잖아. 원래 성격이 그렇다기에는 지나치게 무뚝뚝했어.”

“갑자기 말을 걸어서 놀란 거 아닐까? 걱정 마, 싫으면 뭐라도 이유를 만들어서 거절하거나 연락 안 하겠지. 그쪽에서 알아서 할 거야. 그리고 다쿠마는 원체 착하고 순한 애라 애초에 아주 이상한 여자랑은 사귀지도 않을 거야.”

“모르는 소리. 성격 좋은 사람일수록 이상한 여자한테 잘못 걸리는 법이야.”

먼저 말을 꺼내놓고 이렇게 말하긴 그렇지만 불편한 분위기에 있을 바에야 같이 놀고 싶지 않다는 게 솔직한 심정이었다. 선글라스 낀 모습은 위압감이 대단했고, 남자들끼리는 옛날부터 친구니까 재미있을지 모르겠지만 나로서는 초면인 사람과 무슨 대화를 나눠야 할지 짐작조차 가지 않았다. 계속 눈치를 볼 바에야 소우와 둘만 있는 게 더 나았다. 아까 나눈 대화가 빈말로 끝나기를 빌었다.

낯을 가리는 편은 아니라 대부분의 여자들과는 초면에도 잘 지냈다. 하지만 그 여자는 까다로운 타입 같았다. 자리에 있는 모두가 자신을 떠받들어주지 않으면 심사가 뒤틀리는 캐릭터로, 칭찬 세례를 퍼붓지 않으면 대화가 성립되지 않는 타입일지도 모른다. 미인 중에 그런 사람이 많다고 하던데. 자존심도 세 보이는 게, 애초에 남자친구 아닌 다른 사람들과 같이 어울리는 걸 꺼리는 타입일 수도 있다.
그렇게 생각하고 있었는데 밤에 다쿠마에게서 연락이 왔고, 두 사람이 우리 방으로 찾아왔다.

나와 소우는 온천에 들어갔다 나온 뒤라 유카타 차림이었고, 두 사람은 로비에서 만났을 때와 같은 차림새였지만 여자는 선글라스를 끼지 않은 모습이었다.

드러난 얼굴을 보니 아까 전의 고압적인 태도도 어느 정도 이해가 됐다. 여자는 내가 지금까지 본 사람 중에 가장 미인이었다. 고양이 같은 커다란 눈매에 짙고 긴 속눈썹, 입꼬리가 살짝 올라간 입매. 청순한 생김새였지만 아치형 눈썹과 야심이 느껴지는 강렬한 눈빛에서 숨길 수 없는 투지가 엿보였다. 예쁘다고 방심하고 있다가는 허를 찔러 공중차기를 할 것 같은 기백이 숨어 있달까.

나는 생글거리며 들어오라고 말했지만 그와 대조적으로 가슴은 술렁거렸다. 두 사람이 먼저 손을 씻겠다며 세면실로 들어가자 소우도 넋이 나간 얼굴로 속삭였다.

"다쿠마 여자친구, 엄청난 미인이네. 그런데 어디서 본 것 같은 얼굴이야."

같은 생각이었다. 분명 기억에 있는 얼굴이다. 이름은 기억나지 않지만 텔레비전에서 본 적이 있었다. 그렇다면 유명인이라는 건데. 평소 같으면 신이 났을 상황이지만 상대가 만만치 않은 성격이라면 좋아할 일만은 아니다. 스트레스 가득한 직장에서 해방되어 잠깐의 휴식을 누리고 있는데 다시 신경을 써야 할 상황이 기다리고 있을 줄이야.

다쿠마와 여자친구가 손을 씻고 나왔다.

"미안해, 아까 저녁때 단새우가 나왔는데 껍질 벗기다 보니 손이 끈적거려서. 이쪽은 내 여자친구 쇼다 사이카. 아까 로비에서 소개 못 해서 미안해."

"사이카! 역시 그랬구나. 잡지 표지에서 봤어. 요새는 드라마에서도 봤고. 고등학생 역이었지? 무슨 드라마인지는 잊어버렸네."

"소우, 실례잖아."

소우의 소맷자락을 잡아끌었다. 자존심 센 사람은 어디에서 발끈할지 모른다.

"쇼다 사이카예요. 아까는 제대로 인사도 못 드려 죄송합니다."

뜻밖에도 그는 고개를 꾸벅 숙이며 자기소개를 했다. 상식이 없는 건 아닌가보다 싶어 내심 안도했다.

"맞아, 사이카는 연예인이야. 작년까지는 둘이서 다녀도 아무 문제 없었는데 드라마에 출연하고부터는 남들 시선이 꽤 느껴져서 조심해야겠더라고. 몰래 사귀고 있거든."

"그럼 비밀 여행?"

"응, 둘이서 어디 나온 것 자체가 정말 오랜만이야."

다쿠마는 얼굴 한가득 환한 미소를 지었다. 그 표정을 보니 그가 이번 여행을 얼마나 기대했는지 알 것 같았다. 매력적인 미소였다.

웃으니까 애교살이 더욱 진해져 서글서글해 보였고 커다란 눈은 더욱 다정한 빛을 띠었다. 사이카와 나란히 있어도 결코 뒤지지 않는 외모였다.

“사이카네 집에 기자가 진을 치고 있을지도 몰라서 오늘도 같이 출발 못 하고 고속도로 인터체인지 근처에서 만나서 왔어. 혹시라도 누가 볼까봐 아까는 로비에서 제대로 인사도 못 했다. 미안. 몰래 왔는데 체크인하자마자 들키면 그길로 다시 돌아가야 하니까.”

“당연히 안 들키는 게 제일 중요하지. 나머지 얘기는 앉아서 마시면서 천천히 하자.”

우리는 거실 소파에 앉아 각자 좋아하는 종류의 술로 건배를 했다. 긴장되는 마음에 곁에 있던 쿠션을 껴안았다.

“다쿠마 너도 연예계 쪽에서 일해? 둘이 어떻게 만나게 된 거야?”

“아니, 난 안과에서 일해. 병설 콘택트렌즈 매장에서 접객도 하는데 이 년 전에 사이카가 콘택트렌즈를 맞추러 왔을 때 만났어. 그때 사이카는 연습생이었어서 당연히 누군지도 몰랐고. 사귀고 나서야 연예계 쪽인 걸 알았지.”

“콘택트렌즈를 팔면서 다쿠마 씨는 안경을 썼네요.”

내 말에 사이카의 시선이 화살처럼 날아와 얼굴에 꽂혔다. 성이 아니라 이름으로 부른 건 단순히 성을 까먹었기 때문이었지만 아무래도 심기를 건드린 것 같았다.

"도수 없는 안경이에요. 저도 콘택트렌즈 끼는데 변장해보려고 꼈어요. 안 어울리죠?"

"아뇨, 잘 어울려요. 그나저나 안과에서 만나 사귀기까지 하다니, 웬만한 인연이 아니면 어려운 일 아닌가? 서로 운명처럼 끌렸나봐요. 정말 잘 어울리는 한 쌍이에요! 두 분이 사귀는 건 저도, 소우도 절대 함구할 테니까 걱정 마세요!"

그는 웃는 얼굴로 고맙다고 대꾸했지만 사이카는 힐끗 냉담한 시선을 보낼 뿐 별다른 반응을 보이지 않았다.

사이카가 이런 성격만 아니었다면, 연예인이랑 술 마신다고 한창 들떴을 텐데.

안주를 가져온다는 구실로 부엌으로 도망쳐 깊은 한숨을 내쉬었다. 사이카가 고등학생 역할로 나오는 드라마를 소우와 함께 언뜻 본 적이 있다. 싱그러운 미소에 활기차고 귀여운 그 배우와 지금 눈앞에 있는 여자는 하늘과 땅만큼 달라서 도저히 같은 사람 같지 않았다. 연기력이 뛰어나다기보다는 엄청난 내숭에 속았을 뿐이라는 생각이 들었다.

맥주, 와인, 사케, 위스키, 추하이소주에 약간의 탄산과 과즙을 넣은 일본의 주류 음료. 술판이 벌어졌다. 이야기를 나누다 사이카가 나와 같은 스물다섯 살이고, 다쿠마는 그보다 한 살 많다는 사실을 알았다. 산속에 있는 호텔이라 술집도 쉬이 못 가고, 매점 물건들은 시가보다 비싼 걸

고려해 너무 많다 싶을 정도로 가져온 술이었는데, 그러길 잘했다 싶었다. 비가 와서 할 일이 없을 때를 대비해 챙겨온 거라 둘이서는 절대로 다 못 마실 정도의 양이었지만 넷이라 다 마실 수 있을 것 같았다. 소우도, 다쿠마도 마시는 속도가 빨라서 나는 술을 따르느라 분주했다. 그들은 열띤 어조로 어린 시절 추억담을 나눴고, 가족의 안부를 묻는 등 진심으로 재회를 기뻐했다. 두 사람의 대화에 고개를 끄덕이며 술에 얼음과 물을 타고 접시에 안주를 담고 있는데 내 얼굴로 쏟아지는 사이카의 은근한 시선이 느껴졌다.

소우와 다쿠마가 바람 좀 쐬겠다고 베란다로 나갔을 때도 사이카는 여전히 스파클링 와인을 한 손에 든 채 나를 가만히 바라보고 있었다. 아까부터 끊임없이 쏟아지는 시선을 더는 무시할 수 없어 그와 정면에서 눈을 맞췄다.

"우리 어디서 만난 적 있나요?"

정중하지만 약간 가시 돋친 내 말에 사이카가 시선을 돌렸다. 그는 잔을 기울여 와인을 한 모금 마셨다.

"없을걸. 적어도 내 기억에는 그래."

나도 마찬가지거든!

충분히 생각하지 않고 질문을 던진 탓에 텔레비전에서 본 걸 다른 데서 만난 적 있다고 착각하는 사람처럼 되어버려 억울했다.

"아까부터 봤는데, 굳이 술을 따라줄 필요가 있어? 다들 비슷한 또래인데."

가볍게 던진 그 한마디에 소우가 마실 위스키에 소다를 섞고 있던 나는 부끄러워 고개를 들 수가 없었다. 소우에게 잘 보이기 위해 어쩔 줄 모르는 모습을 꿰뚫어 본 것이다. 그에게 잘 보이고 싶어서 마실 것과 안주에 신경을 쓴고, 대화중에도 나서지 않고 얌전하게 미소 짓던, 원래 성격과는 다른 모습을. 하이볼 잔을 테이블에 내려놓고 고개를 숙이고 있는데 사이카가 내 잔에 추하이를 따랐다.

소우와 다쿠마가 돌아온 뒤부터 술자리가 끝날 때까지 나와 사이카는 한마디도 나누지 않은 채 남자들의 대화를 듣고 웃거나 이따금 반응하기만 했다.

다쿠마와 사이카가 방으로 돌아가자 묵직한 피로가 온몸을 덮치는 게 느껴져 소파에 쓰러지듯 누웠다. 꽤 마셨는데도 긴장 때문인지 속이 울렁거릴 뿐 정신은 멀쩡했다.

"아, 피곤해. 쇼다 사이카, 저런 스타일이었구나. 평범하게 만났으면 절대로 친구 하기 싫은 타입이야. 동갑 맞나 싶을 정도로 고압적이고."

"그래? 난 별생각 안 들던데. 말수가 적긴 해도 괜찮은 애 같던데? 술도 세서 계속 마시면서 재밌어하는 것 같았고. 네가 좀 예민하게 받아들인 거 아냐?"

"그래? 보통은 초면인 여자끼리 만나면 서먹한 분위기 없어질 때까지 이런저런 잡담 같은 거 나누거든. 그런데 걔는 날 빤히 쳐다보질 않나, 견제하질 않나."

"하긴 계속 보긴 하더라. 관심이 있어서 그런 거 아냐? 요령이 없는 성격인 거야. 좀 어둡다고 할까, 그늘이 느껴지긴 했어."

그 오만불손한 태도를 어둡다고 표현하다니, 남자란 역시 미인에게는 관대하다. 말다툼을 하고 싶지 않아서 더 반박하지는 않았지만 나는 사이카를 그런 식으로 받아들일 수 없었다. 소우를 대하는 태도는 평범했지만 나를 대할 때는 꽤 무례했다. 내가 다쿠마에게 관심 있다고 생각한 걸까. 아니면 같은 자리에 있는 동성은 일단 견제하고 보는 스타일인 걸까.

"다쿠마도 생각 잘했네. 여기는 도쿄에서 먼 데다 사람도 적고, 산속에 있으니까 밀회하기에는 둘도 없는 장소지."

"맞아, 익숙한 장소니까 편하기도 할 테고. 그 커플, 좀 의외지만 잘 어울렸어. 성격은 정반대인 것 같은데 호흡이 잘 맞는다고 할까."

"다쿠마가 착해서 꽉 잡혀 지낼지도 몰라."

"그럴 것 같아! 아주 푹 빠진 것 같던데, 그걸 이용해서 제멋대로 부려먹을 것 같은 느낌!"

우리는 그들의 사생활을 상상하며 웃었다.

"오늘은 고마워. 아까 술 마실 때 네가 이것저것 챙겨주니까 기가 살더라고. 오이랑 생햄 말아서 만든 안주 맛있었어. 여행 와서도 그런 걸 뚝딱 만들다니 멋진걸?"

소우의 칭찬에 아까 전 사이카의 말이 떠올라 쓴웃음을 지었다.

소우와는 이 년 정도 만났다. 그중 일 년은 같이 살기도 했지만 동경하던 기간이 너무 길어서인지 소우 앞에선 진솔한 모습을 보이는 게 어려웠다. 무의식적으로 그가 좋아하는 타입의 여성을 연기하고 만다. 소우도 알아채지 못한 건 아닐 것이다. 고등학교 때의 모습을 똑똑히 기억하는 그는 옛날과 성격이 많이 달라졌다며 나를 놀리기도 했다. 내가 돌변해서 원래 성격대로 굴어도 애정이 식거나 불만을 가질 사람이 아니라는 건 잘 알지만 혹시라도 나를 싫어하게 될까 두려웠다.

"아무리 얼굴이 예뻐도 사이카 씨처럼 무뚝뚝하고 상전처럼 앉아 있는 여자보다는 아이처럼 잘 웃고 주변을 배려할 줄 아는 여자가 좋더라."

다정한 소우가 나를 생각해서 해주는 말인 걸 알았지만 왠지 평소처럼 웃을 수가 없었다. 술기운에 젖은 그의 묵직하고 뜨거운 손이 나를 향해 다가왔다.

술자리가 끝나갈 무렵에 같이 바다에 놀러 가자는 이야기를 했던지라 이튿날 아침 일찍 다쿠마와 사이카 커플은 다시 우리 방을 찾아왔다. 어젯밤에 방으로 돌아간 뒤, 분명 사이카가 다쿠마에게 내

일은 둘이 있자고 했을 거라 생각했기에 둘의 방문은 뜻밖이었다. 별다른 준비 없이 자고 있던 우리는 황급히 타월과 선크림을 챙겨서 비치백에 넣었다. 욕실에 널어두었던 수영복이 덜 마르기는 했지만 한 벌뿐이라 이틀 연속으로 가지고 갈 수밖에 없었다.

다 같이 조식 뷔페에서 아침을 먹고 바다로 출발했다. 소우와 나는 일어난 지 얼마 되지 않은 데다 숙취로 정신이 몽롱해 멀쩡한 다쿠마에게 운전대를 맡겼다. 사이카가 조수석에 앉을 줄 알았는데 소우가 조수석에 앉고 사이카는 뒷좌석에 나와 나란히 앉았다.

이게 무슨 구도인가 싶었지만 사이카가 제일 먼저 뒷좌석에 앉는 바람에 어쩔 수 없었다. 내가 다쿠마 옆 조수석에 앉으면 그림이 더 이상해지니까. 물론 브레이크를 밟았을 때 조수석보다 뒷좌석이 부담이 덜해서 나도 뒷좌석을 더 선호했지만 보통 이런 상황에서는 커플끼리 앉지 않나?

도중에 주유소에 들러 기름을 넣는 동안 소우와 다쿠마가 화장실에 다녀온다며 차에서 내려버렸고, 좁은 차 안에는 사이카와 나만 남았다. 또 사이카와 단둘이 남겨지다니……. 이따가 바다에서 같이 놀아야 한다는 사실을 떠올리며 억지웃음을 지은 채 최대한 밝은 톤으로 말을 걸었다.

"사이카 씨는 바다에 자주 가세요? 아, 유명인이라 남들 시선 때문에 못 가겠구나. 관광 가이드북에서 봤는데 지금 가는 도가타 해수욕장은 규모도 작고 교통편도 불편해서 사람이 거의 안 오는 숨겨진 명소라니까 걱정 마세요. 어제 갔던 닛쇼 마리나 해수욕장은 호텔에서 가까워서 좋긴 했는데 사람이 많았거든요. 사이카 씨는 도가타 해수욕장이 편할 거예요."

"어색하다고 억지로 말 안 걸어도 돼. 괜히 더 피곤해지잖아."

네, 그러십니까. 지당하신 말씀입니다. 여행만 끝나면 다시는 안 볼 사이이니 원하시는 대로 입 다물고 있겠습니다. 그리고, 애초에 동갑인데 나는 존댓말, 그쪽은 반말. 내가 일반인이라고 무시하는 거야?

홱 고개를 돌리자 창문을 닦던 주유소 직원과 정면으로 시선이 부딪혔지만 그쪽이 몇 배는 더 쾌적한 풍경이었다.

도가타 해수욕장은 역에서 상당히 떨어진 곳에 자리하고 있었다. 차가 없으면 접근하기 힘든 위치라 사람이 얼마 없어서 우리는 거의 전세 낸 것처럼 바다를 즐길 수 있었다. 사이카의 수영복도 검은색이었다. 내심 낭패라 생각했지만 사이카 쪽은 비키니라 완전히 겹치지 않으니 그나마 다행이라 생각하기로 했다. 바다에서는 커플끼리 놀았다. 소우랑 같이 물안경을 끼고 바위까지 헤엄쳐 가 바위 그늘에 숨은 물고기를 구경하며 간신히 자유로운 기분을 만끽했다.

헤엄치는 것도 무척 지치는 일이라 나는 바위를 잡고 해변으로 돌아가는 소우의 듬직한 어깨에 팔을 두르고 빨판상어처럼 그의 등에 착 달라붙어 있었다. 턱 아래로 찰싹찰싹 물결이 치는 차가운 바닷속, 해수면 위로 노출된 그의 어깨에서 느껴지는 체온과 내 숨소리만이 뜨거웠다. 살짝 벌린 입술 틈으로 이따금 들어오는 바닷물에선 조금 짭짤한 맛이 났다. 눈앞에는 윗부분이 뾰족한 소우의 독특한 귀가 동물이 귀를 기울일 때처럼 쫑긋 서 있었다. 고등학교 때 같은 농구부 친구가 짧은 머리에 귀가 옆으로 튀어나온 소우를 보고 꼭 캥거루 같다고 했던 적이 있다. 하지만 나는 그 귀가 대담하고 남자다운 그의 매력을 더욱 돋보이게 해주는 것 같아 좋았다. 똑바로 앞을 보며 파도를 가르는 모습과 날카로운 선을 그리는 두 뺨, 속쌍꺼풀 아래 커다란 검은 눈동자도 늠름했다.

남들 시선을 신경 쓰지 않고 사이카와 함께 시간을 보낼 수 있는 게 어지간히 좋은지 다쿠마는 시종일관 웃는 낯으로 사이카의 손을 잡고 바다에 들어갔다 나왔다 했다. 파도 사이에 숨어 키스를 하는 등 적극적이었다. 소우가 손가락으로 휘파람을 불며 두 사람을 놀려댔다. 수영복 차림의 사이카는 놀랄 만큼 마른 데다 다리도 길었는데 유일하게 가슴만 풍만했다. 손을 댄 건지, 아니면 애초에 그 정도 몸매가 아니면 연예인이라는 직업은 엄두도 못 내는지, 나로서는 도무지 가늠할 수 없었다.

물놀이에 지친 우리는 가져온 파라솔 아래 앉아 오는 길에 편의점에서 사 온 음식으로 점심을 먹었다. 샌드위치와 컵라면, 콜라 등 빈말로도 호화롭다 할 수 없는 차림이었지만 비치타월을 두른 채 바다를 바라보며 보온병에 담아온 더운물로 익혀 먹는 컵라면은 소박하지만 맛있었다. 플라스틱 포크로 먹은 칠리맛 컵라면은 뜨겁고 매웠지만 면이 꼬들꼬들하고, 꽃게 진액이 들어서 감칠맛이 났다.

일기예보에서는 저녁에나 비가 내릴 거라고 했는데 날씨가 갑자기 수상해지더니 짙은 먹구름이 바다 위를 뒤덮었다. 곧이어 얇은 빗줄기가 똑똑 떨어졌고, 우리는 돗자리와 파라솔을 정리해 차로 돌아왔다. 이번에는 소우가 운전대를 잡고 출발했지만 커다란 빗방울이 앞유리창을 때리기 시작하며 분주하게 움직이는 와이퍼를 괴롭혔다.

"꽤 많이 내리네. 산길 괜찮을까?"

도가타는 어제 갔던 닛소 마리나보다 멀어서 호텔까지 한 시간 반은 걸렸다. 하지만 산길에 진입하기도 전에 비는 이미 폭우로 바뀌었고, 간신히 산길에 들어섰을 무렵에는 크고 무거운 빗발이 차체를 에워싸서 시야가 부예졌다.

"이 앞은 계속 구불구불한 길이지? 위험하니까 일단 돌아갈까?"

고전하며 핸들을 꺾던 소우의 제안에 아침에 왔던 길을 떠올리며 고개를 끄덕였다.

"그러자, 일단 도가타로 돌아가는 게 낫겠어."

“하지만 도가타에도 별거 없었잖아. 그 흔한 편의점도 없었다고. 예보에서는 밤새 비가 내린다고 했어. 그치기를 기다렸다가는 호텔로 돌아가지 못하거나 돌아가더라도 지금보다 컴컴한 산길을 지나야 하지 않을까?”

다쿠마의 의견도 일리가 있었다. 도가타에는 바다와 민가밖에 없었고 비를 피할 만한 장소나 매점, 레스토랑이 있는 작은 마을에 가려면 해변 너머의 산을 또 하나 넘어야 했다. 소우가 어깨를 돌리며 근육을 풀더니 다시 기합을 넣었다.

“하는 수 없지, 일단 호텔로 가자. 비가 더 내리면 갓길에 차를 세우고 기다리든지 하고. 가자.”

“내가 운전할까?”

조수석에 앉은 다쿠마가 몸을 일으켰다.

“아니, 괜찮아. 아직 시야도 괜찮고, 아스팔트 도로니까 커브는 브레이크 밟으며 천천히 돌면 돼.”

퍼붓는 비가 차체를 때리는 가운데 소우는 신중하게 운전대를 돌리며 묵묵히 차를 몰았다. 다쿠마는 이따금 더 안쪽으로 붙는 게 좋겠다고 충고를 하거나 잘하고 있다고 격려했다. 나보다 소우를 잘 보조하는 것 같았다. 사이카는 아무 말도 없었지만 표정 하나 바뀌지 않는 걸 보면 딱히 걱정하는 것 같지도 않았다. 그는 그저 빗줄기가 쏟아지는 창밖을 바라볼 뿐이었다.

와이퍼도 의미가 없을 정도의 빗줄기가 앞유리창을 거세게 때려 꼭 세차장 안에 있는 것 같았다. 원래는 탁 트인 풍경이 보여야 할 벼랑 위의 U자형 급커브 지점에서도 무엇 하나 보이지 않았지만 소우는 속도를 줄여 간신히 돌아 나왔다. 몇몇 위험한 커브를 빠져나오자 간신히 내리막길이 나왔는데 아스팔트 길에서 호텔로 이어지는 비포장도로에 접어들자마자 진창에 바퀴가 빠져버렸다.

앞으로 오 분만 더 가면 호텔에 도착할 수 있는 지점에서 일어난 사고였다. 우리는 비를 맞으며 발목까지 잠기는 진창에 들어가, 있는 힘껏 차를 밀었지만 바퀴만 헛돌 뿐 차체는 꿈쩍도 하지 않았다. 바다에서 마음껏 물놀이한 직후라 몸은 금세 피로해졌고 차가운 비가 체온을 급속히 빼앗아 갔다.

"젠장, 뒷바퀴가 꿈쩍도 안 해. 호텔에서 사람을 불러와야겠어. 여기서 금방이니까 내가 다녀올게."

"나도 같이 갈게. 둘은 여기 있어. 가깝긴 해도 이 빗속에서 길이라도 잃으면 큰일이니까."

나와 사이카도 같이 가면 좋았을 테지만 우산조차 의미가 없을 정도의 빗속에서 진흙탕을 헤치고 나아가기란 너무 힘들 것 같았다. 다행히도 차에서 가까운 곳에 호텔 전용 바비큐장이 있었다. 지붕이 있는 취사장을 발견한 나와 사이카는 일단 그곳으로 이동해 세찬 빗속을 달리는 소우와 다쿠마를 배웅했다. 발이 어찌나 빠른지 눈 깜짝할 새에 두 사람의 모습은 시야에서 사라졌다.

바비큐장은 통나무로 된 지붕이 있는 널찍한 공간이었는데, 화로 세 개와 나무 테이블이 놓여 있었고 뒤쪽은 수풀이 무성한 어두운 숲이었다. 우리 말고 아무도 없어서 조금 무섭긴 했지만 비는 완전히 피할 수 있었다. 젖은 풀과 흙냄새가 짙게 밀려들었다.

"이게 대체 무슨 일인지. 아까까지 바다에서 놀고 있었다는 게 믿기지 않아. 곧장 호텔로 돌아가 쉴 수 있을 줄 알았는데."

비에 젖지 않도록 꼭 안아 가져온 목욕 타월로 젖은 머리를 훔친 뒤 웃으며 사이카에게 말을 걸었다. 사이카의 얼굴은 아까까지는 찾아볼 수 없던 공포의 표정으로 얼어붙어 있었다. 곰이라도 있나 싶어 시선 끝을 좇았지만 바비큐용 나무 테이블이 비를 맞고 있을 뿐 특별한 건 없었다.

"천둥이 쳐."

귀를 기울이자 천둥소리가 들렸고 하늘에 혈관이 불거지듯 번개가 번뜩였다. 비에 정신이 팔려 알아채지 못한 모양이었다.

"그러게, 천둥이 치네. 소리가 작은 걸 보면 멀리서 울리는 것 같아. 그리고 여기는 지붕도 있으니까 괜찮아."

사이카는 내 말을 듣는 둥 마는 둥 눈을 부릅뜬 채 번개가 번뜩인 하늘을 계속 바라보더니 뒷걸음질 쳤다. 위에 지붕이 있다고는 해도 야외라 숨을 곳조차 없으니 불안할 법도 했다. 하지만 그렇게 겁에 질린 모습은 평범한 반응은 아니었다.

예상과 달리 천둥은 엄청난 속도로 다가왔고 이내 가까이서 요란한 소리가 울려 퍼졌다. 차로 돌아갈까 생각도 했지만 또다시 빗속을 달리기 싫었고 컴컴한 숲에 들어가기도 무서웠다.

그때, 사이카가 느닷없이 젖은 하이힐 샌들과 아직 축축한 짧은 데님 반바지를 벗더니 멀리 던져버렸다. 정신이 나갔나 싶었지만 들고 있던 목욕 타월을 무의식적으로 몸에 둘러줬다.

"왜 그래? 옷이 축축해서 추워?"

"우리 할아버지, 벼락 맞아 죽었어. 밭에서 농사일 하다가. 아이씨는 모르겠지만 벼락을 직격으로 맞으면 온몸에 엄청난 화상을 입어. 아무도 벼락이 어디 떨어질지 예상 못 해. 너무 강력해서 맞으면 바로 사망이야."

사이카는 목걸이도 풀어서 땅바닥에 내던졌다. 값비싸 보이는 다이아몬드 펜던트였지만 흙과 모래가 묻어 엉망이 되었다.

"할아버지 일은 알겠어. 근데 아까부터 왜 걸친 걸 다 벗어던지는 거야?"

"벼락은 금속에 떨어지니까. 그때도 할아버지가 들고 있던 벌목칼에 떨어진 것 같다고, 장례식장에서 들었어."

과거에 벼락에 대한 주의사항을 여러 번 읽었던 터라 그게 잘못된 정보라는 걸 알고 있었다. 벼락이 금속에 떨어지는 게 아니라 떨어진 벼락이 금속을 타고 전도될 뿐이다. 하지만 지금 사이카에겐 무슨 말을 해도 소용없을 것 같았다.

천둥 번개 심벌즈는 우리 머리 위로 다가와 무시무시한 굉음을 연주했다. 사이카는 나지막이 비명을 지르며 나에게 안겼다. 덜덜 떨면서도 힘껏 매달리는 그의 팔은 비와 땀으로 싸늘하게 젖어 있었다. 사이카의 등에 팔을 두르고 조금이라도 진정되도록 위에서 아래로 거듭 쓸어내렸지만 그는 절망한 표정으로 내 귀에 달린 은제 귀걸이를 응시했다.

어쩔 수 없네. 체념하고 손을 뻗어 귀걸이를 빼 테이블 위에 올려놓았다. 하는 김에 지퍼가 달린 스커트도 벗어 테이블 위로 던졌지만 조준을 잘못해서 바닥에 떨어졌다. 난 몰라, 흙 다 묻었네. 브래지어 고리에도 금속이 달려 있지만 사이카는 그건 깜빡했는지 그대로 입고 있어서 나도 모르는 척했다.

천둥이 칠 때마다 비에 젖어 싸늘한 허벅지가 내 따뜻한 허벅지 안쪽으로 파고들어 빨아들이듯 달라붙었다. 다 큰 여자 둘이 야외에서 속옷 차림으로 끌어안고 있는 이 상황은 대체 뭘까. 천둥만 치지 않았으면 한바탕 웃음을 터뜨렸을 정도로 우스꽝스러운 모습이었다.

빗줄기로 부예진 바비큐장 안쪽을 노려봤다. 저 너머에 호텔이 있다. 소우와 다쿠마가 지금은 호텔에서 나오지 않길. 천둥 구름이 바로 머리 위에 있는 지금, 바깥을 돌아다니는 건 너무나 위험했다. 테이블에 놓아둔 가방에서 휴대전화를 꺼냈다. 소우에게선 이미 몇 건이나 부재중 전화가 와 있었다. 나는 '괜찮아, 천둥 번개 멎으면 와'라고 메시지를 보낸 뒤 사이카를 안심시키기 위해 '금속'을 다시 멀찍이 밀어놓았다.

"오랫동안 생각했어. 할아버지가 돌아가시고 나서 다음에 벼락을 맞는 건 나일지도 모른다고. 원래 벼락을 맞을 사람은 나였어."

어두운 목소리로 속삭이는 사이카의 따스한 숨결이 내 목덜미에 닿았다.

"너무 어려서, 할아버지가 돌아가신 충격에 그런 생각이 든 거야. 그런 생각 마."

"아니, 엄마가 그랬어. 다음은 네 차례라고. 할아버지는 제멋대로 사는 사람이었다, 너도 똑같다. 그러니까 이대로 가면 다음은 네 차례다."

"원래 부모들이 애들 혼낼 때 말 안 듣는 나쁜 애는 벼락 맞는다 그러잖아. 나도 엄마한테 그런 말 들어봤어."

다정한 목소리로 말하면서도 사이카의 경우는 좀 다른 것 같다고 생각했다. 실제로 가족이 벼락을 맞아 죽었으니 으레 하는 소리와는 차원이 다르다.

다시 천둥소리가 울려 퍼졌다. 꾹 감은 사이카의 두 눈이 움찔움

찔 떨렸고, 몸에서 서서히 힘이 빠지는 게 느껴졌다. 무너져 내릴 것 같은 몸을 그러안고 어린아이를 달래듯 느리게 좌우로 흔들었다.

"정신 차려, 괜찮아. 우리한테는 절대 벼락 안 떨어져."

"그걸 어떻게 알아?"

"저 나무에 떨어질 테니까. 봐, 저기 광장 오른쪽에 큰 나무 보이지? 저 나무가 피뢰침의 역할을 할 테니 이 주변은 안전해."

나는 주변에서 가장 큰 나무를 가리켰다. 그래, 벼락은 높은 데로 떨어진다. 만일 우리 위의 지붕으로 떨어져도 전류는 벽을 타고 흐를 테니 중심에 서 있는 우리는 안전할 거다. 아마도.

"정말? 진짜야?"

"응, 장담해. 우리한테는 안 떨어져."

"믿을게."

뜻밖에도 힘찬 대답이 돌아와서 나도 모르게 사이카를 다시 바라봤다. 옅은 눈물에 뒤덮인 커다란 눈동자가 무척이나 진지하게 내 얼굴을 들여다보고 있었다.

왜 그렇게 열심히 사이카를 위로했느냐면 사실 내 정신을 붙들기 위해서였다. 나까지 겁에 질리면 틀림없이 둘 다 혼란에 빠질 테니까. 침착한 목소리를 듣고 안심하고픈 건 사이카뿐 아니라 나도 마찬가지였다. 설령 제 입에서 나온 말일지언정 귀에 들어가면 설득력 있는 울림으로 바뀌니까.

천둥은 드디어 우리 머리 위에서 웅장한 연주를 시작했다. 순간적으로 섬광이 번뜩인 후에 천둥소리가 울려 퍼졌다. 믿을 수 없을 만큼 가까운 거리에서. 사이카 같은 사연이 없더라도 충분히 무서웠고 위험을 느낄 정도였다. 내가 너무 우습게 봤던 것이다.

"저 나무에 떨어져도 지면을 타고 감전되겠지? 저 나무에서 우리가 있는 곳까지 그렇게 멀지 않으니까."

이번에는 사이카의 말이 옳았다. 실제로 낙뢰를 맞은 나무 밑에서 비를 피하던 사람이 감전사한 사례는 많았다. 여기서부터 저 나무까지의 거리를 보면 지면을 타고 감전될 가능성은 충분했다. 나는 끝내 울음을 터뜨린 사이카의 머리를 안고 그의 젖은 머리카락에 뺨을 비볐다.

"그럼 우리 바로 옆에서 번개가 치면 같이 점프하자. 지면에 발이 안 닿으면 감전될 일도 없을 거야."

아무 근거 없는 소리였지만 사이카는 진지한 표정으로 고개를 끄덕였다. 눈앞이 하얗게 부실 정도로 강력한 번개가 번뜩인 순간 우리는 펄쩍 뛰었다. 무시무시한 벼락 소리에 죽을 각오를 했지만 나도, 사이카도 무사히 바닥에 착지했다.

무의식적으로 가장 높은 나무를 보았지만 아무 변화도 없었고, 그 대신 가까운 곳에서 경보음처럼 윙윙거리는 소리가 요란하게 들려왔다. 숲속 진창에 두고 온 다쿠마의 차에서 나는 소리였다. 차는 경보음과 경적을 동시에 울리며 와이퍼를 사정없이 흔들었다.

"차에 떨어졌구나."

사이카가 중얼거렸다. 그의 말대로 벼락이 어디로 떨어질지는 아무도 예상하지 못하는 것이다. 천둥 번개가 멀어진 뒤에도 사이카는 여전히 내 등에 팔을 둘러 나를 끌어안고는 내 어깨에 머리를 올린 채 숨죽이고 있었다.

소우와 다쿠마는 내 메시지대로 천둥 번개가 멎을 때까지 안절부절못하며 기다리다 호텔 직원 두 명을 데리고 우리에게 달려왔다. 처음에는 불안한 눈빛이던 소우도 멀쩡한 우리 모습을 보고는 같이 온 사람들과 차를 밀었다. 방금 전까지만 해도 그렇게 초췌하더니, 천둥 번개가 멎자마자 이성을 되찾고 재빨리 옷을 입고 아무 일 없던 것처럼 다쿠마를 대하는 사이카의 모습에 웃음이 났다.

벼락을 맞은 다쿠마의 차는 단순히 방범 장치가 작동한 것 같았다. 해제하니 경보음도 멎었고 딱히 고장 난 곳도 없었다. 직원들이 가져온 종이 박스를 깔고 뒤에서 밀며 발진하니 금방 진창에서 탈출했다.

이튿날, 해수욕에 지친 우리는 종일 호텔 안 부대시설에서 시간을 보냈다. 모두 어제의 소동으로 지친 건지 정오가 지나서야 겨우 일어났다. 저녁에는 다쿠마와 사이카를 만나 일찌감치 밥을 먹은 뒤 넷이서 탁구를 쳤다. 처음에는 토너먼트 형식으로 대전했는데 다쿠마가 이긴 뒤 복식 시합으로 바꾸었다. 가위바위보로 정한 결과 소우와 다쿠마, 나와 사이카가 한 팀이 되었다.

천둥 번개로 사이카의 다른 면을 알게 된 뒤로는 처음과 달리 웃으며 평범하게 대화를 나눌 수 있었기에 그와 한 팀이 된 것도 즐거웠다. 우리 팀이 앞서나가자 사이카는 뺨 안쪽이 살짝 보일 정도로 입을 활짝 벌리며 웃었다.

"우리가 이길지도 몰라! 파이팅하자!"

빠른 스매시로 점수를 따자 사이카는 어린아이처럼 해사하게 웃으며 나와 하이파이브를 했다. 여전히 나를 훔쳐보는 건 좀 그만둬줬으면 했지만 그거 빼고는 잘 통했다. 우리는 소우와 다쿠마를 상대로 아슬아슬하게 승리를 거뒀다.

시합이 끝난 뒤 자연스레 온천도 같이 들어가게 되어 각각 여탕과 남탕으로 갈라졌다. 어렴풋이 예상은 했지만 역시 탈의실에서도 사이카는 옷을 벗는 나를 노골적으로 바라보았다. 마음대로 하라고 하고 오히려 당당하게 옷을 벗었다.

"아이는 체중이 어떻게 돼?"

"그런 걸 대놓고 물어봐? 오십삼 킬로그램인데 왜?"

어처구니없다고 생각하면서도 진짜 몸무게를 알려줬다.

"흐음, 난 사십팔 킬로그램. 키는?"

"백육십팔 센티미터."

"나랑 같네."

"나보다 훨씬 말랐네. 좋겠다."

"하지만 아이 몸이 훨씬 멋진데? 키는 같은데 다리는 나보다 긴 것 같아."

내 몸을 보고 '이겼다'라고 생각했을 줄 알았기에 사이카의 말은 의외였다.

"그래? 비슷한 것 같은데."

"등하고 어깨 라인이 쭉 뻗어서 예뻐. 요가 같은 거 해?"

견갑골 언저리를 쓰다듬는 손길에 순간 오싹해졌다.

"안 하는데."

상대의 알몸을 칭찬하는 게 사이카가 사는 세상에서는 평범한 일인지 모르지만 내게는 영 불편해 도망치듯 욕탕으로 이동했다.

각자 몸을 씻은 뒤에 노천탕으로 이어지는 유리문을 열었다. 산의 경사면을 계단식으로 정비해 네 종류의 노천탕을 만든 곳이었다. 역동감 넘치고 자연의 정취가 물씬 풍겼다.

바깥의 찬 기운에 몸을 웅크리고 노천탕의 온도를 확인한 뒤 돌계단을 올라 제일 위에 있는 탕에 몸을 담갔다. 아래쪽에 있는 탕일

수록 물 온도가 떨어지는 설계였다. 제일 위의 탕은 거의 원천인가 싶을 만큼 뜨거웠다. 뜨거운 물에 목욕하는 걸 좋아하는 터라 혈액 순환이 활발해지는 느낌에 흡족했지만 사이카는 뜨거운 게 싫다며 금세 일어났다.

"다른 데로 안 갈래?"

사이카는 제일 밑에 있는 하얀색의 '비단탕'을 가리켰다.

"다녀와. 난 자연 그대로의 탕이 좋아."

"그럼 나도 조금 더 있어야겠다."

위를 올려다보자 하얀 김이 통나무로 된 지붕을 향해 끊임없이 피어오르고 있었다. 하늘은 해가 완전히 지기 직전의 회색과 남색이 섞인 빛깔이었지만 산의 경사면에 무성하게 자란 나무들은 그보다 먼저 밤의 어둠에 물들었다. 하늘 아래로 흔들리는 가지와 잎들이 꼭 그림자 연극처럼 보였다.

"키가 같은 건 좀 의외네. 내가 더 클 줄 알았어."

당연하다는 듯 말하는 사이카를 보고 조금 발끈했다.

"왜 그렇게 생각했는데? 눈높이도 거의 같잖아."

"그랬나? 하긴 어제 껴안을 때 보니까 비슷하더라. 그때 좀 감동했어. 중간엔 정말 무서웠는데, 아이가 '우리한테는 절대 벼락 안 떨어져'라고 단호하게 말하니까 순식간에 공포가 증발했어. 마법처럼."

"그래? 다행이네."

어젯밤 침대에 누워 소우에게 바비큐장에서 속옷 차림으로 사이카와 얼싸안고 있었다는 이야기를 했다. 소우는 배꼽을 잡고 웃으며 친해졌으니 잘된 일 아니냐고 놀려댔다. 눈앞의 사이카에게서는 그때 내 품에서 울던 여자의 흔적을 조금도 찾아볼 수 없었다.

"소우 씨하고는 왜 사귀는 거야?"

"왜긴, 당연히 좋아하니까 사귀지. 선배가 고등학교 농구부에서 활약했을 때부터 동경했어. 멋지다고 생각했지만 그땐 나를 전혀 여자로 안 보더라고. 하지만 졸업하고 다시 만났을 때 소우가 먼저 고백했어. 고등학교 때는 소우와 사귀게 되리라고는 상상도 못 했는데. 지금 정말 행복해."

벌거벗은 상태에서 이야기해서 그런지 평소보다 솔직하게 말이 나와 대놓고 자랑을 했다.

"학생 때부터 일찍 결혼해서 애 셋 낳고 사는 게 꿈이었어. 소우가 약간 양아치 코스프레하는 것 같은 부분이 있긴 하지만 저래 봬도 영업사원으로 성실하게 일해."

"양아치 코스프레?"

나지막이 중얼거리던 사이카가 소우의 외모를 떠올렸는지 소리 내어 웃었다.

"처음 듣는 소린데 그 말이 딱이네. 지금은 아니지만 옛날에는 그랬을 것 같은 느낌이 좀 들긴 해."

"고등학교 때부터 불량스러운 척하는 걸 좋아해서 머리도 금발이었어. 내가 소우를 좋아하게 된 건 농구부 끝나고 집에 가는 길에 버스 맨 뒷좌석에서 옆에 앉았을 때였어. 소우는 친구 두 명하고 같이 있었는데 큰 소리로 껄렁거리면서 떠들어서 솔직히 민폐 양아치다 생각했지. 그래서 혹시라도 시비를 걸까봐 눈 감고 자는 척했어. 근데 친구들이 내리니까 갑자기 조용해져서 가는눈을 뜨고 슬쩍 봤지. 어땠는 줄 알아? 글쎄 친구들이 사라지자마자 쩍 벌리고 있던 다리를 조신하게 모아 무릎을 붙이고 앉더니 어깨를 움츠린 채 이어폰으로 음악을 듣는 거야. '얘, 뭐야, 귀여워!' 하는 생각이 들어서 단숨에 반했어."

"그게 뭐야. 보통 그렇게 허세 부리는 걸 보면 확 깨지 않아?"

"그렇지. 근데 왠지 모성본능을 자극한다고 할까, 친구들이랑 있을 때 허세 부리는 모습과 본모습과의 격차에 넘어갔다고 할까. 소우는 사회인이 되어서도 고등학교 친구들과 자주 어울리는데, 그 자리에서는 아직 그 캐릭터를 유지할까 상상하면 재밌어."

"그래, 아주 많이 좋아하는 건 알겠다. 물 뜨거워, 그만 나가야겠어. 너는?"

"나는 딱 좋은데, 좀 더 있으려고."

"그래? 그럼 나도."

사이카는 단차가 있는 곳에 걸터앉았다. 물의 위치가 그의 목에서 쇄골로 내려왔다.

"너희는 어떻게 사귀게 됐는데? 안과에서 헌팅당했어?"

"아니, 내가 고백했어. 다쿠마가 일하는 안과에서 콘택트렌즈 맞추다 만났다는 얘긴 했지? 다쿠마는 시능훈련사하고 임상검사기사 자격을 가지고 있거든. 그때 다쿠마가 내 시력을 측정해주고, 지금까지 계속 나안으로 지냈던 나한테 처음으로 콘택트렌즈를 넣어줬어. 처음이라 눈이 엄청 뻑뻑하고 눈물이 났는데, 다쿠마가 '괜찮으세요? 일단 뺄까요?' 하고 다정하게 대해주는 거야. 가까이서 보니까 얼굴도 멀끔하고, 콘택트렌즈를 올린 손가락도 가늘고 곱고, 일도 성실하게 해서 좋아졌어. 데이트 신청도, 사귀자는 말도 전부 내가 먼저 했어. 소속사에서 연애는 절대 안 된다고 엄포를 놓아서 주변에는 비밀이고. 어차피 이 여행 끝나면 올여름 동안에는 못 만날 테지만."

"엄청 감동적이다. 다쿠마 씨가 적극적으로 대시한 줄 알았는데 아니었구나."

"내가 들이댔어. 다쿠마는 고객한테 추파 던지는 스타일 아니야. 아, 뜨거워, 더는 못 있겠다."

참다못한 사이카가 벌떡 일어났다. 탕에 담그고 있던 부분이 발갛게 달아올라 있었다.

탕에서 나온 사이카는 비틀비틀 걸어가 타월로 얼굴만 가린 채 옆에 있던 긴 의자에 누워 잠들었다. 탕에 너무 오래 있었는지 팔다리는 힘없이 축 늘어져 있었다. 얼굴을 보이고 싶지 않은 심정은 이해하지만 달리 가릴 데가 있지 않느냐고 묻고 싶어지는 자세였다. 욕탕에 들어오는 사람들도 벌거벗은 시체 같은 사이카의 모습이 신경 쓰이는지 힐끔힐끔 쳐다봤다.

온천욕을 하고 나온 우리는 유카타로 갈아입고 호텔 정원에 나가 일층 매점에서 산 불꽃놀이세트를 가지고 놀았다. 특별할 것 없는 불꽃 폭죽이었지만 막상 불을 붙이니 색색의 불꽃이 어스름 속에 선명하게 빛나 불티와 메케한 연기조차 애수를 불러일으켰다. 남자 둘이 로켓폭죽과 분수불꽃을 일렬로 늘어놓고 순서대로 불을 붙인 뒤 요란스러운 소리를 내며 쏘는 데 정신이 팔린 동안 사이카는 불꽃놀이세트와 함께 산 비눗방울을 꺼냈다.

"같이 할래?"

"좋아."

아직 완전히 저물기 전, 우리가 날린 비눗방울은 산기슭에 걸린 저녁 해의 주홍색 빛 속에서 더욱 반짝반짝 빛이 났다. 싸구려 녹색 빨대 끝에서 피어난 여러 개의 작은 비눗방울은 표면에 무지개무늬를 두른 채 바람에 실려 나무들이 술렁이는 건물 입구 쪽으로 흘러갔다. 한편에서는 여러 줄기의 불꽃이 휘이 소리를 내며 지상에서 유성을 쏘아 올리고 있었다.

"붙여서 큰 방울로 만들자."

"알았어."

사이카의 제안에 그쪽으로 얼굴을 대고 신중하게 숨을 불어넣어 비눗방울을 점점 커다랗게 만들었다. 사이카도 마찬가지로 크게 부풀린 비눗방울을 내 방울에 붙였다. 바로 옆으로 다가온 사이카의 입술에서 나온 숨이 후, 하고 빨대로 빨려 들어가는 게 느껴졌다. 목욕하고 나오자마자 스킨로션만 바른 나와 다르게 옅게 화장한 걸 보니 역시 연예인이다 싶었다.

사이카의 기쁨에 찬, 눈이 보이지 않을 정도의 환한 미소가 점점 커지는 무지갯빛 방울에 숨었다. 달라붙어 무거워진 비눗방울은 우리의 빨대를 떠나 천천히 하강하더니 지면에 부딪혀 터졌다.

여행 마지막 밤, 다시 우리 방에 모여 다 같이 술을 마셨는데 예상치도 못한 사태가 벌어졌다. 그저께 밤보다 훨씬 취한 사이카가 정체불명의 주사위를 꺼낸 것이다.

"이거 하고 놀자. 커플 게임에 쓰는 주사위야. 하지만 실제 커플끼리 하면 좀 그러니까 이번에는 남자는 남자끼리, 여자는 여자끼리 하자."

사이카는 술 취한 사람 특유의 흐느적거리는 손길로 파란 주사위

두 개를 오른손 위에서 굴렸다.

"그 주사위 뭐야? 처음 보는데. 혹시 오늘 아침 택배로 받은 게 그 거야? 여행지로 택배를 받는 건 처음 봐서 좀 놀랐어."

다쿠마가 의아한 표정으로 사이카의 손에 얼굴을 들이댔다.

"아냐, 전부터 갖고 있던 거야. 혹시 여행에서 쓸 일이 있을까 싶어서 일부러 집에서 가져왔다고."

"둘만의 여행이었는데?"

"그래, 원래 다쿠마와 둘이서 가지고 놀려고 했어. 던진다?"

사이카만큼은 아니지만 제법 취한 나와 소우, 다쿠마의 몽롱한 시선이 테이블 위를 굴러가는 주사위를 좇았다. 한 주사위는 '무릎'이라 적힌 면이, 다른 주사위는 '깨물기'라고 적힌 면이 나왔다.

"네, 그럼 서로의 무릎을 깨무세요."

사이카가 호령했지만 다쿠마는 찌푸린 표정으로 주사위에 적힌 글자를 읽었다.

"이쪽에는 목, 배, 가슴, 무릎, 손가락, 입술. 이쪽에는 만진다, 후 분다, 핥는다, 빤다, 깨문다, 쓰다듬는다. 한쪽에는 신체 부위, 다른 한쪽에는 지시 사항이 적혀 있는 거네. 이거 뭐야, 수상해."

"에로틱 주사위! 역시 연예인이야, 노는 방법도 기상천외하네."

단번에 텐션이 올라간 소우가 외쳤다.

"딱히 일하다가 알게 된 건 아냐. 한 번도 이렇게 놀아본 적 없어.

오늘이 처음이야. 잡지에서 봤는데 유행한다고 해서 호기심으로 산 거야."

"정말? 나는 이런 주사위의 존재 자체를 오늘 처음 알았는데?"

"나도."

"나도. 대체 어디서 유행하는 거야?"

다쿠마는 여자친구가 이런 물건을 가지고 있던 게 충격이었는지 술이 다 깨서 사이카의 얼굴을 뚫어져라 바라보고 있었다. 소우는 이 미묘한 분위기가 우스운지 바닥을 구르며 웃고 있었다. 나 역시 술자리 분위기가 한창 무르익었을 때 등장한 이상한 주사위가 그저 우스울 뿐이었다.

"좋아, 하자, 해! 재밌을 것 같은데."

제일 먼저 사이카의 제안을 받아들인 나는 눈앞에 보이는 유카타에서 뻗어 나온 사이카의 다리를 두 손으로 잡고 얼굴을 들이댔다.

무릎이 이렇게 작을 수 있다니! 단순히 마른 게 아니라 뼈대 자체가 얇았다. 무릎 주변에도 모공이라고는 찾아볼 수 없었고, 하얀 살갗에 불거진 뼈가 두드러져 왠지 섹시하기까지 했다. 무릎 위로 이어진 허벅지도 옆으로 늘어지지 않고 가느다란 선을 그리며 안쪽으로 뻗어 있었다. 내가 깨물기 좋도록 사이카가 무릎을 구부려 내밀자 뼈 모양이 더욱 두드러졌다. 입을 벌려 작은 무릎을 덥석 물자 두 남자는 '으' 하고 낮은 신음을 터뜨렸다. 사이카를 놀라게 하려고 송

곳니가 보일 정도로 입을 크게 벌리고 다시 피부에 이를 박았지만 무릎은 꿈쩍도 않고 힘찬 탄력으로 반격해왔다. 입을 떼자 사이카의 무릎에는 내 잇자국이 희미하게 남아 있었다.

이어 뭐가 즐거운지 모르겠다는 절망적인 표정의 다쿠마가 소우의 무릎에 건성으로 이를 댔고, 소우는 간지러우니까 하지 말라며 도망치는 다쿠마를 잡아다 무릎을 깨물었다. 미팅에서 하면 분명 야릇한 분위기를 조성했을 테지만 이미 사귀고 있는 사람들끼리 하니까 별 긴장감 없이 그저 웃길 뿐이었다. 마지막으로 사이카가 얼굴을 가리는 앞머리를 귀 뒤로 넘기며 고개를 숙이고 내 무릎을 노렸다.

"난 괜찮아. 잠깐만, 정말 괜찮다니까? 간지러워, 그만해!"

사이카는 가녀린 체구에서는 상상도 못 할 엄청난 악력으로 버둥거리는 내 다리를 두 손으로 고정한 후 무릎 아랫부분을 세게 물었다. 무심코 아야, 소리가 나올 정도로. 다리를 빼려고 했지만 기다란 속눈썹에 에워싸인 눈꺼풀을 지그시 감은 채 내 무릎을 물고 놓지 않는 모습을 보니 기운이 빠져버렸다. 사이카가 떨어진 뒤 내 무릎에는 살짝 들어간, 빨갛고 작은 잇자국이 남았다. 손가락으로 문질렀지만 지워지지 않았다. '봐주는 거 없네, 나도 더 세게 물걸' 하고 생각했다.

게임을 한 번 하고 난 뒤 다쿠마가 이제 그만하자고 말을 꺼낸 탓에 주사위가 활약할 기회는 얼마 없었지만 사이카는 흡족한 표정으로 다쿠마에게 안겨 방으로 돌아갔다. 나와 소우는 사이카 이야기를 하며 잠시 깔깔거렸다.

"남자친구는 멀쩡한데 사이카 씨는 좀 별나. 그 주사위 봤지? 미팅 자리면 몰라도 여행인데 보통 그런 걸 가져오나?"

"그래도 즐거워 보이더라. 많이 웃더라고. 그게 본모습이겠지."

"다쿠마는 진심으로 못 믿겠다는 표정이던데. 오늘 밤 분명 싸움 나겠어."

"정말 사이카는 속을 알 수가 없어. 처음에는 도도해서 재수 없다고 생각했는데, 오늘 밤에는 무릎을 물어뜯으라니! 대체 무슨 생각인지."

"너도 이상했어. 솔선해서 제일 먼저 무릎을 깨물지 않나."

"그래? 사이카한테 말렸나봐. 난 평소와 다를 바 없다고 생각했는데."

결국 '역시 연예계는 무섭다'라는 억지스러운 결론을 내린 뒤 대화를 끝냈다. 여행 마지막 밤, 잔뜩 가져온 술은 한 방울도 남아 있지 않았다.

이튿날 아침, 로비에서 체크아웃을 마치고 소우가 화장실에 간 사이 매점에서 물건을 구경하고 있는데 사이카가 다가왔다.

"뭐 봐? 선물 사려고?"

"응, 집에 가져갈 거. 이거 어때? 성게맛 후리카케."

"난 성게는 생물로 먹고 싶더라."

"하긴 그것도 그래. 아까 냉장 코너에서 성게 병조림 봤는데 그거 사야겠다."

"잠깐만."

냉장 코너로 가려는데 사이카가 팔을 붙잡아 세웠다.

"이거 내 메일 주소야. 다음에 연락해."

명함 크기의 종이에는 손글씨로 메일 주소가 적혀 있었다. 이렇게 고전적인 방법으로 연락처를 알려주다니, 겉보기와는 달리 꼼꼼한 성격일지도 모른다. 종이를 든 사이카의 손가락은 가늘게 떨리고 있었다. 내가 종이를 받아들자 그는 바로 손을 내려 제 원피스 자락을 붙잡았다.

"알았어, 고마워. 나중에 메일 보낼게."

"지금 보내. 종이 잃어버려서 연락 못 하면 안 되니까."

거절할 수 없는 어조에 압도돼 휴대전화를 꺼내 받은 주소를 입력하고 본문에 '난리 아이입니다'라고 써서 보냈다. 사이카의 휴대전화는 금방 반응을 보였고, 메일이 온 걸 확인한 그는 흡족한 표정을 지었다.

"그럼 나중에 봐."

사이카는 가볍게 손을 흔들더니 선글라스를 낀 후 뒤도 돌아보지 않고 다쿠마에게로 걸어갔다.

지난 사흘을 사이카와 함께 보내며 깨달은 점이 하나 있었다.

아, 얘는 여자 친구 없겠구나.

자존심이 세고 일상적인 대화도 잘 나누지 못하는 데다 직업도 특수하고, 승리욕도 세다. 처음 만난 사람과는 쉽게 가까워지지 못할 타입이다. 이성은 또 모르겠지만, 특히 동성에게는 시기와 질투를 받기 쉬운 타입이다. 그래서 이렇게 요령이 없는 것이다. 사이카가 조금 가엾었다. 처음에는 대하기 힘들 만큼 불편했지만 같은 숙소에서 시간을 보내며 그의 다양한 면을 봤고, 제법 재미있는 사람이라는 걸 알았다. 지금까지 사귀었던 친구 중에는 없는 타입이라 신선했다. 어쩌면 도쿄로 돌아가서도 친구로 지낼 수 있을지도 모른다.

*

사이카와 연락을 주고받은 건 여행에서 돌아온 지 일주일이 지나서였다. 시시껄렁한 내용의 메시지를 보내자 곧바로 답이 왔는데, 다음 주 일이 일찍 끝나는 날이 있는데 만나지 않겠냐고 했다. 나도 일이 일찍 끝날 것 같아서 그러자고 한 뒤, 어디서 만나면 좋겠냐고 묻자 스튜디오와 가깝기도 하고 오랜만에 시부야에 가고 싶다고 해서 도겐자카에 있는 카페에서 오후 5시에 만나기로 했다.

사이카의 제안대로 밤에는 시가 바로 변신하는 카페에 먼저 도착해 소파에서 기다리고 있는데, 곧 커다란 가방과 종이봉투를 든 사이카가 도착해 맞은편에 앉았다. 매니저가 차로 데려다줬다고 했다. 살짝 컬이 들어간 머리를 양 갈래로 나눠 검은 스웨이드 가죽끈으로 높이 올려 묶은 모습을 보고, 연예인 쇼다 사이카의 트레이드마크가 이 헤어스타일이라는 사실을 그제야 떠올렸다. 트윈테일이라는 말랑말랑한 단어로 표현하기 어려운 헤어스타일이었는데, 고양이 같은 눈매가 한층 부각되면서 전투적인 분위기마저 풍겼다. 유행할 것 같으면서도 아무나 따라할 수 없는, 사이카라서 어울리는 헤어스타일이었다. 여성 패션 잡지 화보에서도 이 헤어스타일을 한 사이카를 본 적이 있었다. 그때는 양 갈래를 다시 몇 갈래로 나눈 다음 폭이 삼 센티미터쯤 되는 가는 날붙이처럼 만들어 스프레이로 고정해 에지 있는 스타일로 연출했었다. 질감에 변화를 주면 명품브랜드 의상에도, 캐주얼한 복장에도 위화감 없이 어울리는 헤어스타일이었다.

"그 헤어스타일, 잡지에서 자주 하던 거지! 본 적 있어, 역시 잘 어울린다."

"아, 촬영 끝나고 바로 와서."

사이카가 양쪽 머리끈을 잡아당겨 풀자 갈색 머리가 얼굴선을 따라 스르륵 흘러내렸다. 잘 어울렸는데. 은근히 아쉬웠지만 그 머리를 하고 있으면 주변 사람들이 알아채겠지.

"아이는 보브 스타일이네. 턱 라인에 맞춰서 다듬는 거야?"

"응. 난 고등학생 때부터 계속 이 스타일이야."

앞머리가 눈썹 위로 내려오는 이 보브 스타일은 아침에 관리하기 쉬웠다. 자다가 눌린 자국이 있어도 물을 살짝 묻혀서 드라이어로 말리면 원래대로 돌아왔다. 파마를 할 필요도 없고, 자르러 갈 때 염색까지 같이 하면 따로 손이 가지 않아서 좋아하는 스타일이었다.

"아이한테 잘 어울려. 정면에서 봐도 샤프한 느낌이라 잘 어울리지만 특히 옆에서 봤을 때 머리카락이 뺨을 덮는 순간의 느낌이 최고야. 아이는 목이 길고 턱에서 귀까지의 라인이 특히 고우니까 역시 짧은 머리가 어울려."

"고마워."

사이카에게 이런 칭찬을 들을 줄은 몰랐던 까닭에 살짝 말문이 막혔다.

"하루 종일 바빴어?"

"아니, 오늘은 외부 촬영이 없어서 아침부터 계속 시원한 스튜디오에 있었어. 아까 밖에 나와서야 오늘 날씨가 더운 줄 알았다니까. 넌 어디서 일해?"

"휴대전화 매장. 카운터에서 고객의 신규 가입 절차나 조작 방법을 안내해. 계속 재밌게 일했는데, 요새는 좀…… 아, 또 생각났다."

"왜?"

“요새 좀 귀찮은 고객한테 시달리거든. 우울해지니까 퇴근하고 나서는 생각 안 하려고 해.”

“귀찮은 고객이라니, 어떻게?”

“금요일 저녁마다 찾아와 날 괴롭히면서 스트레스 푸는 사람이야. 부부가 같이 오는데 왜 이것도 못하냐, 저것도 못하냐, 이러고도 직원이냐, 매번 들들 볶아대서 정말 노이로제 걸릴 것 같아. 아, 결혼이라도 하면 바로 퇴사하는 건데.”

“정말 그러고 싶어? 진상 고객이 있다고 결혼을 핑계로 도망치고 싶은 거야? 어떻게든 스스로 해결하고 싶다는 생각은 안 해?”

“나도 나름대로 애썼지만 잘 안 됐어. 그쪽은 지치지도 않고 매주 찾아오는걸. 이제 싸울 기력도 없고, 그냥 포기 상태야.”

“그런 인간 때문에 자기 자리를 잃다니 말도 안 돼.”

사이카가 망설임 없는 올곧은 눈동자로 단언했다.

“그건 그런데, 그 고객은 정말 진상이라 소름 끼칠 정도야. 그리고 지금 직장을 엄청 좋아하냐면 또 그렇지도 않거든. 새 기종이 나올 때마다 공부하거나 어떻게 하면 더 알기 쉽게 고객들에게 기능을 설명할지 연구하는 일은 즐겁고 보람도 느껴. 근데 솔직히 좋아하는 일은 아니라 별로 애착이 없어. 나도 사이카처럼 내가 아니면 못 하는, 내 능력을 인정받고 더 성장할 수 있는 일이라면 설령 결혼하더라도 계속하겠지만.”

"내가 하는 일도 나 아니면 안 되는 건 아냐. 대신할 사람은 얼마든지 있어. 오히려 너는 안 된다, 재능이 없다 같은 말을 계속 들으면서 몇 년씩 억지로 버티다가 겨우 자리를 잡았으니, 오기로라도 절대 안 비키겠다는 게 지금 내 상황이지. 조만간 그만둔다고 굳이 남의 샌드백이 되어줄 필요 없잖아. 그리고 진심으로 붙잡고 싶은 일을 찾는 건 남자, 여자, 결혼 여부와 상관없이 인간으로서 중요한 목표 아냐?"

"찾을 수 있으면 행복하겠지. 하지만 사이카처럼 맞는 일을 찾을 수 있는 사람은 정말 한 줌뿐이야. 대부분의 사람은 스스로 잘 맞는지 아닌지도 모를 일을 빨리 끝나라, 지겨워 죽겠다 생각하며 날마다 억지로 하고 있는걸. 나도 그중의 하나고. 그나마 소우가 있어 개중에서는 형편이 나은 경우지만."

"나도 처음부터 이 자리에 있던 건 아냐. 스카우트된 게 아니고 오디션에 몇 번이나 떨어지고 나서야 기획사에 들어간 거라 일이 없을 때는 파티에서 접객도 했고, 모던 바에서도 일해봤어. 연예계 관계자들이 자주 찾는 클럽에서 일을 하는 등 정말 몸 파는 거 말고는 닥치는 대로 다 했다고. 아무도 안 볼 인터넷 쇼핑몰 모델이나, 몸매가 적나라하게 다 드러나는 수영복을 입고 화보를 촬영하는 일 같은 걸 원해서 했겠어? 근데 뭐가 지름길인지, 정답인지 하나도 모르니까 열다섯 살 때부터 학교도 안 다니고 일만 했어. 그래서 지금의 내가 있는 거고."

사이카에게서는 자신이 쌓아온 커리어에 대한 정열과 자신감이 넘쳐흘렀다. 맥주를 마시며 감동했다.

"고생 끝에 지금 자리까지 올라온 거구나, 몰랐어. 하긴 자기의 모든 것을 쏟아부을 수 있는 일이나 보람을 찾는 건 남녀나 결혼 여부에 상관없이 중요하지. 나도 예전에는 하고 싶은 일이 있었어. 근데 도중에 안 되겠다고 포기한 뒤로 직업에 대한 꿈은 버렸지."

"뭐가 되고 싶었는데?"

"탐험가가 되고 싶었어."

내 말을 들은 사이카는 웃음을 터뜨렸다. 그가 먹고 있던 파에야의 노란 사프란라이스 밥알이 테이블에 튀었다.

"미안."

"아냐. 바보 같지? 하지만 진심이었어. 탐험가가 되어 세상의 비경을 찾아다니며 현지의 모습을 글로 전하는 일이 하고 싶었어. 그게 힘들다면 르포라이터나 신문기자가 되고 싶었지. 관련 공부도 할 겸 초등학생 때부터 휴일마다 혼자서 다양한 곳을 찾아서 일기나 감상문 같은 걸 썼어. 고등학생이 되어서는 당일치기 기차 여행을 하고, 자전거를 타고 힘닿는 데까지 가보고, 호숫가에서 노숙도 했지. 혼자 후지 산을 등반한 적도 있고. 용돈을 모아 여름방학에 태국 여행을 다녀오기도 했어."

"진심이었구나, 웃어서 미안해."

"아냐, 괜찮아. 근데 어느 날, 밤에 자전거를 타고 혼자서 시즈오카의 산을 오르고 있는데 뒤에서 어떤 차가 와서는 밤이 늦었으니까 태워주겠다고 끈질기게 집적대는 거야. 됐다고 했는데도 억지로 차에 태우려고 해서 자전거도 버리고 부리나케 도망쳤어. 새카만 산길을 냅다 뛰어서."

"세상에 정말 미친놈들 많다니까. 괜찮았어?"

"응, 엄청 무서웠는데 다행히 별일 없었어. 간신히 산에서 내려와서 곧장 파출소에 신고했지. 위험한 상황이었지만 내 힘으로 잘 이겨냈다는 생각에 오히려 의기양양해져선 집에 도착해 가족들한테 이런 일이 있었다고 말했어. 근데 그 얘기가 결정타가 됐는지 전부터 내가 혼자 위험한 곳을 쏘다닌다고 걱정하던 엄마가 드러누운 거야. 우울증 비슷한 게 와서 한동안 자리보전했지. 내가 혼자서 돌아다닐 때마다 귀 따갑게 잔소리하기는 했는데 그래도 원체 성격이 여장부 스타일이라 그렇게까지 걱정하는 줄은 몰랐거든. 내가 엄마 속을 너무 썩였구나, 내 자신이 한심했고 반성했어. 백 점짜리 인생은 아니라도 최소한 엄마나 주변 사람들에게 걱정 끼치지 않는 삶을 살자고 결심하고 꿈을 가슴에 묻었지."

그래, 제멋대로인 행동이 때로는 자기 자신뿐 아니라 주변 사람들에게 상처를 줄 수도 있다는 걸 그때 실감했다. 일상이란 아주 얇은 얼음장 위에서 돌아가고 있다는 사실 역시도. 하지만 이런 사적인 이야기를 사이카에게 털어놓을 줄은 꿈에도 몰랐다.

"이제는 탐험가나 르포라이터 일에 미련은 없지만 한때 진심으로 꿈꿨던 적이 있기 때문에 비슷한 시기에 꿈을 향해 노력하고 결국 이뤄낸 네가 얼마나 대단한지 알아. 부럽고 멋있어. 눈이 부실 정도로. 결심했어, 나 사이카의 팬이 될래. 언제나 응원할게."

"그러지 마, 팬이라니. 르포라이터는 지금도 충분히 될 수 있지 않을까? 계속 해보지 그래."

"무슨, 지금 나에게 필요한 건 신부 수업이야. 요리가 젬병이거든. 사이카의 부모님은 어떤 분들이셔? 딸이 이렇게 활약하고 있으니 정말 기쁘시겠다."

"아니, 내가 출연한 방송은 하나도 안 볼걸. 부모 같지도 않은 부모야. 하지만 나도 자식 같지 않은 자식이니까, 피장파장이지."

짧은 답이었지만 대충 사정을 알 것 같아 더는 묻지 않고 화제를 돌렸다.

저녁을 먹은 우리는 시부야의 밤거리를 돌아다녔다. 사이카의 소원대로 도겐자카와 센터 거리를 산책했지만 해가 저물고 나서도 여전히 찌는 듯 더워서 인파에 부대끼다 고작 오 분 만에 땀투성이가 되었다.

빌딩 벽면의 거대한 포스터, 광고가 흘러나오는 대형 모니터, 도로를 달리는 선전용 트럭, 빌딩을 빼곡히 채운 수많은 간판. 구석구석까지 광고로 뒤덮인 시부야는 최첨단을 달리는 거리인데도 왠지 모를 그리움이 느껴지는 번잡한 분위기에 휩싸여 있었다. 일본이라기보다는 아직 한창 경제성장세에 있는 아시아의 어느 도시 같은 얼굴로, 사람들을 무섭게 갈아치우면서도 벌써 수십 년 동안 열띤 분위기를 유지하며 에너지를 내뿜고 있었다.

게다가 여름이라 덥기까지 했다. 어느 열대우림에 있는 듯 짙은 구름 아래로 습하고 무더운 공기가 가득 차 있었고, 눈이 따가울 정도의 진한 분홍색과 검은색으로 도배된 유흥업소 입간판은 여느 때보다 자극적으로 보였다.

모자를 눈가까지 푹 눌러쓴 사이카를 알아보는 사람은 거의 없었다. 설사 알아봤더라도 사생활을 존중해주는 건지 말을 걸거나 악수를 청하는 이는 없었고 우리는 당당하게 거리를 활보했다.

"이제 못 걷겠어, 너무 더워. 어디서 좀 쉬자."

더위에 약한지, 금방 축 늘어져 배기가스를 맞은 무지개 빛깔 솜사탕처럼 꼬질꼬질해진 사이카는 오 년은 더 늙어 보였다.

"그러자. 예약 안 해도 바로 들어갈 수 있는 곳을 찾아봐야겠네."

나 역시 땀에 젖은 셔츠가 피부에 달라붙어 불쾌하던 차였다. 습기는 충분한데도 목은 건조했다. 가게를 몇 군데 돌았지만 저녁 시간이라 어디든 만석이었고, 결국엔 어느 빌딩에 있는 노래방으로 엘리베이터를 타고 올라갔다.

노래방을 찾기에는 아직 이른 시간이어서인지 다행히 빈방이 하나 있어 칠층 방에 들어갔다. 시부야의 왁자지껄한 소음이 실내 구석구석 스며들었다. 우리 방은 두 사람만 들어가도 꽉 차는 비좁은 공간이었다. 유독 커다랗게 보이는 에어컨을 켜자 바람이 직접 얼굴을 때렸고, 열리지 않는 창문 너머로는 모텔의 네온사인이 즐비했다. 흡연실 특유의 찌든 담배 냄새가 역했지만 그래도 바깥에 비하면 천국이나 다름없었다.

주문한 파인애플 추하이를 한 모금 마셨다. 이걸 파인애플 추하이라 불러도 될까 싶을 정도로, 알코올을 함유한 소량의 무언가에 탄산수와 빙수 시럽을 넣고 섞은 맛이었다. 사이카는 스푸모니라는 선연한 레드 칵테일을 순식간에 비우더니 뜻밖에도 같은 술을 또 주문했다.

“그건 맛있어? 내가 시킨 건 아무 맛도 안 나.”

“목이 말라서 뭐든 맛있네.”

“그럼 나도 같은 음료 주문해야겠다. 무슨 노래 부를래?”

애초에 노래방에 올 생각은 없었지만 우리는 마이크 쟁탈전을 벌이듯 다양한 노래를 불렀다. 싸구려 술답게 빠르게 취기가 돌아서 나는 직장에서 받은 스트레스를 풀 겸, 기다렸다는 듯 신나게 소리 지르는 노래를 연속해서 선곡했다. 사이카도 유행하는 여성 가수의 노래나 내가 모르는 외국 록을 탄력 있는 목소리로 불렀다. 그렇게 세 시간이 흘러 목도 쉬고 레퍼토리도 떨어졌을 즈음에는 11시가 지나 있었다.

“아이 차례야.”

사이카가 노래방 리모컨을 들이밀었지만 이제 부를 노래가 생각나지 않았다.

“난 됐어, 너 불러.”

“뭐야, 계속 나만 불렀잖아.”

“그럼 이제 갈까?”

“벌써 간다고? 그럼 내가 부를게. 대신 나 따라서 움직여봐.”

“응?”

옆자리에 있던 사이카가 정면에 섰다.

“오른팔 내밀어, 왼팔도 내밀고.”

사이카와 같은 자세를 취했더니 서로 마주 보고 앞으로나란히를 하는 모양새가 되었다.

“두 손을 올려.”

이제는 만세 포즈였다.

“손깍지 껴.”

머리 위에서 왼손과 오른손을 깍지 끼자 같은 자세를 취하고 있던 사이카가 재빨리 내 품으로 달려들어 나를 끌어안았다.

"저기, 연예계에서는 이러고 놀아?"

좋아 죽겠다는 표정으로 내 어깨에 얼굴을 비비는 사이카의 모습에 놀라며 물었다.

"응? 그건 왜?"

"일반인들은 이러고 안 놀거든. 일전에 그 주사위 게임도 그렇고……."

"들켰네."

팔을 내렸지만 사이카가 여전히 달라붙어 떨어지지 않았기에 꼼짝도 할 수 없었다.

"다쿠마 앞에서는 이러지 마. 술자리에서 하는 게임 같은 거에 빠삭한 거 보면 밖에서 많이 놀고 다닌다고 생각할지도 몰라."

"다쿠마한테는 안 이러거든."

"그럼 됐고."

이제 몇 잔째인지도, 무슨 술인지도 모를 딸기색의 액체를 마시다 막차 시간 전에 일어나야겠다 생각하며 흐린 눈으로 시계를 보았다.

그러다 귓가에 흘러들어온 드라마틱한 전주에 고개를 들었다. 사이카는 '러브스토리는 갑자기'라는 우리가 태어났을 즈음 유행했던 노래를 부르고 있었다.

무엇부터 말해야 할지 모른 채 시간은 흐르고

떠올랐다 사라지는 흔해 빠진 말들뿐

“나 이 노래 좋아해! 어릴 때 텔레비전에서 재방송했던 드라마 주제가였지?”

사이카는 내 말을 듣는 둥 마는 둥 하며 계속 노래를 불렀다. 이 노래는 아까까지 사이카가 불렀던 여성 가수의 최신 히트곡이나 서양 록 음악과 달리 남성 가수의 노래라 음역이 낮았다. 그래서 군데군데 음이 내려가지 않기도 해 결코 잘 부른다고는 할 수 없었지만 진지한 노랫소리가 가슴에 울려 퍼졌다.

당신이 너무 멋져서 그냥 솔직하게 좋아한다고 말할 수 없어서
아마 곧 비가 그치고 우리 둘은 황혼 속에

담담한 어조이면서도 숨길 수 없는 정열을 담은 멜로디를 듣고 있으려니 왠지 가만히 있을 수가 없어 마이크를 들고 후렴구를 같이 불렀다.

그날 그때 그곳에서 당신과 만나지 않았더라면
우리는 언제까지나 모르는 사이였겠죠

멜로디 라인도, 가사도, 어렴풋이만 기억나는데도 생각보다 잘 따라 부를 수 있어서 기분이 좋아졌다. 다음 부분도 같이 불렀다.

“잠깐! 이제 내가 부를 거니까 쉿! 음치면서 목소리는 왜 이렇게 커!”

나는 목소리를 더 높였고 사이카도 지지 않겠다는 듯 볼륨을 높여 우렁차게 열창했다.

다른 누군가의 달콤한 유혹의 말에 흔들리지 말아요
당신을 품은 그 바람이 될래요

그날 그때 그곳에서 당신과 만나지 않았더라면
우리는 언제까지나 모르는 사이였겠죠

*

나가쓰 고객님 응대에 시간과 정신력을 빼앗긴 탓에 업무 효율성이 점점 떨어지고 있었다. 애초에 고령층 고객 중에는 컴퓨터나 휴대전화를 잘 다루지 못하지만 남들이 모두 사용하고 있고, 없으면 생활에 지장이 생긴다는 이유로 불편한 마음과 정보 유출에 대한 불안감을 가진 채 사용하는 사람이 많았다. 그래서 그런 고객을 응대할 때는 자존심이 상하지 않게, 어떤 조작법이든 웃는 얼굴로 끈기 있게 설명하는 것이 중요했다. 하지만 나가쓰 님은 그런 경우에 해당하는 고객이 아니었다.

그는 휴대전화를 잘 다루지 못하거나 기능을 이해하지 못해서 짜증을 내는 것이 아니었다. 본인에게 충분한 능력이 있는데도, 대용량 데이터를 옮기는 방법 등 답변에 시간이 걸리는 복잡한 질문을 일부러 던지는 식으로 시간을 빼앗았다. 요즘은 휴대전화에 내장된 기능이 한두 개가 아니라 다운로드한 앱의 사용법이나 클라우드 기능 등을 판매점에서 설명할 의무는 없었다. 하지만 업무 범위의 경계선이 불명확해서 결국 거절하지 못하고 본사 서비스 센터에 전화해 사용법을 묻거나, 몇 시간에 걸쳐 나가쓰 님의 사진 데이터를 다른 메모리에 옮기고는 했다. 퇴근 후 방문한 고객들로 북적거리는 평일 저녁에 시간을 너무 오래 뺏기면 회전율이 낮아져 곤란했지만 그것도 나가쓰 님의 목적 중 하나인지 서둘러 설명을 끝내려 하면 태도가 불량하다, 거만하다, 너희 휴대전화를 써주고 있는데 다른 회사로 옮기겠다며 집요하게 괴롭혔다.

나이는 한 사십 대쯤 되어 보였는데, 처음에는 삐뚤어진 호감을 품고 나를 괴롭히는 스토커인 줄 알았다. 하지만 중간부터 부인인 듯한 여성도 같이 데려와 옆에 앉혀놓고 둘이서 나를 비웃는 것이었다.

"이런 간단한 사용법도 본사에 물어보지 않으면 대답 못 해? 당신 여기 직원이잖아, 프로 의식이 없는 거 아니야? 창구 직원 중에서 제일 얼빠졌다니까."

짧은 머리에 화장기 없는 얼굴의 나가쓰 부인은 언뜻 수수하고 눈에 띄지 않는 인물처럼 보였지만 입만 열면 신랄한 말을 쏟아냈다. 심술궂은 부부는 나를 공격하면 기운이 나는지 자극에 굶주린 눈을 탐욕스레 빛냈다. 그들은 아무리 매장이 붐벼도 지난번 질문의 답을 기필코 들어야겠다며 나를 지명한 뒤, 대기실 의자에 앉아 내가 다른 고객을 응대하는 모습을 지켜보며 비웃음 띤 얼굴로 수군거렸다.

부부가 찾아오는 금요일 저녁만 되면 스트레스성 복통에 시달렸다. 이내 배가 아픈 시간이 길어졌고, 이제는 목요일 밤부터 컨디션이 나빴다. 근무 시간을 바꾸고 싶었지만 바꾼 근무 시간대에 오면 그만이었고, 나 대신 그 시간에 카운터에 있는 사람이 나처럼 시달리는 것도 싫었다.

어째서 그들이 나를 점찍었는지는 모르겠다. 단순히 스트레스 풀 이용일 뿐 이유 같은 건 없을지도 모른다. 하지만 업무에 점점 익숙해지면서 소우와 보내는 개인 시간에 더 신경을 썼던 것도 사실이었으니, 정신이 다른 데 가 있는 걸 알아본 걸지도 모른다. 그렇게 생각하니 내 잘못도 있는 것 같아 한숨이 나고 복통은 더 심해졌다.

수많은 사람이 오가는 도심에서 서비스업에 종사하다 보면, 이따금 어떤 식으로 살아왔는지는 전혀 가늠할 수 없지만 깊게 엮이지 말아야겠다고 본능적으로 신호가 오는 고객과 마주치는 일이 있다.

가장 괴로운 건 나로서는 그들을 이해할 방법이 없는 것이다. 그저 악의로 남을 괴롭히고, 반응을 보며 즐거워하는 인간의 심리를 짐작조차 할 수 없었다. 본인이 직접적으로 피해를 본 것도 아닌데, 고객이라는 우위에 설 수 있는 위치에 있는 것만으로 생판 남인 나를 말의 칼로 집요하게 쑤셔대는, 깊고 짙은 마음속 어둠을 이해할 수 없었다.

야쿠자 쪽 사람은 아닌 것 같다는 게 그나마 위안이 되었다. 하지만 부족할 것 없어 보이는 평범한 사람조차 이런 어둠을 내면에 숨기고 있다니……. 어쩌면 나가쓰 님은 나 개인에 원한을 가진 게 아니라 이 지점을 문 닫게 하겠다는 등 뭔가 다른 의도가 있어서 우연히 나를 목표물로 삼은 것뿐일지도 모른다. 뭐가 되었든 무슨 말을 해도 부정당하고, 무능한 인간 취급을 받는 시간이 길어지니 마음은 점점 마비되어 갔다.

"어차피 결혼하면 그만둘 건데 지금 당장 그만두지 그래? 그런 고객은 클레임을 거는 행위 자체에 쾌감을 느끼는 거니까 네가 카운터에 있는 한 계속 올 거야. 무리해서 참을 필요 없어. 당장 그만둬."

'결혼'이라는 단어가 소우의 입에서 나온 건 이때가 처음이었다.

오래전에 직장에서 힘들 때 "결혼 퇴사하고 싶다"라고 푸념한 적이 있는데 소우가 기억하고 있을 줄은 몰랐다.

"말은 쉽지. 미우나 고우나 삼 년 동안 다닌 직장인데? 왠지 분하잖아."

"하지만 그런 성가신 고객한테 한 번 찍히면 끝이야. 앞으로 네 몫까지 내가 열심히 벌 테니까 걱정 마."

"말은 잘해요. 모아둔 돈도 하나 없으면서."

"결혼하면 모일 거야!"

그렇게 받아치면서도 미묘한 줄타기를 하는 듯한 대화에 내심 두근거렸다. 물론 아직 프러포즈를 받은 건 아니었지만 결혼을 전제로 하는 대화였다. 동시에 소우에게 모든 걸 맡기고 의지하고 싶어하는 스스로의 마음에 놀랐다. 지금만 어떻게든 버티면 결혼 자금을 모은 뒤에 그만둘 수 있을 텐데. 그걸 알면서도 이런 생각을 하다니. 소우도 회사에서 힘든 일이 많을 텐데, 쉬지 않고 일하는 게 당연하다는 듯 날마다 출근했다. 그 정신력에 감탄했고, 역시 내 남자친구다 하고 새삼 반했다. 나는 소우처럼 강해질 수 없겠지.

"그 반항적인 눈빛이 건방지다는 거야. 어디 고객을 노려봐!"

나가쓰 님의 호통 소리가 매장에 울려 퍼지자, 다른 직원들의 시선이 느껴졌다.

애초에 삼백안인 거지 노려보는 게 아니라고 설명했는데도 듣는 척도 하지 않았다.

그가 성가신 고객이라는 건 이곳 이케부쿠로 동쪽 출구 지점에서는 공공연한 사실이었고, 내가 찍혔다는 것도 물론 다들 알고 있었다. 점장님은 클레임이 도를 넘으면 경찰을 부르겠다고 말하긴 했지만 나가쓰 님은 이런 상황에 익숙해 아는 게 많은지, 일이 커지지 않는 범위 안에서 나를 들들 볶아댔고, 다른 직원들에게는 웃는 얼굴로 지극히 정중한 태도를 취했다.

윽박지르는 나가쓰 님에 대한 동요와 분노로 언성이 높아지려는 걸 간신히 참으며 죄송하다는 말과 함께 고개를 숙였다. 고객을 화나게 했을 때에는 이렇게 대응하도록 매뉴얼로 정해져 있다.

"사과는 필요 없으니까 빨리 처리해! 오늘은 더 복잡한 사용법도 물어볼 참이니까."

나가쓰 부인이 언성을 높였다.

"당신들, 아까부터 왜 이렇게 시끄러워! 안 그래도 북적거려서 시끄러운데 왜 언성 높이고 난리야?"

대기실에 앉아 있던 아주머니가 가까이 다가와 걸걸한 목소리로 말했다. 나가쓰 님은 화들짝 놀라 뒤돌아봤다.

"당신은 뭡니까? 이 직원이 너무 게을러서 혼내고 있는 겁니다. 함부로 말 걸지 마시죠, 민폐니까."

"민폐 끼치는 건 당신이지! 지금 사람들이 얼마나 기다리는 줄 알아? 당신들이 빨리 끝내고 나가면 한 자리 비잖아. 오래 눌러앉아 있지 말고 빨리 볼일만 보고 돌아가!"

덥수룩한 파마머리와 까만 뿔테 안경, 그 아래 보이는 컬러 렌즈, 호피무늬의 지저분한 후드 재킷과 초록색 트레이닝 바지까지. 자세히 볼 것도 없이 사이카였다. 아니, 나니까 알아보는 거겠지. 아주머니 분장을 한 사이카는 실내에서는 금연인데도 담배를 피며 쉰 목소리로 주절거렸다. 나이 들어 보이는 화장에 어깨를 들썩이며 몸을 들이대는 모양새가 영락없이 이케부쿠로에서 단맛 쓴맛 다 본 백전노장의 무서운 아주머니였다.

"무례하시네요. 저희는 쓸데없는 질문 같은 건 안 합니다. 이 아가씨가 꾸물거리는 게 잘못이죠."

나가쓰 부인이 큰 소리로 반박했지만 말꼬리를 흐리는 걸 보니 이 정체 모를 수상한 아주머니의 박력에 약간 기가 죽은 것 같았다.

"설교는 됐으니까 얼른 비키기나 해. 당신들 다음이 내 차례라고. 자, 자리 비켜!"

사이카는 큼지막한 돌이 박힌 싸구려 반지를 마디마다 낀 손가락으로 나가쓰 님을 찔렀고, 그는 엄청난 힘으로 그 손을 뿌리쳤다.

"건드리지 마! 대체 당신 뭐야? 몰상식도 정도가 있지. 이봐, 거기! 보고만 있지 말고 이 여자 좀 어떻게 해봐."

나가쓰 님은 서 있는 다른 남자 직원들에게 호통을 쳤지만 그의 평소 행실을 아는 직원들은 못 들은 척하며 다른 고객을 응대했다. 그 틈에 사이카는 나가쓰 님을 힘껏 밀어냈다.

"비키라고 했잖아! 내가 아는 동생들 불러다가 끌어내라고 해야겠어? 이 동네 물 먹은 놈 중에 니시서쪽이케부쿠로의 가나에를 모르는 녀석이 있는 줄 알아!"

"당신, 나한테 더 손대면 지금 이 자리에서 바로 신고할 거야. 까짓 사용법 좀 물어보려고 왔더만 정말 기분 거지 같네. 전부 너 때문이야!"

나가쓰 님 부부는 사이카가 분장한 니시이케부쿠로의 가나에에게 험한 말을 퍼부으며 자리에서 일어나더니, 마지막에 빼먹지 않고 나를 노려본 후 밖으로 나가버렸다.

그들이 멀어지고 사이카가 아까까지 나가쓰 님이 있던 의자에 앉은 순간, 나는 키득거리는 웃음을 멈출 수 없었다.

"니시이케부쿠로의 가나에라니, 그 설정 대체 뭐야? 심야 개그 프로그램 캐릭터 같아."

"가나에는 이케부쿠로 서쪽 출구에서 걸어서 십 분 거리에 있는 모텔 로비에서 일해. 취미는 화투고 오랫동안 야쿠자의 정부로 살았어. 허풍이 아니라 진짜 전화 한 통이면 달려오는 젊은 야쿠자도 많고. 겉모습은 이래도 약한 사람을 괴롭히는 녀석을 싫어하는 정의감 넘치는 캐릭터야. 꽤 공들인 설정이지?"

솔직히 진부한 캐릭터 설정이었지만 이 넓은 도시에 그런 사람이 한둘은 있을지도 모르겠다는 생각이 들 정도로 현실감이 느껴졌다. 주변에 제대로 응대하고 있다는 걸 알리기 위해 컴퓨터에 내용을 입력하는 척을 하며 사이카와 소곤거리는 목소리로 이야기를 나눴다.

"가발하고 옷 같은 건 어디서 났어? 네 옷은 아니지?"

"가발은 메이크업 아티스트에게 빌렸고, 옷은 내 건데 드라마 단역으로 출연할 때 입던 거. 다양한 역을 맡으니까, 옷도 종류별로 필요하거든. 입었던 의상은 전부 보관중이야."

"이에도 뭘 붙였어?"

"응, 전에 했던 드라마에서 좀비 역할을 맡았을 때 썼던 분장 소품을 붙였어."

사이카가 갈색 뻐드렁니를 보이며 씩 웃었다. 아닌 게 아니라 꽤 공들인 설정이었다. 사이카는 카운터 위에 빨간 휴대전화를 내려놓았다. 들어서 살펴보니 우리 회사의 최신 기종이었다.

"어? 원래 우리 회사 제품 안 썼잖아?"

"아까 샀어. 초기설정 하는 거 도와줘."

나는 최대한의 서비스 정신을 발휘해 가나에 고객님을 응대했다.

그다음 주 금요일에도 나가쓰 님 부부는 찾아왔지만 니시이케부쿠로의 가나에도 당연하다는 듯 나타났다. 그들도 뒤에 있는 가나에의 존재가 신경 쓰이는지 평소보다 트집을 덜 잡았다.

"저번에도 말했지만 당신과 상관없는 일이잖아요. 이런 식으로 남의 문제에 참견하는 게 범죄 행위인 건 알아요?"

"내가 범죄자면 당신들은 지옥행이야! 상관없는 일이라고? 같은 공간에 있으면 듣기 싫어도 다 들린다고. 게다가 내 대기시간이 길어지는데 상관이 없긴 뭐가 없어! 난 너희 같은 것 질색이야. 고객이라고 정중히 대해주니까 그걸 빌미로 갑질을 해? 음습하게 어린 여자애나 들들 볶아대고, 인간이 아주 글러먹었어!"

매장 직원들은 물론 가나에의 존재를 알아채고 수군거리고 있었다. 그의 독특한 외모를 가지고 입방아를 찧기도 했다. 뱀과 망구스의 혈투를 방불케 하는 이 대결 끝에 양쪽 다 앞으로 찾아오지 않게 되기를 남몰래 바라는 것 같기도 했다.

세 사람은 그다음 주에도 찾아왔다. 나가쓰 님 부부는 이제 내가 아니라 가나에에게 증오심을 내비쳤고, 그가 참견하면 온갖 말을 동원해 매도했다. 하지만 가나에가 어딘가로 전화를 걸어 장담했던 대로 험상궂은 낯의 젊은 남자들이 어깨를 들썩이며 가게 안으로 들어와 옆에 주루룩 서자, 곧바로 일어나 나갔다. 두 사람의 뒷모습이 사라지자 잔뜩 인상을 구기고 있던 남자가 갑자기 서글서글한 미소를 지으며 사이카와 하이파이브를 했다.

"신 씨야. 극단 배우인데, 전에 같은 작품에 출연했을 때 알게 됐어. 저 사람들 얘기를 했더니 도와주겠다고 하셔서."

"뭘요, 공짜도 아니고 돈 받고 하는 일인데요. 언제든 또 불러만 주십시오."

"네, 어쩌면 다음 주 금요일에도 부탁드릴지 몰라요."

"맡겨만 주십쇼."

그가 밖으로 나가자 나는 사이카에게 웃으며 말했다.

"정말 고마워. 사이카가 오고부터 나가쓰 님이 트집 잡는 일도 줄었고, 내 편이 생겨서 마음이 든든해. 바쁠 텐데 이런 일로 시간 뺏어서 미안해."

"네가 뭐가 미안해. 잘못은 그 인간들이 했는데. 혹시 모르니까 다음 주에도 올게. 마침 요즘은 촬영이 밤에 잡혀 있어서 그때까지는 한가하거든."

하지만 나가쓰 님 부부는 다시 찾아오지 않았다. 나는 오랜만에 우울하지 않은 금요일을 맞이했고, 복통도 가라앉았다. 사이카의 활약을 소우에게 이야기하자 그는 웃음을 터뜨렸다.

"주사위는 참 재밌는 친구란 말이야. 성격도 좋고. 요새는 주사위가 새침한 표정으로 방송에 나오는 걸 보기만 해도 웃음이 나."

나와 소우는 사이카에게 주사위 사이카라는 별명을 붙였는데, 길어서 곧잘 주사위라고 불렀다.

"조만간 집에 초대하자. 다쿠마도 불러서 넷이서 또 마시자."

"좋아, 나도 넷이서 또 놀고 싶어."

그렇게 말하면서도 아키타 호텔에서 잠깐 만난 사이카와 이렇게 인연을 이어가다니, 새삼 신기하다는 생각이 들었다.

*

"너희 집에 인사드리러 가도 돼?" 소우가 그렇게 말해주었을 때 얼마나 기뻤는지 모른다. 지금 사는 집에서 엄마와 소우가 우연히 마주쳐서 잠깐 이야기를 나눈 적은 있었지만 우리 집에 정식으로 인사를 가는 건 이번이 처음이었다.

"결혼 전에 동거부터 시작했잖아. 부모님 뵙기가 좀 죄송스럽네."

"무슨 소리야. 우리 부모님은 그런 거 전혀 신경 안 쓰실걸."

집으로 가는 전철 안, 소우의 입에서 다시 '결혼'이라는 단어가 나와 내심 동요했다. 10월의 토요일 오후, 지바에 있는 본가를 찾자 엄마가 반갑게 맞아주었다.

"어서 오렴, 전철에 사람 많았지? 마루야마 군, 오랜만이네요. 여기까지 오느라 고생 많았어요."

"저야말로 쉬시는데 방해한 게 아닌지 모르겠네요. 잘 부탁드립니다."

약간 긴장했는지, 소우는 굳은 어조로 말하며 신발을 벗었다.

"일전에 만난 게 일 년 전쯤이었던가. 친구네 갔다가 아이 얼굴 보려고 들렀더니, 아이가 아니라 마루야마 군이 있었지."

"그때는 결국 저녁까지 얻어먹고, 죄송했습니다."

"안녕하세요, 처음 뵙겠습니다. 언니, 오랜만이야."

엄마 뒤에서 노조미가 쑥스러운 표정으로 얼굴을 내밀었다.

"아, 노조미, 오늘 집에 있었구나. 아르바이트 없는 날이야?"

"저녁에 있어."

"처음 뵙겠습니다. 마루야마 소우라고 합니다."

소우와 노조미는 서로 고개를 숙였다. 노조미는 우리가 처음 사귀었을 때부터 소우가 어떤 사람인지 궁금하다며 흥미진진해했다. 가족과 남자친구가 이야기하고 있는 모습을 보니 생활의 앞뒷면이 드디어 만난 것 같은 개운한 느낌이 드는 한편 쑥스럽기도 했다. 본가의 복도를 걷는 소우의 뒷모습도 신선했다. 우리 가족들보다 키가 큰 소우가 걸어가자 복도가 왠지 비좁게 느껴졌다.

거실 테이블 주변에 둘러앉은 우리는 선물로 가져온 과일 젤리를 다 같이 먹었다.

"마루야마 군, 그렇게 격식 차리지 않아도 돼요. 본인 집이라 생각하고 편하게 있어요. 원래 아이 아빠도 집에 있을 예정이었는데 갑자기 급한 회사 일이 생겨서요. 다음에 보자고 전해달래요."

"감사합니다. 아이하고 교제한 지 오래인데 이제야 찾아뵈어서 죄송할 따름입니다."

"무슨 말이에요, 아까부터 계속 죄송하단 소리만 하네. 모처럼 왔으니까 둘이 어떻게 만났는지부터 자세히 말해봐요. 아이는 집에서는 그런 얘기를 통 안 해서, 이참에 듣고 싶네요."

나는 우리가 고등학교 농구부 선후배 관계였다는 얘기부터 했다.

"오래 알고 지낸 관계 같은 거 좋더라. 난 고등학교 때 그런 게 전혀 없었어서 어렵겠지만."

"대학에서 찾으면 되지. 그쪽이 사람도 더 많고. 이제 입학한 지 반년 더 됐지? 괜찮은 사람 없어?"

"전혀! 애인이 필요한데 남자 사람 친구조차 없어서 조바심이 나. 나중에 얘기 좀 들어줘."

"알았어."

노조미는 여자끼리 있으면 평범하게 잘 말하는데 남자를 상대할 때는 사고회로가 부정적인 쪽으로 돌변하는 타입이라, 아직 제대로 연애해본 적이 없는 것 같았다.

"맞다, 마나미네 집 드디어 다 지은 모양이더라. 일전에 역으로 걸어가다가 봤는데 덮어놓았던 시트를 전부 걷어냈더라고. 아주 번듯한 하얀 이층집이었어. 친정 근처에 집을 짓다니 마나미도 정말 효녀라니까."

"엄마, 지금 그 얘기 꼭 안 해도 되잖아."

나와 소우의 표정이 약간 굳은 걸 알아채고 노조미가 끼어들었다.

"왜 안 돼? 언니도 친한 친구 근황이 궁금할 텐데."

"엄마 말대로 집이 완성돼서 다음 주에 입주한대. 원래는 오늘 마나미도 보고 싶었는데 이사 준비 때문에 바쁘다고 해서."

"애를 셋이나 데리고 이사하려니 힘들겠지. 연년생이라고 했던가? 마나미도 너처럼 예전에는 천방지축이었는데 지금은 완전히 철이 들었더라고."

"그런 얘기 좀 그만하라니깐."

다시 노조미가 말을 끊었고, 나와 소우는 겸연쩍은 웃음을 숨기지 못했다.

"그나저나 마루야마 군처럼 남자다운 사람이 옆에 있어서 그런지 아이 너도 평소보다 차분해 보이네. 정말이지 여자애가 키만 쑥쑥 크는데 초등학교 삼사 학년 때였나, 키 순서로 자리를 정하니 맨 뒷자리에 앉았더라고. 언제까지 저렇게 클까 하고 아주 조마조마했다니까. 저렇게 멀대처럼 커서 어째 결혼이나 하려나 싶어서. 여자 중에 너하고 비슷한 키는 요새도 별로 없지?"

"아니, 최근에 만난 사람도 나만 하던데."

사이카를 떠올렸다. 사이카도 학창시절에 늘 뒷자리였을까.

"엄마가 맨날 그랬잖아. 거기서 더 크면 너보다 큰 남자는 못 만날 거라고."

"만났네, 다행히."

노조미가 소우를 보며 놀리듯 말했다.

"어릴 적부터 이렇게 기 세고 괄괄해서 나중에 어쩌나 얼마나 걱정했는지 몰라요. 내버려두면 혼자서 어디로 가버리는 애였으니까."

"내버려둔 사람이 잘못이지. 그렇게 걱정됐으면 목줄이라도 채우지 그랬어요."

"네가 강아지니?"

집을 나온 소우는 한숨을 내쉬더니 뭉친 곳을 풀듯 천천히 목을 돌렸다. 본가 주변의 익숙한 풍경 위로 쏟아지는 햇살조차 여느 때보다 더 반짝거리는 것처럼 느껴질 정도로 행복했다. 고등학생 때부터 동경했던 그 덩치 큰 소우가 뻣뻣하게 굳어서 우리 집 거실에서 가족들과 이야기를 나누다니.

"아, 맞다. 오늘 다른 볼일 있어?"

"아니? 소우도 참, 집에 들렀다가 역 앞에서 교자 먹고 들어가자고 오늘 아침에 말했으면서."

"다쿠마한테 다음 달에 만나서 한잔하자고 연락했거든. 여행 끝나고 처음 연락한 건데, 목소리가 너무 안 좋아서 무슨 일 있냐고 물어보니까 사이카가 헤어지자고 했다는 거야."

"거짓말!"

생각지도 못한 이야기였다. 사이카와는 자주 만났고, 그저께도 만나서 같이 저녁을 먹었는데 남자친구와 헤어진 분위기는 전혀 느끼지 못했다.

"최근에 오랜만에 만났는데 느닷없이 그런 얘기를 꺼냈나보더라고. 아직 다쿠마도 마음 정리가 안 된 것 같아. 너무 우울해 보여서 오늘 밤에 같이 한잔하자고 했더니 집으로 오겠다고 하더라. 정말 힘든가봐."

"그렇겠지. 여름에는 정말 좋아 보였는데 설마 차일 거라 생각이나 했겠어."

"주사위한테 들은 얘기 없어?"

"전혀. 아무 낌새도 없었고 평소랑 똑같았어."

"그래? 일단 이따 밤에 어떻게 할래? 다쿠마랑 집에서 얘기할 테니까 우울한 분위기 싫으면 넌 본가에 있든지."

"아니, 나도 들을래. 왜 헤어졌는지 신경 쓰이네."

잘 어울리는 커플이라 생각했는데. 즐거웠던 여행의 추억에 어스름히 그늘이 졌다.

"미안, 불쑥 찾아와서."

"우리는 괜찮으니까 신경 쓰지 마. 밖에서는 하기 좀 그런 얘기잖

아. 얼른 들어와."

힘없이 어깨를 떨군 다쿠마는 소우의 말에 우산을 우산 꽂이에 깔끔하게 꽂아두고 안으로 들어왔다. 저녁부터 비가 내리는 모양이었다. 나와 소우가 같이 사는 집은 좁고 지저분했지만 다쿠마의 눈에는 들어오지 않는지 반쪽이 된 얼굴로 말없이 한곳만 바라보고 있었다. 눈이 푹 꺼져서 인상까지 달라 보였다. 원래는 온화하면서도 풋풋하고 활기 넘치는 눈동자가 인상적이었는데, 지금은 시선을 드는 것조차 괴로운지 멍하니 아래만 바라보고 있었다.

남자도 이별하면 이렇게까지 힘들어하는구나. 막 실연당한 남자를 가까이서 본 건 처음이라 내심 놀랐다.

"언젠가 이렇게 될지도 모른다고 각오는 하고 있었어. 처음 만났을 때랑 사이가 상황이 많이 달라졌고, 매일 스케줄이 꽉 차 있는 데다 소속사의 감시도 심해져서 여간해서는 만나기도 쉽지 않았거든. 그 시기가 언제일지만 몰랐지 헤어질 건 예상하고 있었어. 하지만 실제로 들은 이유는 예상과 너무 달라서…… 도저히 받아들일 수 없었어."

"왜 헤어지자는데?"

소우가 몸을 내밀며 물었다.

"좋아하는 사람이 생겼대."

우리는 한숨을 푹 내쉬었다. 소우가 허리를 젖혀 의자에 기댔다.

"힘들었겠다. 주사위…… 사이카는 직업상 주변에 사람도 많을 테니 그러다 마음이 변했겠지."

"상대가 누군지는 안 물어봤어요?"

내 질문에 다쿠마는 두 손으로 머리를 감싼 채 고개를 저었다.

"알고 싶지 않아서 안 물어봤어요."

"심정은 이해해. 방송에 자주 나오는 사람이면 볼 때마다 생각날 테니까."

"누구든 싫어. 사이카가 나보다 좋아하는 사람이라니."

자포자기한 듯한 다쿠마의 어두운 목소리가 상처의 깊이를 말해 주고 있었다. 사이카는 나하고 그렇게 자주 만났으면서 어떻게 다쿠마하고 헤어졌다는 이야기를 안 할 수 있지? 그보다 스케줄이 꽉 차 있다고? 매일 연락이 와서 일주일에 두 번은 보는데 스케줄?

사이카는 전보다 일이 많아진 것 같았지만 일이 끝난 뒤에는 꽤 자유롭게 시간을 쓸 수 있는 것 같았다. 하기야 다쿠마는 남자니까 남들 눈도 신경 쓰일 테니 자주 볼 수 없었겠지. 사이카는 헤어지고 싶으면 바쁘다는 핑계로 만나는 횟수를 줄이고 서서히 멀어지는 타입일지도 모른다.

"완전 무섭네."

무의식적으로 튀어나온 말에 다쿠마와 소우가 나를 보았다. 황급히 "아무것도 아냐"라고 둘러댔다.

"너 정도면 금방 새로운 사람 만날 수 있을 거야. 누가 널 마다하겠어. 싱글 됐다는 소식 퍼지자마자 여기저기서 고백받을걸?"

"나는 아직 사이카하고 헤어졌다는 생각 안 해. 구질구질하게 굴면 더 미움 살 뿐이라는 건 알지만 '네, 알겠습니다' 하고 쉽게 헤어질 수 없어."

좌우지간 오늘은 마시자는 분위기였다. 나와 소우는 적당히 조절했지만 다쿠마는 칠백이십 밀리리터들이 일본주를 두 병이나 비우고도 제정신을 유지하더니 마지막에는 살짝 비틀거리는 걸음으로 택시를 타고 귀가했다. 우울한 상황이었지만 선하고 솔직한 성품은 여전해서 우리를 귀찮게 하지도, 사이카의 험담을 늘어놓지도 않았다. 그저 넋이 나간 사람처럼 구는 다쿠마의 모습이 보기 괴로웠다. 여름에는 똑같이 애정 넘치던 두 커플이었는데, 한 쌍은 부모님에게 인사를 드리고 다른 한쪽은 파국을 맞이할 줄은 꿈에도 몰랐다.

이별의 진상을 자세히 캐묻고 싶은 마음과, 남녀 사이에 끼어들기 주저되는 마음이 뒤섞여 어떻게 사이카를 대해야 할지 머리를 쥐어뜯었다. 그러는 동안에도 사이카는 태평하게 메시지를 보내서 '다음 주말에 볼까?' 하고 천진난만하게 물어왔다. 소우가 회사 일로 바쁜 동안 나는 사이카와 총 네 번이나 저녁을 같이 먹었지만 다쿠마 이야기는 한 번도 나오지 않았고, 그저 동성 친구와 자유롭게 돌아다니는 한때를 즐기는 것 같았다. 만나지 않는다는 선택지도 있었지만 다쿠마와의 일을 묻고 싶은 유혹을 이기지 못하고 이번에도 약속을 잡고 세타가야에 있는 사이카의 집을 찾았다.

현관문을 연 사이카는 나를 보고 한가득 웃음을 머금었다. 사이카가 무뚝뚝한 사람이었던 건 언제였더라. 이제 기억도 나지 않았다.

모노톤으로 통일된 실내는 스타일리시하고 시크한 분위기였다. 새하얀 벽에 난 창문에는 커튼이 아닌 검은 블라인드가 드리워져 있었다. 유리 테이블 밑에 하얀 러그가 깔려 있고, 거실에 놓인 소파 두 개는 모두 검은색이었지만 질감이 달랐다. 하나는 가죽, 다른 하나는 장모 퍼 소재의 커버였다. 유일하게 모노톤이 아닌 쿠션은 어두운 진보라색이었다.

"집 멋지다."

중얼거리며 사진 스튜디오에서 소품으로 쓸 법한, 금속제 다리가 달린 기다란 빈티지 룸라이트를 올려다봤다. 무척 세련된 분위기였지만 모델하우스처럼 생활감이 전혀 느껴지지 않아 왠지 불편했다.

"지인이 소개해준 인테리어 코디네이터한테 전부 맡겼거든. 여기로 이사 오기 전에는 좁은 기숙사에서 다른 연습생이랑 둘이 살아서 가급적 짐을 만들지 않으려고 했어. 그래서 이삿짐도 박스 세 개밖에 안 나왔지. 가구는 집에 옵션으로 있는 걸 써서 하나도 없었고. 그래서 이 집에 있는 건 거의 새 제품이야. 내가 고른 것도 아니고.

근데 그게 마음에 들어. 남의 집 같아서."

"남의 집 같은 게 좋아?"

"응. 집에 있는 시간이 길지 않아서 거의 어지르지 않지만 평소에는 이것보단 더러워. 일주일에 한 번 가사도우미를 부르는데 어제 치워서 오늘은 깨끗해."

집에서 요리도 안 할 거라고 멋대로 생각했지만 사이카가 내놓은 건 노란 소스 위에 아름답게 플레이팅된, 프로의 솜씨라 해도 믿을 송아지 갈비 요리였다.

"맛있겠다! 이런 걸 집에서 만들다니 대단한데?"

"화이트 와인하고 발사믹 소스인데 괜찮아? 그리고 로즈메리하고 세이지도 들어갔는데 허브는?"

"괜찮아, 나 못 먹는 거 없어. 잘 먹겠습니다."

좋은 고기인지 송아지 갈비는 육즙이 넘치고 씹는 맛도 좋았으며, 간이 잘 배어서 풍미도 뛰어났다. 더할 나위 없이 맛있는데도 한 입 먹은 사이카의 얼굴이 어두워졌다.

"너무 오래 구웠나봐. 속까지 안 익을까봐 오븐에 좀 오래 두긴 했는데, 그래서인지 좀 질기네."

"무슨, 엄청 맛있어."

곁들임으로 나온 따뜻한 빵에 버터를 바르며 말했다.

"그럼 다행이고. 어제 연습했을 때 만든 게 더 맛있었는데."

고구마와 파프리카, 그리고 먹어본 적은 있지만 이름 모르는 야채도 있었다.

"이 하얀 알갱이는 뭐야?"

"폴렌타. 옥수숫가루에 육수 넣고 끓였어."

"와, 본격적이네. 이런 건 레스토랑에서나 봤어."

남자친구를 처음으로 집으로 초대한 날이면 몰라도 친구가 놀러 온 건데 이렇게까지 음식에 정성을 들이다니. 완벽하게 통일된 콘셉트의 집도 그렇고, 완벽주의적인 성격인가?

"빵 더 먹을 수 있지? 이번엔 이거랑 같이 먹어봐, 트뤼프 오일 절임이야."

냉장고에서 꺼낸 병을 열자 하얀 접시 위에 오일과 함께 슬라이스된 트뤼프가 모습을 드러냈다.

"샀어?"

"직접 만들었어."

큰마음 먹고 만들어본 걸까, 아니면 오이 절임을 담그듯 트뤼프 절임을 만드는 타입의 사람인 걸까. 뭐라 말해야 할지 몰라서 일단 한 입 먹어봤다. 트뤼프 본체보다 오일에 트뤼프의 향이 더 진하게 배어 있었다.

술기운이 슬슬 돌기 시작해서 궁금했던 걸 물어보기로 했다.

"있잖아, 단도직입적으로 묻겠는데, 다쿠마 씨한테 헤어지자고 했다면서?"

"그걸 어떻게 알아?"

"저번에 소우랑 셋이서 같이 술 마셨거든. 다쿠마 씨가 너무 우울해 보여서 소우가 걱정된다고 불렀는데 완전 축 처져 있더라."

"그래? 몰랐네. 헤어지자고 하고 나서 한 번도 연락 안 했거든."

"그날 다쿠마 씨한테 얘기 들었어. 왜 헤어지자고 했는지도. 좋아하는 사람이 생겼다며?"

"맞아. 다른 사람을 좋아하게 됐으니까 헤어져달라고 했어. 내가 마음이 변해서 그렇게 다정한 사람을 찼어. 난 최악이야."

그렇다고 맞장구를 칠 뻔했지만 사이카의 어두운 표정을 보고 입을 다물었다.

"다른 사람이 좋아졌으면 어쩔 수 없지만, 왜 이렇게 갑자기? 저번 여름에는 죽고 못 사는 것 같았는데. 좋아하는 사람이 생기면 예전 사랑은 쉽게 사그라지는 거야?"

"최고의 남자친구였어."

사이카가 중얼거렸다.

"다쿠마는 처음 사귀었을 때부터 다정하게 나를 지켜봐줬고 내 상황이 달라져도 변함없이 사랑해줬어. 그래서 그 사람을 슬프게 한 나를 용서할 수가 없더라. 근데 지금 사랑을 도저히 포기할 수 없었어. 사람을 이렇게 좋아할 수 있다는 걸, 지금까지 몰랐어."

최고의 남자친구를 뛰어넘을 정도로 푹 빠진 사람이 대체 누구인지, 벌써 사귀고 있는지 묻고 싶었지만 막상 물으려니 말이 나오지 않았다.

"사람 마음이 생각대로 안 되지. 다쿠마 씨한테 얘기 들었을 때 솔직히 의아하긴 했지만 너만의 사정이 있을 거라 생각해. 나도 요새 소우가 결혼 얘기를 자주 꺼내는데 무슨 생각인지 도통 모르겠거든."

너무 깊이 캐물으면 안 된다는 생각에 내 이야기로 화제를 돌렸다. 그러나 사이카의 낯빛이 대번에 바뀌는 걸 보고 잘못된 선택이었음을 알아챘다. 그도 그럴 것이, 얼마 전에 남자친구와 헤어진 사람한테 할 이야기가 아니었다.

"미안, 쓸데없는 얘기해서."

"소우랑 결혼하고 싶어?"

"소우가 원하면 나는 언제든 하고 싶지. 아직 스물다섯 살이라 좀 이른가 싶긴 하지만."

사이카는 어두운 표정으로 고개를 떨궜다.

"왜?"

"아무것도 아냐."

다 먹은 그릇을 들고 일어난 사이카는 아무리 봐도 상태가 이상했다. 부엌에 들어가 안쪽 복도로 사라지더니 돌아오지 않았다. 얼마간 시간이 흐른 뒤, 불 꺼진 복도를 들여다보았지만 사이카는 보이지 않았다. 화장실에 갔나 생각했지만 화장실도, 욕실도 모두 컴컴했다. 어스름한 복도 끝에 반쯤 열린 문이 있었다. 방 역시 어두웠지만 들여다보니 인기척이 났다. 안으로 들어가자 침대에 얼굴을 파묻은 사이카의 모습이 보였다. 그의 머리맡으로 다가갔다.

"사이카, 무슨 일이야? 괜찮아? 어디 아파?"

사이카는 얼굴을 들지 않고 고개만 저었다. 그의 눈높이에 맞춰 허리를 구부리고 있던 나는 콧물 훌쩍이는 소리에 그대로 굳어버렸다.

담담하게 이야기하기는 했지만 역시 다쿠마와 헤어진 여파가 컸던 것이다. 슬픔을 숨기고 애써 밝게 행동했을 텐데 내가 눈치 없이 소우 이야기를 해서 우울해진 거고. 얼굴을 파묻은 채 꼼짝도 하지 않는 사이카의 옆머리를 매만지며 말했다.

"사이카, 내가 쓸데없는 소리를 해서 미안해. 다쿠마 씨 일도, 두 사람 사이를 잘 모르면서 캐물은 게 잘못이었어. 그만 가볼게, 나오지 말고 푹 쉬어."

고개를 든 사이카가 흐트러진 머리카락 사이로 나를 바라봤다. 복도에서 새어 들어오는 어렴풋한 빛을 반사한 눈동자가 반짝였다. 무서울 정도로 진지한 표정이 무엇을 의미하는지 짐작이 가지 않아 순간 무의식적으로 그의 얼굴을 들여다보았다.

팔을 뻗어 내 뒷목을 붙잡은 사이카가 갑자기 고개를 숙이더니 짧게 숨을 들이마신 뒤 다가와 거칠게 내 입술을 덮었다. 이게 무슨 장난이야? 일단 웃으며 물러나 고개를 돌렸지만 지척에서 숨 삼키는 소리가 나더니 다시 입술을 덮쳐왔다. 밀어내려고 힘을 주었지만 사이카는 떨어지지 않았다.

가녀린 팔에서 나왔다고는 상상도 할 수 없을 정도의 완력으로 내 목을 완전히 붙들어, 움직이고 싶었지만 꼼짝도 할 수 없었다. 턱을 빼서 미세한 빈틈을 만들어봤지만 그의 입술은 내 입술을 집요하게 좇으며 떨어지려 하지 않았다. 저항의 목소리는 입술 사이로 비집고 들어온 그의 뜨거운 혀에 빨려 사라졌고, 송아지 갈비 맛이 나는 서로의 타액이 뒤섞였다.

세차게 고개를 저으며 사이카를 밀쳐 간신히 억센 손길에서 벗어난 뒤, 비틀거리며 문 쪽으로 갔다. 하지만 나보다 먼저 달려온 그가 반쯤 열린 문 앞을 가로막고 섰다.

"나갈 거야! 이런 장난치지 마!"

호흡이 완전히 흐트러져 어깨를 들썩이며 거친 숨을 내쉬고 있었지만 약한 모습을 보일 수는 없었다. 빈틈을 보이면 이다음에 무슨 짓을 당할지 모른다. 어째서인지 뺨이 축축했고, 그것이 사이카의 타액 때문이라는 사실을 깨닫자 모욕당한 느낌이 들어 불쾌하고 소름 끼쳤다.

미세한 문틈으로 새어 들어오는 빛이 사이카의 얼굴을 지나고 있었다. 그는 눈을 부릅뜨고 나를 놓치지 않겠다는 듯 두 손과 등으로 문을 세게 눌렀다.

"장난치는 거 아냐. 가지 마, 나 혼자 두지 마. 아이가 너무 좋단 말이야."

대체 무슨 소리를 하는 거지?

다가온 사이카가 나를 힘껏 끌어안았다.

"좋아서, 너무 좋아서 못 참겠어. 널 보는 것만으로도 온몸의 세포가 전부 뒤바뀔 만큼 좋아해. 어떻게 하면 좋을지 나도 모르겠어. 아키타에서 처음 봤을 때부터 신경이 쓰여서 참을 수가 없었어. 뭔가 착각한 거다, 아이는 여자고 나한테 그런 취향은 없다고 생각하며 잊으려 했는데, 도쿄에 돌아와서도 날로 마음이 커져서 잊을 수가 없었어."

귓가에 속삭이는 그의 나지막한 목소리가 고막을 뒤흔들었다.

"아이한테는 소우가 있다는 걸 알면서도 도저히 포기가 안 돼. 다쿠마하고도 헤어질 수밖에 없었어. 이렇게 좋아하는데 내 감정을 속이고 그렇게 좋은 사람과 계속 사귈 순 없잖아."

같은 눈높이에서 내 귀를 덮는 사이카의 숨결이 뜨거웠다.

"농담이지?"

"농담으로 이런 소리 하는 사람도 있어?"

사이카는 팔에 더 힘을 주어 내게 밀착했다. 적반하장으로 당당하게 구는 사이카와는 반대로, 나는 주변이 어두워서 잘 보이지 않는 게 다행이다 싶을 정도로 귀까지 확 열이 올라 있었다.

"너무해. 친구라고 생각했는데 이런 식으로 배신하다니. 아까 그것도, 내 동의를 전혀 구하지 않았잖아."

"난 널 친구라고 생각한 적 없어. 처음부터 내내 좋아했어."

이제 그만하라고 말하려 했지만 사이카는 다시 내 목에 입술을 묻고 혀로 쓸며 세게 빨아들였다. 뜨겁고 습한 감촉에 나도 모르게 비명이 터져 나왔다. 내 얼굴에 드리운 그의 긴 머리카락도, 달콤한 체취도, 뼈마디가 느껴지는 가녀린 어깨도 전부 여자의 것이었다. 이런 경험이 난생처음인지라, 몸은 잔뜩 긴장해 격렬한 거부반응을 일으켰다.

손에 힘을 주어 그의 얼굴을 억지로 떼어낸 뒤 손을 쳐들어 따귀를 날리려고 했지만 애원하듯 나를 올려다보는 그의 표정에 멈칫했다. 복도 불빛을 받은, 얇은 눈물막이 뒤덮은 크고 아름다운 눈동자. 하지만 그 생김새의 아름다움보다도 까만 눈동자 속에 자리한 정열이 더 강렬했다. 진심이다, 농담으로 한 소리가 아니었다.

"이제 됐으니까 비켜!"

팔에서 힘이 빠진 틈을 타 사이카를 뿌리치고 문을 열고 나왔다. 성큼성큼 복도를 지나 거실에 있는 가방을 들고, 신발을 대충 구겨 신은 채 집을 벗어났다. 사이카는 쫓아오지 않았다. 엘리베이터를 기다리는 동안에도 온몸이 주체할 수 없을 정도로 덜덜 떨렸다. 머리가 상황을 전혀 따라갈 수 없었다.

어떻게 걸었는지 기억도 나지 않지만, 정신을 차려보니 역에 도착해 자동개찰구를 지나고 있었다.

역 승강장에서 전철을 기다리며 불현듯 광고 옆 거울에 비친 제 얼굴을 보았다. 목 중간쯤에 작고 빨간 흔적이 보였다. 사이카를 향한 뜨거운 분노가 솟아올라서 거울을 깨버리고 싶었다.

웃기지 마! 이런 걸 어떻게 이해하라고.

손으로 목을 가린 채 승강장으로 미끄러져 들어오는 전철을 탔다.

*

사이카에게 고백을 받다니. 다쿠마는 물론 소우에게도 절대 말할 수 없었다. 마음이 요동쳐 평정을 되찾을 수 없었지만 꾸역꾸역 일어나 출근했고, 소우와도 아무 일 없던 것처럼 일상을 이어갔다.

그때 그 어두운 침실에서의 일이 실제로 일어난 일이라는 걸 믿지 못하는 마음만 날로 커져갔다. 내가 뭔가 착각해서 사이카를 오해하고 있는 건가? 사이카가 정말 나에게 고백 같은 걸 했던가?

하지만 그와 반대로 입술에 남겨진 그의 감촉은 날이 갈수록 생생함을 더해갔다. 두 번이나 입을 맞췄다. 어쩌면 나에게 빈틈이 있던 건지도 모른다. 펄쩍 뛰고 싶을 만큼 부끄러웠다.

첫 번째는 갑자기 당한 거라 어쩔 수 없었다고 해도, 두 번째는 왜 피하지 못했을까. 아니, 나는 피하려고 얼굴을 돌렸지만 사이카가 재빨리 나에게 맞춰 얼굴 각도를 바꾼 것이다. 어쩜 그렇게 야생동물처럼 민첩하게 움직일 수 있을까. 무서웠다.

사이카 생각을 하지 않고 하루하루를 보내려고 애썼다. 다행히 그 뒤로 사이카에게서 연락은 없었고, 어디에 밥을 먹으러 가자, 미술관에 가자 등등 둘이 이야기하며 막연히 세웠던 계획들도 모조리 백지가 되었다.

나에게 조금이라도 오해를 살 만한 요소가 있었다면 그의 심정을 헤아릴 수 있었을지도 모른다. 하지만 진지한 표정이 무섭다는 이야기는 들어봤어도 남자 같은 얼굴이라는 말을 들은 적은 없었고, 키는 큰 편이지만 그건 사이카도 마찬가지였다. 둘 다 보이시한 패션을 즐기지도 않았다. 다쿠마처럼 남성적인 매력이 물씬 풍기는 사람과 사귀었으면서 어째서 지금은 나일까.

"요새도 주사위하고 만나?"

소우의 물음에 흠칫했다. 사이카가 그날 밤 일을 소우나 다쿠마에게 말한 것일까.

"요즘은 안 만났어. 왜?"

"아까 다쿠마한테 전화가 왔는데 사이카가 일을 못 할 정도로 상태가 안 좋대. 우울증인 것 같은데 소속사에서도 난처한 모양이야."

"사이카가 다쿠마 씨한테 연락했대?"

"아니. 예전에 소속사에서는 다쿠마와 주사위가 사귀는 걸 반대했는데 매니저는 묵인해줬나봐. 이번 일도 그 사람한테 들은 거고. 매니저는 다쿠마랑 헤어져서 침울해하는 게 아니냐고 했는데 다쿠마는 주사위가 새로 좋아하는 사람하고 무슨 문제가 생긴 것 같다고, 자기가 할 수 있는 일이 없다며 고민하더라고. 복잡한 상황이지."

나는 그저 고개만 끄덕였다.

"너희 둘, 같이 여기저기 놀러 다닐 정도로 친하잖아. 좀 들여다보면 어때? 무슨 이유로 우울해하는지는 모르겠지만 일을 며칠이나 쉬는 건 좀 그렇잖아."

사이카가 우울에 빠진 건 자업자득이다. 나에게 그런 짓을 했으니 당연한 업보지, 반성해야 해. 처음에는 그런 생각이 들었지만 일을 쉰다는 말에 가슴이 술렁거렸다. 지금 위치까지 오기 위해 몸 파는 것 말고는 뭐든 닥치는 대로 다 했다던 사이카의 말이 떠올랐다. 어렵게 노력해서 얻은 일을 이런 것 때문에 망치는 건 원치 않았다. 사이카의 팬이 되겠다고 선언한 마음은 여전히 그대로였다. 일에 대한 꿈을 포기한 내 눈에 뭐가 정답인지도 모른 채 열다섯 살 때부터 쉼 없이 달려왔다고 고백하던 그때의 사이카는 눈부실 뿐이었다.

지금쯤 어쩌고 있을지, 마음 한구석에서 사이카 생각을 하며 일주일을 보냈다. 소우에게 부탁해 다쿠마를 통해 알아본 결과 사이카는 억지로 복귀하기는 했지만 몸 상태는 전혀 좋아지지 않았고, 오히려 악화되어 통원 치료를 받고 있다고 했다. 현장에 나가도 일을 절반도 소화하지 못한 채 쓰러지는 상태가 이어지고 있어서 매니저 말로는 소속사에서 사이카의 연예 활동 중단과 장기 요양을 검토한다고 했다. 인터넷에서 검색해보니 건강 문제로 기자회견에 불참했다는 최근 기사 몇 개가 떴다. 하는 수 없이 근황을 묻는 메시지를 작성하는데 '사이카'의 한자 변환 후보에 '災禍'가 떴다. 내게는 글자 그대로 '재화'나 다름없는 존재다. 화면을 보며 확신했다.

하지만 답장은 오지 않았다.

더는 사이카와 엮이고 싶지 않았지만 막상 활동 중단 발표를 보면 마음이 좋지 않을 것 같아서 전화를 걸어봤다. 사이카는 금방 받았지만 아무 말도 하지 않은 채 말없이 숨죽이고 있었다.

"여보세요. 다쿠마 씨 통해서 들었는데 요즘 스케줄 펑크내고 쉰다면서? 일이 얼마나 중요한지 나한테 그렇게 설교해놓고."

가급적 다정하게 말하려고 했지만 전화가 연결된 순간 그날 밤의 분노와 수치심이 되살아나 목소리에 노기가 서렸다. 휴대전화를 든 손은 긴장해서 힘도 제대로 들어가지 않았지만 말투는 험악했다.

"펑크낸 거 아냐. 정말 몸이 안 움직였어. 일어나려 해도 현기증이 나서 다시 쓰러졌어. 이런 경험은 난생처음이야."

누워 있는지 사이카의 목소리가 울렸다.

"큰 병 걸린 건 아니고?"

"검사했는데 이상은 없었어. 의사는 정신적인 문제로 생긴 증상 같대."

"다쿠마 씨하고 헤어져서 충격이 컸나봐."

"그런 거 아냐. 그날 집에 잘 돌아갔어? 많이 흥분한 것 같아서 혹시 사고라도 날까봐 걱정했어. 연락하고 싶었는데 싫어할 것 같아서."

사이카의 목소리가 친구로서 말할 때와 확연히 다르다는 건 수화기 너머로도 확실히 전해졌다. 전부 착각일지도 모른다는 내 낙관적인 바람은 산산조각이 났다. 사랑하는 사람과 대화할 때의 촉촉한 목소리가 귓가를 간지럽혔다.

"나 때문이라고? 내 태도 때문에 네 컨디션이 나빠졌다는 거야?"

"그런 뜻 아냐. 미안해."

"몸이 아픈 게 아니라 단순히 마음 문제라면 더더욱 약한 소리 하면서 펑크낸 거네. 어리광 부리지 말고, 사이카가 빠지면 곤란해지는 사람이 많으니까 빨리 회복해! 끊는다!"

평소 같았으면 마음이 약해진 사람에게 '약한 소리다'라는 말은 절대 하지 않았을 것이다. 하지만 사이카가 정말 약해져 있다는 낌새가 느껴져 어째서인지 짜증이 났고 절로 쓴소리가 나왔다.

하고 싶은 말을 다 해 속이 시원했지만 그렇다고 사이카가 현장에 복귀해 열심히 일하자고 결심할 것 같지는 않았다. 우울에 빠진 사람인데, 용기를 북돋아주는 말은 한마디도 못 했다. 사실 그가 호소한 증상이 내 걱정에 스트레스로 쓰러진 엄마의 증상과 비슷하다는 것도 나를 불안하게 했다. 엄마도 처음에는 현기증과 이명에 시달렸고, 무리해서 일상생활을 해나가려고 하다 마음이 완전히 무너져 결국 오랫동안 쉴 수밖에 없었다. 지금 한창 잘나가는 사이카가 오랜 기간 복귀하지 못한다면 앞으로의 연예 활동에 큰 지장이 있을 거라는 건 일반인인 나도 알 수 있었다.

가는 길 내내 몇 번이고 한숨이 나왔지만 다시 사이카의 집으로 향했다. 호수를 입력하고 인터폰을 눌렀다.

"네. 누구세요?"

낯선 여성이 인터폰을 받았다. 자기소개를 하려는데 인터폰 카메라로 나를 보았는지 사이카가 뭐라고 말하는 소리가 들렸다.

"사이의 친구분이시구나. 들어오세요."

문 앞까지 가자 안경을 낀 여성이 문을 열어주었고 집으로 들어가자 거실 소파에 누워 있던 사이카가 고개만 들어 믿을 수 없다는 얼굴로 나를 응시했다. 불현듯 그 정교한 아름다움은 생각보다 훨씬 위태로운 것이라는 사실을 깨달았다. 그는 자칫 퇴폐적으로도 보이는 아슬아슬한 아름다움의 경계 위에 서 있었다. 그리고 그 줄타기에서 발을 잘못 디뎌 소파에 떨어진, 영양실조에 걸린 박쥐처럼 시들어가고 있었다.

“와주셔서 감사해요. 쇼다 사이카의 매니저인 요네하라라고 합니다.”

요네하라 씨가 정중한 태도로 나에게 명함을 내밀었다. 사적인 자리에서 명함을 교환해본 적은 별로 없었지만 일단 나도 케이스에서 명함을 꺼냈다. 건네받은 명함에는 ‘오피스 NJ 매니저 요네하라 가오루’라고 적혀 있었다. 삼십 대 중반쯤의 성실한 인상의 요네하라 씨는 진심으로 사이카가 걱정되는지 나와 이야기하는 도중에도 사이카에게 담요를 다시 덮어주는 등 신경을 썼다.

“난리 아이라고 합니다. 매니저님 이야기는 다쿠마 씨한테 들었어요.”

“나카니시 씨하고도 아는 사이시군요. 급한 마음에 그분한테까지 연락해서 걱정만 끼쳤네요. 사이하고 교제했을 때 헤어져달라고 몇 번이나 부탁드린 전적이 있어 죄송스러웠는데 그때 일은 모두 잊었고 최대한 도움이 되고 싶다고 말씀해주시더라고요. 정말 좋은 분이에요.”

“네, 다쿠마 씨는 사이카 이야기를 듣고 속상해하는 것 같더라고요. 사이카, 대체 왜 이러는 거야? 제대로 일을 해야지. 다쿠마 씨도 얼마나 걱정하는지 알아?”

어색하고 데면데면한 말투에 속지 않겠다는 듯 사이카는 입을 꾹 다문 채 의심스러운 표정으로 뚫어져라 나를 바라보고 있었다. 눈앞에 나타난 인간이 어떻게 나올지 살피는, 버려진 고양이 같았다.

"사이가 슬럼프를 겪는 데는 너무 혹사시킨 저희 책임도 있어서 반성하고 있어요. 사이가 약한 소리를 하거나 일을 쉰 적이 없다는 걸 구실로 일을 너무 많이 받았죠. 거의 잘 시간도 없었는데 개인적으로는 지금까지 용케 버텼다고 생각해요. 육체뿐 아니라 정신적인 부담도 큰 업계라 사이처럼 어느 날 갑자기 정신적으로 무너져서 쓰러지는 연예인들도 많거든요. 아, 전에 뜬금없이 금요일 저녁에는 스케줄을 잡지 말아달라는 소리를 해서 스케줄 짜는 데 좀 고생하기는 했지만."

니시이케부쿠로의 가나에……. 그때 일을 떠올리자 피식 웃음이 났다. 하지만 이내 달라진 우리 관계에 눈물이 날 것 같았다.

목에 입맞춤을 당했을 때 내가 억지로 얼굴을 밀어내다 낸 상처인지 그의 윗입술에는 날카로운 붉은 상흔이 모로 남아 있었다. 평생의 상처는 아니겠지만 완전히 보이지 않게 되기까지는 일주일쯤 걸릴 것 같았다. 연예인의 장사 밑천인 얼굴에 상처를 냈다는 후회와 그날 밤 사건을 생생하게 상기시키는 상처에 화가 치밀어 나도 모르게 얼굴이 구겨졌다. 내 시선을 알아챈 요네하라 씨가 다시 입을 열었다.

"게다가 입술에 심한 헤르페스까지 생겨서 달력 촬영도 연기됐어요. 피로가 쌓인 모양이에요."

헤르페스라고 둘러댄 건가. 내 싸늘한 시선에 사이카는 머쓱한 듯 소파 쪽으로 고개를 돌렸다.

"하지만 사이가 건강하다는 걸 전제로 받은 일들이 계속 밀려서 이대로는 위약금까지 지불해야 하는 상황이라 저희도 골머리가 아파요. 구체적인 피해가 생기기 전에 사이의 마음이 회복됐으면 좋겠는데……."

"사이카하고 잠시 단둘이서 이야기할 수 있을까요?"

"물론이죠. 안쪽 침실에서 말씀 나누세요. 사이도 이제 자려던 참이었거든요."

설마 그 침실? 발바닥에 진땀이 나는 것 같았지만 어설프게 싫다고 하면 이상하게 여길 테니 받아들이는 수밖에 없었다. "가자." 사이카에게 말하니 그는 담요를 부둥켜안고 말없이 뒤따라왔다.

침실 문을 닫자마자 아까까지 요네하라 씨에게 짓던 미소를 지우고, 침대에 쓰러진 사이카를 매서운 눈으로 바라봤다.

"립스틱 안 발라도 되겠네?"

"대신 컨실러는 엄청 쓰고 있어."

"그게 누구 때문인데. 언제까지 제멋대로 굴 거야. 나한테 그만큼 마음대로 굴어놓고 또 이러기야? 출근하기 싫을 정도로 우울한 건 나야."

"미안해."

"내가 바람피운 것도 아닌데 다쿠마 씨한테도, 소우한테도 미안해 죽겠다고!"

요네하라 씨에게 들리지 않도록 나지막이 속삭였다.

"네가 여자라서 의식하지 못하는 걸 수도 있지만 싫다는 사람한테 강제로 성적인 행위를 하는 건 엄연한 범죄야. 난 절대 용서 못 해. 또 그런 짓을 하면 경찰에 신고할 거야. 알아들었어?"

사이카는 담요 속으로 얼굴을 넣었다.

"알았어, 미안해. 이제 안 할게. 그날 밤은 아이가 결혼할 것 같아서 너무 조바심이 났어. 나도 모르게 그런 거야."

"다음에는 용서 안 해."

단단히 못을 박는데 문득 불안한 마음이 엄습했다. 다음이라니? 이런 말을 한다는 건, 앞으로도 사이카와 계속 만날 작정이라는 건가? 사이카의 마음을 알아버린 이상, 더는 평범한 친구 사이로 돌아갈 수 없는데……. 다음에 우리는 어떤 얼굴로 만나게 될까. 어떤 사이로 만나야 하는 걸까.

"이제 슬슬 정신 차리고 일에 전념해. 잘 먹고, 잘 자고. 내가 여기까지 직접 와서 혼냈는데 기운 안 차리면 그것도 용서 안 할 거야."

"응."

"볼일 끝났으니까 난 그만 갈게. 이제 매니저한테 돌봐달라고 해."

사이카는 대답 대신 이불 속에서 왼팔을 슬금슬금 내밀어 내 옷

자락을 붙잡았다.

"또 와."

"뭐?"

"아이하고 잠깐이라도 만나면 아침부터 밤까지 일할 힘이 날 것 같아. 얼굴만 봐도 내일을 살아갈 의욕이 생겨. 사실은 매일 만나고 싶어."

"그런 말이 나오니?"

사이카는 더듬더듬 내 손을 잡더니 살며시 쥐었다. 뿌리칠 수 없었다.

"저번에 많이 놀랐어?"

"당연하지. 사실 나 놀리는 거지? 다 장난이지?"

"그렇게 생각해?"

아니, 이젠 그렇게 생각하지 않았다. 사이카는 양손으로 내 손을 소중하게 잡더니 제 뺨에 내 손바닥을 대고 말했다.

"그런 짓을 해버려서 다시는 못 만날 줄 알았어. 꼼짝도 못 할 만큼 우울했어. 나도 지금까지 열심히 해온 일을 이렇게 포기하고 싶진 않았어. 하지만 몸이 말을 안 들어. 이런 기분을 느낀 건 처음이야. 아이를 보면 온몸의 피가 끓어올라."

"지금까지는 남자하고 사귀었는데, 사실은 여자를 좋아한다는 사실을 처음 자각했다는 거야?"

내뱉은 말에 심장이 빠르게 뛰었다. 귀에서 이명이 들렸다.

"아니. 남자도 여자도 상관없어. 너라서 좋아해. 그저 존재하는 것만으로 아이는 나한테 특별한 사람이 되었어. 아이를 만날 때까지 여자는 오히려 싫어하는 편이었어. 아무리 매력적이어도 경쟁자로밖에 안 보였고 동성 친구도 거의 없어. 하지만 아이한테만큼은 모든 게 무의미해. 아이는 그냥 특별한 존재야."

첫눈에 반했다는 건지도 모른다. 하지만 그것도 상대 나름이지……. 난감한 감정이 먹구름이 되어 마음을 뒤덮었다.

"분명히 말하지만 난 여자를 사랑할 수 없어."

"여자를 사랑하지 않아도 돼. 나만 사랑해주면 돼."

나도 모르게 사이카의 이마를 톡 쳤지만 다음 말이 나오지 않았다. 성별은 상관없다, 말은 쉽지만…… 누군가를 보았을 때 맨 처음 등장하는 어마어마한 크기의 필터를 무시하는 게 가능할까? 그저 친구로서 마음을 터놓았던 타이밍에 제 감정을 숨기지 않고 털어놓으니 누가 심장을 움켜쥔 것처럼 마음이 계속 동요했다. 이제껏 솔직한 모습으로 관계를 맺어왔기 때문에 이제 와서 허세를 부리며 방어하는 것도 불가능했다.

"아니, 나한테는 이미 소우가 있어. 소우하고 헤어질 생각 전혀 없는 거 너도 알잖아."

"그래. 미안해."

사이카는 내 손을 놓고 고개를 떨궜다. 또다시 우울에 빠지려는 낌새가 느껴져 황급히 말을 이었다.

"마음 내키면 또 올게. 오늘은 푹 쉬어."

사이카는 담요로 얼굴을 덮은 채 잠긴 목소리로 말했다.

"오늘 와줘서 정말 고마워."

요네하라 씨가 내 명함에 적힌 메일 주소로 사이카가 기운차게 현장에 복귀했다는 소식을 전해주었다. 내가 찾아간 다음 날부터 사이카는 기운을 되찾았고 기력과 체력을 회복하여 예전과 마찬가지로 열심히 일하게 되었다, 감사하다, 같은 내용이 적혀 있었다. 내가 일으킨 극적인 효과에 모종의 복잡한 감정을 느끼면서도 사이카가 건강한 몸으로 다시 일에 복귀하게 된 것이 마냥 기뻤다. 소우를 통해 다쿠마에게도 연락을 받았다.

'아이 씨, 사이카를 찾아가줘서 고마워요. 요네하라 매니저에게 들었습니다. 아이 씨가 따끔하게 말해줘서 사이카가 다시 복귀할 수 있었다고요. 정말 기쁜 일입니다. 사이카는 동성 친구가 거의 없어서 아이 씨의 존재를 그만큼 귀하게 여기는 거겠죠. 어제 사이카와 만나서 잘 이야기했고 정식으로 헤어지기로 했습니다. 소우도 그렇고, 아이 씨까지 우리 일로 고생하게 해서 미안해요. 사이카와는 헤어지기로 했지만 아키타에서 다 같이 보냈던 기억은 좋은 추억으로

남아 있어요. 다음에 또 같이 한잔해요!'

"다쿠마 씨는 정말 너무 착해."

메시지를 보고 울먹거리며 중얼거리자 옆에서 소우도 한숨을 내쉬었다.

"옛날부터 그런 녀석이었어. 자기 감정보다 남의 감정을 우선했지. 나랑 다르게 어릴 때부터 인내심이 강해서 자기 순서를 양보하거나, 장난감을 곧잘 빌려줬는데 그때도 대단하다고 생각했어. 사이카 씨 주변에는 다쿠마보다 돋보이는 남자가 당연히 많겠지만 그만큼 자상하고 인성 바른 남자는 이제 만나기 어려울 거야."

소우의 말에 죄책감이 안개처럼 솟아올라 마음이 부옇게 흐려졌다. 사이카가 좋아하는 사람이 나라는 걸 알면 소우와 다쿠마는 대체 어떤 반응을 보일까.

사이카는 조심스럽게, 하지만 이내 전처럼 자주 메시지를 보내기 시작했다. 세 번에 한 번꼴로 답장을 보내자 차츰 그날 한 일 이야기에 또 보고 싶다, 아이 얼굴이 그립다, 등의 말이 섞이기 시작했다.

*

마나미에게서 이삿짐 정리가 겨우 끝났다는 연락을 받고 집들이 초대를 받아 지바에 갔다. 새집 느낌이 물씬 풍기는 하얀 벽의 이층

집이었다. 가을 햇볕을 받아 행복하게 빛나는 갓 심은 잔디와 초목이 파릇파릇하게 정원을 꾸미고 있었다. 마나미는 예전과 다름없는 활기찬 미소로 집 안으로 안내했다. 말로는 아직 정리하지 못한 상자도 있어 좀 너저분하다고 했지만 오랫동안 기다려 완성된 새집에 만족한 기색이 역력했다. 아들 둘에 딸 하나, 거기에 토비라는 요크셔테리어까지 키우는 마나미는 늘 누군가를 보살피고 있었지만 지친 티도 내지 않고 기운이 넘쳤다.

"다들 안 본 사이에 많이 컸네."

진부한 표현이었지만 예상보다 훨씬 빨리 자란 세 아이를 보니 절로 그런 말이 나왔다. 전에 만났을 때는 아직 갓난아이였던 첫째와 둘째는 키가 쑥 커서 어느새 소년소녀에 가까워져 있었고, 얼굴에 번진 쑥스러워하는 표정이 사랑스러웠다. 태어난 지 얼마 되지 않았을 때 봤던 셋째는 벌써 뛰어다니기까지 했다.

아이들은 셋이서 사이좋게 텔레비전 애니메이션을 보다가도 빙글빙글 돌아가는 식탁 의자에 앉아 있는 마나미에게 다가와 그를 끌어안거나 무릎에 머리를 기대는 등 사랑스러운 짓을 하며 응석을 부렸다.

"오랜만이다. 마루야마 선배하고는 잘 만나고 있지?"

마나미는 고등학생 때부터 친구라 당연히 같은 학교였던 소우에 대해서도 알고 있었다. 소우가 우리 부모님 집에 오거나 이따금 결혼 이야기를 꺼낸다고 하자 마나미는 손뼉을 치며 기뻐했다.

“결혼 생각 있는 거 맞네! 정말 축하해. 고등학교 때부터 너랑 선배를 알고 네 짝사랑을 응원해온 사람으로서 정말 감개무량하다.”

“그런데 결혼을 언급하긴 해도 꼭 지나가는 얘기처럼 하는 걸 보면 딱히 깊은 의미는 없거나, 그냥 장난인지도 몰라.”

“그럴 리가. 은근히 사인을 보내는 거지. 제대로 확인하고 싶으면 다음에 결혼 얘기 나왔을 때 자연스럽게 물어봐. 나하고 결혼하고 싶어? 이렇게.”

“그게 뭐가 자연스러워.”

우리는 마주 보고 깔깔 웃었다. 그래, 나는 사이카와 이런 이야기를 하고 싶었다. 대체 누가 그런 쪽으로 될 줄 알았겠는가.

“아침마다 교문에서 생활지도 주임 오카지하고 싸우던 네가 결혼해 누군가의 아내가 된다니 믿을 수가 없다.”

“설레발이라니까. 난 손님을 노려보던 점원 마나미가 자상한 엄마가 된 게 더 놀라운데?”

“덜컥 애가 생긴 데다 눈 깜짝할 새에 셋으로 늘었잖아. 마음의 준비도 못 하고 엄마가 된 거지. 마루야마 선배도 모범생은 아니었지만 사회인이 되고 나서는 성실하게 살고 있으니 마음 놓고 친구를 맡길 수 있겠어. 남자 볼 때 제일 중요한 건 성실하게 일을 하느냐, 그거거든.”

스무 살에 결혼한 마나미는 동창 중에서도 빠른 축이었다. 남자친구는 있지만 아직 독신인 나로서는 애 셋에 개까지 키우는 생활이 어떤지 상상도 가지 않았다. 결혼 오 년 차인 마나미 부부는 자주 툭탁대지만 지금도 금슬이 좋다.

"성실하게 일하는지 아닌지, 그런 게 중요해? 성격이 잘 맞는지 아닌지가 제일 중요한 거 아냐?"

"무슨 세상 물정 모르는 소리야. 결혼 생활에는 돈이 제일 중요해! 사랑 어쩌고 하는 건 처음뿐이고 그다음부터는 현실만 남는 거야. 가난하면 사랑도 사라지고 험악한 분위기로 바뀐다고. 고등학교 때 같은 배구부였던 미이나 기억나지? 걔는 술만 퍼마시고 한 직장에 진득하게 못 다니는 남편한테 발목 잡혀서 나한테 맨날 울면서 전화해. 그런 생활은 너무 비참하지 않아? 그런 점에서 마루야마 선배라면 걱정 없지."

고등학교 시절부터 변함없는, 마나미의 '마루야마 선배'라는 호칭에 옛날 생각이 났다. 과거에는 나도 소우를 그렇게 불렀었나. 친구가 용기 내보라며 밀어줬던 사람과 결혼하게 되다니, 새삼 행복하다 생각했다.

"맞다, 이 사람 알아? 우리랑 동갑인데……."

문득 생각이 나서 사이카의 사진을 보여주자 마나미는 고개를 갸웃거렸다.

"음, 본 것 같기도 하고 아닌 것 같기도 하고. 얼굴은 드라마에서 본 것도 같은데 이름을 모르겠네. 이 사람이 왜?"

"아니, 무슨 일이 있어서 그런 건 아니고 얼마나 유명한지 좀 궁금해서."

"그런 건 나한테 물어보면 안 돼. 요새는 애들 따라서 만화나 교육 방송밖에 안 보거든. 인기 있는 연예인은 잘 몰라."

마나미는 그렇게 말했지만 결국 사이카의 인지도는 이 정도라는 뜻이리라. 다양한 매체에 얼굴을 비췄지만 아직 대중적인 인지도는 낮은 것 같았다. 사이카 일을 마나미에게 털어놓고 싶기도 했지만 소우 이야기를 할 때와 달리 입이 떨어지지 않았다.

"결혼하면 너희도 우리 집 근처에 집 짓는 거 어때? 그럼 자주 만나서 수다도 떨고 좋잖아."

"결혼하면서 고향으로 돌아오는 것도 좋지. 실제로 집을 지어보니 어때? 나야 언제쯤 지을 수 있을지는 모르겠지만 참고할 겸 알려줘."

"환풍기랑 바닥 난방은 꼭 설치해! 난 이제 와서 후회하지만 이미 늦었어. 나중에 추가하면 공사비용도 더 들거든. 그리고 중요한 건 화장실과 침실 위치. 노후에 허리와 다리가 약해질 것까지 고려해서 위치를 정하는 게 좋아. 그리고……."

집을 지으면서 공부를 엄청나게 했는지 마나미는 이런저런 조언을 해주었다.

마나미의 집을 나와 사이카에게 메시지를 보냈다. 그전부터 만나자고 몇 번이나 연락이 와서 그 약속을 지키기 위해서였지만, 날을 오늘로 잡은 건 마나미와 이야기하고 나서 사이카를 만나면 친구 사이로 자연스럽게 행동할 수 있을 것 같아서였다. '지금 만날래?' 메시지를 보내자 '지금 집에 있으니까 집으로 와'라고 바로 답이 돌아왔고 그길로 사이카의 집으로 향했다.

이러니저러니 해도 이 집을 꽤 자주 찾는다는 생각을 하며 현관에서 인터폰을 누르자 사이카가 문을 열어주었다.

"나 왔어."

지금 가겠다고 분명 연락을 넣었는데도 현관문을 열어준 사이카는 놀란 눈동자로 나를 바라보고 있었다. 방금 전까지 오늘이야말로 전처럼 평범하게 이야기할 수 있겠다고 생각했는데, 막상 얼굴을 마주한 순간 온몸에 긴장이 퍼져 자연스러운 목소리를 낼 수 있던 건 첫인사뿐이었다. 가벼운 마음으로 이 집에 다시 온 것을 후회했다. 사이카는 민낯에 편한 차림새로 현관에 서 있었는데 아무것도 신지 않은 맨발이었다.

"오늘은 안 될 줄 알고 연락했는데 스케줄이 없어서 다행이야."

"아까 일 끝나고 바로 집에 왔어. 씻고 자려고 했지. 누워서 휴대전화 알람 맞추고 있는데 아이한테 연락이 와서 단숨에 일어났어."

"잔다고? 아직 초저녁인데 너무 이른 거 아냐?"

"내일은 새벽부터 촬영이 있거든."

"그래? 바쁘구나. 그럼 오늘은 방해 안 되게 일찍 갈게."

"방해라니. 원하는 만큼 있어도 돼. 들어와."

사이카는 내 팔을 잡고 복도로 들어갔다.

"이거 써."

그가 내민 옷걸이에 재킷을 벗어 걸었다.

"고마워."

"이것도 줘."

사이카는 내 옆구리에 손을 뻗더니 상의 밑단을 잡고 벗기려고 했다. 안엔 속옷밖에 없는 터라 그의 손을 뿌리치고 드러난 옆구리를 감췄다. 사이카는 소리 내어 웃고 있었다. 정말이지 한순간도 방심할 수가 없다.

오는 길에 사온 케이크를 나눠 먹으며 근황을 물었다.

"요즘 일 열심히 하네. 금요일에 시작한 새 드라마 봤어. 특이한 배역이더라. 초능력자였나?"

"응, 조연이라 그렇게 많이 안 나와서 내 분량 촬영은 다 끝났어."

"벌써 다 끝났다고? 그럼 결말도 알겠네, 알려줘."

사이카는 천천히 고개를 저었다.

"싫어, 안 가르쳐줘. 가르쳐주면 이제 안 볼 거잖아."

그렇지 않은데. 배역 때문인지 사이카는 머리카락 군데군데에 은색으로 부분 염색을 하고 있었다.

"사기꾼 초능력자 역할도 재미있지만 다음에는 청춘 드라마에서 사랑에 빠진 배역을 맡고 싶어. 지금이라면 생생하게 연기할 수 있을 것 같거든. 아이를 향한 감정을 표현하면 되니까."

장난스럽게 받아치고 싶었지만 도무지 말이 떠오르지 않았다.

사이카의 입을 통해 나에 대한 감정을 직접 들으면 마음이 술렁인다. 왜일까, 짜증이 난다. 더는 듣고 싶지 않다고, 사이카의 생각 같은 건 알고 싶지 않다고 온몸이 거부한다. 그만 입을 다물게 하고 싶었다.

"말로는 내가 좋다고 하는데, 대체 언제 좋아진 건데?"

"일일이 다 설명해야 해?"

"아니, 도저히 이해가 안 가니까 그렇지."

"나도 몰라. 첫눈에 반한 걸 설명하라니 너무 어렵잖아. 원래도 말로 뭐 설명 잘 못하고."

그래도 내가 아무 말도 하지 않자, 사이카는 미간을 좁히며 말을 짜냈다.

"처음 봤을 때, 아이가 이상하게 너무 예뻐 보이는 거야. 좀 위험하다 싶어서 피해야겠다 생각했는데, 가까이 있으면 가슴이 뛰고 바라보고 싶은 마음을 주체할 수 없었어. 다쿠마를 좋아했고, 잘 사귀고 있었는데 왜 그렇게 의식하게 됐는지 지금도 모르겠어."

사이카는 더듬더듬 설명하며 입술을 핥았다.

"그리고 단둘이 남았을 때 아이가 우리는 절대 벼락 안 맞는다고 단언했잖아. 그게 결정타였어. 완전히 빠졌어 그때."

"뭐? 원래 여자한테 별 관심 없었다면서. 그렇게 쉽게 좋아질 수 있는 거야?"

"쉽지 않았어. 나름대로 엄청 고민했고. 하지만 그날 더는 스스로를 속일 수 없을 만큼 아이가 좋아졌단 말이야."

사이카의 말을 들으니 오히려 조금 안심이 됐다.

"왠지 그럴 것 같았어. 넌 네 감정을 착각하고 있는 거야. 들어봐. 그날 우리는 '흔들다리 효과'에서 말하는, 아주 쉽게 사랑에 빠지는 심리적 상태에 있었어. 다리를 건널 때 위험을 느끼면 심장이 두근거리잖아. 그 두근거림을 사랑으로 착각하고, 같이 다리를 건넌 사람한테 설렘을 느끼는 사람이 정말 많대."

사이카는 뭘 모른다는 듯 한숨을 내쉬었다.

"번개가 우리 가까이까지 왔을 때 아이가 나한테 같이 점프하자고 했잖아. 그때 솔직히 얘는 대체 무슨 소리를 하나 싶었어."

당시 일을 떠올리니 머쓱해졌다.

"지금 생각하면 좀 이상하긴 하지만 나도 무서웠단 말이야."

"알아. 근데 점프하자고 말하던 그 진지한 눈동자가 너무 좋았어. 아무리 어처구니없는 소리를 해도, 이 사람이 하는 말이면 뭐든 믿을 수 있을 것 같다는 생각이 들었어. 눈에 보이지 않는다고 좋아하는 마음을 착각하진 않아. 무언가를 싫어하는 마음은 또렷이 느껴지니까. 이렇게 뜨거운 감정이 벼락을 무서워하는 마음과 같을 리 없어. 흔들다리 효과 얘기는 나도 알아, 바보 취급 마."

확신에 찬 말투로 조용히 말하던 사이카는 마음을 술렁이게 하는 그 진지한 눈동자로 다시 나를 똑바로 바라보며 말을 이었다.

"호텔 로비에서 아이를 처음 봤을 때부터 이미 정해진 거야. 직감적으로 느껴졌어. 하지만 여자를 좋아한다는 생각은 해본 적도 없었으니까, 그런 생각을 하는 내가 징그러웠어."

"그때 쓰고 있던 선글라스에 누가 이상한 장치라도 달아놓은 거 아냐?"

소름이 돋은 뒷목을 긁으며 말했지만 사이카는 내 말을 듣는 둥 마는 둥 황홀한 표정으로 말했다.

"나도 처음에는 착각인 줄 알았어. 기분 탓이라고 생각했지. 하지만 아이랑 단둘이 있으면 계속 가슴이 뛰어서 죽는 줄 알았어. 차에 단둘이 남았을 때에도, 비눗방울 놀이를 했을 때도, 같이 온천에 들어갔을 때도. 보통 초면인 사람하고도 그렇게까지 말을 안 하지는 않는데 감정을 숨기는 데 급급해서 내가 아이 눈에 어떻게 비칠지,

거기까지 생각할 여유가 없었어."

이제 아무것도 숨기려 하지 않는 사이카에게서는 예전에 위압감이라 착각했던 오라가 피어오르고 있었다. 계기만 있으면 바로 다가올 것 같은 적극적인 기색. 뺨을 괸 채 나를 바라보는 시선이 도무지 떨어지질 않았다.

머뭇머뭇 느릿하게 팔을 뻗은 사이카가 천천히 나를 끌어안았다.

당장이라도 자리를 박차고 일어나고 싶었지만 의식하고 있다는 걸 알리고 싶지 않았다. 몸은 자연스레 뒤로 젖혀졌다.

"말로 설명하는 것보다 빠른 방법이 있어."

말하는 동안에 미묘한 변화가 일어났는지 사이카의 목소리 톤이 미세하게 달라졌다.

"신기하게도 아이 옆에 있으면 몸과 마음에 화학변화가 일어나. 욕실에서 염소계 곰팡이 제거제와 산성세제가 섞이면 유독가스가 발생하잖아. 비유가 좀 이상하지만 딱 그런 느낌이야. 가슴이 한없이 애틋해지면서 자석처럼 너한테 끌리게 돼."

과연 최악의 비유였다. 속으론 혀를 차며 딱 잘라 말했다.

"유감이지만 화학변화는 너한테만 일어나는 것 같아."

"자각하지 못한 게 아니고? 감정을 억누르고 있는 게 아니라고 말할 수 있어?"

"어쩜 그렇게 자신만만해? 넌 나한테 그냥 친구일 뿐이야, 그러니까 아무리 다가와도 화학변화는 안 일어나."

최대한 억양을 올렸다 내리며 '화학변화'를 강조했다.

"그래? 그럼 내가 무슨 짓을 해도 아무렇지도 않겠네?"

사이카가 눈을 가늘게 뜨고 나를 바라봤다. 나는 이 시선의 의미를 오해하고 있었다. 심술기가 묻어있다고 생각했는데, 실제로는 나를 빈틈없이 관찰하며 내 말과 행동에 과민하게 반응하느라 날카로워진 것이었다.

"뭐야, 이상한 생각하는 거 아니지?"

"이거 봐, 떨고 있잖아."

"아닌데? 무슨 생각하는지 모르겠어서 물어본 것뿐이야. 일전에 그랬던 것처럼 억지로 입을 맞추려는 건 기분 나빠서 싫지만 그거 말고는 맘대로 해봐. 같은 여자한테 느끼긴 뭘 느껴, 당연한 소릴."

"흐음."

사이카는 부드럽게 내 뺨을 만졌다. 그대로 턱 선을 따라 손가락을 움직였지만 물론 간지럽기만 할 뿐 변화는 전무했다. 이것도 외도에 해당될까. 잠깐 그런 생각이 들었지만 아키타 여행에서 주사위 게임을 했을 때의 소우의 반응을 생각하면, 내가 사이카에게 이런저런 짓을 당하는 걸 봐도 한바탕 웃고 말겠지.

사실 나도 웃음이 터질 것 같았다. 웃어버릴 것만 같아…….

어느샌가 거리를 좁혔는지, 가까이에 사이카의 진지한 눈동자가 보여 숨을 삼켰다. 그는 내 입술을 건드리지 않는 대신 내 목덜미에 입을 맞췄다. 입은 매끄럽게 아래로 움직여 경동맥을 지나 쇄골에 도달했다. 그사이 사이카의 손은 내 등을 다정하게 쓸어내리며 상의 지퍼를 내리고 있었다.

흠칫해서 무의식적으로 몸을 떼려 하자 사이카는 나를 꼭 껴안고 깊이 숨을 들이마시며 머리카락 냄새를 맡았다. 코끝이 내 귓바퀴에 닿았다. 집요하게 등을 쓸어내리는 손이 지퍼 사이로 미끄러져 들어와 맨살을 건드렸다. 솔직한 동작과 망설임이라고는 없는 손길은 번번이 나를 놀라게 했다.

“하나도 안 두근거려?”

“전혀.”

코웃음 쳐줄 작정이었지만 서서히 몸이 굳어와 감정을 죽인 나지막한 목소리밖에 나오지 않았다. 사이카와 접촉한 부분이 묵직하게 뜨거워져 감정의 세기가 고스란히 전해졌다. 얇고 찰랑거리는 머리카락이 내 목에 드리우자 달콤하고 부드러운 베리 향기가 나를 휘감았다.

“아이.”

귓가에 내 이름을 속삭이자 온몸의 피가 울렁거렸다. 시선을 돌리자 사이카의 두 눈동자가 지척에서 나를 똑바로 바라보고 있었다. 애절한 눈동자 속으로 빨려 들어갈 것만 같았다. 그 세찬 고동과 열은 호흡에 덩달아 마음이 요동쳤다.

어느샌가 사이카가 자아내는 농밀한 분위기에 완전히 집어삼켜지고 있었다. 견고했던 담이 급속히 녹아 사라지고 있었다.

사이카가 눈을 내리깔며 제 입술을 내 입술 가까이에 대자, 보이지 않는 강한 자력에 이끌리듯 나도 얼굴을 기울여 사이카에게 입맞출 뻔했다.

두 입술이 부딪치기 직전에야 정신을 차리고 목을 반대로 홱 틀었다. 내 어깨에 기대려던 사이카의 몸을 힘주어 떼어냈다.

"그만해. 역시 널 연애대상으로 볼 순 없어."

사이카는 손의 위치를 바꿔 내 쇄골 아래, 가슴 한가운데에 손바닥을 댔다.

"그래? 사정없이 뛰는데? 귀도 새빨갛고."

사이카는 내 옆머리를 쓸어 올려 가려져 있던 귀를 들췄다. 영악하다. 비아냥거리는 것도, 놀리는 것도 아닌, 그저 날것의 감정만 담긴 목소리에 나는 더욱더 감정을 주체할 수 없었다. 거칠게 사이카를 떼어내고 옷매무새를 추슬렀다.

"아무 말이나 하지 말고. 누가 됐든 끌어안으면 당연히 놀라지. 그만 갈게. 넌 아직 회복 덜 된 것 같으니까 쉴 수 있을 때 푹 쉬어두고. 간다."

최대한 평소처럼 행동하려 했다. 하지만 사이카에게도, 이 공간에도, 내게도 방금 전의 농밀한 공기가 아직 감돌고 있어 재킷을 챙겨 도망치듯 현관문을 열고 나왔다. 역시 여기는 귀문鬼門이다. 세상과 단절되어 정말로 단둘만 남겨진다. 사이카에게 안겼을 때의 달콤한 향기와 편안한 무게감이 아직 온몸에 남아 있었다. 서서히 주입되던 독이 단번에 온몸에 퍼져나가는 기분이었다.

말도 안 돼, 대체 왜 사이카의 유혹에 넘어간 거지?

안 돼, 위험해. 이제 깊이 생각하지 마.

숨이 차올라 뇌가 제지했지만 생각은 멈추지 않았다. 상상 속 우리는 이미 무아지경으로 서로의 입술을 탐하고 있었다. 깨어 있는 상태로 꾸는 악몽, 사이카가 말했던 '화학변화'란 바로 이것일까.

기다리던 엘리베이터에 올라타며 이 집을 찾아온 것 자체를 후회했다. 싫을 걸 알면서도, 위험한 걸 알면서도, 나는 왜 사이카를 만나러 온 걸까.

이런 건 절대 말도 안 된다고 생각했던 시절에는 안전지대에 있을 수 있었다. 이해할 수 없는, 있을 수 없다고 생각하는 일이 많은 만큼 삶은 평화롭다는 것을 알았다. 단지 하나의 경계선이 사라지려는 것뿐인데 나는 이토록 불안정했다. 설령 자신이 그은 선이 아니더라도.

거대한 파도가 사고 자체를 휩쓸어간 듯 내 일상은 빈껍데기가 되었다. 해초 한 줄기, 조개껍데기 하나 찾을 수 없는 휑한 모래사장이었다. 지금까지 내가 어떤 생각을 하며 살아왔는지 모조리 잊어버린 기분마저 들었다. 소우와 말할 때도, 같이 잠들 때도 정신은 다른 곳에 가 있었고 식욕도 전혀 없었다. 정신을 차려보면 눈꺼풀 밑에 선 늘 그날 사이카와 나눈 대화와 몸짓을 떠올리고 있었다. 수도 없이 반복해서.

그건 대체 무엇이었을까. 사이카의 기척, 숨결과 내음. 옷 아래 몸의 윤곽이 느껴질 정도로 가까이 다가오면, 몸엔 당혹스러울 만큼 또렷한 변화가 나타났다. 긴장과 경계는 순식간에 녹아내리고, 몸 바깥쪽이 안쪽으로 편안하게 녹아들면서 체온이 확 오르고 등이 땀으로 축축해지며 힘이 스르륵 빠졌다. 그저 사이카가 허리를 살짝 끌어당긴 것뿐인데 나는 그대로 그를 끌어안을 뻔했다.

그 눈빛이 뇌리에서 떠나지 않았다. 다른 일을 할 때에도 눈앞에 얇은 스크린이 펼쳐져 사이카의 얼굴이 떠올랐고, 함께 보낸 시간이 되살아났다. 그냥 전이된 거야. 이야기를 듣다가 세뇌당한 거지. 아니, 저주에 걸린 거야. 머리가 열탕 속을 헤엄치는 것 같았다. 의식이 현실로 돌아오지 않은 지 오래였다.

사이카가 남긴 말이 몸 안에서 울려 퍼졌다. 내가 좋다고 했다. 나도 사이카의 아름다움에서 눈을 뗄 수 없었던 때가 있었다. 하지만 그것은 선물로 받은 리카 인형을 예뻐하고 귀여워하는 감정의 연장이지, 절대 연애 감정이 아니었다. 그렇다면 지금은? 다시 한 번 사이카와 꼭 끌어안으면 얼마나 충만할지 상상하고 있지는 않은가? 지금까지 별달리 의식하지 않고 보아온 그 몸의 단편들을 그러모아 뇌리에서 재생하면 체온이 서서히 오르는 걸 스스로도 느낄 수 있었다.

동성을 사랑하는 사람을 지금까지 딱히 기이하다 여긴 적은 없었지만 막상 내 일이 되니 승강장의 노란 선을 밟은 듯한, 절대 넘어서는 안 될 경계에 서 있는 기분이었다. 열차가 들어오면 자칫 부딪칠 수도 있다. 조금이라도 빨리 뒤로 물러나야 한다.

왜 이렇게 깊이 빠져든 걸까. 그냥 웃고 넘기는 게 당연한 일인데. 여느 때처럼 소우에게 낱낱이 이야기하면 놀라긴 하겠지만 분명 사이카에게 화를 내지는 않을 테고, '아이를 좋아한다니 복잡한 사람이네, 그런 여자한테 걸리다니 다쿠마가 운이 없었어' 정도로만 반응할지도 모른다.

'그렇게 네가 좋다는데 완전히 인연을 끊지는 말고, 결혼해서도 가끔 만나는 게 어때?' 하고 관대하게 넘어갈지도 모른다. 그러면 나는 고개를 끄덕이며 '세상에는 참 별의별 사람이 다 있나봐. 물론 걔 마음이 전혀 이해는 안 되지만' 하고 대답한 뒤, 사이카의 존재는 깨끗이 잊어버리면 된다. 그러면 그만인데 사이카의 고백은 시간이 지나도 사라지지 않았고, 어느새가 나는 사이카 생각만 하고 있었다.

도무지 마음에서 사라지지 않는 이유가 뭔지 나름대로 생각해봤다. 첫 번째 가설. 동성에게 고백을 받은 게 처음이라 인상에 강하게 남은 것이다. 친구라고 생각했던 사람이 나를 그런 눈으로 보는 건 처음이었다. 그 사실에 동요해 잊지 못하고 가슴이 술렁이는 걸까?

아니면…… 사이카 자체에 매력을 느끼는 건가? 이 가설을 고려해 보지 않으면 다음으로 나아갈 수 없다. 즉 나는 성별에 상관없이 이미 사이카에게 끌리고 있고, 상대 역시 나를 좋아한다는 사실에 기뻐해야 하는지, 슬퍼해야 하는지 갈피를 잡을 수 없어 심란한 걸까?

"이건 절대 아냐. 평범한 친구 사이라고 생각했는데 배신당해서 이렇게 충격받은 거라고."

어느샌가 생각을 말로 내뱉고 있는 걸 알아챘다. 옆에서 잠든 소우가 깨지 않도록 베개로 입을 막았다.

하지만 일전에 사이카에게 안겼을 때, 헤르츠가 다른 전기가 갑작스레 몸 안으로 흘러 들어온 듯한 감각에 몸이 약동하며 주변 풍경까지 달라 보인 건 어째서일까.

입을 맞췄을 때는 어땠지? 사이카에게서 전해진 뜨거운 감정에 내 안의 철이 힘없이 구부러졌다는 사실을 앞으로도 계속 외면할 수 있을까?

일이 성가셔질 걸 알면서도 핑계를 만들어 다시 만난 것도 어처구니가 없었다. 처음에 고백했을 때 마음 단단히 먹고 다시는 만나지 않았어야 하는데.

속에서 뻐아픈 추궁이 날아왔다. 거대한 감정에 휩쓸려가려는 정신을 이성이 필사적으로 다독이며 붙잡아두려 하고 있었다. 소우가 옆에 있는데 이런 갈등에 빠진 것도 미안했다. 왜 이렇게 되었나 계속해서 자문자답하는 걸 멈출 수 없었다. 결국 한숨도 자지 못하고 아침이 되도록 베개에 신음을 토해낼 뿐이었다.

큰일 났다. 이대로라면 정신적으로도, 체력적으로도 못 버틴다. 오늘도 출근해야 하는데!

“설명회가 있다는데 구경하는 셈 치고 얘기나 들어보러 갈까?”

넋 나간 상태로 거리를 걷다 소우가 어느 건물 앞에서 걸음을 멈추는 걸 보고 그제야 현실로 돌아왔다. 앞에는 지은 지 얼마 안 되어 보이는 자그마한 교회가 있었다.

“예배드리려고?”

“그럴 리가. 기독교인도 아닌데. 아까 역에 붙은 포스터에 있던 교회잖아. 가서 얘기나 들어보자.”

열차에서 내린 뒤 소우가 어떤 포스터를 가리키며 뭐라 했던 것도 같지만 내용이 기억나지 않았다.

그가 앞장서 들어간 곳은 교회 옆 건물 안에 있던 예식 상담 카운터였다. 놀란 나머지 머릿속을 지배하던 사이카 생각이 단숨에 사라졌다.

"어? 쇼핑은? 보고 싶은 신발 있다고 하지 않았어?"

"나중에 봐도 돼. 안녕하세요, 오늘 설명회가 있다는 포스터를 보고 왔는데요. 예약 안 했는데 괜찮을까요?"

"네. 마침 예약 손님이 없는 웨딩 플래너가 있으니 바로 안내해드릴게요."

플래너는 당연하다는 듯 우리가 예비부부라는 전제하에 이야기를 진행했다. 예식 시기나 하객 규모, 착용할 의상 벌수까지 물어와 얼버무리듯 대답은 했지만 내내 식은땀이 났다.

"영업 압박이 엄청났지만 어떤 분위기인지는 대충 파악되네."

밖으로 나온 뒤 그렇게 말하며 웃는 소우에게 뭐라 대꾸해야 할지 몰라 모호하게 웃음을 지었다.

그냥 하는 말은 아닐 것이다. 이야기를 듣는 동안 계속 내 표정을 살폈으니까.

슬슬 마음의 준비를 하라는 나름의 사인일지도 모른다. 소우가 진지하게 나와의 미래 계획을 세우는 이때, 왜 내 머릿속은 온통 사이카일까. 쓸데없는 데 신경 쓰지 말고 소우와의 미래에 집중하자.

샤워를 마친 소우가 잠들고, 나는 방에서 나와 컴퓨터 앞에 앉았다. 웨딩 플래너가 방문 기념으로 준 시디를 넣고 전원을 켰다. 청첩장을 직접 제작하는 커플을 위한 몇 가지 형식이 들어 있었다.

'사랑을 키워가던 저희가 이제 결혼으로 하나 되어 새로운 첫걸음을 내디디려 합니다…….'

간단한 문구 하나를 선택한 뒤 받는 사람을 입력하는 공란에 '쇼다 사이카 님'이라고 입력했다.

"다시 와줘서 고마워. 저번 일로 화났을까봐 걱정했는데 온다고 미리 연락까지 주고."

사이카는 채 일주일도 되지 않아 다시 찾아온 나를 반짝이는 촉촉한 눈동자로 맞이했다. 그의 들뜬 마음을 알아챈 나는 어색하게 웃으며 재빨리 시선을 돌렸다.

"감시 안 하면 또 스케줄 펑크낼까봐. 요네하라 씨가 부탁도 했고, 친구로서 감시하려고 왔어!"

사이카의 웃는 얼굴이 순간 굳어졌지만 이내 대답이 돌아왔다.

"걱정해줘서 고마워. 다시 올 줄은 몰랐지만 혹시 와줄까 싶어서 라자냐 만드는 법을 연습했어. 예전에 같이 밥 먹었을 때 메뉴 보자마자 바로 주문했잖아. 좋아하는 것 같아서 왔을 때 해주려고."

"사이카 관찰력이 좋구나! 맞아, 좋아하는 음식이야. 근데 라자냐 손 많이 가지 않아?"

"반죽부터 만드느라 좀 어렵긴 했는데, 많이 연습하다 보니까 어느새가 익숙해지더라고. 오늘 라자냐는 지금까지 만든 것 중에 제일 잘됐어! 바로 먹을래? 아직 저녁 먹기에는 이르지만 배고프면 데워서 가져올게."

"그러자. 점심을 조금 먹었더니 빨리 먹고 싶네. 기대된다."

사실 긴장해서 식욕이라고는 전혀 없었다. 물만 마셔도 게워낼 것처럼 위가 쪼그라들어 있었지만 조금이라도 좋은 분위기에서 이야기를 꺼내고 싶어 짐짓 들뜬 목소리로 말했다.

"일단 아이는 저기 앉아 있어."

소파로 안내하려는 사이카가 자연스럽게 내 어깨에 손을 대려던 순간, 흠칫하며 그 손길을 피했다. 사이카의 눈동자에 옅은 그늘이 드리웠다. 그가 부엌으로 들어가는 걸 확인한 후 가방에서 청첩장이 든 빨간 봉투를 꺼냈다.

잠시 뒤, 오븐 장갑을 낀 사이카가 르쿠르제 그라탱 그릇을 들고 거실에 나타났다. 고기와 치즈가 익는 맛있는 냄새가 진동했다.

"다 됐어! 식기 전에 먹자."

"잠깐만. 먹기 전에 일 분만 얘기해."

사이카는 냄비 받침 위에 그라탱 그릇을 내려놓은 자세로 그대로 굳어버렸다.

"뭔데?"

"오늘은 이거 주러 왔어."

청첩장을 내민 손은 여행 마지막 날, 나에게 연락처를 적은 쪽지를 건네던 사이카의 손처럼 미세하게 떨리고 있었다.

내 긴장이 사이카에게 전해졌는지 그는 순식간에 표정을 굳히며 봉투를 받은 뒤 곧장 뜯어 내용을 읽었다.

“지난 주말에 에비스에 있는 식장에서 결혼식을 봤는데 아주 괜찮더라고. 식장이 아담해서 하객들이랑 편안한 분위기에서 어울릴 수 있을 것 같더라. 우리 둘 다 마음에 쏙 들어서 거기로 정했어. 식장 예약하고 바로 청첩장도 만들기 시작했는데, 너무 서두르는 건가? 우편으로 보낼까 했는데, 사이카하고는 어차피 오늘 만나기로 했으니 직접 전해주는 게 낫겠다 싶었어. 식은 내년 9월 14일인데 올 수 있겠어? 아직 날짜가 많이 남기는 했는데, 아무리 일 년 뒤라고 해도 사이카는 내 친구 중에서 가장 바쁜 사람이니까 일찌감치 예약해둬야지.”

준비했던 말을 전부 쏟아낸 안도감에 짐짓 웃음을 지으며 사이카를 보았다. 고개를 수그리고 청첩장에 시선을 떨군 채 꼼짝도 하지 않아 어떤 표정을 짓고 있는지 알 수 없었다.

침묵을 견디지 못하고 그라탱을 한 숟갈 떴다. 테이블 위에 김이 피어올랐다.

“우와, 이거 되게 맛있어 보인다! 사이카, 식당 차려도 되겠어. 이런 색을 내려면 어떻게 구워야 해? 다음에 레시피 알려줘! 이제 먹어도 돼?”

"아이, 내가 신경 쓰이지?"

사이카의 목소리에는 아무 감정도 담겨 있지 않았다. 나는 억지웃음을 지은 채 굳어버렸다.

고개를 든 사이카가 청첩장을 팔랑팔랑 흔들며 미소를 지었다.

"일부러 이런 거 가져와서 뭐 하는 거야. 아무 의미도 없어. 정말 내가 싫으면 오늘 안 왔으면 됐잖아."

"무슨 소리야?"

"시치미 떼지 말고. 이런 짓 하기 전에 네 감정을 확인하게 해줘."

"결혼식에 안 올 거야?"

"갈 거야. 우리 일이 해결되면."

"너하고 얘기하다 보면 늘 느끼는 건데, 너 나하고 소우 관계를 너무 무시하는 거 아냐? 전부터 마음에 걸렸어. 넌 네 감정만 내세우며 내 감정은 무시하잖아. 나한테는 이미 소우라는 소중한 동반자가 있어. 네 자리는 없다고."

사이카뿐 아니라 나 자신을 납득시키기 위해 타이르는 어조로 또박또박 말했다.

"우리 결혼, 축하받지 못해서 유감이야. 하지만 언젠가 전처럼 친구로서 함께 웃을 날이 올 거라고 믿어. 지금은 아무것도 보이지 않겠지. 하지만 몇 년쯤 지나면 착각이었다는 걸 깨달을 거야. 시간이 지나면 반드시."

정론을 말하고 있다고 생각했는데, 입 밖으로 한 마디씩 던질 때마다 마음이 무거워지며 동요했다. 분명 어떤 열렬한 사랑도 계속 내버려두면 식기 마련이다. 하지만 그건 어떤 삶일까. 살아있다고 말할 수 있는 걸까.

자리에서 일어나 사이카의 집을 나왔다. 오늘 가장 중요한 일을 그럭저럭 잘 처리한 것 같은데 만족감은커녕 숨도 제대로 쉴 수 없을 만큼 공허했다. 갈비뼈가 두세 대 나간 것처럼 폐가 쪼그라든 느낌이었다. 복도를 걷는데도 마치 허공에 발을 딛듯 둥실둥실 현실감이 없었다. 평소처럼 엘리베이터를 기다리고 싶지 않아 칠층부터 걸어 내려왔다.

사이카 말이 맞다. 그의 마음을 알면서 왜 일부러 청첩장을 가져온 걸까. 의도적으로 상처를 주려던 건 아니었다. 그저 내 감정을 정리하고 싶었을 뿐. 하지만 마음은 전보다 세차게 동요하고 있다.

일층에 도착하자 엘리베이터가 칠층에서 내려오는 표시가 보였다. 6, 5, 4, 3, 순서대로 점멸하는 램프를 보니 불길한 예감이 들어 출입문을 향해 급히 나갔다. 휴대전화가 울렸다. 사이카였다. 받지 않고 주머니에 넣은 뒤 서둘러 걸음을 옮기는데 뒤에서 달려오는 소리가 들렸다. 소리의 주인은 내 팔을 붙잡고 출입문 옆 우편함 구석으로 나를 몰았다.

사이카가 갑작스레 와락 껴안는 바람에 우편함에 등이 부딪쳤다.

쉽게 뿌리칠 수 있을 정도의 힘이었지만 고개를 떨군 채 속절없이 가만히 있었다. 사이카는 저항하지 않는 나를 더 힘주어 끌어안더니 내 어깨에 얼굴을 묻었다.

"가지 마."

"떨어져. 누구 오면 어쩌려고 이래."

목소리를 한껏 낮췄지만 사이카는 고개를 젓기만 할 뿐 놓아주지 않았다.

"사각이라 괜찮아."

"안 괜찮아. 누가 우편물 가지러 오면 바로 보여."

"그럼 떨어질 테니까 이것만 들어줘. 미안해, 내가 질투해서 주제넘은 소리를 했어. 애인도 아니면서, 그럴 자격도 없으면서 몰아붙여서 미안해. 순수한 마음으로 결혼을 축복해주지 못해서 미안해. 아이 말대로 친구라도 상관없으니까 날 떼어내지 마. 이제 네가 싫어하는 짓은 절대로 안 할 테니까. 제발."

말을 마친 사이카가 약속대로 손을 놓고 떨어져 나를 마주 보았다. 우리 둘 다 상기된 얼굴로 가쁜 숨을 내쉬고 있었다.

"서로 이런 마음으로 계속 친구로 지낼 순 없다니까."

뭘까, 시야가 사이카로 뒤덮이자마자 외부 세계가 급격히 페이드아웃되는 이 느낌은. 샤워기에서 쏟아진 뜨거운 물이 욕실 유리문 안쪽을 타고 흐르다, 이내 김이 서려 아무것도 보이지 않게 되는 것처럼.

내 눈동자를 살피는 사이카의 촉촉한 눈에 빨려 들어갈 것만 같았다. 감정을 들키지 않도록 재빨리 현관의 자동문으로 시선을 돌렸다.

출구는 바로 저기다. 지금이라면 아직 모든 것을 추억으로 바꿀 수 있다. 당장이라도 이곳을 떠날 수 있다. 발끝만 돌리면.

현관으로 들어와 문을 닫자마자 우리는 신발을 벗을 틈도 없이 서로의 입술을 포갰다. 섬세하게 움직이는 사이카의 혀에 탐욕스럽게 내 혀를 섞는 걸 멈출 수 없었다.

안 돼…… 점점 무아지경으로 빠져들고 있었다. 턱을 빼 억지로 떨어지자 크게 울려 퍼지는 끈적한 소리에 후회가 밀려왔다. 그리고 곧 다시 입을 포개 단단히 맞췄다.

밀려드는 충족감에 절망했다. 이 순간을 두려워하면서도 간절히 기다렸던 것이다. 일사불란이라는 단어가 맹렬하게 집중한다는 뜻을 가지면서도 어째서인지 흐트러진 인상을 주는 것처럼 사이카 역시 마찬가지였다. 본능에 몸을 맡긴 사이카의 거친 혀 놀림에 온몸이 녹아내릴 것 같았다. 이제껏 나눴던 키스와는 뭔가 달랐다. 지금까지는 키스할 때마다 남자 입안은 참 넓다는 생각을 했는데, 비슷한 크기의 부드럽고 작은 입안에서 혀를 놀리고 있으니 나 자신과 입을 맞추는 듯한 착각이 들었다.

호흡이 절묘하게 맞아 상대가 무엇을 해주길 원하는지, 그 욕망이 마치 타액을 통해 그대로 목구멍으로 흘러 들어오는 것 같았다. 사이카가 내 셔츠 버튼을 풀기 시작하자 겁이 나 체온이 단숨에 내려갔다. 가쁜 숨을 내쉬며 사이카의 손길을 막았다.

"미안. 더는 안 되겠어."

사이카의 입술이 떨어졌다 다시 아쉬운 듯 땀방울이 흐르는 쇄골과 쇄골 사이로 돌아왔다.

그날 밤, 나와 사이카는 한 침대에서 잠들었다.

*

이튿날, 소우에게 헤어지자 말했다. 소우는 장난인 줄 알았는지 어르는 투로 "무슨 그런 농담을 해? 나한테 뭐 불만이라도 있어?"라고 물었다. 하지만 진심인 걸 알고는 차츰 말수가 줄어들었고 어두운 얼굴에는 노기가 어렸다.

"아무리 그래도 갑자기 이러는 법이 어디 있어? 지난 며칠 동안 네 기분이 가라앉아 있는 건 알았지만 직장 일 때문인 줄 알았어. 대체 왜 갑자기 헤어지자는 건데?"

"좋아하는 사람이 생겼어."

소우는 벌떡 일어나더니 옆에 있던 세탁 바구니를 힘껏 걷어찼다.

아직 개지 않은 옷가지들이 거실 카펫 위로 흩어졌다.

"나랑 같이 사는 게 그렇게 싫었어?"

"아니야. 정말 행복했어."

떨리는 목소리로 대답하는 동시에 이제 돌이킬 수 없다는 공포로 눈앞이 하얘졌다.

"상대는 누군데?"

도저히 말할 수 없었다. 칼에 찔린 것처럼 마음이 쓰렸지만 다시 각오를 굳혔다.

"쇼다 사이카."

"뭐?"

분노로 벌게진 소우의 눈이 혼란스러운 듯 초점 없이 흔들렸다.

"다쿠마가 좋아졌다는 말이야?"

"아니. 사이카. 얼마 전에 사이카가 고백했고, 나도 좋아졌어."

소우는 커다란 한숨을 내쉬고는 주먹을 꽉 쥔 손으로 입을 가렸다.

"이 마당에 숨길 게 뭐가 있어. 거짓말을 할 거면 좀 그럴싸한 걸로 해. 진짜 상대는 누구야? 화 안 낼 테니까 솔직하게 말해."

거짓말이 아니라고 연신 말했지만 소우는 믿지 않았다.

"그럼 사이카한테 직접 물어본다? 친구끼리 입 맞추고 속이려는 것 같은데 나한테는 안 통해. 전화번호 알려줘."

내키지는 않았지만 사이카에게 상황을 이야기하니 자기도 대화하고 싶다는 답이 왔다. 사이카에게 전화를 걸어 소우에게 건넸다.

처음에는 가벼운 말투로 말하던 소우였지만 사이카의 말에 귀기울이기 시작하자 표정이 차츰 분노로 물들어갔다.

"진심이라고? 여행 때부터? 어떻게 그럴 수가 있지? 처음부터 우리가 사귀는 사이인 걸 알았잖아. 게다가 그쪽은 다쿠마랑 사귀고 있었고. 좋아한다 어쩐다 하는데, 이게 사람을 이중으로 배신하는 짓인 건 알아? 자기 욕망만 앞세우며 아이를 빼앗아가고."

전화를 끊은 소우가 휴대전화를 던지려다 멈추고는 한숨을 내쉬었다.

"너도, 그 여자도 완전히 돌았어! 나까지 미쳐버리겠어."

헤어지자는 이야기를 꺼낸 지 세 시간이 지났지만 소우는 사이카와 통화하고 나서야 그가 진정 내가 좋아하는 사람이라는 사실을 받아들이는 듯했다.

"아키타에서 함께한 시간이 즐거워서 사랑이니 어쩌니 착각하는 것뿐이야. 난 얼마든지 기다릴 수 있으니까 다시 생각해."

미안한 마음에 고개를 들 수 없었다.

"정말 미안해. 소우한테 못 할 짓 한다는 거 알아. 하지만 정말……미안해."

"우리가 어제 막 사귀기 시작한 커플이야? 사이카한테 내가 밀려날 것 같아? 애초에 동성애 취향 같은 거 전혀 아니었잖아. 내가 몰랐던 것뿐이야?"

"소우. 나도 처음 경험한 일이고 나 역시 많이 놀랐어."

"착각이야."

"아니야."

어느새 시간이 흘렀는지 둘 다 먹지도, 마시지도 않은 채 자정을 맞이했다. 언성을 높일 때마다 산소가 부족해져 머리가 지끈거렸다.

"어떻게 그런 잔인한 소리를 할 수 있어? 진지하게 결혼을 생각했던 여자한테 그런 소리를 듣고 아무렇지도 않을 수 있는 놈이 있겠냐고!"

소우는 진지해졌을 때나 분노에 휩싸였을 때 버릇처럼 어금니를 악물고는 했다. 지금도 뺨에서 턱관절에 걸쳐 비스듬한 근육의 움직임이 또렷이 보였다. 표정은 무시무시했지만 그 옆얼굴이 변하는 순간에 그에게 반했던 까닭에 무섭다는 감정보다는 그때의 애정이 떠올라 눈물이 났다. 그렇게 좋아했는데.

내 울음소리에 소우는 얼굴을 일그러뜨리며 홱 밖으로 나갔다. 이내 현관문이 쾅 소리를 내며 닫혔다.

부모님과 통화하며 소우와 헤어지기로 했다는 이야기를 하자 엄마는 무척이나 당혹스러워하며 어쩌다 그렇게 됐냐고 꼬치꼬치 캐물었다. 하지만 도저히 사이카와의 관계를 털어놓을 수 없어 그저 미래에 대한 계획이 너무나 다르다는 걸 최근에서야 깨달았다며 모호한 말로 둘러댔다. 직접 말은 안 했지만 전부터 집에 놀러 가는 등 교유하며 지냈으니 소우의 부모님도 무척 놀라셨으리라. 나는 아직 함께 살던 집에 머물고 있었지만 소우는 거의 집에 오지 않았다.

마나미에게도 소우와 헤어졌다는 이야기를 하자 마나미는 이유를 묻기도 전에 먼저 나를 걱정하는 목소리로 물어왔다.

"괜찮아? 많이 힘들지. 언제든 연락해. 애들은 친정에 맡기면 되니까. 내가 갈게."

다정한 말이 오히려 괴로웠다. 나는 이런 말을 들을 자격이 없다.

"고마워. 조금 진정되면 연락할게. 아직 마음 정리가 안 돼서."

"천천히 받아들이면 돼. 언제든 불러, 갈게. 그나저나 결혼 얘기까지 나온 상황에서 변심하다니 믿을 수가 없다. 너무해. 위자료 청구해야 하는 거 아냐?"

"아냐, 내 마음이 변해서 그만 만나자고 한 거야. 소우는 아무 잘못 없어. 다 내 잘못이야."

수화기 너머 침묵이 감돌았다.

좁지만 수많은 추억이 쌓인 우리 집은 이제 종이 박스로 가득 차 있었다. 여러 차례 상의한 끝에 소우는 다른 집을 구했고, 나는 일단 부모님 집으로 돌아가기로 했다.

"아이, 네 짐은 한군데에 모아놨어. 오늘 택배 불러서 가져가."

"고마워. 전화해서 예약해야겠다."

저녁에 방문한 택배기사가 몇 번 왔다 갔다 하니 종이 박스는 순식간에 전부 치워졌다. 휑해진 집은 상상했던 것보다 훨씬 허전했다. 보는 눈이 있는데도 눈물이 멈추지 않았다. 창가에 서서 소매로 눈가를 훔치며 작업이 완전히 끝나기를 기다렸다.

단둘만 남은 방, 벽 한편에 쭈그리고 있던 소우가 중얼거렸다.

"너무 방심했었나봐. 네가 나한테 푹 빠진 줄만 알았어."

눈물이 번진 그의 얼굴에는 사귀는 동안에는 한 번도 본 적 없는 비통함이 떠올라 있었다. 똑바로 볼 수가 없어서 눈을 질끈 감아버렸다. 눈동자를 얇게 뒤덮었던 눈물이 뺨으로 흘러 떨어졌다.

늘 자연스럽게, 하지만 온 힘을 다해 나를 지켜준 소우를 떠올리면 마음이 찢기는 것처럼 괴로웠다. 벼락이 치던 그날도 사이카와 내가 지붕 아래서 함께 있을 수 있던 건 소우와 다쿠마가 빗속을 뚫고 도움을 요청하러 간 덕분이었다.

"역시 나랑 있을 때는 좀 무리했던 거지?"

"그랬나?"

"응, 나도 알고는 있었어. 고등학교 때는 농구부 후배 중에서도 제일 눈에 띄고, 활기찼는데 사귀자마자 확 얌전해졌지. 잘 챙겨주는 건 좋았지만 딱히 그래서 좋아하게 된 건 아니었어. 그때 술자리 끝나고 고백한 건 네 웃는 얼굴이 고등학생 때처럼 변함없이 자유롭고 환했기 때문이었어. 결혼까지 생각한 건 지금까지 나한테 다정다감하게 잘해줘서가 아니라, 부부가 되면 그때처럼 활기차고 기운 넘치는 모습으로 돌아올 것 같아서였고. 지금이라도 늦지 않았으니까 진솔한 모습으로 다시 시작하자. 우리라면 할 수 있어."

오랫동안 동경해온 소우. 그런 사람이 이렇게까지 말해주는데 왜 '그러자'라는 대답이 나오지 않는 걸까.

"프러포즈해도 승낙해줄지 자신이 없어서 네 눈치를 살폈어. 차라리 거절당할 각오로 말이라도 해볼 걸 그랬어. 내가 남자답지 못했어."

소우는 새하얀 상자를 바닥에 내려놓았다.

"이게 지금 내 마음이야. 늦었을지도 모르지만 받아줄 거라 믿어. 부동산에 열쇠 반납은 내가 할 테니까 다시 안 와도 돼."

소우가 방에서 나간 뒤 눈물을 흘리며 바닥에 덩그러니 놓인 자그마한 상자를 바라봤다.

눈물이 묻지 않도록 손을 씻은 뒤 상자를 열어보자 예상대로 안에는 다이아몬드가 박힌 결혼반지가 빛나고 있었다. 반짝이는 다이아몬드에서는 축복의 기운이 넘쳐흘렀다. 서글프리만큼 투명하고 아름다웠다.

망연자실하고 있는 동안 시간은 흘러 밤이 찾아왔다. 텅 빈 방은 어둠 속으로 가라앉아 아무것도 보이지 않게 되었다.

*

지바의 본가에서 출퇴근한 지 일주일도 지나지 않아 소우에게서 마지막으로 한 번만 더 이야기하고 싶다는 연락이 왔다. 거절할 수 있는 처지가 아니라 승낙했는데, 설마 넷이서 같이 보자는 이야기였을 줄이야. 사이카에게 물었더니 괜찮다는 답이 와서 나도 마음을 다잡았다.

장소를 정한 건 나였는데, 제일 먼저 도착해 예약한 별실에 들어간 순간 잘못된 선택이었음을 깨달았다. 조용한 카페나 갔으면 될 걸, 중요한 이야기를 할 자리라고 구태여 격식 있는 레스토랑을 예약한 탓에 도망갈 곳이라고는 찾아볼 수 없는 별실이 준비되어 있었기 때문이다.

복잡한 이야기를 하기에는 너무 화려한 장소였다. 접시 위 각 맞춰 접어놓은 냅킨을 보며 다른 사람들이 오기를 기다렸다. 순서대로 나타난 사이카와 다쿠마, 소우는 모두 실내를 둘러보며 당혹스러운 표정을 지었다. 벽난로며 오래된 외국 책이 꽂힌 책장, 생화로 장식된 꽃병 등이 인테리어 소품으로 놓여 있었다.

소우는 아마 관리실 사람과 함께 마지막으로 집 상태를 확인할 때 아무것도 없는 집 안, 덩그러니 놓인 하얀 상자를 보았을 것이다. 그날, 그가 떠난 뒤로 나는 반지에 손도 대지 못한 채 집을 나왔다.

할 이야기가 너무 많은 것 같기도, 아무것도 없는 것 같기도 했다. 우리는 서로 눈을 맞추지 않고 저마다 그릇 위에 놓인 냅킨만 바라봤다.

"식당이 참 고급스럽네."

정면에 앉아 있던 소우가 중얼거렸다.

"미안, 내가 예약했는데 이렇게 격식 있는 곳인 줄은 몰랐어."

"와본 적도 없으면서 인터넷에서 사진만 보고 예약했지?"

"응."

사귀던 시절에 소우와 이런 식의 대화를 자주 나누고는 했다. 소우의 시선이 힐끗 사이카를 향했다. 사이카는 별다른 반응 없이 무표정하게 우리를 보고 있었다. 차분해 보였지만 일이 끝나고 바로 왔는지, 아니면 머리를 푸는 걸 깜빡했는지, 양쪽으로 높이 올려 묶은 머리를 하고 있었다. 안 그런 척하지만 역시 사이카도 나름대로 긴장한 건지 모른다.

"다들 뭐 마실래? 나는 일단 호가든."

소우가 다쿠마가 펼친 음료 메뉴판을 들여다봤다.

"그럼 난 기네스."

메뉴판을 건네받은 사이카가 훑어봤다.

"난 글라스 샴페인. 아이는?"

"페……페리에."

사실은 조금이라도 마음이 진정되게 따뜻한 차를 마시고 싶었다.

다쿠마가 웨이터에게 음료 주문을 마치자마자 실내는 정적에 휩싸였다.

"설마 이런 형태로 만날 줄은, 아키타에서는 상상도 못 했네."

소우의 말에 모두 겸연쩍게 웃었다.

"아, 사이카는 이미 그때부터 아이를 노리고 있었다니까 예상했을지도?"

가볍게 웃으며 덧붙인 말에 다시 긴장이 내려앉았다.

"둘 다 어깨 힘 빼고 좀 편하게 있어도 돼. 딱히 훈계하거나, 다시 생각하라고 강요하려고 보자고 한 건 아니니까."

소우의 말에 다쿠마가 고개를 끄덕였다.

"맞아. 어젯밤에 소우하고 같이 술 마시면서 얘기했는데 우리 둘 다 두 사람이 행복해졌으면 하지만, 걱정되는 마음이 더 커. 그래서 전 남자친구로서 앞으로 어떻게 둘만의 길을 걸어갈 작정인지 만나서 물어봐야겠다고 결론을 냈어. 솔직히 말해서 그렇게 쉬운 연애는 아닐 것 같아서 걱정인데, 두 사람은 괜찮은지 궁금해서."

다쿠마다운 온화한 말투였지만 말 곳곳에 가시가 돋친 듯한 건 기분 탓일까?

"어제뿐 아니라 요즘 밤마다 같이 술판을 벌여. 덕분에 초등학교 때처럼 다시 제일 친한 친구가 됐지."

소우의 말이 끝났을 때 음료가 나왔다. 각자 주문한 음료가 고운 거품을 뽐내며 잔을 채웠다.

"건배."

"둘 다 왜 그래, 말이 없네?"

웨이터가 빈 전채 접시를 치울 즈음 소우가 그렇게 말하며 나와 사이카의 얼굴을 보았다.

다음 요리가 나올 때까지 음료 말고는 앞에 놓인 게 아무것도 없어서 먹는 데 집중하는 척할 수도 없었다. 억지웃음을 지으며 대답했다.

"아무것도 아냐. 좀 긴장했나봐. 그렇지? 사이카."

사이카는 말없이 얕게 고개를 끄덕였다.

"긴장 풀고 편히 있어. 넷이서 보는 건 이게 마지막일지도 모르니까 허심탄회하게 얘기하자."

"우리는 앞으로도 이렇게 넷이 봐도 되는데. 그렇지, 다쿠마?"

"무슨, 방해만 되지."

다쿠마가 웃는 낯으로 소우의 어깨를 툭 치는 걸 보고 나는 옆자리의 사이카를 힐끔거렸다. 역시 억지웃음을 지으며 얼어붙어 있었다. 앞으로 나올 생선이나 고기 요리를 생각하니 위가 쪼그라드는 기분이었다. 이제 코스가 끝날 때까지는 이 자리를 떠날 수 없다. 최악의 장소 선정이었다.

전채만 먹고도 이미 배가 불러서 빵까지 먹으면 어떻게 될지 안 봐도 뻔했지만 어색한 분위기를 견디지 못하고 기분을 진정시키기 위해 빵을 찢어 한 입 먹었다. 갓 구운 빵의 진한 버터 풍미에 위로 받고 싶었다.

정면에 앉은 소우는 이따금 숨기지도 않고 강렬한 시선으로 똑바로 나를 응시했다. 옆에 앉은 사이카가 존재하지 않다는 듯.

"그러고 보니 사이카, 한동안 안 본 사이에 많이 여위었네. 잠은 제대로 자고 있는 거야?"

다쿠마가 걱정스러운 표정으로 사이카의 얼굴을 들여다봤다.

"배역 때문에 감량한 것뿐이야. 괜찮아, 걱정해줘서 고마워."

"그랬구나. 여전히 열심이네. 사이카는 일에 대해서만큼은 무섭도록 철저하잖아. 가라테 선수 역할을 맡았을 때, 날마다 도장에 다니면서 연습 상대 해달라고 부탁했던 게 생각나네. 무명 시절엔 밥도 거의 매일 같이 먹었으니 사이카가 감량할 때는 나까지 건강식 먹느라 덩달아 살이 빠졌지."

죄책감이 어마어마했다. 무릎 꿇고 빌고 싶을 정도였다. 애써 입꼬리를 올리며 다쿠마에게 말을 걸었다.

"다쿠마 씨가 사이카를 열심히 내조했구나."

"맞아. 그런 것치고는 허무하게 차였지만."

"다쿠마, 어제 그런 말은 안 하기로 했잖아."

"아, 미안해. 나도 모르게. 사이카, 일도 일이지만 건강만큼 중요한 건 없으니까 무리하면 안 돼. 나도 요즘 술독에 빠져 살아서 남 말할 처지는 아니지만."

"나도!"

소우가 동조하고 나섰다.

어색한 분위기 속에서 모두 입을 꾹 다물어 침묵만 이어지면 어쩌나 걱정했는데 어떻게든 대화는 이어졌고, 두 남자는 온화한 미소도 짓고 있었다. 겉으로는.

외려…… 상상했던 것보다 훨씬 더 불편한 상황인가?

레몬버터 소스의 참돔구이가 나왔다. 살이 촉촉하고, 바삭하게 구워낸 껍질도 맛있었지만 원래도 많지 않은 양이 아무리 먹어도 줄지 않았다.

"아이는 앞으로 어디서 살 거야? 회사 다니기 힘들어서 계속 본가에 있을 수도 없잖아. 집 구할 거면 내가 도와줄게."

남은 기네스를 비우며 소우가 물었다.

"말은 고맙지만 당분간은 사이카네에 있으려고……."

소우의 낯빛이 바뀌는 걸 보고 말을 흐렸다.

"또 동거하려고? 사이카 씨 사는 호화 맨션 집세를 절반이라도 감당할 수 있겠어?"

소우와 동거할 때도 집세는 그가 더 많이 냈다.

"소속사 경비로 내서 상관없어. 나도 집세 안 내."

"역시 연예인이네. 하지만 소속사에서는 연예인을 위해 얻어준 집일 텐데? 애인하고 동거하라고 제공한 게 아니라."

"사이카 집은 그런 곳이구나. 전혀 몰랐네. 기자들한테 들키면 큰일이라고 해서 난 결국 한 번도 못 가봤잖아."

다쿠마가 밝은 목소리로 중얼거린 말이 결정타였다. 참돔에 듬뿍 끼얹은 안초비 맛 나는 레몬버터 소스가 느릿하게 식도를 타고 내려갔다. 페리에만 계속 마시면 분위기 파악 못하는 사람처럼 보일까봐 따로 주문한 화이트 와인의 취기가 올라왔다. 답답한 상태에서 마셨더니 술이 안 받는지 시야가 흔들렸다. 애를 써봐도 포크로 콩을 뜰 수조차 없었다. 손을 움직여 뜨려고 해도 콩은 접시 위를 굴렀고, 찌르려 했더니 날아가 와인 잔 옆에 떨어졌다. 집어서 치우니 하얀 테이블보 위에 콩알만 한 얼룩이 둥글게 번져 있었다.

스테이크를 주문한 남자들은 레드 와인으로 주종을 바꾸었다.

철판에서 지글지글 소리를 내는 두툼한 와규 스테이크가 앞에 놓이자 나도 모르게 몸을 젖혀 등받이에 기댔다.

"부모님한테는 나하고 헤어졌다고 말씀드렸어?"

"응, 집으로 들어갈 때 무슨 일이냐고 이유를 물으셔서."

"사이카 씨하고 사귀기로 했다는 얘기도 했어?"

"아직. 앞으로도 말할 생각 없어. 부모님하고는 상관없는 일이니까."

"사이카는 소속사에 아이 얘기 뭐라고 했어?"

"친구라고……."

"아, 그래서 룸메이트처럼 같이 사는 건 줄 알고 허락한 거구나."

다쿠마가 신사적인 태도로 핏물이 밴 스테이크를 잘랐다. 평소였다면 순수하게 즐겼을 고급 요리도 도무지 목구멍으로 넘어가지 않았다. 목이 멨다.

간신히 메인 요리가 끝났는데 이번에는 퐁당쇼콜라와 진한 치즈케이크가 디저트로 나왔다. 작은 포크와 꽉 찬 위장으로 맞서기에는 너무 강력한 적이었다. 하지만 모두 먹고 있는데 못 먹겠다고 말할 용기가 없었다. 평소 같았으면 단숨에 해치울 수 있는 양이었건만.

"아이는 다쿠마가 헤어지고 나서 얼마나 괴로워하고 슬퍼했는지 옆에서 봤으면서 용케도 사이카 씨하고 사귈 생각을 했네."

치즈케이크를 입에 넣으며 가볍게 내뱉은 소우의 말에 목이 더 메었다. 모기만 한 소리로 미안하다고 중얼거리며 다쿠마에게 고개를 숙였다.

"아냐, 이제 괜찮아. 사랑에 빠졌으니 어쩔 수 없지. 나도 그 기분 알아. 하지만 동시에 두 사람 앞날이 걱정스럽기도 해. 평탄치는 않을 테니. 지금은 헤어졌지만 그래도 사귀었던 사람이니까 앞으로도 행복해야 내 마음이 편할 것 같아. 소우도 같은 심정이고. 맞다, 아이 씨는 사이카의 어떤 면을 좋아하게 됐는지 궁금해."

다쿠마의 말에 치즈케이크의 타르트 부분이 목에 걸렸다. 오늘은 연하 기능이 평소보다 떨어지는 게 분명하다. 이렇게 칼로리를 섭취하고 있는데 손발이 차다니. 어깨 언저리에 드는 오한이 심해졌다.

"응? 대답하기 어려워?"

다쿠마가 채근하듯 다시 물었다. 각오를 굳힐 수밖에 없었다.

"깊은 애정으로 나를 보듬어주니까."

"그래, 나도 사이카의 그런 점이 좋았어. 정열적이지. 앞뒤 안 보고 달려든다고 표현할 수도 있겠지만."

다쿠마도 처음에는 나처럼 격렬하게 사랑받았을지 모른다. 그럼 나도 다쿠마처럼 언젠가, 사이카에게 다른 사랑하는 사람이 생겨 차이는 걸까? 가슴을 스치고 간 불안을 내보이고 싶지 않아 치즈케이크를 입에 욱여넣었다. 이런 상황이 아니었다면 분명 더 맛있었겠지만 지금은 그저 얹힌 듯 답답할 뿐이었다.

"사이카 씨는? 우리 앞이라고 눈치 보지 말고 자랑 좀 해봐."

"여기서 할 얘기는 아니지."

무뚝뚝한 사이카의 대답에 소우가 조금 울컥한 게 느껴졌다.

"아이는 말했는데 사이카 씨만 말 안 하면 아이가 억울할 거야. 말해봐."

"아이는 그런 성격 아니야."

"아니, 의외로 속에 담아둔다니까. 내가 알고 지낸 시간이 얼만데."

"내가 보기엔 아니던데?"

소우가 포크를 든 손을 완전히 멈추고 험악한 눈빛으로 사이카를 노려봤다. 사이카는 눈을 내리깐 채 케이크를 입에 넣었다.

"아이 씨한테 그만큼 다양한 매력이 있다는 거겠지. 그렇죠?"

싱긋 웃으며 나를 보는 다쿠마의 얼굴도 소우 못지않게 무서워 벌떡 자리에서 일어났다.

"죄송한데 잠깐 화장실 좀 다녀올게요."

오기로 깨끗이 비운 접시를 테이블에 남겨둔 채 밖으로 나왔다.

아무도 없는 화장실 세면대 앞에 우두커니 서서 위장이 진정되기를 기다렸다. 무거운 배, 가라앉은 마음, 황망한 피로. 손을 씻다가 화장이 지워지는 것도 아랑곳하지 않고 얼굴에 찬물을 끼얹자 피부에 오른 열이 조금 식는 것 같았다.

세면대에 손을 대고 거울을 들여다보니 맛있는 코스 요리를 먹은 사람치고는 너무나도 볼품없이 초췌한 얼굴이 보였다. 고개를 약간 수그린 자세로 오래 있어서인지 목이 결렸다.

이대로 마지막까지 아무 일 없이 끝나기를. 차츰 체기가 가라앉았다. 다시 한 번 손을 씻고 물기를 닦은 뒤 핸드타월을 발치의 바구니에 버렸다.

돌아가야 한다. 돌아가고 싶지 않다.

별실과 달리 화장실에서는 음악이 흐르고 있었다. 클래식에는 전혀 소양이 없지만 이 강렬하고 요염한 멜로디는 알고 있다. 〈카르멘〉.

화장실을 나오자 다쿠마가 앞에 서 있었다. 살짝 고개를 숙이고 지나치려는데 말을 걸어왔다.

"안색이 안 좋네, 괜찮아요?"

"아, 괜찮아요. 조명 때문에 창백해 보이나?"

천장 조명을 올려다보며 둘러댔다.

"오늘 모임은 좀 어색하네요. 오기 전부터 이런 분위기일 것 같다고 생각은 했지만."

다쿠마는 그렇게 말하며 쓴웃음을 지었다. 얇은 검은색 니트에 머리까지 검은빛이 도는 다쿠마에게서 환하게 빛나던 여름의 흔적은 이제 찾아볼 수 없었다. 늦가을을 지나 겨울로 접어들려는 이 계절에 맞춘 듯 겉모습도, 표정도 침착했다. 이런 사람을 차버리다니 사이카, 후회할 짓을 했네, 그런 무책임한 생각이 마음속에서 슬쩍 고개를 들 정도로 다쿠마의 모습은 매력적이었다. 차였다고 털어놓아도 아마 주변 사람들은 쉽게 믿지 않을 것이다.

"아까도 말했지만 이제 사이카를 붙잡을 생각은 없어. 하지만 마지막으로 한마디만 할게."

그를 똑바로 바라볼 수 없어서 복도에 걸린 거울을 바라본 채 고개를 끄덕이자 거울 속 다쿠마가 갑자기 몸을 붙여오며 내 귓가에 속삭였다.

"솔직히 난 아이 씨와 사이카 사이에 있는 감정이 애정이라고 생각 안 해. 여자끼리라서 하는 소리가 아니야. 그런 편견과 무관하게 내 눈엔 두 사람의 힘이 팽팽하게 대립하는 것처럼 보여. 사이카의 성격을 잘 알아서 하는 말인데 언젠가는 두 사람의 강한 기질이 충돌해서 서로에게 상처만 남길 거야."

옅은 미소를 지은 다쿠마가 내 얼굴을 빤히 보았다. 사랑하는 사람을 앗아간 이에 대한 분노가 어린, 붉게 타오르는 불만 섞인 눈빛. 여성이 아닌 남성에게서 이런 눈빛을 받을 날이 올 줄이야.

질투였다.

"나와 사이카 사이에 있는 감정이 애정이 아니라면, 대체 어떤 게 애정일까요. 저는 모르겠네요."

무의식적으로 튀어나온 말에 스스로도 놀랐다. 이런 점 때문에 기가 세다는 말을 듣는 거겠지. 다쿠마가 씁쓸한 표정으로 웃었다.

"확실하게 말해주니 오히려 다행이야. 이렇게 넷이서 만나는 건 이번이 마지막일지도 모르겠네. 소우뿐 아니라 아이 씨하고도 친구가 될 수 있을 거라 생각했는데 좀 아쉽지만, 건강하게 잘 지내길."

다쿠마와 둘이서 별실로 들어가자 뭔가 말다툼을 벌이고 있던 듯한 소우와 사이카가 곧바로 대화를 멈췄다. 다쿠마와의 대화에 온통 신경이 쏠려 소우와 사이카 역시 단둘이 있다는 사실을 깜빡했다. 이 둘은 대체 무슨 이야기를 나눴을까. 소우는 태연해 보였지만 사이카의 얼굴은 핏기 없이 창백했다.

자리에 앉자 후식으로 새로 나온 아이스크림 접시가 떡하니 놓여 있었다. 잊고 있었다. 후식이 두 종류였다. 식후 커피가 나오기까지의 시간이 이토록 영겁처럼 느껴진 적은 없었다. 마음을 다잡고 작은 스푼을 들자 사이카가 내 왼팔에 살며시 손을 올리며 말했다.

"괜찮겠어? 억지로는 먹지 마."

지금까지와는 전혀 다른 목소리였다. 조용한 애정이 담긴 연인의 목소리. 순간적으로 고개를 돌리니 사이카는 열띤 눈동자로 나를 바라보고 있었다. 내 모든 것을 가져갔을 때와 같은 그 표정에 다시금 시간 감각을 잃어버렸다. 이 사람과 앞으로 함께 산다는 기쁨에 불이 붙어 가슴이 뜨거워졌고, 몸속에 쌓였던 알코올이 단번에 타올랐다.

"오, 애정 과시하는 거야? 우리가 쓸데없는 걱정을 했나보네."

소우가 기가 막힌다는 듯 중얼거렸다.

"아니, 여러모로 조언해줘서 정말 고마워. 두 사람은 우리 상황과 사정을 잘 아니까 당연히 걱정도 되겠지. 지적받은 대로 우리가 너무 무르게 생각하는 부분도 많을 테니까 앞으로는 충분히 이야기를 나누도록 할게."

나도 사이카를 따라 고개를 숙였다. 뭔가 한마디라도 했으면 좋았을 테지만 사이카의 침착한 발언 뒤엔 무슨 말을 해도 어색할 것 같아 결국 침묵을 지켰다.

"아이, 정말 괜찮겠어? 사이카 씨한테 휩쓸린 게 아니라 분명히 스스로 생각해서 낸 결론이야?"

내가 고개를 끄덕이자 소우는 커다랗게 한숨을 쉬더니 눈두덩이를 주물렀다.

"둘 다 무슨 말을 해도 안 듣겠다는 표정이네. 어쩔 수 없지, 다쿠마, 이제 포기하고 술이나 마시러 가자. 어젯밤도 둘이서 마시다가 그냥 다 때려치우자는 결론을 냈어. 정말이지 다쿠마와는 둘도 없는 친구가 될 것 같아. 거의 동시에 차였잖아. 서로의 마음을 이토록 잘 이해할 수 있는 사람이 어디 있겠어. 이러다 우리도 사귀는 거 아닌가 몰라."

장난으로 하는 소리라는 건 알았지만 어떻게 반응해야 할지 몰라 난처했다.

소우와 다쿠마가 자리에서 일어나자 사이카는 "다쿠마, 잠깐만. 빌렸던 물건을 가져왔어, 가지고 가"라고 말하며 다쿠마의 허리춤을 살짝 잡아당겼다. 함께한 시간을 짐작케 하는 친밀한 손길을 보니 가슴속에서 질투가 싹 트는 듯해 홱 시선을 돌렸다.

*

"잘 잤니?"

식탁 앞에 앉은 아빠와 엄마는 거실로 나온 나를 올려다보며 아침 인사를 건넸다.

아무도 보지 않는데 관성적으로 틀어놓은 텔레비전에서 흘러나오는 뉴스 소리가 시끄러웠다. 커튼 틈새로 강렬한 빛이 새어 들고 있었다. 커튼을 젖히자 현기증이 날 정도의 눈부신 아침 햇살이 쏟아져 들어왔다. 가을장마가 길게 이어지는 중에 오랜만에 본 화창한 하늘이었다.

"아침은 먹을 거지? 열빙어 구웠는데 얼마나 먹을래?"

"있는 거 전부! 많이 먹을래."

원래 양파와 고구마 등 건더기를 듬뿍 넣은 된장국을 별로 좋아하지 않았지만 역시 엄마의 맛이 느껴져 맛있었다. 녹녹한 고구마, 얇게 썬 양파가 든 부드럽고 그리운 맛의 된장 국물에 알이 꽉 찬 열빙어를 폰즈소스에 찍어 먹으면 밥에 그렇게 잘 어울릴 수가 없다. 집에서 지낸 뒤로 식사량이 확연히 늘었다.

"아이, 정말 괜찮겠어? 네 방은 그대로 남겨놨으니까 계속 여기 있어도 돼."

아빠의 말은 고마웠지만 나는 웃으며 고개를 가로저었다.

"설마 정말 헤어졌을 줄이야. 싸웠다가 금방 다시 풀고 잘 지낼 줄 알았는데. 엄마는 잘 되어가는 줄 알았어. 그래서 아빠하고 조만간 마루야마 군 불러서 가족들하고 같이 저녁이나 먹으러 가자고 얘기했거든. 정말 건실한 청년이던데, 다시 잘해볼 수는 없는 거니?"

엄마는 나와 소우가 헤어진 것에 생각했던 것보다 훨씬 충격을 받았는지 아직까지 아쉬워하고 있었다.

"사실 나는 잘 모르는 사람하고 같이 밥 먹는 거 영 불편해서…… 아이가 일찌감치 헤어져서 다행이야."

"당신은 또 그런 소리를."

"당사자들이 그렇게 정했다는데 어쩌겠어. 아이가 남자친구하고 헤어졌다는 얘기를 들었을 때는 기운 없을까봐 걱정했는데 괜찮아 보이니 됐다."

무뚝뚝하게 들렸지만 아빠 나름대로 내 마음을 생각해서 하는 말이었다.

아직도 미련이 남은 듯한 엄마와 이제 다 끝난 일이라는 듯 텔레비전으로 시선을 돌리는 아빠에게 사이카에 대해 이야기할 용기는 도저히 나지 않았다.

애인이 생겼다고 말하면 아빠도, 엄마도 소우한테 못 할 짓을 했다며 나무라겠지만 그런 사정이 있었구나 하고 이해해줄 것이다. 원체 내 결혼에 적극적인 엄마는 이제 결혼 적령기니 이번에야말로 결혼에 골인하라고 닦달하겠지. 하지만 애인이 여자인 걸 알면 어떨까. 늘 변함없이 평화로운 이 아침 식탁은 순식간에 무너져 내리지 않을까. 아빠도, 엄마도 지금껏 최대한 평범하고 무난하게 살아왔고, 그 덕에 지금의 행복을 누리고 있다고 굳게 믿는 사람들이다. 높은 곳만 올려다보면 끝이 없다, 우리 집이 제일이다, 그 말이 입버릇인 부모 밑에서 별걱정 없이 평화롭고 행복하게 자라왔다. 성실한 자세와 부단한 노력이 있었기에 유지될 수 있었던 가족의 평온을 일순간 무너뜨릴지도 모를 말을 도저히 꺼낼 수 없었다. 엄마가 몸져눕는 것도, 당신 나름의 거부감으로 아무것도 못 들은 척할 아빠의 반응도 너무 두려웠다.

"당분간 같이 산다는 그 친구한테 잘 부탁한다고 전해주렴. 친구도 사정이 있을 테니까 너무 오래 있지는 말고."

"알았어."

나는 사이카의 집에 얹혀살게 되었다. 일단 본가로 보냈던 짐도 다시 사이카의 집으로 옮겼다. 사이카는 녹초가 된 나를 뒤로하고 서둘러 박스를 열어 안에 있는 물건을 욕실과 침실에 옮겨다 놓았다. 결국 하룻밤 사이에 내 짐을 모두 자기 집에 알맞게 배치했다.

"집 구하면 바로 나갈게. 그때까지만 신세 좀 지겠습니다."

잠자리에 들기 전에 그렇게 말하며 고개를 숙이자 사이카는 베개에 새 커버를 씌우며 진지한 얼굴로 말했다.

"아이가 새집을 구하면 이번에는 내가 그 집으로 들어갈 거야. 어디로 이사 가도 끝까지 쫓아갈 거야."

사이카와 함께 산 지 한 달이 지났을 무렵, 마나미에게 연락하자 이전에 말했던 대로 친정에 애들을 맡기고 도쿄까지 한달음에 달려와주었다. 그는 나와 소우의 이별을 무척 아쉬워했다.

"대체 뭐 때문에 헤어진 거야? 그렇게 깨가 쏟아졌는데…… 고등학교 때부터 선배를 바라봤던 아이의 짝사랑이 결실을 맺어서 남몰래 감동했단 말이야."

"요즘 새로 만난 사람이 있는데, 그 사람한테 마음이 가서 이렇게 된 거야. 소우한테 너무 상처를 줬어. 언젠가는 벌을 받을 거야. 솔직히 내가 이렇게 쓰레기 같은 인간인 줄 몰랐어."

"어휴, 참, 네가 먼저 그렇게 자책하면 내가 잔소리할 거리가 없잖아."

"미안."

마나미는 내 머리를 살짝 쥐어박으며 말했다.

"하지만 사람 마음이라는 게 단순하지가 않고 늘 달라지는 거니까 마음이 바뀌는 것도 어쩔 수 없을지 몰라. 어쩌다가 헤어진 거야?"

"어떤 사람이 나한테 고백했는데 나도 그 사람을 좋아하더라고. 그래서 소우랑 헤어졌어."

"그래? 조금 더 잘 생각해보지 그랬어. 그 고백한 사람 감정이 너무 강렬해서 휩쓸린 건 아니고?"

"난 싫으면 싫다고 말하는 성격이잖아. 누가 좋아한다고 해서 휩쓸리지 않아. 그렇기 때문에 이번에는 정말 변명의 여지가 없었어."

마나미는 못 말린다는 듯 한숨을 내쉬었다.

"그럼 지금은 어디서 지내? 마루야마 선배하고는 이제 같이 안 살 거 아냐."

"친구 집에 얹혀살고 있어."

"헤어진 지 꽤 됐는데 아직 남의 집에 있는 거야? 괜찮은 집 구하기가 그렇게 어려워?"

"아니, 집 구하는 건 관뒀어. 그 친구 집이 넓은데 같이 살자고 제안하더라고. 집세 내고 같이 사는 중이야."

"셰어하우스야? 처음부터 누구랑 같이 살려고 구한 집도 아닐 거 아냐. 그런 생활을 오래하면 서로 불편해질 거야. 언젠가는 거기서 나와서 혼자 사는 게 나아. 난 아무리 친한 친구라도 같은 집에 계속 같이 있는 건 숨 막히더라."

"맞아. 앞으로 어떻게 할 건지 다시 생각해봐야지."

행여나 내가 떠날까봐 내 물건을 숨겨놓는 사람과 같이 살고 있는 줄은 꿈에도 모를 것이다.

"혹시나 해서 물어보는 건데, 그 친구가 남자야?"

"아니. 여자야, 여자."

"잘됐다. 헤어지고 바로 환승한 거면 어쩌나 했어. 아무리 다른 사람이 좋아졌더라도 지켜야 할 예의는 있는 거 아니겠어?"

나는 식은땀을 흘리며 애써 미소를 지었다.

유리카모메도쿄 린카이 선의 별칭가 도쿄만을 따라 선착장을 지나자 다이바 역이 나왔다. 평일이기도 해서 겨울의 오다이바는 한산했다. 우리는 후지TV의 거대 사옥을 지나쳐 유리카모메의 고가 레일 아래를 통과해 자동판매기에서 따뜻한 음료를 산 뒤 해변공원으로 돌아왔다. 손을 잡고 걸었지만 아무도 눈여겨보지 않았다. 남자끼리였다면 눈에 띄었을지도 모르지만 여자 둘이니까 아주 친한 친구라고 생각했겠지.

발밑까지 파도가 밀려드는 공원은 해안선을 따라 저 멀리까지 이어져 있었고, 우리는 우드데크 위를 걸었다. 바닷바람이 서늘해서 나는 캔커피를, 사이카는 콘수프를 마셨다. 나보다 조금 앞서 걷는 사이카는 화사한 털실로 복잡하게 짠 긴 머플러를 목에 둘둘 감고, 두꺼운 검은 타이츠에 부츠를 신고 있었다. 비스듬히 보이는 아치형 눈썹과 높은 콧대, 도톰한 뺨의 조화가 아름다웠다. 캔 바닥에 달라붙은 옥수수를 먹으려고 애쓰던 사이카의 코에 수프가 묻은 걸 보고 닦아줬다. 어느샌가 새해가 밝았고, 작년보다 더 가까워진 우리의 거리에 새삼 놀라웠다.

여름에는 사람들로 북적거렸을 해변의 카페와 윈드서핑 장비 대여점도 오늘은 모두 영업하지 않았고 오가는 건 관광객이 아닌 개 산책을 시키는 지역 주민뿐이었다. 조용하게 일렁거리는 차가운 바다엔 〈바람계곡의 나우시카〉에 등장하는 오무처럼 생긴 수상버스가 지나고 있었고, 하늘에는 갈매기가 맴돌고 있었다. 우드데크에서 내려와 모래사장을 지나 바다 쪽으로 가는 사이카를 뒤따라갔다.

운동화를 신고 있던 탓에 걸을 때마다 모래가 신발 속으로 들어왔다. 물가에서 일 미터쯤 떨어진 지점까지 왔을 때 모래 위에 앉아 모래를 털어냈다. 사이카는 눈을 감고 깊게 심호흡을 하고 있었다. 요즘 계속 바쁘게 일했던 사이카에게는 오랜만의 외출이었다.

"아이가 오다이바를 좋아한다고 해서 의외였어."

"그래? 학생 때 이 공원 근처 아동 센터에서 아르바이트를 했어. 다니기는 멀었지만 바다가 보이는 곳에서 일하고 싶었거든. 일주일에 세 번쯤 나갔어. 애들도 다 착했고. 항구가 가까워서인지, 후지TV나 외국계 기업이 있어서인지는 모르겠지만 국제적인 분위기였어. 여러 나라 애들이 다 함께 어울려 노는 모습이 꼭 디즈니랜드의 잇츠 어 스몰 월드 같았지."

"대학생 아이를 만나보고 싶어."

"금발로 염색하고 록을 좋아해서 틈만 나면 페스티벌이나 라이브를 보러 가던 되바라진 대학생이었어. 안 만나는 게 좋을걸."

사이카는 웃으며 목도리에 턱을 묻었다.

"그때 나는 대학 진학도 안 하고, 엑스트라나 다름없는 단역으로 웹드라마에 출연했어. 이름만 배우지 아무도 주목하지 않는 어린 여자애였지."

"만일 그 시절에 우리가 만났으면 연인은커녕 친구조차 못 됐을 것 같아."

내 말에 사이카는 코웃음을 쳤다.

"그럴 리가. 당시에 아이를 만났더라면 분명 지금처럼 고백했을 거야. 몇 살이든, 뚱뚱하든 말랐든, 여드름투성이든, 나는 아이를 찾아내 사랑에 빠질 자신이 있어."

"여드름투성이라는 말은 안 했거든."

그렇게 대꾸하며 사이카의 어깨를 밀었지만 사실은 쑥스러웠다.

"이번 달 잡지 인터뷰 읽었어. 열세 살 때 본 영화에 감명을 받아서 그때부터 배우가 되려고 결심했다면서. 어릴 적부터 하고 싶은 일을 확실히 자각했다니 멋져."

"그건 대외용으로 한 말이야. 어릴 적부터 동네에서도, 집에서도 너 정도 얼굴은 많으니까 잘난 척 말라는 말만 들어서 그런 줄 알았는데 어느 날 거울을 자세히 들여다보니까 엄청 예쁜 애가 있는 거야. 그래서 오디션에 응모했지."

"뭐야, 좀 존경스러웠는데. 잘난 척하지 마!"

손으로 사이카의 앞머리를 마구 헝클어뜨리자 그 역시 손을 뻗어 와서 냅다 도망쳤다.

우리는 해변공원에서 나와 대관람차 옆 시설 안에 있는 디지털 아트 뮤지엄에 들어갔다. 지금까지 지나온 길에는 사람이 거의 없었는데 안은 국내외에서 찾아온 관광객으로 붐볐다. 우리는 줄을 서서 조금 기다린 뒤에 어두컴컴한 뮤지엄 안으로 입장했다. 실내는 열쇠 같은 작은 물건을 흘리면 절대로 못 찾을 정도로 어두웠지만 그렇기에 까만 벽에 투사한 꽃과 사계절의 영상이 더욱 아름답게 보였다. 우리와 비슷한 키의, 수많은 꽃잎으로 된 깃털을 가진 타조가 바로 옆의 벽을 천천히 지나쳐 갔다. 영상 화면에 손을 대자 손끝이 꽃잎의 빛깔로 물들었다.

사이카는 벽 한가득 투사된, 시냇물에 팔랑팔랑 떨어지는 단풍잎 영상을 넋이 나간 듯 바라보고 있었다. 스크린 앞에 선 그 몸에도 영상이 투사되었다. 등과 다리 위로 새빨갛게 물든 단풍잎이 흘렀다. 방과 방을 잇는 통로는 어두웠지만 실내온도는 쾌적하게 유지되고 있었고 많은 사람과 스쳐 지나갔지만 서로 모습이 보이지 않으니 사이카의 정체를 들킬 일도 없었다. 다른 곳보다 천장이 높은 널찍한 공간으로 나오자 폭포 영상 앞에 설치된 울퉁불퉁한 작은 산을 오르락내리락하며 노는 애들 모습이 보였다.

먹으로 쓴 '꽃' '나무' '연기' 같은 자연을 나타내는 문자들이 위에서 내려왔다 번져서 사라지는 대형 스크린이 그윽한 정취를 자아내고 있었다. 바닥은 물론 사방팔방에 거울이 설치된 방은 무한의 공간을 연상시키기도 했다. 천장에 고정된 여러 개의 구슬이 반짝반짝 빛을 반사하는 방, 바닥과 벽에 물고기나 고래가 웅장하게 헤엄치는 모습을 투사한 이층 대형 홀, 만지면 빛깔이 변하는 거대한 풍선이 줄줄이 매달린 방 등을 둘러보며 시간 가는 줄 몰랐다.

카페에서 차를 주문하자 차 표면에도 영상이 투사되었다. 내가 주문한 캐모마일 호지차 라테에는 눈 깜짝할 사이 해바라기가 피어나 컵을 온통 뒤덮더니, 곧 꽃잎을 흩날리며 사라졌다. 영상은 컵을 들고 차를 마시는 동안에도 이어져 나는 빛나는 해바라기를 마시는 황홀한 감각에 휩싸였다. 옆에서 녹차를 마시는 사이카의 찻잔에는 코스모스가 피어났는데 그의 입술 역시 빛나는 꽃잎을 빨아들이고 있었다.

우리는 다시 계단을 거쳐 일층으로 내려와 다른 방보다 더 어두컴컴한 연꽃 방으로 들어갔다. 널찍한 벽을 뒤덮은 거울은 무한하게 뻗어나가는 공간을 연출하고 있었는데, 이 공간의 실제 넓이를 전혀 가늠할 수 없을 정도였다. 방 안쪽까지 여러 겹으로 늘어선 연잎 모양의 하얀 원형면 위로 떠 있는 큼지막한 붉은 연꽃은 사후에 건넌다는 삼도천의 꽃밭을 연상케 했다. 다른 방에 비해 수수해서인지 관람객이 거의 없었다. 사이카가 걸음을 멈추고 내 손을 잡았다.

"사람들은 모두 우리를 친구 사이라고 생각하겠지?"

"그야 그렇겠지. 그렇게 생각하면 우리한테는 좋은 거 아냐?"

"그래? 난 좀 슬픈데. 아무도 우리 관계를 제대로 알지 못하다니."

"우리 사이는 우리만 알면 됐지."

사이카가 어깨를 붙들더니 고개를 기울여 입을 맞췄다. 엉겁결에 사이카를 밀치고 주변을 둘러봤지만 사람은 없었다.

"못 살아. 겁도 없어, 정말."

사이카는 낄낄대며 연꽃 너머로 사라졌다. 어둠 속에서 서로를 잃어버리면 다시 만날 수 있을지 불안해져 종종걸음으로 달려가 사이카의 옷자락을 꽉 붙잡았다.

동굴 같은 신기한 구조의 레스토랑에서 멕시코 요리를 먹고 집에 도착한 즈음에는 이미 잠자리에 들 시간이었다. 둘 다 파자마를 챙겨 입는 습관은 없어서 잠옷으로는 티셔츠나 트레이닝 상의에 트레이닝 바지를 입었다. 댄스 수업 수강생처럼. 샤워를 하고 나와 하얀 티셔츠와 먹색 트레이닝 바지를 입고 침실로 들어서자 시너 냄새가 희미하게 풍겼다. 사이카가 침대 위에서 페디큐어를 바르고 있었다.

"펄?"

정면에 앉아 반짝거리는 그의 발톱을 가리키며 물었다.

"셸. 조개껍데기를 얇게 썰어서 다진 조각이야."

사이카가 내 다리 사이로 제 다리를 밀어넣으며 말했다.

"방금 발랐는데 그렇게 움직이면 찍히잖아."

"금방 마르는 거라 괜찮아."

사이카는 제 다리를 점점 깊숙이 들이밀더니 무릎을 세우고 거리를 좁혀 나를 껴안았다. 같이 살기 시작한 뒤로, 사이카는 오히려 전보다 신체적 접촉을 삼갔다. 내 반응을 주의 깊게 살피면서 부드럽게 쓰다듬는 정도였다. 이렇게 안는 건 현관에서 서로의 마음을 확인한 그날 이후로 처음이었다.

"아이는 우리 관계를 어떻게 생각해?"

"무슨 소리야?"

민낯에 잠옷 차림으로 시작된 애정 행위에 당혹스러울 따름이었다. 사이카는 내 티셔츠를 살짝 잡아당겨 어깨 언저리 맨살을 드러내더니 손가락으로 쇄골을 어루만졌다. 티셔츠 목 부분이 뒷덜미를 파고들어 불편했다.

"애인 사이인데 이대로 아무것도 안 해도 상관없어? 응?"

"글쎄, 상관없지 않아?"

엉겁결에 대답했지만 나도 모르게 침이 꿀꺽 넘어갔다. 가까이 있는 사이카가 들었을 거라 생각하니 부끄러웠다. 내 대답에 사이카가 부루퉁한 표정을 지으며 눈을 게슴츠레 떴다.

"그래, 남자처럼 뭐가 쌓이는 것도 아니고. 무엇보다 여자끼리는 어떻게 하는지도 모르니까."

말과는 달리 사이카는 내 몸을 점점 뒤로 젖히고 있었다. 나는 그를 놓치지 않으려 셔츠 옆구리를 붙잡았다. 품 안의 사이카에게서 익숙한 샴푸 향기가 났다.

크림색 브이넥 셔츠와 트레이닝 바지를 벗은 사이카는 하늘하늘한 하얀 브래지어와 팬티 차림으로 긴 머리를 살짝 흐트러뜨린 채 위에서 나를 내려다봤다. 여자 몸이라면 내 몸은 물론이고 공중목욕탕이나 탈의실에서 실컷 봐왔다. 하지만 이런 마음을 품고 알몸으로 같이 누워 있으니 달랐다. 노천온천에 갔을 때 알몸을 보긴 했지만 당시에는 별 관심 없었는지 하나도 기억에 남아 있지 않았다. 아무튼 그때의 몸과 지금의 몸은 전혀 달랐다.

간절히 나를 원하는 저 몸에 압도당할 수밖에 없었다. 피부색, 체온, 탄력, 호흡할 때마다 오르락내리락하는 미세한 움직임, 모두 생생하게 눈에 스며들었다.

입술을 포개며 손을 움직여 사이카의 브래지어 고리를 풀었다. 옷과 속옷은 얼마나 많은 정보를 감추고 있는 것일까. 한 꺼풀 벗겨내 맨살을 드러내기만 해도 그 사람의 형태, 빛깔과 향기, 모든 정보가 단숨에 흘러넘친다. 옷을 입고 있을 때와는 전혀 다른 존재가 되어 별안간 이곳에 나타난 것처럼, 맨몸은 존재감을 발산했다.

그의 손길은 한없이 부드러웠지만 막상 행위가 시작되자 덜컥 겁이 났다. 만일 우리 중 누구라도 연인의 몸에 거부감을 느끼면 관계는 파국을 맞이할 테니까.

그의 다리 사이에서 몸을 빼낸 뒤 침대 헤드보드에 기대고 무릎을 세워 앉았다. 낯선 외국 공항에서 길을 잃은 듯 불안이 밀려들었다. 눈앞의 사이카를 똑바로 바라볼 수 없어 세운 무릎에 한쪽 뺨을 댄 채 눈을 질끈 감았다. 터질 듯 쿵쾅거리는 심장박동에 맞춰 이가 딱딱 부딪쳤고, 어깨 언저리는 식은땀으로 축축하게 젖어들었다. 남자와 관계를 가질 때에는 느끼지 못했던 거부감과 촛불처럼 일렁이는 욕망이 하나로 뒤엉켰다.

"아이."

평소보다 촉촉한 목소리에 더욱 견딜 수 없어져 고개를 숙이고, 무릎에 이마를 파묻으며 표정을 숨겼다. 사이카가 내 몸의 중심으로 들어오는 걸 완전히 거부했다. 그의 손이 내 머리를 쓰다듬었다.

"고개 들어봐, 아이."

숨을 깊이 들이마시며 마음을 다잡은 뒤 고개를 들자 사이카의 시선과 맞부딪쳤다. 불안해하는 기색은커녕 동요하는 내 모습을 관찰하며 즐기는 듯한 반짝이는 눈동자를 보니 기가 막히기도 했지만 동시에 안도감이 느껴졌다. 나는 힘없이 웃었고 우리는 가까이 다가섰다.

사이카와 입을 맞추자 방금 전까지의 두려움은 거짓말처럼 사라지고, 스스로도 어떻게 이러는지 신기할 정도로 자연스럽고 부드럽게 움직였다. 본능에 충실한 모든 몸짓에서는 상대를 갈구하는 오롯한 애정이 흘러넘쳤다. 가림막 역할을 하던 내 무릎이 힘없이 쓰러지자 지금껏 몸을 옭아매고 있던 극심한 긴장이 스르륵 풀어지기 시작했다. 사이카와 닿은 부분부터 천천히.

타인의 입을 통해 흘러 들어오는 갓 빚은 술을 계속 거부하다 어느샌가 자의로 다 마셔버린 듯한 느낌. 천연의 도취陶醉에 얼굴이 달아오르고 시야가 일그러져 호흡이 가빠졌다. 점점 지금 일어나는 일 말고는 모두 아무래도 좋다는 생각이 머리를 지배했다.

지금까지는 몸은 알몸이라도 마음은 그렇지 않았다. 상식과 체면을 남김없이 걷어내고 날것의 상태로, 실오라기 하나 걸치지 않은 몸으로 부둥켜안으면 이토록 가벼워질 줄이야.

체온이 달아오를수록 우리의 살갗이 내뿜는 유혹과 욕망의 내음 역시 타오르고 있었다. 난방을 하지 않아 맨몸으로 있으면 추워야 마땅한데 서로가 발산하는 열기에 휩싸여 하나도 춥지 않았다. 이성의 끈이 끊어져 격하게 껴안으며 서로의 몸에 수많은 흔적을 남겼다. 부끄러워하는 시늉도, 불을 꺼달라는 말도 필요 없었다. 우리는 처음 접하는 서로의 몸이 어떤 구조를 가지고 있는지 이미 잘 알고 있었다.

역할 분담 같은 건 없었다. 나는 사이카의 온몸 구석구석에 입을 맞추면서 살을 핥고 깨물고 빨았다. 옆구리의 보드라운 살은 체온과 땀이 섞인 날것의 맛이 났다. 사이카의 살을 핥고 있다는 사실만으로 머릿속이 마비되어 더는 아무 생각도 할 수 없었다.

무아지경으로 그를 탐하던 입술이 가장 뽀얗고 말랑한 가슴에 가까워졌을 때, 갑자기 도는 긴장감에 흠칫하며 몸이 굳었다. 이제껏 그곳은 욕망을 자극하는 부위가 아니었다. 당연한 말이지만 남자의 몸과는 너무나도 달랐다. 요요한 곡선을 그리는 가슴은 신성하고 편안한 안식처 같았다.

못 하겠어.

성욕이 급격히 사그라드는 게 느껴졌다. 침을 삼킨 뒤 가슴을 피하고 있다는 걸 알아채지 못하도록 신중하게 입술의 방향을 바꾸어 옆구리 쪽으로 혀를 살살 움직였다. 그때 사이카가 느닷없이 내 가슴을 움켜쥐었다. 나는 만지지도 못했건만, 거침없는 손길에 심장까지 한데 붙잡힌 듯 심장박동이 빨라지며 신음 소리가 저절로 나왔다.

다시 나를 밀어 눕힌 사이카가 내 온몸을 유심히 내려다봤다. 그 눈은 어떻게 매번 내 이성이 끊어지려는 순간을 놓치지 않는 걸까. 그가 모든 걸 꿰뚫어 볼 때마다 피부가 불에 그을리는 것처럼 부끄러움이 밀려왔지만 지금은 이대로 언제까지고 계속 봐주었으면 좋겠다는 생각이 더 컸다. 내 머리 양옆으로 뻗은 두 팔에서, 나를 뚫어지게 내려다보는 뜨거운 시선에서, 길게 드리운 검은 머리카락에서 나를 지배하고자 하는 욕망이 쏟아져 내렸다. 절정에 달아오른 맨살에 감도는 희미한 땀 내음, 치켜올리듯 솟은 어깨, 호흡에 맞춰 조용히 오르락내리락하는 허리와 그 한가운데에 길게 자리한 배꼽, 축축하게 젖어든 내 그곳과 밀착한 음부. 욕망은 단비처럼 내 위로 쏟아졌다. 끈끈하게 달라붙은 하반신은 그의 허벅지 안쪽 근육에 단단히 고정되어 꿈쩍도 하지 않았다.

흥분이 정점에 달한 상태인데도 그의 손이 내 허벅지 안쪽으로 미끄러져 내려오자 가슴과 대면했을 때처럼 다시 긴장으로 온몸의 피가 발끝으로 쏠렸다. 그의 손가락은 다정하고 정열적으로 나를 자극했지만 나는 충분히 젖었음에도 불구하고 숨을 삼킨 채 힘을 주어 점점 다리를 오므렸다.

사이카는 짜증과 불안, 슬픔이 뒤섞인 표정으로 나를 보았다. 표정이 어두워지고, 눈동자에 날선 기운이 깃들면 평소에는 숨기고 있는 섬세한 부분이 드러나 오히려 더 매력적이었다.

우리는 흔들리는 시선으로 무언의 대화를 나누었다. 나는 내 위에 있는 사이카를 밀어 침대에 눕힌 뒤 몸을 자극했다. 나를 만지는 건 무서웠지만 내가 만지는 건 괜찮았다.

당연한 말이지만 몸이 어디에 반응하는지, 어떤 구조인지도 잘 알고 있었다. 최대한 조심스럽고 섬세하게 움직였지만 어디를 만져야 자신이 자극을 받는지를 상대에게 고백하는 것이나 마찬가지라 조금 겸연쩍은 기분이 들었다. 사이카는 큰 소리로 신음을 흘리지는 않았지만 그래도 서서히 허리가 휘더니 달콤한 숨소리를 연신 내뱉으며 다리를 모으려 했다. 어느샌가 벌어져 있던 입에서 흘러내린 타액이 그의 아랫배로 떨어지고 있었다.

지금 여기 눈앞에 있는, 베거나 힘주어 조르면 금방 숨이 끊어질 듯한 가느다란 목과 허공을 향해 치켜든 뾰족한 턱이 어떤 것보다 내 눈을 자극했다. 쾌락에 취해 경계심 없이 목을 쭉 뻗으며 급소를 내보이는 사이카는 이 순간 숨이 끊어진대도 영원히 알아채지 못할 것 같았다. 지금 내겐 절정에 달하는 것보다 한껏 내민 사이카의 목이 격렬하게 떨리는 모습을 보는 게 더 중요했다.

내 어깨를 단단히 붙잡은 사이카가 신음을 터뜨렸다. 쾌락의 바다에 뛰어들어 허우적거리는 모습에 애틋한 마음이 들었다. 강렬한 자극에 아랫배 안쪽 근육이 제멋대로 이완과 수축을 반복했다. 쾌감이 척추를 타고 올라왔다.

사이카는 다시 나를 눕히려 했고 나는 흐트러진 숨을 몰아쉬며 겨우 그를 제지했다.

"이제 내 차례잖아."

"다음에, 더는 못 하겠어. 기절할 것 같아."

만지지도 않았는데 이미 절정에 올랐다고는 차마 부끄러워 말할 수 없었다. 얇은 이불을 뒤집어쓰고 침대에 쓰러지듯 누웠다. 시트 곳곳이 반짝거려서 만져봤더니 사이카의 페디큐어가 묻은 것이었다. 봐, 아직 안 말랐잖아. 그렇게 예쁘게 발라놨는데 지금은 거의 다 벗겨지고 없었다.

가쁜 숨이 잦아들자 가슴이 뻥 뚫린 것처럼 후련했다. 푸른 하늘 아래 드넓은 초원에 누워 있는 듯 상쾌한 기분이었다. 죄책감이나 꺼림칙한 느낌이 들 줄 알았는데 사이카와 드디어 하나가 되었다는 마음이 먹구름을 남김없이 날려버렸다. 사이카와의 육체적 관계에서는 아직도 넘어야 할 산이 많았다. 하지만 온몸으로 사랑을 나눈 경험으로 자신감이 생기는 것 같았다. 사이카 역시 즐거운 명절을 앞둔 어린아이처럼 구김살 없는 환한 표정으로 베개에 얼굴을 묻고 있었다. 우리는 이불 속에서 손을 꼭 잡았다.

우리는 함께 미래로 나아간다. 한 켤레의 신발처럼. 서로가 있으면 어디까지고 씩씩하게 걸어갈 수 있다.

하지만 잠에 빠져들자 내 기억의 바닥은 현실의 죄책감을 꿈에 비추었다.

나와 소우는 좌식 테이블에 인덕션을 놓고 전골 요리를 끓이고 있었다. 같이 살던 시절에 자주 해먹던, 소우가 좋아하는 모둠전골이었다. 소우와 이렇게 얼굴을 마주하고 이야기하는 것이 왠지 무척 오랜만이라는 생각이 들어서 평소보다 더 들뜬 기분으로 그와 이야기를 나눴다. 편하다며 일주일에 세 번은 입는 하얀 운동복 차림으로 웃으며 내 이야기를 듣던 소우가 불현듯 진지한 표정으로 젓가락을 내려놓았다.

"아무것도 기억 못 하는구나?"

"어?"

"우리 사이에 있었던 일, 정말 아무것도 기억 못 하는구나."

무슨 말인지 이해가 안 됐지만 기억 깊숙한 곳에서는 이미 알고 있었다. 무슨 소리냐고 되물으면서도 눈물이 계속 차올랐다. 쓸쓸한 미소를 머금은 소우가 흐릿하게 변하더니 아득히 멀어졌다. 몸을 흔드는 감각에 눈을 뜨자 사이카가 새파랗게 질린 얼굴로 나를 들여다보고 있었다.

"괜찮아? 계속 끙끙대던데. 무서운 꿈이라도 꾼 거야?"

"아니, 기억 안 나."

거짓말로 둘러댔지만 꿈속에서 보았던 소우의 표정이 뇌리에서 떠나지 않았다. 내 뺨을 훔치는 사이카의 손가락은 눈물로 젖어 있었다.

*

사이카와 같이 살기 시작하고 나서야 그가 숨 돌릴 틈도 없이 바쁘다는 사실을 알았다. 소속사는 지금이 전성기라며 강력하게 밀어주는 모양이었는데, 그 덕에 사이카는 아침에 나가 밤늦게 돌아올 때까지 매일 여러 건의 스케줄을 소화했다. 출연한 드라마나 영화 홍보차 인터뷰를 할 때마다 분 단위로 시간이 정해져 있다 보니 조금이라도 늦으면 매니저가 기자에게 눈치를 줘 차분하게 대답할 수가 없다고 했다. 특유의 당당한 태도 역시 연예인이라는 직업에 딱 맞았다. 태생적으로 긴장이라는 걸 모르는 게 아닌가 하는 생각이 들 만큼 아무리 중요한 촬영장에서도 제 집 안방처럼 편하게 행동했다. 그런 면이 역효과를 불러일으켜 단단히 미움을 사는 경우도 있다고 하지만.

영화 촬영 때문에 보름씩 집을 비우는 일도 종종 있었다. 사이카를 데리러 오고 데려다주는 요네하라 매니저와도 몇 번 만나다 보니 친해졌다. 나와 사이카 둘 다 집 열쇠를 깜빡했을 때 집까지 와 여벌 열쇠로 문을 열어주기도 했다. 일을 마치고 돌아온 사이카가 씻는 동안 사이카가 내일 입을 의상을 확인하는 요네하라 씨와 이야기를 나눴다.

"사이는 미성년자일 때부터 일밖에 모르고 살았는데 요즘은 표정이 많이 달라졌어요. 예전에는 일에 모든 힘을 쏟아부어서인지 촬영이 끝나면 바로 무표정해졌거든요. 꼭 전기가 나간 것처럼. 지금은 일이 잘되고 있다지만 언젠가는 압박감에 무너지는 게 아닐까 생각이 들 정도로 걱정이 이만저만이 아니었어요. 나카니시 씨와 만나면서 그 긴장이 조금은 누그러진 것 같아서 회사에서도 모른 척 두 사람을 응원했죠. 근데 그때도 지금처럼 반짝반짝 빛나는 환한 느낌은 아니었어요. 표현력이 풍부해져서 연기에도 깊이가 생겼죠. 사이한테 좋은 친구가 생겨서 다행이에요."

역시 늘 곁에 있는 매니저여서인지 요네하라 씨는 사이카를 세세하게 꿰뚫어 보고 있었다. 사이카 본인보다 사이카 속을 더 잘 아는 것 같기도 했다. 처음에 만났을 때는 그냥 건조한 비즈니스 관계인 줄 알았는데 일을 떠나 사이카에게 애정을 갖고 있는 게 느껴졌다.

"앞으로도 아침에는 제가 책임지고 깨울게요!"

"저야 너무 감사하죠! 사이는 별로 안 내키는 스케줄이 잡히면 뭉그적뭉그적 늦장을 부리거든요. 데리러 와도 나갈 채비는커녕 침대에서 일어나지도 않은 적이 한두 번이 아니었어요. 하지만 난리 씨하고 같이 살고부터는 지각하는 일이 없어져서 얼마나 다행인지 몰라요. 사이도 숨 돌릴 틈 없이 바빠졌으니 난리 씨가 저하고 같이 사이의 전속 매니저가 되어주면 좋겠네요!"

"말씀은 감사하지만 요네하라 씨가 고생하는 걸 옆에서 봐서 그런지 엄두가 안 나네요."

"그렇게 힘들지만은 않아요. 사이가 일할 때 지켜보기만 하면 되고, 또 저도 있으니까요. 빈말이 아니라 진심으로 하는 제안이에요. 지금 휴대전화 대리점에서 근무한다고 했죠? 실례되는 말일 수도 있겠지만 저희 회사로 오면 사장님하고 상의해서 연봉도 지금 받는 것보다 훨씬 더 잘 챙겨드릴게요. 난리 씨는 사이의 열정에 불을 붙인 사람이니까요."

"감사해요. 하지만 제가 범접하기에는 너무 화려한 세계 같아요. 말씀만 감사히 받을게요."

"아쉽네요. 마음이 바뀌면 언제든 말해주세요."

사실은 사이카의 매니저가 되면 우리의 관계가 헷갈릴 것 같아서 두려웠다. 내가 좋아서 사이카와 같이 있는 건지, 일 때문에 같이 있는 건지 분간할 수 없는 관계는 싫었다.

샤워를 마친 사이카가 거실로 들어오자 요네하라 씨는 자리에서 일어났다.

"그럼 이만 가볼게요. 사이, 오늘 안에 내일 출연할 프로그램 앙케트 다 작성해놔! 그리고 수상식 때까지 손톱 자르지 말고 기르는 거 잊지 말고. 연장을 하려고 해도 원래 손톱이 어느 정도는 있어야 네일 아트 했을 때 봐줄 만하지. 메이크업 담당 하시모토 씨가 요새 사이가 손톱을 너무 짧게 잘라서 네일 하기 너무 힘들다고 하더라."

요네하라 씨의 마지막 당부에 우리는 겸연쩍은 표정으로 서로를 마주 보았다.

"있잖아, 밀크티도 치아 색소침착에 영향을 미칠까?"

"어?"

"홍차에는 스테인이 있긴 하지만 우유도 들어 있으니까 괜찮지 않을까 해서. 그래도 빨대로 마시는 게 낫나?"

사이카는 치아 미백 효과를 유지하기 위해 집에서 홍차나 커피를 마실 때는 늘 빨대를 썼고, 외출할 때에도 가지고 다녔다. 밀크티를 식혀 빨대로 마실지 그냥 마실지 고민하는 사이카를 보니 조금 안쓰러운 마음이 들었다.

"우유에 스테인이 희석됐을 테니 괜찮지 않을까?"

사이카는 내 말에 안심한 듯 차를 마시기 시작했다.

소파에 앉아 따뜻한 커피를 마시고 있는데 옆에 앉은 사이카가 히죽거리며 내 옆모습을 바라봤다. 내가 책이나 휴대전화를 열심히 들여다보고 있으면 사이카는 내 몸 구석구석을 톡톡 치며 내 관심을 끌려고 했다. 손목부터 시작해 두 팔을 타고 올라온 그의 열 손가락이 목 부근에서 만나면 나를 꽉 끌어안았다. 그 자세로는 당연히 책이나 휴대전화 화면을 볼 수 없었고 사이카는 끈질기게 품을 파고들어와 사소한 이야기들을 두서없이 하고는 했다.

저녁을 먹고 나서 책상 앞에 앉자 뒤에 선 사이카가 여느 때처럼 내 팔에서 손가락 걸음을 걸으며 물었다.

"뭐 해?"

"이력서 써."

자격증을 기입하는 난까지 채운 이력서를 사이카에게 내밀었다.

"이직하려고?"

"응, 지금 다니는 데는 예정대로 관두고 새 직장 구하려고. 사이카 덕에 나가쓰 님 건도 해결됐고, 문제를 해결했을 때 고객이 기뻐하는 모습을 보면 보람도 있지만 아무래도 비정규직이니까. 이번에는 오래 다닐 수 있는 곳을 찾고 싶어서 다양한 직종에 도전해보려고."

결혼 생활에는 돈이 제일 중요하다던 마나미의 말이 계속 머릿속에 남아 있었다. 사이카와 앞으로 쭉 같이 살려면 안정된 일자리와 돈이 필요하다. 사이카의 수입이 좋은 건 물론 알고 있었지만 경제적으로 의존하고 싶지 않았다. 그리고 만일 무슨 일이 생겨서 일이 끊기거나 모아둔 돈이 바닥났을 때 금방 도움을 줄 수 있는 사람이 되고 싶었다. 소우와 사귈 때에는 집안일이나 육아를 전담하는 대신 경제적으로는 소우에게 의지할 작정이었지만 사이카와는 그럴 수 없었다. 사이카를 보호할 수 있는 사람이 되기 위해선 자립을 해야 했다. 정년까지 쭉 일할 수 있는 직업이 필요했다.

"어릴 적 꿈을 좇아 탐험가가 되는 건 어때?"

"에이, 너무 뜬구름 잡는 소리다. 물론 나이 제한은 없겠지만 그래도 스물다섯은 너무 늦은 것 같지 않아? 수입도 불안정할 것 같고."

"그런가? 도전해볼 만한 것 같은데."

"내가 탐험가가 되어서 북극이나 아마존 같은 데 가면 어쩌려고? 서로 바빠서 만날 틈도 없을걸?"

"으, 그건 좀…… 그럼 르포라이터는 어때? 탐험가보다는 현실적이잖아."

"음, 글을 다루는 일을 하고 싶긴 한데 르포라이터도 성공 여부에 따라 수입이 크게 차이 날 것 같아서 좀 불안해. 난 매일 정해진 곳에 출근을 하고, 많이는 아니더라도 안정적으로 돈을 벌 수 있는 일을 하고 싶어."

"꿈이 너무 소박한 거 아냐? 기왕 할 거면 꿈에 도전하는 게 좋잖아. 든든한 후원자인 내가 있으니까 돈 걱정은 하지 마."

"그런 건 싫어. 원조교제도 아니고."

"아저씨라도 불러도 돼."

"아저씨, 화장실 청소 좀 부탁드려요."

예전에는 일주일에 한 번 가사도우미가 집에 와 청소를 했지만 함께 살고부터는 둘이 분담해서 했다. 같이 사는 집에 되도록 다른 사람을 들이고 싶지 않다는 게 사이카의 의견이었다. 그는 투덜거리며 일어나 화장실로 들어갔다.

이직은 상상보다 순조롭지 않았다. 경력직 채용에 지원했으나 엔터테인먼트 기업의 면접마다 줄줄이 낙방했다. 평생직장을 구하려다 보니 결국 지원하게 되는 건 대기업뿐이었지만 특출한 학력이나 관련 경력이 없는 데다 계약직 기간만 길었으니 고배를 마시는 건 어찌 보면 당연한 일이었다.

아홉 번째 불합격 소식을 받으니 속이 부글부글 끓어올랐다. 거실에서 팔굽혀펴기를 하는 사이카의 등에 팔을 괴며 눌렀다.

"또 떨어졌어. 날 채용해줄 회사가 세상에 존재하기는 하는 걸까."

지기 싫어하는 사이카는 내가 체중을 실어 누르는데도 굴하지 않고 팔굽혀펴기를 계속했다. 팔이 부들부들 떨리고 있었다.

"아이는 안정성이랑 월급만 보고 지원하잖아. 회사는 업무 내용에 열의가 없는 걸 알아보고 안 뽑는 거겠지. 그러지 말고 좋아하는 일에 도전해봐."

"그럼 속옷 브랜드 판매직 면접이나 볼까? 고객님, 가슴 라인이 정말 고우시네요. 피팅룸에서 단둘이 있을 때 그런 멘트를 날리며 속옷을 파는 거지."

"흑심 있는 사람인 걸 알아보고 바로 떨어뜨릴걸."

아직 사이카 가슴도 제대로 못 만지는 나였지만 사이카는 곧바로 핀잔으로 대꾸했다. 나름의 배려였겠지.

될 대로 되라는 심정으로 다시 볼같이 이력서를 쓰기 시작했는데 뒤에서 시선이 느껴졌다. 사이카는 아직 붙이지 않은 증명사진을 집어들었다.

"지금까지 다양한 사람을 만났지만 이런 얼굴은 아이밖에 못 봤어. 호감형이라기보단 흉상凶相에 더 가까운데 그 무엇보다 아름답게 보인단 말이야."

흠칫한 나머지 생년월일을 쓰다 손을 멈췄다. 고등학생 때 신주쿠 거리에서 만난 점쟁이도 똑같은 말을 했었다. 마나미와 밤늦게까지 놀던 날, 막차 시간까지 괜히 어슬렁거리다 길모퉁이의 점쟁이 아주머니에게 손금을 봤다. 손금에 관상까지 봐준 친절한 아주머니는 나에게 "자기는 흉상이네"라고 단언하며 반골 기질이 너무 강하다고 했다. 취한 마나미가 옆에서 자지러지게 웃었다.

"흉상이라니 너무해. 안 그래도 검은자가 좀 위로 몰려 있어서 노려본다는 말 많이 듣고 살았단 말이야. 눈 때문에 학생 때 무서운 선배들이 얼마나 불러냈는지 알아?"

"눈 때문만은 아니지. 날카로운 눈썹선에서도 시비 거는 느낌이 물씬 풍기는걸? 난 아이의 그런 건방진 분위기가 너무 좋더라."

나는 두 손을 얼굴에 대고 두 뺨을 눌렀다.

"그랬구나. 이제껏 눈 때문에 건방지다는 소리를 듣는 줄 알았는데. 눈빛이 강렬한 건 알고 있었어. 컬러 렌즈 끼면 괜찮을 줄 알았지. 눈썹도 일부러 날카롭게 그린 건 아냐. 모양에 맞추다 보니까 자연스럽게 이렇게 됐다고."

"멋있어. 해외에서 활약하는 동양인 모델은 거의 아이랑 비슷하게 생겼어. 그리고 내면은 전혀 그렇지 않잖아. 건방지기는커녕 예의 바르고 강직한 데다 열정이 넘치지. 외면도, 내면도 계속 그대로였으면 좋겠어. 컬러 렌즈 같은 거 끼지 마. 검은자랑 흰자가 또렷하게 대비되는 눈동자가 얼마나 매력적인데."

나름의 칭찬이었겠지만 스스로의 외모를 객관적으로 평가해본 적 없던 터라 난생처음 내 스타일을 깨닫고 충격을 받았다.

하지만 사이카 역시 나와 다른 방식으로 흉상이었다. 소속사에서는 아이돌 포지션으로 밀고 있었지만 사실 사이카는 한눈에도 만만치 않아 보이는 외모의 소유자였다. 귀여움이나 순수함보다는 내면의 강한 기질이 두드러졌다. 고양이를 닮은 큰 눈망울, 통통한 볼살, 도톰한 입술. 전부 남자들이 좋아할 법한 요소임에도 여성 팬이 더 많았다. 사이카의 단단한 내면을 본능적으로 알아챈 남자들이 두려움을 느끼기 때문이겠지.

특히 씩 웃을 때 입꼬리가 들리며 입술 사이로 가지런히 늘어선 치열이 살짝 보이는 순간, 위태로운 매력은 배가됐다. 본인은 아무 생각 없이 그저 웃었겠지만 준수한 외모라 그나마 눈에 띄지 않을 뿐, 순간적으로 나타나는 기운은 광기에 가깝다 해도 과언이 아니었다. 웃으며 사람을 죽이는 역할을 맡으면 딱이라고 생각했지만 그런 배역은 들어온 적이 없다고 했다.

밤 10시가 지난 시간, 사이카에게 전화가 왔다. 지금 후배와 같이 집에 가려고 하는데 괜찮겠냐고. 사이카는 해외 촬영으로 상하이에 갔다 오늘 저녁에 막 돌아온 참이었다.

사이카가 동료 배우를, 아니 사람을 집에 데려오겠다고 한 건 처음 있는 일이라 곧바로 그러라고 했다.

늦은 봄인데도 벌써 무더위가 느껴져 창문을 열고 환기를 하며 대충 청소를 하고 있는데 인터폰 소리가 울렸다. 사이카가 자그마한 체구에 검은 머리를 예쁘게 기른 한 여자와 어깨동무를 하고 들어왔다. 두 사람은 촬영장에서 썼다는 까만 모자를 맞춰 쓰고 있었고 사이카는 상하이에서 샀는지 못 보던 티셔츠 차림이었다. 두 사람 다 뒷풀이에서 제법 마셨는지 거나하게 취해 술 냄새를 풍겼다.

“이쪽은 스즈키 린. 내 후배고 아직 스물두 살이던가? 지금은 다른 데로 옮겼는데 예전에는 같은 소속사였어. 같은 기숙사 방을 쓴 적도 있고. 이번에 상하이에서 찍은 영화에 오랜만에 같이 출연하게 됐어."

가슴 아래까지 오는 비단결처럼 차르르 떨어지는 검은 머리에 일자로 자른 앞머리, 그 아래 자그마한 얼굴이 신비한 인상을 풍겼다. 하지만 웃으니 그 또래의, 아니 그보다 어려 보이는 사랑스러운 표정으로 바뀌는 게 매력적이었다. 그는 나에게 손을 내밀더니 맑고 높은 목소리로 말했다.

"사이카 선배한테 늘 신세 지고 있어요. 아까 친구분이라고 들었는데, 아이 씨 맞죠? 밤중에 불쑥 찾아와 죄송해요."

"반가워요. 저는 괜찮으니까 신경 쓰지 말고 천천히 놀다 가세요. 사이카도 꽤 많이 마신 것 같은데 집까지 데려다줘서 고맙네요. 사이카, 요네하라 씨는 어디 두고?"

"아까 일층에서 헤어졌어. 내일은 스케줄 없는 날이라 따로 준비할 것도 없고."

취하면 집요해지는 구석이 있는 사이카가 나에게 모자를 씌우려고 연거푸 시도했다.

"그만 좀 하라니까. 엄청 취했네. 왜 이렇게 많이 마셨어?"

"공항 레스토랑에서 식사하고 와인이나 한 잔 마시려고 했는데 린이 계속 술을 권하잖아. 내일 오프라 다행이야."

"기왕 집까지 왔으니 더 마실까요? 아이 씨도 같이 마셔요. 전 아직 더 마실 수 있어요. 상하이에서 스태프한테 선물로 받은 샴페인인데 오늘 다 마셔버리죠!"

더 마실 수 없을 정도로 취해 보였지만 오기가 생긴 건지 사이카는 린의 제안대로 집에 있던 선물받은 술까지 죄다 꺼내 심야 술판을 벌였다. 린도 이미 꽤 마신 것 같았는데 원래 주당인지 웃는 얼굴로 연신 우리에게 술을 따랐다. 본인도 그만큼, 아니 그 이상 마셨는데 멀쩡해 보였다. 일찌감치 취한 나는 이 업계 사람들의 엄청난 주량에 혀를 내둘렀다.

"아이 씨, 사이카 선배가 상하이에서 얼마나 활약했는지 아세요? 무리한 강행군에 촬영팀 모두 고생하긴 했지만 특히 주연급인 사이카 선배는 촬영신이 많아서 식사할 때 말고는 계속 촬영했어요. 이렇게 가녀리면서 우리 중에 제일 기운 넘치는 거 있죠. 선배는 정말 제 롤모델이에요."

"린이 지켜보고 있어서 나도 열심히 한 거야. 후배한테 멋진 모습만 보이고 싶어서."

"정말 멋졌어요. 전 아직 조연급이지만 언젠가 선배처럼 주연을 맡을 날까지 열심히 할게요!"

일자 앞머리 아래 신비롭고 서늘한 눈이 거실을 훑었다.

"그나저나 선배가 친구하고 같이 살다니 너무 의외라서 아직도 안 믿겨요. 기숙사에서 같은 방 쓸 때는 누가 있으면 불편하다고 방 한가운데에 커튼 쳐놓고 살았으면서. 자상하고 잘 챙겨주는 사람이긴 하지만 앞으로 선배하고 결혼하는 사람은 고생깨나 하겠다 싶었죠. 그래서 남편이라면 몰라도 친구하고 같이 산다는 얘기 듣고 정말 놀랐어요."

린의 말에 내심 우쭐했지만 린이 아니라 사이카에게 생색을 내고 싶어 "그만큼 제가 많이 참고 살죠"라고 답했다. 사이카가 입을 삐죽이며 타박했다.

"참긴 뭘? 내가 얼마나 정성을 다하는데."

네, 여부가 있겠습니까. 건성으로 대꾸하며 깔루아를 마시는 사이카를 위해 우유를 꺼내러 부엌으로 갔다.

"정성을 다한다고요? 선배가 아이 씨한테 뭘 해주는데요?"

"스케줄 없는 날에는 청소기도 돌리고 빨래도 개. 화장실 청소도 한다고."

"그건 사람이 생활하면서 당연히 해야 하는 일이잖아요. 그러고 보니 기숙사에서 같이 살 때, 정리 잘 못한다고 개인 물품도 거의 안 들이고 살았죠? 공동 부엌 쓰는 것도 한 번도 못 봤어요. 집안일 싫다고요."

사이카는 집안일에 대해서는 극단적이었다. 가끔 열과 성을 다해 레스토랑에서 내어도 손색이 없는 호화로운 음식을 만들었지만 간단한 생활 요리는 어려워해서 그냥 내버려두면 대충 아무거나 만들어 먹고는 했다. 주말에는 재료비도 아끼지 않고 몇 시간씩 이탈리아 요리를 한다고 이야기를 할지 말지 고민하는데 전화벨이 울렸다. 린이 휴대전화를 들고 거실 밖으로 나갔다. 테이블에 우유를 올려놓자 상기된 얼굴의 사이카가 린이 사라진 방향으로 턱을 까닥했다.

"애가 괜찮지?"

"그러게, 스물두 살인데 아주 야무지네. 사이카를 정말 존경하는 것 같았어. 열심히 노력하는 만큼 빨리 떴으면 좋겠다."

"맞아, 잘됐으면 좋겠어. 같은 소속사일 때는 같이 촬영도 많이 했는데 회사 옮긴 뒤로는 통 못 만났거든. 린이 원해서가 아니라 걔네 부모님하고 우리 회사 사이에 문제가 생겨서 옮긴 건데, 그러고 나서 회사가 업계에 압박을 가해서 고생한 모양이야. 이제 그나마 전처럼 활동할 수 있게 됐대. 옮기고 나서 처음으로 같이 촬영하는 거야."

사이카는 술잔을 내려놓고 내가 가져온 오이 절임을 먹었다.

"우리는 처지가 비슷해. 나도, 린도 어릴 때 혼자 상경해서 부모 도움 없이 학업과 일을 병행했지. 회사 기숙사에서 같이 숙식하던 연습생도 많았지만 그 애들은 부모님이 자주 찾아오거나 집에서 보낸 편지를 받았어. 우리 방에 부모가 찾아온 적은 한 번도 없었어. 그래서 난 린의 고충을 알아. 내가 도울 수 있는 건 최대한 돕고 싶어. 이번 영화도 내가 린을 추천했어."

"둘 다 어린 시절부터 열심히 해서 여기까지 온 거네."

내가 아무 생각 없이, 다른 길은 상상도 못 하고 태평하게 학교에 다니던 시절에 사이카와 린은 미래의 꿈을 위해 부모 품을 떠나 열심히 일했던 것이다. 그렇게 생각하자 두 사람을 응원하는 마음이 솟아올랐다.

"인기가 없을 때는 일을 많이 하지 않으면 생활비를 충당할 수 없었기 때문에 결국 체력이 관건이었어. 린도, 나도 쇼핑몰 모델을 했는데 하루에 백팔십 번씩 옷을 갈아입었어. 하이힐 때문에 다리는 후들거리고, 단추를 하도 채웠다 풀렀다 해서 손가락에서 피가 난 적도 있었어. 영양 상태도 최악이었지. 며칠씩 라면 하나 끓여서 둘이 나눠 먹기도 했어."

"다음에도 린이 놀러 오고 싶으면 언제든 오라고 해. 일 끝나고 배고플 때도 데려와. 내가 저녁 만들어줄 테니까."

그 뒤에도 술자리는 이어졌고, 린은 결국 술기운을 이기지 못하고 자고 가기로 했다. 소파에 린의 이부자리를 보고 있는데 사이카가 내 어깨에 팔을 두르며 끌어안았다.

"문도 안 잠갔잖아. 큰일 나."

"린은 지금 욕실에 있으니까 괜찮아. 그리고 끌어안는 장면 좀 본다고 대수롭게 생각하겠어? 여자끼리인데."

"알았으니까 일단 저리 가. 이불 깔고 있잖아. 맞다, 나도 사이카한테 소개하고 싶은 친구가 있어. 마나미라고, 고등학교 때부터 친구인데 지금은 애가 셋이야."

"그래? 혹시 해서 묻는 건데 그 친구한테 특별한 감정은 없지?"

"왜 무슨 말만 하면 바로 그쪽으로 생각이 튀어? 나 친구 많거든. 근데 이렇게 날 덮친 건 너밖에 없다고."

"이렇게?"

사이카가 뒤에서 내 머리를 잡더니 귓불을 물었다. 일부러 입을 벌리고 깨물어서 귓가에 질척이는 소리가 울려 퍼졌다. 그러다 슬금슬금 내려와 입까지 맞췄다. 진한 술 냄새를 풍기는 사이카는 평소보다 더 발랄했고 생기가 넘쳤다. 여러모로 좋은 경험이 된 해외 촬영에 흥분한 모양이었다. 그는 다시 팔에 힘을 주어 끌어안더니 이번에는 뺨을 깨물려고 했다.

"그만 사이카, 술 냄새 나! 린이 나오면 바로 샤워하러 들어가."

"아이, 사랑해. 상하이에 있는 동안 얼마나 보고 싶었는지 몰라."

사이카는 어리광을 부리며 티셔츠 아래 내 가슴을 그러쥐었다. 그것만으로도 등줄기가 서늘해졌지만, 다음 순간 비틀거리는 손이 가슴 한가운데로 움직이는 걸 느끼고 온몸이 딱딱하게 굳었다.

사이카의 무서운 점은 내 가슴을 만질 때 확실히 심장을 노린다는 것이다. 의식적이든 무의식적이든. 먼저 왼쪽 가슴이 봉긋해지기 시작하는 가슴골 언저리를 손바닥으로 누르며 심장 위치를 찾아내

박동 상태를 살핀다. 손으로 감지가 안 될 땐 귀를 대 소리에 집중했다. 그건 관능적이라기보다 두려움에 몸을 부르르 떨 만한 자세였다. 그는 내 경동맥 위에 입을 맞추는 데 능숙했고, 매 순간 숨이 벅차게 만들었으며 어째서인지 통점痛點도 잘 알고 있었다. 팔꿈치 안쪽의 전기가 통하는 곳이나 옆구리처럼 꾹 누르면 저도 모르게 몸을 구십 도로 구부리게 되는 부분. 진짜 급소를 정확하게 짚어내기 때문에 사이카에게 다가갈 때는 늘 경계심을 완전히 풀 수 없었다.

이렇게 취했는데도 급소를 짚어내다니. 만일 사이카가 진심으로 내 목숨을 노리면 내 숨통은 단번에 끊어질 것이다. 사이카의 몸을 간신히 떼어낸 뒤 주정뱅이를 진정시키고자 억지웃음을 지었다.

"고마워, 나도 보고 싶었어! 자, 수건 들고 욕실로 들어가자."

술기운 때문인지 사이카는 끈질겼다. 그는 연기하듯 과장된 어조로 읊조렸다.

"아이를 과일로 치면 배일 거야. 상큼하고, 사각거리고, 달콤하고, 수분이 많고, 서늘한 찬 맛이 나지. 깨물면 금방 입속에서 사라져서 먹어도 먹어도 부족해."

내가 배면 사이카는 검붉은 껍질에 윤기가 도는 알 굵은 다크 체리다. 잘 숙성되어 피처럼 붉은 과즙은 목이 타들어갈 정도의 달콤함으로 입안을 채우고, 새콤달콤한 과육이 떠난 혀 위에는 작고 딱딱한 씨만 남는다. 하지만 당도가 떨어지는 배로서는 쑥스러워 차마 입 밖에 내지 못할 이야기였다.

*

오봉이 지났을 즈음의 태양은 태풍과 태풍 사이에 껴 자포자기한 듯 이글거리고 있었다. 낮에는 햇빛이 피부를 하얗게 찔러댔고, 밤에는 창밖에서 날뛰는 거친 바람의 신음 소리를 들으며 잠에 들었다. 눈이 핑핑 돌 것 같은 날씨에 당혹감을 느끼면서도 밤낮으로 널뛰는 기온과 기압에 몸이 억지로 적응해가는 감각이 싫지 않았다.

사이카는 매일 아침 일찍 집을 나섰고, 저녁에 집에 돌아와서는 바로 지쳐 잠들었다. 그러던 중, 둘이 종일 함께 있을 수 있는 귀한 날이 찾아왔다.

"오늘은 화창하네! 모처럼 날씨도 좋은데 나가자."

오랜만의 휴일이니 좀 늦게까지 편히 자도 될 텐데, 일 년 내내 쉬지 않고 일한 사이카는 7시부터 나를 흔들어 깨우더니 신이 난 눈빛으로 말했다.

"그러자. 어디 가고 싶은 데 있어?"

조금 더 자고 싶다고 생각하며 게슴츠레한 눈으로 물었다.

"올해 아직 바다도 한 번 못 갔잖아. 쇼난 바다 가자. 헤엄치러!"

"뜬금없이 웬 쇼난?"

"어릴 때 자주 갔거든. 여름 하면 쇼난 바다지."

"그래? 난 가본 적은 없지만 왠지 구릿빛 피부의 남녀가 괜찮은 상대를 물색하는 이미지가 떠올라. 사이카가 가면 분명 헌팅에 시달리지 않을까?"

"쇼난이 얼마나 넓은데. 아이 말대로 야외 클럽처럼 남녀가 무리지어 흥을 내는 곳도 있지만 가족 단위 피서객들이 모이는 평화로운 해변도 있어."

"되게 잘 아네?"

"응, 가나가와 출신이잖아. 그래도 역시 바다는 좀 그런가? 피부 타면 요네하라 씨가 잔소리 퍼부을 텐데. 아니면 전에 같이 일했던 카메라맨이 하라주쿠에서 개인전을 하는데 거기 갈래?"

"그래, 재밌겠다."

"신난다. 오픈하자마자 들어가자. 사람 붐비기 전에."

다시 잠을 청하려고 눈을 감았지만 오랜만의 데이트가 기대돼 마음이 들떠 잠이 오지 않았다. 결국 일어나 같이 아침을 먹었다.

개인전 장소인 빌딩과 최대한 가까운 곳에 택시를 세우고 내렸는데도 불과 몇 분 만에 사이카를 알아본 사람들이 주변에 몰려들었다. 사이카는 아랑곳하지 않고 계속 걸었지만 나는 괜스레 신경이 쓰여 땀까지 흘리며 고개를 숙인 채 그를 뒤따라가는 데 열중했다.

작년 여름에는 둘이서 자유롭게 시부야를 돌아다녔는데. 금세 인파가 구름처럼 늘어난 걸 보니 무서울 정도였다.

“뭐야? 사람들 왜 줄 서 있는 거야?”

“줄이 아니라 연예인 구경하는 거래.”

“진짜? 누군데 누구?”

“사이카래!”

여학생들의 상기된 목소리가 사람을 더욱 불러 모았다. 사이카가 처음에 제안한 대로 쇼난 바다에 갔다면 아무리 가족 단위의 피서객들이 찾는 해변이라 해도 큰 소동이 벌어졌으리라.

같이 살면서도 사이카의 상황을 제대로 파악하지 못한 것이었다. 어쩌면 알고 싶지 않은 마음에 깊이 생각하지 않으려는 건지도 몰랐다.

남성 팬이 갑자기 많아진 요즈음, 나는 퍽 심경이 복잡했다. 사이카가 사귀고 싶은 여성 연예인 랭킹 상위에 오른 걸 보면 가슴이 덜컹거렸다. 집에서는 그렇게 관능적이고 자유분방한 사람이 미디어에선 ‘청순파’로 그려졌고, 주로 ‘갸륵한 여동생’ 역할을 맡아 연기했다. 인간불신에 빠질 만큼 격차는 극심했다.

사람들은 환성을 내지르며 한데 뒤엉켜 우리와 함께 이동했다. 하지만 일정한 거리를 두고 구경하거나 휴대전화로 사진을 찍을 뿐, 말을 걸지는 않았다. 때문에 인파 속에서도 신기하리만치 편하게 걸을 수 있었고, 목적지인 빌딩에 도착했을 때도 건물 안까지 쫓아오는 사람은 없었다. 둘이서 엘리베이터를 탔을 때 사이카가 웃음을 터뜨렸다.

"혼자 있을 때나 요네하라 씨랑 같이 있을 때는 악수해달라, 사인해달라 엄청 부탁하는데 아이랑 같이 있으니까 아무도 가까이 안 오네. 이유는 모르겠지만 아무튼 편하게 다닐 수 있어서 좋다."

"왜지?"

"다들 네가 무서운가보지."

사이카는 반색하며 말했지만 이해할 수 없었다. 검은 양복에 선글라스를 낀 덩치 좋은 남자도 아닌데 무섭다는 게 말이 되나? 만일 정말 그렇다면…… 생각하자니 심란해진다.

개인전을 감상하고 나서 집으로 돌아온 우리는 커플 홈웨어로 갈아입고 함께 오후 시간을 보냈다. 우리는 옷 취향이 전혀 달랐다. 나는 옅은 색의 단순한 디자인을 좋아했지만 사이카는 최신 유행인 명품 브랜드 제품을 좋아했다. 그래도 둘 다 연회색을 좋아해서 같이 쇼핑 갔을 때 연회색 스웨트셔츠를 홈웨어로 골랐다. 우리는 연회색 말고도 더 검은빛이 도는 색이나 블랙과 진회색, 카키가 섞인 색도 좋아했다. 종종 세탁물이 섞이면 누구 옷인지 분간하기 힘들었다.

인터넷에 검색해보니 진회색보다 더 짙은 카키빛이 도는 그 색은 개흙색이라고 했다. 개흙은 갯바닥이나 늪 바닥에 있는 거무스름하고 미끈미끈한 흙을 가리키는 말인데 고대에는 이것으로 천을 염색했다고 했다. 옷 색으로는 최하급의 색이었다고. 최하급이라고 불리던 색을 뭐가 좋다고 입는 건지 둘 다 기분이 묘해졌다.

처음 만났을 때의 사이카 복장은 대략 두 종류였다. 너무 힘을 준 나머지 색과 디자인이 회오리처럼 격렬하게 뒤섞인 복장이거나 사람들이 알아보지 못하도록 튀지 않는, 아무런 개성 없는 무난한 복장. 격차가 워낙 커 보는 내가 다 혼란스러울 정도였다. 비비드한 색 조합의 명품 브랜드 제품은 촬영장에서는 스타일리스트의 센스에 힘입어 무척 세련되게 연출되었지만, 사이카의 독특한 취향대로 코디해 입으면 지나치게 화려해 과하다는 느낌을 주었다. 그래서 인터넷에 사복 사진을 올릴 때면 요네하라 씨가 은근히 검열해 별로인 것은 뺐다.

하지만 같이 살기 시작한 뒤로는 전처럼 양극단으로 치닫지 않고 자연스럽게 균형을 맞추게 되었다. 화장법만 해도 원래는 전부 진하게 그리고, 짙은 색조를 즐겨 썼지만 이제는 갈색을 중심으로 채도를 적절하게 조절한 자연스러운 느낌으로 바뀌었다. 예전 취향의 흔적인지 이따금 빨간색 아이라이너로 눈꼬리를 길게 그리는 날이 있었는데 안 그래도 뚜렷한 이목구비에 동양적 느낌이 더해지니 묘하게 이국적이면서 무척 잘 어울렸다.

과거 나는 외출할 때도 거의 민낯으로 다녔고, 가끔 쓰는 화장품은 드럭스토어에서 대충 구입하는 정도였다. 하지만 사이카의 화장대에 다양한 브랜드의 화장품이 빼곡하게 자리한 것을 보니 왠지 마음이 들떠 하나둘 화장품을 사들이기 시작했다. 사이카는 자기 것을 쓰라고 했지만 다른 브랜드에 관심이 가 퇴근길에 백화점에 들르고는 했다.

예전에는 머리카락도 투명한 느낌이 들도록 애시 톤으로 염색했지만 이제는 딱히 염색도 하지 않았다. 정수리에서는 원래 머리 색인 초록빛이 도는 짙은 검은색 머리카락이 자라기 시작했다. 꼭 중학생 때로 돌아간 기분이었지만 그때와 다른 것은 머릿결이었다. 열네 살 때는 머릿결이 훨씬 부드럽고 찰랑거렸던 것 같은데 지금 머리카락은 물먹은 것 같은 검은빛을 띠고 있었다. 어느 쪽이 더 어울리는지 잘 가늠되지 않았지만 의외로 사이카의 반응이 좋았다.

"머리카락이 검을수록 하얀 피부랑 대비되어서 목이 길어 보여. 은 귀걸이 있지? 그거 해봐. 그러면 옆모습이 더 예뻐 보일 거야."

나는 사이카의 취향대로 꾸미기 시작했다. 섬세한 문양이 들어간 별 모양 귀걸이도 새로 샀다. 페디큐어를 할 때도 예전에는 벗겨져도 눈에 잘 띄지 않는 은색을 애용했지만 요새는 누드 톤이나 빨간색만 발랐다.

우리는 서로가 서로를 사랑한다는 사실에 조금씩 확신과 자신을 가지면서 각자의 고유한 아름다움을 발견해갔다. 처음 여성과 사귀면서 알게 된 건, 여성과의 연애는 남성과의 연애에 비해 순도가 높고 불순물이 적다는 것이었다. 그 고양감에 숨이 가빠지면서도 함께 살지만 자매는 아닌, 같은 성별 다른 성질에서 기인한 우리 사이의 거리감을 사랑했다.

절묘한 커팅의 드레스, 네일 아티스트의 손끝에서 탄생한 화려한 손톱, 붉은빛을 띤 분홍색으로 빛나는 도톰한 입술, 반짝이를 흩뿌린 피부. 이러한 꾸밈은 그 아래 숨겨진 맨살과의 차이를 즐기기 위해서만 존재했다. 사이카는 이따금 촬영 의상 그대로 화장도 지우지 않고 돌아왔다. 꽃향기를 풍기는 향수 냄새에 코가 찡해지다가도 그 아름다움보다, 거창한 포장을 벗기고 맨살에 닿는 과정이 더 즐거웠다. 화려한 치장과 꾸밈없는 맨살 사이의 괴리는 소박하고 보드라운 살결의 순한 매력을 더욱 돋보이게 했다. 취미나 기호는 말할 것도 없이 우리의 몸은 자연스레 동기화되고 있었다. 처음에는 제각각이었던 생활 패턴도 함께 살다 보니 자연스레 맞아 들어가서 지금은 생리주기도 거의 같아졌다. 같이 생리를 할 때면 우리는 서로 허리 마사지를 해주거나 차가운 손발을 팥 손난로로 덥혀주었고, 따뜻한 물은 꼭 상대 것까지 챙겨주었다.

집에 들어온 뒤 이직용 이력서를 수정하던 중 주변이 조용한 걸 느끼고 사이카는 뭘 하나 생각하며 컴퓨터 화면에서 눈을 뗐다. 사이카는 소파에 누워 제 오른손을 보고 있었다. 긴 속눈썹을 내리깔고 다섯 손가락을 뚫어져라 보기에 다치기라도 했나 싶었지만 손끝에서는 거스러미조차 찾아볼 수 없었다.

아직 뜨겁게 타오르는 늦여름 오후의 햇살이 비춘 그의 옆얼굴은 홀린 듯 바라보게 될 정도로 한 치의 오차 없이 완벽했다. 특히 코에서 입술, 날렵한 턱으로 이어지는 라인은 솜씨 좋은 화가가 그은 완벽한 선처럼 단정했다.

어쩌면 사이카의 아름다움은 지금 절정에 달해 있는지도 모른다. 하지만 육체는 덧없다. 심장이 계속 뛴대도 절정은 눈 깜짝할 새에 지나가버리겠지. 그러나 그 덧없음이야말로 인간을 매료한다.

"손만 써서는 다 가진 기분이 안 들어."

사이카가 손을 보고 있던 이유를 깨닫고 다시 컴퓨터 화면으로 시선을 돌렸다. 아직 해가 중천이야 사이카.

"대낮에 무슨 소리야."

"아이는 아쉽단 생각 안 들어? 난 아이를 만족시키지 못했을까봐 늘 불안하단 말이야."

"요령만 좀 늘면 충분할 것 같은데."

"아니면…… 슬슬……."

곁으로 다가온 사이카가 내 다리 사이에 얼굴을 묻는 시늉을 했다. 발로 슬쩍 어깨를 밀어냈다.

"아야! 멍들면 어쩌려고! 조만간 어깨 파인 드레스 입고 잡지 촬영해야 하는데."

"그럼 난 잡지를 보며 이 멍은 내가 생기게 한 멍이다, 하고 즐기면 되지. 그리고 그런 터프한 게 하고 싶으면 인터넷에서 토이 같은 거 사 와봐. 예전에 수상한 주사위도 갖고 있었잖아. 그런 데 빠삭한 거 아냐?"

"토이가 싫은 건 아닌데 남자 형상을 끌어들이는 건 영 자존심이 상해. 왠지 분하지 않아?"

예상과 달리 사이카는 성이 났는지 거친 몸짓으로 책상 의자에 앉아 머리를 기대더니 의자를 좌우로 천천히 돌렸다. 눈을 감은 것을 보아 생각에 잠긴 듯 보였다.

"찾아보면 더 좋은 게 있을 거야. 그래, 찾아보면……."

사이카는 미간을 찌푸린 채 니트 소매 끝 삐져나온 집게손가락의 둘째 마디를 잘근거렸다. 그렇게 진지하게 생각할 일이냐며 고개를 내젓다 다시 이력서를 수정하기 시작했다. 곧 사이카가 의자에서 일어나 부엌으로 사라졌다.

한숨을 내쉬며 눈을 부릅뜨고 컴퓨터 화면에 집중했다. 진지하게 경력 사항을 쓰던 중이었는데. 방금 전 사이카와 나눈 대화와 화면 속 문장 사이의 격차가 너무나도 컸다.

마저 이력서를 쓰던 중 머릿속에 불길한 생각이 떠올라 부엌에 있는 사이카를 불렀다.

"사이카! 야채는 절대로 안 돼!"

대답은 돌아오지 않았다. 대신 냉장고 야채칸 슬라이딩 도어를 탁 닫는 소리가 났다. 역시…… 당근에 랩 같은 걸 씌울 작정이었나? 혹시라도 그런 일이 일어난다면 두 번 다시 당근을 먹지 못할 것이다.

잠시 뒤 가지를 들고 나온 사이카를 보고는 어처구니가 없어 화보다 웃음이 먼저 나왔다.

"싫다고 했잖아! 넌 내가 냉장고로 보여?"

사이카는 불통한 표정으로 다시 부엌으로 들어가 방금 전보다 자신에 찬 얼굴로 새 아이템을 들고 나왔다.

"더 자그맣고 딱 맞는 물건을 찾았어. 이걸로 하자."

펼친 손바닥에서 나온 건 비피두스균이 든 요구르트 병이었다. 사이카 말대로 크기를 보나 모양을 보나 가지보다는 훨씬 사용하기 수월해 보였지만 빨간 뚜껑이 달린 병을 넣었다 뺐다 하는 모습을 상상하기만 해도 몸서리가 쳐졌다.

"못 해, 말이 돼? 그냥 인터넷에서 딜도를 사자."

"부끄러워 하는 기색도 없이 그런 말을 하다니, 사실 엄청 야한 편이구나?"

"요구르트 병으로 하자는 건 괜찮고?"

집에 있는 물건 중에 적당한 걸 찾지 못한 사이카는 낙심한 기색이 역력했다. 당연한 일이었다. 하지만 아직 포기하지 못했는지 인터넷에서 찾은 손잡이가 두툼한 메이크업 브러시를 보여주었다. 메이크업 브러시든 뭐든 다 싫었지만 일단 오늘 밤은 빠져나가야 하니 "괜찮네" 하고 대꾸했더니 사이카는 신이 난 표정으로 인터넷 쇼핑을 시작했다.

사이카가 출연한 드라마를 함께 보는 건 무척 즐거운 일이었다. 사이카는 쑥스러운지 화면에 자신이 나오면 늘 무표정한 얼굴로 어떻게든 이유를 들어 자리를 뜨려 했지만 나는 붙잡고 놓지 않았다. 녹화한 영상에서 우는 신이나 키스신, 내숭 떠는 신에서는 사이카를 놀리기도 했고 이상한 표정을 하고 있을 땐 영상을 일시정지하고 휴대전화로 사진을 찍기도 했다. 사이카는 하지 말라고 투정했지만 나는 듣는 척도 하지 않았다.

같이 샤워를 하거나 땀을 흘린 뒤에 시간이 남으면 제모를 하는 게 우리의 일과였다. 전부터 전신 제모가 하고 싶었던지라 여름이 되면 관리실에 다닐 작정이었지만 사이카는 나체로 관리사와 단둘이 있는 꼴은 못 본다며 결사반대했다. 대신 가정용 제모기를 구입해 서로 관리하는 걸 도왔다. 둘 다 나체였지만 야릇한 느낌은 전혀 들지 않았다. 레이저 광선으로부터 눈을 보호하기 위해 검은 선글라스를 낀 채, 팔과 종아리에 광선을 쬐는 광경이 퍽 우스꽝스럽기 때문이겠지.

레이저 제모를 처음 경험하는 나와 달리 사이카는 겨드랑이와 다리, 얼굴, 목덜미까지 거의 모든 부위의 제모를 마친 상태였다. 다만 음부는 예외였다. 음부 제모를 하러 여러 차례 관리실에 갔지만 통증이 너무 심해 도중에 그만뒀다고 했다.

레이저 제모는 따끔거리는 자극은 있어도 못 참을 정도는 아닌데 비키니 라인이나 I 라인 등으로 불리는 음부 제모는 뜨겁게 달군 바늘로 찌르는 것처럼 아팠다. 깔끔하게 털을 민 부위에 제모기를 대고 두 사람이 같이 비명을 지르는 광경은 절대 아무에게도 보여줄 수 없었다. 나는 비키니 라인은 밀고 한가운데에 세로로 I 라인은 남겨두는 일반적인 방식을 택했지만 사이카는 더 많은 부분을 제모하고자 했다. 브라질리언 왁싱을 하면 수영복이나 속옷 촬영이 있을 때 안심할 수 있다고. 하지만 내가 온천이나 탈의실에서 곤란한 상황에 처할 수도 있다고 하자 마지못해 뜻을 굽혔다.

제모하기 전에는 털을 어떻게 관리했느냐고 묻자 사이카는 "빗었지. 음모도 빗질은 해줘야 하잖아"라고 말하며 작은 관리용 빗을 보여줬다. 웃음이 멈추지 않았다.

"왜 웃어? 빗어주면 얼마나 가지런해지는 줄 알아?"

허리를 굽히고 진지하게 음모를 빗는 모습이 떠올라서 산소결핍으로 관자놀이가 욱신거릴 정도로 한바탕 웃었다.

지루한 제모 과정에 흥을 돋울 작정이었는지 사이카는 부러 관능적인 목소리를 내며 몸을 비비 꼬았지만 목소리가 너무 연기하는 톤이었고, 모근이 타는 냄새 때문에 야릇한 분위기를 연출하기란 불가능했다. 자극적인 신음 소리에서는 전혀 현실감이 느껴지지 않았다.

실제로 쾌락을 느낄 때, 사이카는 성대가 아닌 복근으로 감정을 표현했다. 기다란 배꼽이 두드러지는 탄탄한 복근은 쾌감에 맞춰 바싹 오므라들다, 부르르 떨다, 풀어지기를 반복했다. 나는 그의 신음 소리는 무시하고 통증 강도에 따라 움직이는 아랫배를 힐끔거리다, 문득 떠오른 기억에 얼굴을 붉히며 계속 모근을 제거했다.

저녁을 먹은 뒤 사이카가 의기양양한 얼굴로 말문을 열었다.

"하루를 마무리하는 의미로 아이에게 선물을 줄게."

"선물?"

그는 두툼한 서류봉투를 꺼내더니 테이블 위에 다양한 팸플릿을 늘어놓았다. '모집안내' '경력직 채용 모집 요강' 같은 글자가 적힌 종이도 있었다.

"회사 선배나 같이 일하는 분들한테 친구가 이직 준비중인데 괜찮은 데 있으면 소개해달라고 부탁했더니 이만큼이나 알아봐준 거 있지."

하나같이 쟁쟁한 기업 팸플릿만 있어 순간 들떴던 마음이 금세

가라앉았다.

"소개해준 사람들 분명 다른 꿍꿍이가 있을 거야. 대가 없이 이렇게 친절하게 알아봐주겠어?"

"있으면 뭐 어때. 내가 그만큼 열심히 일하면 되지."

"몸으로 갚으라고 하는 건 아니겠지?"

"그럴 리가! 이 사람들은 단순히 소개만 해준 거지 아이의 채용을 보장해준다는 게 아냐. 면접해보고 네가 그 회사에 적합한 인재가 아니면 떨어뜨릴 거야. 그러니까 준비 잘해서 가."

"알았어, 고마워. 기회 놓치지 않도록 일단 이 회사들은 전부 면접볼게."

"닥치는 대로 보면 하나는 얻어걸리겠지 생각 말고, 먼저 1지망 기업을 정해서 면접을 봐. 떨어지면 2지망을 보는 식으로 순서를 정해서."

"그럼 먼저 슈호샤 면접을 봐야겠다. 재밌는 여행 책이나 논픽션 책을 많이 내는 곳이야."

가장 눈길이 가는 출판사의 팸플릿을 집어 들었다. 붙을 거란 생각은 안 들었지만 만일 합격한다면 글을 다루는 부서로 갈 수 있을지도 모른다.

"아, 여긴 계약직만 모집하네. 소개해준 출판부 야마기시 씨 말로는 아르바이트 같은 거래."

"그렇구나, 그럼 다른 기업 지원할래."

"잠깐만. 이 회사에 제일 관심 가는 거 아냐? 그럼 여기 면접 봐. 사람은 자기가 좋아하는 일을 해야 해."

"하지만 불안정한 일자리는 싫어."

"야마기시 씨 말로는 처음에 계약직으로 시작해서 나중에 정규직으로 전환된 사람도 있대. 일단 한번 봐."

"음, 알았어."

관심 있는 분야에서 일할 수 있다면야 나로서는 환영할 일이었다. 든든한 애인이야. 속으로 사이카에게 고마워하며 잇따른 불합격으로 구직 공포에 시달리던 나는 얼마간 기대를 내려놓고 이번에야말로 날 뽑아줄 회사가 나타났으면, 하고 조심스레 기도했다.

"아이의 구직 활동에 함께할 수 있어서 너무 좋다. 나는 일적으로는 도움만 받았잖아. 이번에는 내가 도와줄 수 있어서 감격무량해."

역시 잘못 들은 게 아니었다. 전에도 비슷한 말을 했는데 잘못 들었겠거니 했었다.

"감격무량이 아니라 감개무량 아냐?"

"어? 감격했다는 뜻인데 아냐? 한자로 어떻게 쓰는데?"

메모장에 감개感慨라는 한자를 쓰자 사이카는 고뇌에 찬 얼굴로 글자에 얼굴을 들이대며 "못 읽겠어" 하고 중얼거렸다.

서류심사, 필기시험, 면접을 거쳐 슈호샤의 계약직 사원이 되었다. 사이카는 제 일처럼 기뻐했지만 어째서인지 떳떳하지 못한 기분이 들었다.

“축하해! 아이가 능력을 인정받아서 기뻐. 오늘 밤에 축하 파티 하자. 최대한 빨리 집에 가서 저녁 차릴게. 돌아오는 길에 슈퍼에 들러서 소고기랑 가리비 사 와야겠다.”

“고마워. 내 능력이 아니라 사이카가 소개해준 덕에 붙은 거지.”

“그럴 리가! 나는 계약직 사원을 모집한다는 정보만 전달했지 아무것도 한 게 없어. 내 연줄이 통했으면 경력직 정직원으로 뽑아달라고 했겠지.”

“그래도 아무튼…….”

어렵게 얻은 기회니 최선을 다하는 수밖에. 나는 여성 잡지의 인물 취재 부서에 배치됐지만 주 업무는 독자 앙케트 집계나 부록으로 나갈 샘플을 나누는 일 같은 허드렛일이었다. 수많은 잡무 중에서도 신상품을 소개하는 짧은 글을 쓸 때 가장 보람을 느꼈다. 모래알처럼 작은 글자라도, 내가 쓴 글이 지면에 실린다는 게 기뻤다.

*

현실뿐 아니라 미디어 세계에서도 사이카는 서서히, 이내 급격히 가공되어갔다. 수많은 사람의 손길과 아낌없는 투자는 그를 밀리미터 단위로 정교하게 다듬었으며 미세한 조정이 반복됐다. 모공까지 보일 정도로 확대해도, 멀리 떨어진 곳에서도 사람들의 눈길을 사로잡는 비주얼을 유지해야 했고, 그러려면 외모만 꾸며서는 부족했다. 내면에서 뿜어져 나오는 빛이 필요했다. 에너지, 활기, 타고난 화려함. 사이카는 부단히 노력했다.

일에 한번 몰두하기 시작하면 제동이 걸리지 않아 옆에서 보다 보면 가슴이 철렁하기도 했다. 자신감이 올라 몰두하기 시작하면 최소한의 수면시간과 식사로도 생기 넘치게 빛났고, 머릿속에 있는 이상을 거의 완벽하게 재현했다. 그럴 때 그는 눈을 뗄 수 없을 만큼 존재감이 넘쳤지만 제시된 이미지를 지나치게 충실히 따라 마치 제 의지는 없는 듯, 눈에 안 보이는 실로 조종당하는 것처럼 보여 갑갑한 느낌도 들었다.

그러던 중 사이카가 영화 주연을 맡게 되었다. 촬영에 대한 압박감이 다른 날과는 비교도 되지 않을 정도로 컸는지 평소와 달리 날이 갈수록 신경이 날카로워졌다. 어느 날, 늦은 밤에 돌아온 사이카가 불도 켜지 않은 거실에서 느닷없이 일 이야기를 시작했다. 막 씻고 나온 터라 머리를 말리며 이야기에 귀를 기울였다.

"드라마나 영화에서 연기하면서 제일 즐거울 때는 내가 맡은 인물의 과거 에피소드가 나올 때야. 스토리가 탄탄한 영화나 드라마는 인물을 단순한 구성 요소로 취급하지 않아. 과거에 무슨 일이 있었는지 여러 장면에 걸쳐 보여주지. 그럼 난 대본을 보고 이런 캐릭터구나, 하면서 배역을 이해하고 연기하는 거야. 그런 과정을 거치면 연기의 깊이가 달라져. 몸짓 하나, 시선 하나에 의미가 배어나. 요즘은 무슨 문제를 일으킨 게 아니면 남의 개인사 같은 건 전혀 상관하지 않잖아. 저 사람은 다정하다, 저 사람은 멋지다, 저 사람은 성격 나쁘다, 저 사람은 가난하다. 그 사람이 왜 그렇게 됐는지는 생각 안 해. 너무 깊이 들어가면 오지랖이다, 프라이버시 침해다 하는 소리나 듣지. 하지만 영화나 드라마는 저마다 묵직한 개인사를 가진 사람들이 교차하고, 사건이 일어나거나 사랑에 빠지는 과정을 촘촘하게 그리잖아. 그런 게 좋아. 인간이 지금만 사는 게 아니라, 잊을 수 없는 과거와도 함께 산다는 사실을 나와 전혀 다른 인물을 연기함으로써 실감하게 되거든. 이 일을 할 수 있어서 행복해."

허공을 바라보며 행복하다고 말하는 사이카의 눈동자가 범상치 않은 기운을 내뿜고 있었다. 나는 말을 보태지 않고 우유 두 잔을 덥혀 먼저 침실로 들어갔다.

사이카는 아무리 수많은 관객 앞에 있어도 제 안방에서 떠드는 것처럼 편안하고 대범하게 행동했다. 중요한 촬영 전날에도, 집에 오면 자신이 얼마나 중요한 역할을 맡았는지 한참 자랑한 뒤 침대에 쓰러져 곯아떨어지곤 했다. 촬영 준비는 직전에 집중해서 한다고 했지만 긴장해서 아무것도 손에 잡히지 않는 시간은 일 초도 없을 것 같았다. 단순히 담이 큰 것보다 상상력이 아예 없는 게 아닌가 싶을 정도로 늘 대범했기에 신경을 잔뜩 곤두세운 모습이 몹시 낯설었다. 사이카에게도 이런 면이 있구나 내심 놀랐다.

잘 준비를 하고 있는데 부엌에서 유리 깨지는 소리가 연달아 들렸다. 이내 누군가 밖으로 달려가는 소리가 났지만 나는 침대에 누워 눈을 감았다.

나와 사이카는 전혀 다른 업종에 종사했지만 그래도 인접한 업계인 까닭에 사이카 취재를 담당한 동료의 이야기를 듣는 등 직장에서도 그의 존재를 똑똑히 느끼고 있었다.

일한 지 한 달쯤 지났을 무렵, 상사가 일이 있어서 못 가게 됐다며 신작 주얼리 쇼케이스의 초대장을 주었는데 그와 똑같은 보라색 봉투가 사이카 앞으로 도착했다. 사이카가 반드시 참석해야 하는 자리는 아니었지만 우리는 같은 초대장을 받은 우연의 일치에 기뻐했다.

"이런 기회 흔치 않잖아, 같이 가자. 난 드레스 입을 거니까 아이도 입어. 자, 여기서 마음에 드는 걸로 골라봐. 사이즈도 거의 비슷하니까 아무거나 입어도 맞을 거야."

사이카가 자신의 옷장을 열어 보여주었다. 색깔별로 정리된 세련된 드레스가 널찍한 옷장 가득히 걸려 있었다.

"내가 드레스 차림이면 이상하지. 일 때문에 가는 건데. 네가 연예인이냐고 욕 먹지 않을까. 정장 있으니까 그거 입고 갈게."

"그럼 정장 입어도 되니까 내 거 입어. 취업 준비할 때 산 검은색 정장 입는다고 하지 말고."

"어떻게 알았어? 맞아, 그때 산 정장 아직 잘 입고 있어."

사이카는 옷장에서 딱 붙는 핏의 검은 슈트를 꺼냈다.

"이거 입어."

사이카보다 체중이 더 나갔던지라 슬림한 슈트를 보니 가슴이 조마조마했지만 일단 화이트 셔츠에 입어봤다. 이렇게까지 딱 붙는 슈트를 입은 업계 사람은 본 적이 없으니 입고 가면 튀기야 하겠지만 사이카가 옆에 있으니 이 정도는 괜찮을 것 같았다. 옷에서 희미하게 사이카의 향수 냄새가 피어올라서 그에게 안겼을 때와 같은 기분이 들었다.

사이카는 가슴이 깊이 파인, 딱 붙는 맞춤 제작 드레스를 입고 거울 앞에 섰다. 옷 취향은 여전히 파격적이었다.

"가슴이 너무 파인 거 아냐?"

"가슴? 신경 쓰이시면 가릴까요?"

"그게 아니라 너무 심하게 파인 것 같아서."

"그렇지도 않아. 라운드넥이면 몰라도 이건 브이넥이잖아. 이 정도는 돼야 샤프한 느낌이 들지."

"그럼 밑에 뭐라도 입어. 그러고 다니면 허리 숙였을 때 가슴골은 물론 배꼽까지 보이겠어."

"이 밑에 뭘 입으라고? 말도 안 돼! 됐어, 다른 옷 입을래."

결국 사이카도 나에게 빌려준 것과 비슷한 검은 슈트를 입었다.

저녁에 택시를 타고 호텔에 도착했을 즈음, 실내는 이미 잘 차려입은 사람들로 북적거렸다. 포토라인도 설치되어 있었지만 사이카는 오늘은 개인적으로 온 거라며 그냥 지나쳤다. 파티에는 반드시 동행한다는 요네하라 씨와 함께 홀로 들어섰다. 깊은 바다색 같은 청회색 조명이 드리운 널찍한 공간에 빽빽하게 들어선 초대객들은 전시된 주얼리에는 딱히 관심을 보이지 않고 환담을 나누었다. 이런 곳에 처음 와본 나는 주변을 두리번거리며, 주눅 든 기색 없이 당당하게 홀을 가로지르는 사이카를 따라 걸었다.

"일로 온 거 아니니까 편안한 시간 보내요. 무슨 일 있으면 바로 연락하고요." 요네하라 씨는 그렇게 말하더니 우리 테이블을 떠나 누군가와 이야기를 나누기 시작했다. 화려하게 꾸민 사람들 틈에서도 한층 더 돋보이는 사람들이 곳곳에 포진해 있었다. 텔레비전에서 본 적 있는 사람도 있었지만 곧바로 이름이 떠오르지는 않았다. 분위기는 상상했던 것보다 훨씬 속물적이었고, 서로 안면 있는 사이도 많은 것 같았다. 이곳과 어울리지 않는 나는 화이트 와인을 마시며 빨리 집에 가고 싶다는 생각만 했다. 어느샌가 슈트 겉옷을 벗은 사이카는 밑단의 검은 프린지가 찰랑거리는 크롭톱 차림이었다. 그는 나보다 훨씬 편안한 자세로 의연하게 서 있었다. 일할 때 신는 통굽 하이힐을 신고 있었는데 원래는 비슷한 키인데도 나보다 훨씬 커진 걸 보니 좀 억울하다는 생각이 들었다.

"아, 사이카 선배다! 아이 씨도 계셨네요. 안녕하세요."

린이 손을 흔들며 다가왔다. 예전에 공항에서 우리 집으로 바로 왔을 때와 달리 연꽃 자수가 들어간 에메랄드그린색의 차이나 드레스 차림이었는데 무척 잘 어울렸다. 아이라인을 진하게 그려 눈에 포인트를 준 것도 이곳의 화사한 분위기와 조화를 이루었다. 그는 아는 사람이 많은지 이곳저곳 테이블을 옮겨 다니며 사람들과 포옹을 나눴다.

린이 자리를 뜬 뒤로는 아무도 우리에게 말을 걸지 않았다. 사이카를 알아본 사람들이 보내는 시선이 따가우리만큼 강렬했지만 정작 말을 거는 사람은 없는, 일전에 하라주쿠에서 경험했던 것과 같은 상황이었다. 말을 걸기는커녕 같은 테이블에 있던 사람들도 어느새 어딘가로 사라져 우리 둘만 남겨졌다.

너무도 자연스럽게 하나둘 자리를 떠났다. 역시 아무리 친구 사이인 척 행동해도 티가 나는 건가. 설마 방해해서는 안 될 것 같은 분위기를 자아내고 있나?

사이카는 알고 지내는 사람이 많은지 지인이 근처를 지나가면 발랄한 미소로 인사를 건넸지만 막상 상대는 표정이 굳어서 억지웃음을 짓거나, 긴장한 목소리로 몇 마디 대화를 이어가다 자리를 떴다. 하지만 사이카는 전혀 아랑곳하지 않았고 오히려 자유롭고 거침없이 나랑만 대화를 나누며 즐겁게 웃었다.

"모처럼 이런 자리에 왔으니 일에 도움 될 것 같은 사람들한테 인사하고 오면 어때?"

담당자에게 들은 주얼리 설명을 메모한 뒤 사이카 곁으로 돌아와 제안했다.

"왜? 오늘은 아이하고 같이 있을 수 있어서 온 건데 시간 아깝게 왜 다른 사람하고 얘기해."

우리 둘 옆에는 아무도 없었지만 이상하게도 시선은 따가울 정도로 느껴졌다. 순간적으로 고개를 돌려 주변을 둘러보면 열 명쯤과 눈이 마주칠 것 같은 상황이었다. 분명 사이카를 알고, 그에게 말을 걸고 싶은 사람이 한둘이 아닌 것이다. 주변을 보다 괜히 눈이 마주쳐 어색한 기분을 느끼고 싶지 않았던 나는 고개를 완전히 고정하고, 시선이 흔들리지 않도록 애써야 했다. 사이카는 평소에도 이렇게 많은 사람의 주목을 받는 가운데 하루하루를 보내고 있는 건지, 어떻게 이토록 자연스럽고 천진난만하게 행동할 수 있는지 신기할 따름이었다.

핑거푸드를 집어서 먹고 있는데 주최자로 보이는 정장 차림의 남자와 일안리플렉스 카메라를 들고 프레스PRESS 완장을 찬 여성이 우리 쪽을 보며 수군거리고 있는 걸 알아챘다. 여성은 남성에게 떠밀린 모양새로 머뭇거리며 우리 앞까지 걸어왔다.

“파티 분위기를 소개한 기사를 공식 홈페이지에 올리려는데 두 분 사진을 찍어도 될까요? 매니저님을 통해 오피스 NJ의 허락은 받았습니다.”

사이카가 조금 떨어진 곳에서 우리를 지켜보던 요네하라 씨 쪽을 보자 그는 손으로 O 모양을 만들어 사인을 보냈다.

“전 괜찮아요. 하지만 이쪽은 출판사 다니는 친구라 연예계 관계자가 아닌데 저 혼자 찍는 게 낫지 않을까요?”

“아, 상의 좀 하고 올게요.”

사진사는 다시 정장 차림의 남자에게 달려갔다 금방 돌아왔다.

“옆에 계신 분도 같이 찍어주셨으면 좋겠다고 하시네요.”

사이카가 턱을 쳐들고 웃더니 신이 나서 말했다.

“좋아요! 아이도 같이 찍자. 하지만 이 친구 얼굴은 제가 가릴 거예요. 괜찮죠?”

사이카가 나와 사진사를 번갈아 보며 동시에 물었다. 사진이 실리면 회사에서 한소리 들을지도 모른다는 걱정이 들었지만 얼굴을 가리면 상관없겠지 싶어 고개를 끄덕였다.

“네, 어떤 포즈든 좋아요.”

사진사는 서둘러 카메라 세팅을 시작했지만 긴장했는지 부산스럽게 손을 놀렸고, 몇 번이나 파인더를 들여다보며 “어? 이상하네?” 하고 울먹이는 소리로 중얼거렸다. 가만히 보고 있으면 더 긴장할 것 같아 다른 쪽으로 시선을 돌렸다.

“죄송합니다. 많이 기다리셨죠. 잘 부탁드립니다.”

“네.”

사이카는 내 어깨를 끌어안아 몸을 붙이더니 뒤에서 손을 뻗어 내 눈을 가렸다. 앞이 보이지 않아 사이카가 이끄는 대로 목덜미에 머리를 기댔다.

“감사합니다. 먼저 클로즈업해서 찍을게요. 네, 다 됐습니다. 다음에는 전신을 찍겠습니다.”

사이카의 키높이 구두를 폭로할 속셈으로 그의 하이힐 사이로 낮은 굽의 구두를 신은 내 발을 끼워 넣었다. 와인색 단모 양탄자 위로 네 개의 발등이 번갈아 늘어섰다.

“느낌 좋네요. 멋져요. 조금만 더 찍을게요.”

도중에 사이카의 입술이 내 관자놀이에 살짝 닿은 느낌이 들어 화들짝 놀랐지만 사진사는 “아, 좋아요!” 하고 반색할 뿐이었다.

“네, 끝났습니다. 감사합니다! 덕분에 아주 멋진 사진이 나오겠어요!”

사이카의 손에서 풀려나 다시 빛을 되찾은 나는 사이카와 마주

보며 웃음을 나눴다.

주얼리 이미지 영상이 상영되는 동안 앞쪽에서 우리 부서 편집장을 발견했다. 상영이 끝나고 사이카와 함께 다가가 인사를 건넸다.

"오셨네요! 와타나베 씨가 못 오신다고 해서 제가 대신 왔어요."

그는 우리를 알아보고 미소를 지었다.

"반가워요. 그랬군요. 나는 안 오려다가 시간이 나서."

"처음 뵙겠습니다. 쇼다 사이카예요. 아이를 잘 봐주셔서 감사합니다."

사이카가 공손하게 고개를 숙였다.

"반가워요! 난리 씨는 체력이 좋은 데다 열정도 있어서 샘플 정리나 인기 코디 앙케트 집계처럼 끈기가 필요한 일도 성실하게 해줘요. 얼마나 도움이 되는지 몰라요. 좋은 분을 소개해줘서 정말 고마워요."

요컨대 내가 허드렛일을 잘한다는 뜻이었다. 그동안 업무 내용을 다소 과장되게 말해왔던 터라 실상이 밝혀질까 조마조마했다. 하지만 사이카는 딱히 캐묻지 않았다.

"네, 이 친구가 보기와는 달리 성실하거든요. 무슨 일이든 시켜만 주세요. 잘 부탁드립니다."

사이카가 편집장을 향해 정중하게 고개를 숙였다. 그가 다른 사람에게 저자세로 나오는 모습을 본 게 처음이라 내심 놀랐다.

"맞다. 난리 씨, 두어 가지 묻고 싶은 게 있는데."

편집장이 일에 대해 이야기하기 시작하자 사이카는 천천히 이야기 나누라며 자리를 떴다.

일 이야기가 끝나자 편집장은 나지막이 말했다.

"실은 행사 시작 전에 난리 씨를 보고 인사나 하려고 했는데 사이카 씨하고 같이 있으니까 왠지 다가가기 힘들더라고요. 둘이 정말 친구 맞아요?"

어째서 이런 걸 물어보는 걸까. 나름 행동거지를 조심했는데. 오랫동안 패션 잡지 편집부에 몸담았다는 세련된 편집장은 사람에 대한 통찰력이 뛰어났다. 긴장하면서도 최대한 웃으려 애쓰며 말했다.

"당연히 친구죠. 사이카가 저래 봬도 실제로 대화 나눠보면 은근히 싹싹하다고 해야 할까, 친근한 성격이라 말 거셨으면 아마 좋아했을 거예요."

"응, 아까 얘기할 때 보니까 성격 괜찮더라고. 사이카 씨가 어떻다기보다는, 둘이 같이 있을 때의 분위기가 무서웠어. 왠지 도베르만 두 마리가 노려보는 듯한 긴장감이 느껴진달까. 아니, 둘 다 물론 아름답지만 겁도 없이 다가갔다가는 '너 같은 멸치는 당장 물어뜯어 주마' 하고 쫓아낼 것 같았다고 할까."

생각했던 것과 다른 감상에 내심 가슴을 쓸어내렸다.

"그럴 리가요. 저희 둘 다 키가 큰 편이긴 하지만 사람을 물어뜯는 스타일은 아니랍니다."

"그러게, 말을 걸어볼걸 그랬어. 난 이만 가볼게. 맞다, 사이카 씨한테 다음에 우리 잡지 인터뷰해달라고 말 좀 잘해줘."

"알겠습니다."

홀에서 연결된 바 라운지에서 술을 마시며 잠시 숨을 돌리고 있을 때였다. 내 시선의 미세한 움직임을 알아챈 사이카가 가까이 얼굴을 들여다보며 생긋 웃었다.

"지금 저 사람, 괜찮다고 생각했지."

내가 모르는 사이에 나를 관찰하며 마음을 읽다니. 무서우니까 그만했으면 좋겠다고 생각했다. 얼굴은 웃고 있지만 눈 밑의 애교살이 떨리는 걸 보니 은근히 화가 난 모양이었다. 아차 싶었지만 이미 들켰으니 어쩔 수 없었다.

"응, 하지만 저 정도면 절로 눈길이 가는 것도 당연하잖아."

화제의 중심이 된 건 방금 우리 곁을 지나쳐 간 슈트 차림의 다부진 남성이었다. 우리 정면 테이블에 앉아 있는 남자는 떡 벌어진 어깨, 활달한 말투, 자신감이 넘치면서도 산뜻한 태도 등 실내 전체를 압도하는 존재감과 매력의 소유자였다. 단정한 차림새를 보면 아마 주최 측 실무진인 것 같은데 감춰지지 않는 오라가 대단했다. 사이카가 알아채지 못하도록 잠깐 힐끗 본 건데.

"어디가? 일반적으로 인기 있을 타입은 아닌데. 단순해 보여서 난 별로인데? 아이는 마냥 긍정적인 성격에 한주먹 할 것 같은 남자 좋아하더라? 스타일 좋고 싸움 잘하고 건실한 직업을 가진 남자라면 누구든 상관없다는 건가?"

"그렇게 치면 사이카는 저 사람이 마음에 들겠네."

입구에서 웃는 얼굴로 이야기를 나누는 남자를 향해 턱을 까닥했다. 호리호리한 몸매에 결 좋은 곱슬머리, 온화한 표정에 준수한 외모. 그래, 다쿠마 같았다.

사이카의 표정엔 전혀 변화가 없었지만 턱 끝이 미세하게 떨렸다. 시선이 멈췄고 대답도 바로 나오지 않았다. 부자연스러울 정도의 무표정, 완전히 동요하고 있었다.

"그럴지도. 난 너처럼 힐끔거리지는 않았지만."

말은 태연하게 했지만 눈길 한 번 주지 않았는데 이렇게 많은 남자들 사이에서 가장 제 취향에 맞는 남자를 찾아낸 것에 놀란 눈치였다. 자기가 먼저 말을 꺼내놓고는 정곡을 찔려 동요하는 사이카를 보니 울컥했다. 이보다 깊게 들어가면 서로에게 상처만 남을 것 같아 은근슬쩍 화제를 돌렸다. 둘 다 겉으로는 즐겁게 이야기를 나눴지만 속은 잔뜩 날이 서 있는 게 느껴졌다. 하지만 싸움으로 번지면 질투심이 드러날 테니 일단은 온건하게 마무리하고자 애를 쓰는, 여러 겹으로 이루어진 감정의 밀푀유를 맛보고 나니 심신이 피곤했다. 곧 홀에서 나와 택시를 탔다.

가볍게 한 이야기였지만 우리에게는 아직 민감한 화제였나보다. 가는 내내 한마디도 하지 않고 고개를 돌린 채 창밖만 바라보았지만 손은 꼭 잡고 있었다. 창밖으로 줄지어 흘러가는 후미등 불빛을 멍하니 바라보며 술을 한 잔만 더 마셨더라면 진짜 싸웠을지도 모른다고 생각했다.

"두 분 사진이 제일 반응이 좋아요. 코멘트에도 멋지다, 옆에 있는 사람은 누구냐, 칭찬과 질문이 계속해서 올라와요. 지금도 조회수가 제일 많고 SNS에서도 화제예요. 홍보팀에서도 사이 SNS에 사진 올리는 게 좋을 것 같대요. 최근에 올린 사진에 '좋아요'가 많으면 그것만으로도 기사가 나가고 홍보 효과가 발생하니까요."

"저는 괜찮아요. 얼굴도 가렸으니까."

요네하라 씨의 제안을 거절할 이유가 없었다. 그 사진 속 사이카의 표정은 생기가 넘쳤고, 사진사도 원체 실력이 좋은 사람이었는지 파티의 세련된 분위기가 생생하게 담겨 있었다. 하지만 세 장 모두 강렬하면서도 어딘가 퇴폐적인 느낌이었다. 눈을 가린 채 사이카가 발라준 빨간 립스틱을 빛내며 입만 웃는 모습이 이상해 보였다. 왜 반응이 좋은지 의아했다.

"난 싫어요. 벌써 며칠이나 지났고 사진 밝기도 별로야. 내 표정도 진부하고. SNS에 올리면 다른 사진들하고 비교될 것 같아. 안 올릴

래요."

"그런가요? 둘 다 세련되고 아름다운데."

요네하라 씨가 유감스럽다는 듯 중얼거렸지만 나는 사이카가 사진의 완성도 때문에 거절한 게 아니라는 걸 알고 있었다. 사이카는 사람이 안 보는 데서는 적극적으로 애정을 표현했지만 막상 자신의 사생활에 내가 깊이 관련된 게 밝혀질 것 같으면 아주 조심스러운 태도로 그 일이 화제에 오르는 걸 피했다. 인터뷰에선 혼자 산다고 말했고 취재진이 몰려드는 시사회 같은 이벤트에 나를 초대하긴 해도 기자들이 가까이 있으면 절대 말을 걸지 않고 시선조차 주지 않았다. 이 바닥은 언제 무슨 일이 생길지 모른다는 게 사이카가 입버릇처럼 하는 말이었다. 설령 사람들이 우리를 친구로 본다 해도 나와 같이 있는 모습을 같은 업계 사람들에게 보이고 싶지 않은 것 같았다. 일전의 파티만 해도 둘이 우연히 같은 초대장을 받지 않았더라면 같이 가는 일도, 사진을 찍는 일도 없었겠지.

이튿날, 사이카는 사진을 포스터 사이즈로 확대 출력해 액자에 넣어 거실에 걸었다. 세 장 중 사이카가 내 관자놀이에 입을 댄 사진이었다. 그땐 사이카가 내 눈을 가린 탓에 그의 표정을 보지 못했는데, 사진 속 사이카는 상상했던 것보다 훨씬 매섭고 도발적인 눈빛으로 카메라를 쏘아보고 있었다.

처음으로 유급휴가를 내고 오랜만에 고향으로 향했다. 마나미가 집으로 찾아왔고, 졸업 후 마나미를 처음 보는 엄마는 잔뜩 들뜬 것 같았다.

"어머, 그 풋풋했던 마나미가 벌써 세 아이의 엄마라니 감개무량하다. 아이랑 같이 우리 집 거실에서 게임하고 그랬는데."

"늘 감사했습니다!"

첫째와 둘째는 유치원에 보내놓은 마나미는 막내인 료만 품에 안고 있었다.

"애들이 드디어 유치원 가서 이제 숨 좀 쉬겠구나 했는데 막내랑 강아지 뒤치다꺼리하다 보면 어느새 애들 올 시간이더라고. 정말 못 살겠다니까."

"애들 보랴 강아지 보랴 쉴 틈이 없겠다."

"그렇다니까. 이제 취미 활동이나 해볼까 해서 강좌 같은 것도 알아보고 했는데 전부 물거품이 됐어. 하지만 뭐 딱히 배우고 싶은 것도 없었으니까. 공부도, 운동도 소질 없었잖아 너랑 다르게."

마나미는 이야기를 나누는 동안에도 손을 분주히 움직여 료의 입 주변을 닦아주고 있었다. 투덜거리면서도 표정은 밝았다. 온화한 미소로 가득한 마나미의 생활을 들여다보면 내가 얼마나 비현실적인 세상에서 살고 있는지 실감 났다. 바쁜 건 마찬가지였지만 마나미의 생활에 비해 나와 사이카의 생활엔 연속성이 느껴지지 않았다. 내일도 분명 같은 일상이 이어질 거라는 안정감을 거의 느껴볼 수 없었다. 그런 확신과 믿음은 소소한 일상을 차곡차곡 쌓아가야만 느낄 수 있는 것일지도 모른다.

"무슨 소리야, 나도 둘 다 소질 없던 거 잘 알면서."

"대형 출판사에서 일하시는 분께서 무슨 말씀이신지? 아이는 편집자잖아. 우리 고등학교에서 그런 일하는 사람은 아마 너밖에 없을걸? 그때 그 아이가 이렇게 출세하다니."

"편집자는 무슨, 아르바이트라서 허드렛일 담당이나 마찬가지야. 편집 일 같은 건 거의 안 시켜. 스무 살 때부터 애를 셋이나 키워낸 건 너잖아. 내가 얼마나 존경하는지 알지?"

"너무 띄워주지 마, 어지럽다. 맞다, 전에 아이가 아냐고 했던 연예인, 쇼다 사이카 맞지? 드디어 얼굴 알아봤잖아. 방송에 자주 나오던데? 무슨 클렌징폼 광고에도 나오고."

"맞아, 인기 많은 것 같던데 네가 보기에는 어때?"

"이렇게 말하긴 좀 그렇지만 나는 별로야. 얌전한 척 아이돌처럼 구는데 왠지 기가 엄청 세고 성격 나쁠 것 같아. 화면 너머로도 느껴진다니까. 좋아하는 연예인이야?"

순간 말문이 막혔지만 마나미의 날카로운 관찰력에 내심 혀를 내둘렀다.

"있잖아, 나 지금 쇼다 사이카랑 같이 살아. 우연히 알게 됐는데 친해졌어."

"연예인하고 우연히 알게 됐다고? 거기다 같이 살 정도로 친해졌다니……."

"놀랐지? 나도 아까 듣고 얼마나 놀랐는지."

차와 간식을 가져온 엄마가 대화에 끼어들었다.

"같이 사는 건 둘이 엄청 잘 맞지 않으면 힘들지 않나. 게다가 연예인이라니 그러다 쫓겨나는 거 아냐?"

"둘 다 집에 있는 시간도 짧고, 얘기를 나누긴하지만 각자 사생활에 간섭하지 않아서 불편하진 않아."

"쇼다 사이카의 영향인지는 모르겠지만 너도 요새 엄청 세련돼졌어. 농구부 연습 끝나고 돌아오는 길에 편의점에서 과자랑 빵 사 먹던 시절의 흔적은 이제 찾아볼 수 없는걸? 혼자 살이나 빠지고. 난 지금 너보다 십 킬로그램은 더 나갈 거야."

"음, 사이카가 많이 먹는 편이 아니라 덩달아 식사량이 줄기는 했어. 요즘은 탄수화물도 일절 안 먹거든."

"그러면 건강에 안 좋아. 사이카 사진 있으면 좀 보여줘. 화면으로는 잘 모르겠는데, 실제로 보면 엄청 말랐겠지?"

원체 사진을 못 찍어 휴대전화엔 괜찮은 게 없던 터라 얼마 전에 갔던 파티 주최사의 홈페이지를 찾아 프로가 찍은 사진을 보여줬다.

"여기, 나도 같이 찍혔어."

"고마워. 어머, 사진 너무 무섭다!"

"왜? 귀신이라도 같이 찍혔어?"

"귀신이 아니라 너희 둘. 사이카는 왜 노려보는 거야? 이런 사진 찍을 때는 보통 웃잖아."

사진으로도 우리의 강렬한 분위기가 느껴지는 모양이었다. 엄마도 휴대전화를 들여다보며 말했다.

"어디 보자, 어머, 옛날 생각나네. 옛날 폭주족 같은 눈빛이야. '까불지 마라', 맞지?"

"폭주족보다는 세련됐지."

"아무리 꾸며도 시선의 본질까지는 안 바뀌어. 속된 말로 째려본다고 하지? 예전에는 이런 눈빛의 젊은 애들이 여기저기 몰려다녔는데 요새는 안 보이네."

감상에 젖은 목소리로 말하는 엄마를 보고 혹시 예전에 그쪽에 있었나 싶었지만 굳이 알고 싶지 않아 물어보지 않았다.

"예전에는 어수룩한 느낌이었는데 지금은 왠지 신비롭고 섹시한 느낌이라 나만 덜렁 남겨진 것 같아서 외로워. 향수까지 뿌리고. 예전에는 향수 냄새고 화장품 냄새고 다 싫다고 아무것도 안 바르고 다니더니. 향 좋다, 어디 거야?"

나는 여전히 향수를 뿌리지 않으니 분명 사이카의 향기가 밴 것일 테다. 사이카의 화장대에 향수가 있긴 했는데 관심이 없어서 어디 제품인지 보지 않았다.

"심플한 유리병에 뚜껑이 녹색인데……."

"그 모호한 표현은 뭐죠! 이름도 모르면서 뿌리는 거야?"

마나미는 내 무지를 금방 알아챘고 나는 하는 수 없이 웃음으로 얼버무렸다.

일반적으로 향수는 양 팔목에 한 번씩 뿌리는 게 적당하다지만 사이카는 그 수준을 한참 벗어나 있었다. '벌레 퇴치 스프레이인가?' 싶을 정도로 한 번에 엄청난 양을 뿌렸다. 드라마를 촬영하다 보면 키스나 포옹 신도 있고, 타인과 접촉하는 직업이라 어쩔 수 없다고 말은 하지만 다른 방에 있어도 그가 향수를 뿌리는 순간을 알 수 있을 정도였다. 처음 같이 살기 시작했을 때에는 사이카 근처에만 가면 숨이 막혔지만 시간이 갈수록 너무 달달하지 않은 상큼하고 산뜻한 향기에 익숙해졌다. 문제는 점점 같이 사는 내 몸에까지 향수 냄새가 밴다는 것이었다.

"룸메이트도 좋지만 친구하고 너무 오래 같이 살다 보면 남자 놓쳐. 마루야마 선배하고 헤어진 지 벌써 일 년쯤 됐잖아. 새로운 사랑 찾을 때가 됐지."

"전에는 어느 정도 선을 지켜야 한다면서."

"그건 헤어진 직후였잖아. 이제는 마루야마 선배한테 미안해할 필요 없지. 그쪽도 지금 사귀는 사람이랑 잘되어가는 것 같던데."

"그래?"

내 반응에 마나미가 황급히 말했다.

"혹시 몰랐어? 내가 쓸데없는 소리를 했네. 아니, 이번에도 같은 고등학교 나온 사람이랑 사귄다는 거야. 이 동네 소문 빠르잖아…… 미안, 나도 모르게 튀어나왔네."

"아냐, 잘됐어. 소우가 행복하면 정말 기쁘고 감사한 일이지. 상처 줘놓고 할 소리는 아니지만."

입꼬리를 올리며 웃다 입을 크게 벌리고 웃는 소우의 얼굴이 떠올랐다. 내가 사랑했던 그 얼굴, 그땐 얼마나 의지가 되었던지.

*

"우리, 천공의 성으로 이사 갈 것 같아!"

사이카가 무척 자랑스러운 표정을 지으며 말했다.

"우리 회사는 처음에는 기숙사를 제공하다가 어느 정도 인지도가 올라가면 회사 명의의 맨션을 빌려주거든. 지금 우리 집이 그런 경우인데 인기가 더 많아져서 톱급으로 인정받으면 연예인들 사이에서 '천공의 성'이라 불리는 고층 맨션으로 옮겨줘."

"천공의 성 라퓨타도 아니고, 난 그런 데 별론데. 이 집도 살기 좋은데 이사를 꼭 해야 할까?"

지금 사는 집이 마음에 들었기에 사이카의 말은 희소식만은 아니었다. 사이카는 지금 사는 집이 둘이 살기에는 좁아서 미안하다고 했지만 나에게는 충분한 크기였다. 사이카가 없는 동안 외로움을 달랠 겸 인테리어에 제법 공을 들여 나름대로 쾌적한 주거 환경을 만들어놓기도 했다. 무엇보다 이 집에는 사이카와의 첫 시작부터 함께한 모든 추억이 담겨 있었다.

더욱이 매달 집세를 내기는 했지만 자기도 공짜로 산다는 사이카의 말에 못 이기는 척 원래 집세의 절반도 안 되는 금액만 내고 산 것도 사실이었다. 연예인들 사이에서도 유명한 고층 맨션이라면 이번에야말로 진짜 더부살이를 하게 되겠지. 내가 사이카의 일을 돕는 것도 아닌데.

"아이도 직접 살아보면 분명 마음에 들어할 거야! 같은 소속사 대선배가 거기 살아서 전에 놀러 간 적이 있는데 삼십오층 고층 맨션 꼭대기층이야. 방도 넓고 층고도 높고, 호텔도 아닌데 룸서비스도 나온대. 주민들만 이용하는 헬스장도 있고, 로비에 상주하는 직원들도 있어. 아마 회사에서는 작은 평수를 빌려줄 테지만 그래도 둘이서 충분히 살 수 있어. 그리고 아이 출퇴근하기에도 좋아! 그 집에서 아이 회사까지 이십 분이면 도착하거든."

"직장이 가까워지는 건 좋지만 지금도 다니기 힘들진 않아."

"그리고 내부 동선도 좋아서 일층 현관에서 집까지 바로 올라갈 수 있어. 꼭대기층이라도 이동하는 데 시간 오래 안 걸려."

"역만 가까우면 됐지. 맨션 안에서 이동하는 시간이 몇 분이든 상관없어."

"그건 그런데, 날마다 엘리베이터 타고 일층까지 내려와서 또 공동 현관까지 한참 걸어가야 하는 곳에서 살면 점점 귀찮아진대. 회사 사람이 그러더라고."

극단적으로 편리함을 추구하는 부자들의 모습에 혀를 내두르며 내키지 않는 마음으로 맨션 정보가 적힌 종이를 보았다.

"아 그리고 나 여기 사는 거 들켰나봐. 찾아오는 사람이 있대."

"정말? 난 전혀 몰랐어."

"나도 몰랐는데 무대인사마다 오는 팬이 있거든? 작은 플래카드 들고 맨 앞줄에 있어서 늘 눈에 띄던 팬인데 그 사람이 이 맨션 입구에 서 있는 걸 요네하라 씨가 여러 번 봤대. 조만간 아는 척할지도 몰라."

"무섭다."

"맞아, 이래저래 이사할 타이밍인 것 같아. 이사한 집에 언제까지 살 수 있을지는 모르겠지만. 아, 옥상은 여름에만 개방하는데 거기서 오다이바에서 하는 불꽃놀이도 볼 수 있대. 회사 사람이 관리회사 이사랑 아는 사이라 매년 초대해주나봐. 같이 가자."

둘이서 불꽃을 바라보는 광경이 머릿속에 떠올라 나도 모르게 웃음이 떠오르고 고개가 끄덕여졌다.

이사업체가 이삿짐을 운반한 후 새집으로 향했다. 이러쿵저러쿵 한 시간이 부질없게 느껴질 만큼 멋진 새집의 모습에 얼이 빠졌다.

먼저 눈길을 끈 건 창밖 경치였다. 벽 한 면을 차지한 세로로 긴 창 너머로 도쿄의 야경이 한눈에 들어왔다. 정확히 말해 도쿄 전체가 보이는 건 아니었지만 나에게는 전체나 마찬가지였다. 도쿄 타워, 스카이트리, 롯폰기 힐즈, 멀리 보이는 신주쿠의 빌딩숲. 어지럽게 들어선 거리의 풍경 속 우뚝 선 건물들은 찬연히 빛나고 있었다. 낮에는 저 멀리 후지 산도 보인다고 했다. 저 너머 빌딩에 달린 대형 사이니지는 거대한 방에 있는 텔레비전처럼 다양한 광고 영상을 쉴 새 없이 내보내고 있었다. 그 바로 아래로 후미등을 켠 차들이 검붉은 혈관 같은 고속도로 커브 구간을 차례차례 지나갔다. 만일 도시가 하나의 거대한 생명체라면 고속도로는 대동맥, 달리는 차들은 적혈구나 백혈구가 아닐까.

주변에 높은 건물은 얼마 없었고 유일하게 이웃에 자리한 고층 빌딩의 널찍한 사무실에서는 정장 차림의 사람들이 분주하게 일하고 있었다. 창문이 크고 실내조명이 유난히 밝아 내부가 훤히 들여다보였다. 울퉁불퉁한 차가운 느낌의 빌딩뿐이지만 밤에도 잠들지 않는 에너지를 머금은 도쿄의 야경은 끝을 모르는 듯 한없이 펼쳐져 있었다.

살아있는 것처럼 호흡하는, 맥박이 뛰는 듯한 도쿄 전체의 분위기에 두근거리기보다는 왠지 애처로운 감정이 들었다. 불 밝힌 창문의 수만큼 존재하고 있을 사람들. 그들은 저마다 기쁨과 슬픔이 뒤섞인 자신만의 드라마를 갖고 있으리라. 무한개의 이야기와 충실한 개개의 삶. 나와 사이카 역시 그중 하나라 생각하니 가슴이 먹먹해졌다.

밖에 나가려고 베란다 문을 열었다 땅에 서 있을 때와는 확연히 다른, 마치 천공을 가르는 듯한 바람 소리에 곧바로 닫았다. 층고가 높아 목소리가 울렸고, 예전 집에서 쓰던 가구를 거의 버리지 않고 그대로 가져와 두었는데도 휑해 보일 만큼 거실엔 여백이 많았다.

"가구 크기부터 문제네. 이 집에는 좀 큼지막한 가구를 들이지 않으면 없어 보이겠어."

"공간을 넓게 쓸 수 있으니 이대로도 좋아. 아, 기분 좋다. 오랫동안 꿈꾸던 집에 살게 되다니, 정말 최고야."

"일단 커튼부터 사자. 전에 쓰던 커튼은 사이즈도 안 맞고 기장도 짧아서 햇빛이 마구 들어오겠어. 워낙 고층이라 밖에선 안 보일 테고 침실도 따로 있으니 서두를 필요는 없지만."

"맞다, 이번에 찍는 드라마에 댄스 장면이 있는데 연습하는 거 도와줘. 어제가 첫 연습이었는데 영 힘들더라고. 짐 안 풀어서 거치적거리는 것도 없으니까 지금 연습하자."

"나도 같이? 혼자 연습하면 되잖아."

"치크댄스라 상대가 있어야 해. 별거 아냐. 몸 붙이고 같이 흔들기만 하면 돼."

솔직히 잘 알지도 못하는 춤을 추고 싶진 않았지만 사이카가 일 관련해 부탁한 적은 거의 없었던지라 마음을 다잡았다.

"알았어, 그럼 이사 기념으로 한번 춰."

"그게 뭐야. 이건 이별하는 남녀가 지하 댄스홀에서 애달프게 춤추는 장면이야. 감정 잘 잡아."

"알았어, 감성적으로."

"진지하게 해."

사이카는 입을 삐죽였다.

"잘 출 수 있을지 자신이 없어. 춤을 춰본 적이 있어야지."

솔직하게 털어놓자 사이카는 웃음을 터뜨리며 내 등을 쳤다.

"편하게 생각해. 어려운 동작은 안 시킬 테니까. 신발 가져올 테니까 이 음악 틀어줘. 아이도 뭐 신을래?"

"괜찮아, 난 맨발로 출게."

사이카가 건넨 CD에는 검은 매직으로 'XAVIER CUGAT'라고 적혀 있었는데 그것이 사이카가 출연하는 작품명인지, 곡명인지조차 알 수 없었다. 플레이어에 CD를 넣고 재생 버튼을 누르자 음악이 흘러나왔다. 노란 파인애플처럼 밝고 활기찬, 개방적인 이미지가 떠오르는 라틴음악이었다.

"아, 이다음 곡이 댄스 장면에서 나오는 음악이야."

방에서 나온 사이카는 베이지색 페디큐어가 보이는 검은 스웨이드 토오픈 핀힐을 신고 있었다. 바닥에 웅크리고 앉아 앵클 스크랩을 채우는 그를 바라보며 드라마에서 나 아닌 다른 남자와 춤추는 모습에 질투가 날지도 모른다는 생각이 어렴풋이 들었다.

다음 곡이 시작되자 사이카가 일어났다. 옛 라틴음악을 녹음한 듯 온기가 느껴지는 음색이 울려 퍼졌다. 첫 번째 곡이 훨씬 춤추기에는 좋을 것 같은데, 하고 생각한 것도 잠깐이었다. 밝은 곡조와는 대조적으로 어딘지 애수 어린 멜로디가 휑한 거실을 가득 채우며 단숨에 실내 분위기를 바꾸었다. 별로 춤추고 싶지 않았는데 어느샌가 마음이 동해 몸을 일으켰다.

사이카가 내민 손을 잡고 몸을 밀착시킨 뒤 음악에 맞춰 어색하게 몸을 흔들었다. 사이카의 뺨과 목덜미에서 금방 딴 오렌지를 연상시키는 향이 피어올랐다. 눈을 내리깔고 미소 짓는 사이카. 눈높이가 맞지 않아 서로의 발에 집중했다.

사이카의 검은 핀힐 사이에 있는 맨발이 어설프게 앞으로 갔다 제자리로 돌아오기를 반복했다. 힐 때문에 키가 커진 사이카가 나를 껴안은 자세로, 느릿한 스텝으로 원을 그리며 널찍한 거실의 목조 바닥으로 이동했다. 처음이었지만 나름대로 잘 출 수 있던 건 사이카의 리드가 뛰어났기 때문이다. 그는 내 어깨와 허리를 감싸 나아가야 할 방향으로 부드럽게 이끌어주었다. 바닥에 발을 붙이고도 부유하듯, 넓은 새집을 이리저리 떠돌았다.

깜빡하고 난방을 꺼놓아서 집이 추웠지만 도중에 춤을 멈추고 싶지 않았다. 높은 음으로 유려하게 연주하는 바이올린과 목금의 부드러운 음색, 남쪽 나라를 연상케 하는 타악기의 리듬으로 구성된 달콤한 멜로디를 듣고 있으려니 이사로 지친 몸에 잠기운이 돌았다.

한 바퀴 돌 때마다 창밖으로 보이는 야경은 색색의 활기찬 빛을 따라 한없이 이어져 있어 정신이 아찔해졌다. 저 불빛의 수만큼 사람도 존재한다는 걸 알았지만 이렇게 높은 곳에서 바라보고 있으니 세상에 우리 둘만 있는 듯한 착각에 휩싸였다.

스텝을 밟는 동안 옷이 흘러내렸는지 사이카의 오른쪽 어깨가 조명을 받아 둥그스름하게 빛나고 있었다. 이곳은 내가 있을 곳이 아닐지도 모른다. 이 사람은 나와 함께 있을 사람이 아닐지도 모른다. 하지만 삼십오층의 이 집에서 그와 천천히 움직이면 움직일수록 이보다 더 생의 환희를 실감할 수 있는 순간이 있을까 하는 생각이 들었다.

춤이 끝나자 사이카는 전에 살던 집에서 가져온 익숙한 소파에 쓰러지더니 이리 오라고 손짓했다. 생글거리며 사람을 방심하게 해놓고, 가까이 다가가자 별안간 팔을 홱 잡아당겨 소파에 눕혔다.

사이카의 입술이 내 입술과 포개졌다. 도망치지 못하도록 혀로 옭아매 호흡마저 앗아가는 사이카. 대체 언제 불이 들어온 거지. 입을 떼고 고개를 저으며 말했다.

"아직 집도 다 못 둘러봤는데 이럴 거야?"

"일단 마킹을 해둬야지."

"너가 개야? 그리고 이걸 마킹이라고 할 수 있어?"

사이카가 눈을 질끈 감더니 내 뺨에 코를 비볐다. 그제야 이 집이 아니라 나에게 마킹한다는 뜻이라는 걸 깨달았다.

"사실 불안했어. 어쩌다 보니 같이 살게 된 거였는데 이번에도 나랑 같이 와줄까 걱정됐어. 예전 집이 더 마음에 든다고도 했고. 그런데 지금은 나랑 같이 이 집에 와서 어떤 커튼을 달지 고민하고 있잖아. 이렇게 땅에 발붙이고 사는 현실적인 모습이 무엇보다 위안이 돼. 네 안엔 보는 사람을 가슴 찡하게 하는 열의와 사랑스러움과 안쓰러움이 절묘하게 뒤섞여 소용돌이쳐. 뭘 먹고 크면 그렇게 돼?"

"어릴 때부터 양파 좋아했어."

"비결이 양파야? 그럼 나도 앞으로 하루에 하나씩 먹어야겠다."

"양파를 썰면 눈이 매워서 눈물이 나잖아. 황화알릴이라는 성분 때문이라는데 아마 그 덕을 본 게 아닐까?"

"앞으로 양파는 생으로 우적우적 먹어야겠네. 물에 헹구지도 않고 통으로. 울면서 먹을 거야."

"좋은 마음가짐이야."

이사의 피로와 미래에 대한 기대감이 뒤섞여 시시껄렁한 이야기를 나눴지만 그 역시 편안했다.

"요즘 들어 사람들이 좀 알아봐주긴 하지만 그전까지는 거들떠보지도 않아서 별의별 일을 다 겪었어. 어쩌면 그런 경험들이 쌓이고 쌓여서 아이를 보자마자 사랑에 빠진 게 아닐까."

"첫눈에 반했다는 말이잖아. 내 어떤 면에 꽂힌 거야?"

신이 나서 물었다.

"음, 미간에서 빛이 나서?"

"그게 뭐야!"

더 이해하기 쉽게 칭찬해줬으면 좋겠는데. 그런 뜻이 아니라는 건 알지만 사이카가 웃으며 미간에 입을 맞추자 앞으로도 미간의 솜털은 항상 잘 다듬어야겠다고 결심했다.

뒤에서 사이카를 끌어안고 배꼽 언저리에서 손깍지를 꼈다. 쉽게 끌어안을 수 있는 가느다란 허리는 내가 특히 좋아하는 부분이었지만 너무 마른 게 아닌가 걱정이 되기도 했다.

비너스의 보조개. 사이카가 살짝 허리를 젖히면 나타나는 허리와 엉덩이 사이, 등뼈 선 좌우에 움푹 들어가 있는 부분. 그곳에 손을 올리고 가느다란 허리를 끌어당기자 도수 높은 술에 취한 것처럼 황홀한 기분이 들었다.

옷을 벗길 땐 나도 모르게 무릎에 눈길이 갔다. 그 어처구니없는 주사위 게임 후로 무릎에 집착하게 되었다는 사실이 부끄러워 사이카에게는 비밀로 했다. 다리가 접힐 때나 허벅지와 종아리가 닿을 때 무릎 뒤에 생기는 보드라운 선도 보기 좋았고, 늘 만지고 싶었다. 사이카의 예쁜 얼굴과 봉긋한 가슴에만 정신이 팔린 남자들은 아마 이 자그마한 무릎의 매력은 알아채지 못하겠지. 은근한 우월감이 차올랐다.

작은 무릎 두 개가 빈틈없이 달라붙어 있는 모습이 좋았다. 내 의도를 착각한 사이카가 무릎을 벌리지 않도록 손바닥으로 누른 뒤 입술을 묻었다.

스스로는 자연스럽게 흐름을 탔다고 생각했는데 시선을 느끼고 눈을 들자 사이카가 히죽거리면서 내려다보고 있었다.

"사랑에 빠진 순간의 맛이 떠올랐나봐?"

이런 반응을 보일까봐 가만히 있었는데. 예상했던 전개에 머쓱해하며 입을 뗐다.

"괜찮아, 원하는 만큼 해. 주사위 안 던져도 오늘은 특별히 허락할게."

사이카가 내민 무릎을 찰싹 때렸다.

사이카는 소파에 한쪽 팔꿈치를 댄 채 다른 쪽 손을 아주 느릿하게 움직여 천천히 내 옷을 벗겼다. 입가에 번진 흐릿한 웃음과 욕망이 번뜩이는 눈이 손의 움직임과는 달리 사이카의 진심을 나타내주었다. 그가 단순히 나의 수치심을 자극하기 위해 천천히 옷을 벗기고 있다는 걸 알아챘다.

고약한 성격이라 생각하며 단추를 하나씩 푸는 사이카의 손가락을 바라봤다.

단추를 네 개까지 풀었을 즈음, 그는 별안간 내 몸을 끌어당겨 얼굴을 묻더니 셔츠 속 공기를 들이마셨다.

"아, 너무 좋다."

"변태."

"몰라, 내 덕이겠지만 요즘 아이는 너무 섹시해. 위험한 수준이야. 여기서 더 수위 높아지면 외출 금지할 거야."

"무슨 소리야. 그리고 네 덕이라는 건 뭔데?"

부끄러워서 말은 안 했지만 분명 내 눈동자의 빛깔을 바꾼 건 너야. 내부가 녹아내리는 것을 눈동자로 솔직히 표현하는 쾌감을 이미 알아버렸다. 네가 눈앞에서 그걸 실천하고, 내게 가르쳐줬으니까.

처음에는 단순히 간지러울 뿐이었지만 관자놀이에서 턱, 목덜미에 이르기까지 부드럽게 입을 맞추며 손톱으로 할퀴듯 어깨나 가슴 옆, 옆구리와 아랫배를 어루만지는 손길을 느끼다 보니 나른한 와중에도 잔뜩 민감해진 몸이 반응하기 시작했다. 그가 내 귓불을 혀끝으로 핥고 입으로 물다, 복잡한 골격을 따라 입술을 움직이며 천천히 한숨을 흘리다 보면 완전히 함락된 기분이 들었다. 사이카의 가느다란 허리를 끌어안았다. 그야말로 유혹의 천재였다. 장난인지 진심인지 알 수 없는 태도로 시작해 상황을 살피며 나를 가지고 노니까. 늘 내가 먼저 몸이 달았다.

끝이 없다. 스킨십에 한계가 있는 만큼, 끝난 뒤에도 갈증이 꼬리를 물고 쌓여 금방 또 욕망이 고개를 든다. 관계의 끝은 문이 아닌, 장지로 만든 가림막처럼 어중간했다. 우리는 손을 잡고 여러 가림막을 빠져나와 다음 단계로 나아갔다.

"요새는 이 머리 안 하네?"

둘로 나눈 사이카의 머리카락을 쥐고 양옆으로 올렸다.

"아, 계약할 때 그 머리는 스물다섯 살 때까지만 하기로 했어."

"계약?"

"응, 스무 살 때부터 했던 해외기업 광고 모델 조건 중 하나였거든. 외국 계약서는 도무지 이해가 안 갈 정도로 이상한 제약이 많아. 스물여섯 되면서 계약이 끝났는데, 끝난 뒤에도 내가 하고 싶으면 하는 거지만 회사에서도 나이가 있으니까 이제 하지 말라고 해서."

사이카는 세 달 전에 스물여섯 번째 생일을 맞이했다.

"내가 보기엔 아직 잘 어울리는 것 같은데?"

"그럴 리가. 나이는 계속 먹는데 헤어스타일만 어리다니 끔찍해."

사이카가 몸서리를 쳤다. 그 업계는 세대교체가 빠르니 나와는 감각이 다른 건지도 모른다.

"아직 스물여섯 살밖에 안 됐는데 무슨 소리야."

"스물다섯 살이 지난 내 모습은 상상조차 못 해봤어. 나도 서른 살이 될 수 있을까?"

"그냥 먹고 자고 하다 보면 누구나 서른이 되지. 자격이 필요해?"

"하지만 정말 상상이 안 가. 삼십 대가 된 내 모습이. 물론 서른 되기 싫다, 나이 먹기 싫다, 이런 이유도 있지만 지금까지 서른 이후에도 살아있다는 걸 전제로 살지 않았거든. 오래 살아도 서른 살까지고 벼락을 맞거나 사고를 당하거나 정신병에 걸려서 자살하겠지, 어린 시절부터 그런 생각을 했어. 서른이 가까워진 지금도 그 감각이 남아 있고."

"서른은커녕 마흔, 쉰, 환갑 넘어서도 살 거야. 그때는 지금보다 체중도 세 배는 더 나가고, 얼굴에는 검버섯이랑 주름이 가득하겠지. 아니, 성형으로 세월을 거스르려고 보톡스 맞다가 탱탱 부었을지도."

"그만! 호러 영화보다 무서워!"

"괜찮아. 난 네 얼굴이 탱탱 부어도 곁에 있을 거니까."

"그때 아이는 어떤 모습인데?"

"눈꺼풀이 늘어져서 눈은 삼각형이고, 턱에는 군살이 붙어서 사각턱이 됐겠지."

"탱탱 부은 것보다 더하네."

우리는 거울을 보며 서로가 어떤 식으로 늙어갈지 구석구석 그려봤다. 사이카는 일단 내일 피부과에 가서 안티에이징 효과가 뛰어난 탄력 크림을 처방받겠다고 결심했다. 나는 얼굴 근육의 처짐을 방지한다는 혀 돌리기 운동을 오늘 밤부터 당장 해야겠다고 생각했다.

맨션을 혼자 한 바퀴 돌아보니 사이카의 일이 끝날 시간이었다. 나와 어울리지 않는 고층 맨션 지하의 넓고 호화로운 주차장에서 사이카의 차가 도착하기를 기다렸다. 검은색 고급 승용차에서 내린 사람이 전자키로 자동 잠금장치를 열고 엘리베이터를 탔다. 지하에는 주차장 말고도 소규모 헬스장과 회의실, 컴퓨터실 등이 있어서 입주자들이 자유롭게 이용할 수 있었다. 일층 로비 옆, 천장이 뚫린 공용 공간에는 해외에서 들여왔다는 희귀한 피아노가 있었는데 한 달에 한 번 재즈피아노 콘서트가 열린다고 했다. 살면서 처음 접하는 고급 맨션의 수준에 한없이 불안해졌다. 내 힘으로 얻은 환경이 아니니까 영 불편하고 적응이 안 되는 게 당연했다. 이런 곳에 살 수 있는 건 모두 사이카의, 나아가 그의 소속사 덕이지 내가 노력해서 얻은 게 아니니까.

다리가 아파서 주차장의 거친 벽에 기대 생각했다. 돈을 더 벌고 싶다. 이제 누군가에게 부양받고 싶다는 생각은 안 하는 줄 알았는데 그래도 역시 마음 한구석에서는 의지하고 있었다는 걸 이제야 깨달았다. 자립해야 한다. 하지만 잠을 줄여 일한다 하더라도 내 능력으로는 평생 이런 집에 못 살겠지. 주차장에 줄줄이 늘어선 고급 승용차를 모는 사람들은 대체 어떤 인생을 살아온 걸까.

하지만 그날, 아무리 기다려도 사이카는 돌아오지 않았다. 밤늦게 연락을 받은 나는 황급히 옷을 갈아입은 뒤 택시를 잡아 그의 소속사로 달려갔다.

요네하라 씨가 건넨 기사를 끝까지 읽은 후, 맞은편에서 나를 노려보는 그와 눈을 맞췄다. 기사는 뒤집어서 테이블에 올려놓았다.

"오늘 회사에 들어온 기사인데 아마 모레 이 내용으로 주간지에 실릴 거예요. 하지만 기사와 같이 싣겠다는 사진 다섯 장 중에 세 장은 공개하지 않기로 합의했어요. 이번 일을 막는 데 거액의 돈을 지불했어요. 저희도 혼란스럽고, 사이도 정신적으로 힘들어해서 같이 이야기할 상황이 아니네요."

요네하라 씨 옆에 앉은 총괄 부장이라는 사람이 말문을 열었다.

"저희는 프로답지 못한 사이카의 처신에 무척 실망했습니다. 헤어지라고 하니까 죽어도 싫다, 무슨 일이 있어도 헤어질 수 없다, 고집을 부리더군요. 사이카는 계약을 어겼고 지금까지 공을 들인 회사의 노력을 한순간에 물거품으로 만들었습니다. 용서받지 못한다는 걸 알 텐데, 본인이 처한 상황도 파악하지 못하고 오히려 화를 내더군요."

"사이하고는 말이 안 통해요. 난리 씨는 사이보다는 저희 얘기를 알아들을 것 같아서 부른 겁니다."

나는 테이블을 사이에 두고 정면에는 요네하라 씨와 부장, 매서운 표정으로 벽 쪽에 서 있는 직원 여섯 명에 에워싸여 있었다. 어떤 직책의 사람들인지는 모르겠지만 그중 두 사람은 일반인 같지 않은 날카로운 눈빛을 하고 있었다. 겁을 주기 위해 부른 게 틀림없었다.

"야단법석을 떨 정도의 기사는 아닌 것 같은데요. 억측만 늘어놓았을 뿐 증거도 없고요. 남녀가 같이 사는 것도 아니고, 동성 친구와 같이 사는데 연인 사이일 거란 생각은 보통 안 하죠."

"이런 기사는 단발로 끝나는 게 아니라 후속 기사를 연속해서 내면서 내용을 더 상세히 다룹니다. 스케일도 커지고요. 또 이 기사를 보고 특종을 노리는 기자가 잠복하고 있다가 사이카뿐 아니라 맨션에 드나드는 난리 씨 사진을 찍겠죠. 이사한 지 얼마 안 되긴 했지만 주소는 이미 유출됐어요."

부장은 거기까지 말하더니 말없이 사진 세 장을 나에게 내밀었다.

내가 사이카에게 진하게 입을 맞추는 사진, 사이카가 내 이마에 입을 맞추고, 나는 기분 좋은 듯 게슴츠레한 표정을 지은 사진. 마지막 사진에서 사이카는 내 가슴을 힘껏 잡고 있었다. 사진의 배경은 이전 집이었다. 그리고 사이카가 입은 티셔츠는 딱 한 번밖에 입지 않은 옷이었다. 언제 찍힌 사진인지 알 수 있었다. 린을 집으로 초대한 날이다.

"우리가 사들인 사진입니다. 이 사진을 보고도 두 사람을 친구 사이라 생각하는 사람은 없겠죠. 어떻게 사진이 찍힌 건지 짚이는 게 없습니까? 보아하니 집 안에서 찍힌 것 같은데, 최근에 누구를 초대한 적은 없고요?"

최근은 아니지만 이제껏 집에 찾아온 손님은 한 명밖에 없었다. 입을 열려다 망설였다. 사이카에게 들은 린의 고생담이 머릿속을 스치고 지나가 좀처럼 입이 떨어지지 않았다. 갈등한 끝에 결국 말하지 않기로 했다.

"모르겠어요."

"모를 리가 있습니까? 잘 생각해봐요. 사이카도 모르는 사이에 찍힌 것 같다는 말만 하고 입을 꾹 다물고 있습니다."

"저도 언제 찍힌 사진인지 모르겠어요."

부장이 한숨을 내쉬었다.

"좋습니다. 유출한 게 누구든 우리 적은 그 사람뿐이 아니니까요. 사이카는 연예계에서 급도 높아졌고 활동도 활발해서 끌어내리려는 사람이 사방에 포진하고 있습니다. 특히 지금까지 남자 스캔들이 한 번도 없었으니 드디어 찾아온 기회를 놓치지 않겠다고 벼르고 있는 사람들도 많겠죠. 정말 하찮은 스캔들이라도, 시나리오만 잘 짜면 톱스타도 바로 매장해버릴 수 있는 게 이 바닥이니까요."

"부장님이 난리 씨를 협박하려고 과장하는 게 아니에요. 저도 같은 생각입니다. 사이는 지금까지 큰 문제 없이 활동했기 때문에 작은 흠집도 치명상이 될 수 있어요. 그리고 이번 일은 사이 어머님께도 말씀드렸어요. 무슨 일이 있어도 당장 헤어지게 하라고 단호하게 말씀하시더군요. 사이가 중학생 때부터 믿고 맡겨주신 어머님을 생각해서라도 저희는 두 사람의 교제를 인정할 수 없습니다."

"심각한 상황인 건 알겠지만 너무 갑작스럽고 일방적인 통보 아닌가요? 사이카는 어디 있나요? 둘이서 얘기 좀 하게 해주세요."

"그럴 순 없어요. 사이카는 여기 없습니다. 저희가 따로 준비한 곳에 있어요."

소속사 사람들은 나에게 내일이라도 집에서 나와 자신들이 준비한 임시 거처에 머물 것을 요구했다. 그리고 사이카는 오늘밤 집에 돌아가지 않을 거라는 말을 덧붙인 뒤 자리를 떴다.

이성이 현실을 따라잡긴 역부족이었지만 집으로 돌아와 숨 돌릴 틈도 없이 짐을 쌌다. 얼마 전에 이사해서 아직 풀지 않은 짐도 많아 박스 일곱 개 분량의 짐을 금방 쌀 수 있었다. 짐을 택배로 부치면서 받는 주소는 소속사에서 마련해준 집이 아닌 본가로 했다.

부장과 요네하라 씨 말대로 지금은 내가 여기 있어서 좋을 게 하나도 없다. 사이카에게 전화했지만 예상대로 음성사서함으로 넘어갈 뿐이었다. 어쩌면 이제 다시는 사이카를 못 만날지도 모른다고 생각하니 온몸의 피가 식는 기분이었다. 어젯밤까지 같은 침대에서 잠들었고, 아침 스케줄에 늦지 않도록 흔들어 깨워서 잠도 다 깨지 않은 걸 억지로 아침 먹여 보냈는데. 현관에서 입을 삐쭉 내밀기에 쪽, 하고 큰 소리를 내며 입을 맞추니 꽃처럼 화사하게 웃는 사이카였다.

“다녀오겠습니다!”

지금까지 그랬던 것처럼 손을 흔들며 헤어진 그와 이제 다시는 못 만나는 걸까.

불의의 사고로 세상을 떠난 거면 또 몰라도 나의 사이카는 아직 죽지 않았다. 살아있는 한 반드시 다시 만날 수 있다.

본가로 돌아온 후 이틀 동안 사이카에게서도, 소속사에서도 연락은 오지 않았다. 혼란스러운 의식의 탁류 속에서 하염없이 연락을 기다렸다. 가족들과 어떤 대화를 나눴는지, 회사에선 무슨 일을 했는지, 아무것도 기억나지 않았다. 거의 한숨도 자지 못하는 채 시간만 무심히 흘려보냈다. 방송도, 인터넷도 시끄러울 테지만 겁이 나 모든 미디어를 차단한 상태였다.

이름도, 얼굴도 노출된 사이카는 온갖 비방에 시달리고 있을 텐데 나는 일반인이라는 이유로 보호받고 변함없는 일상을 보내고 있었다. 죄책감이 들었고, 분하고 수치스럽기까지 했다.

내가 사이카와 같은 입장이었다면 사이카가 훨씬 든든했을 텐데.

하지만 나는 내 익명성을 최대한 이용해 우리의 미래를 위해 끈질기게 살아가는 수밖에 없었다.

*

린은 약속 장소인 카페 룸에 제시간에 도착했다. 경호원인지 매니저인지 덩치 좋고 눈빛이 날카로운 남자를 데려와 옆 테이블에 앉혔다. 가급적이면 단둘이서 이야기하고 싶었지만 어쩔 수 없었다.

"내가 왜 보자고 했는지 알아?"

"회사로 연락하셨을 때는 왜 보자고 하셨나 했는데, 아이 씨 무서운 얼굴 보니까 알겠네요. 요즘 장안의 화제인 사이카 선배 특종 기사 때문에 그런 거죠?"

"맞아. 그 기사 뭔가 짚이는 거 없어?"

"제가요? 그 기사 보고 저도 얼마나 놀랐는데요. 같이 찍은 영화가 이미 개봉해서 천만다행이지, 설마 사이카 선배가 그런 취향이었을 줄은…… 아, 아이 씨도 그쪽이죠?"

뻔뻔할 정도로 환한 미소를 짓는 린을 보니 어처구니가 없었다. 주간지에 실린 건 그가 우리 집에서 자고 갔을 때의 사진이 분명한

데 린은 당당하게 거짓말을 하며 웃음까지 짓고 있었다.

"주간지에 실린 사진 속 사이카랑 내 옷, 네가 놀러 왔던 날 입었던 거야. 네가 씻는 척하며 욕실에 숨어서 우리 사진 찍은 거잖아."

"그럴 리가요. 저 아니에요. 두 분 관계를 눈치챈 누군가가 집에 카메라를 설치한 게 아닐까요? 아니면 어디 숨어서 찍었든지요. 사이카 선배는 남을 끌어내려서라도 자기를 추켜세우는 타입이라 적이 많거든요. 매니저나 회사 사람들도 수상하네요. 아무튼 전 아니에요. 아이 씨도 너무 시야가 좁으시네요. 사이카 선배가 날마다 얼마나 많은 사람과 부대끼며 생활하는지 모르세요?"

린은 입으로는 자신의 결백을 주장하면서도 우리를 제대로 물 먹였다는 생각에 의기양양해진 눈빛을 감추려고 하지도 않았다. 그는 입모양으로 '멍청아'라고 했다. 사이카가 귀여운 후배라고 해서 몰랐는데 지금 보니 마음의 병이 깊은 듯했다.

"사이카 선배가 그쪽이었다니, 저도 충격이 커요! 같은 기숙사 쓰면서 몇 년이나 같이 먹고 자고 했으니까요. 그때 혹시 나한테 다른 마음을 품었을지도 모른다고 생각하니 소름이 끼쳐요."

"자의식 과잉이네. 안중에도 없었을걸."

그는 순간적으로 입을 다물었지만 여유를 보이려는 건지 곧 싱긋 웃었다.

피부는 잡티 없이 매끈하고 이목구비도 사랑스러웠지만 흥분한 눈은 지저분한 빛으로 번들거렸고 입술 사이로 보이는 이는 바싹 말라 있었다. 분명 그는 내가 아닌 사이카에게 이 말을 하고 싶었던 것이겠지. 하지만 사이카에게 말할 용기는 없었을 테고.

린에게서 느껴지는 건 시커먼 분노였다. 대체 어떤 인생을 살아온 건지, 사이카뿐 아니라 주변 모든 것에 분노와 증오심을 발산하는 것 같았다. 갈등을 겪었다던 이전 소속사에도, 지금 환경에도, 기숙사에서 룸메이트였던 사이카가 자신과는 비교도 안 될 정도로 활발하게 활동하는 것에도.

"사이카는 네가 귀여운 후배라며 무척 신경 썼어. 집에 누구를 데려온 것도 네가 처음이자 마지막이었지. 둘 다 무명 시절에는 기숙사에서 냄비 하나에 라면을 끓여 나눠 먹었다면서. 사이카는 여전히 그 추억을 소중히 여겼어. 어떻게든 너를 돕고 싶다고. 상하이에서 촬영한 그 영화, 사이카가 프로듀서한테 널 강력 추천했던 건 알아?"

린의 얼굴이 어두워지며 처음으로 언뜻 진심 섞인 표정이 보였다. 순간 울먹이길 잠시, 집요한 눈빛으로 나를 노려봤다.

"이제 와서 그걸 안다고 달라질 건 없어요. 아이 씨야말로 켕기는 게 없으면 당당하게 행동하면 되잖아요. 이런 데서 범인 잡으려고 하지 말고 열애 선언이라도 하시든지요. 뭐, 심정을 이해 못 하는 건 아니에요. 이제껏 평범하게 살아왔을 텐데 사이카 선배 때문에 이상한 세계에 발을 들였으니 세상 사람들 손가락질이 무섭겠죠. 아이 씨는 뭐랄까, 정말 평범한 보통 여자란 느낌이거든요. 행복해지고 싶으면 이 기회에 헤어지는 게 좋을 거예요. 사이카 선배는 주변 사람들을 불행에 휘말리게 하는 스타일이니까."

더는 화도 나지 않았다. 린이 모욕적인 말을 던지면 던질수록 내 뇌리에는 사이카의 환한 미소와 나에게만 보여주던 특유의 표정이 떠올랐다.

이 대화도 녹음되고 있을 가능성이 있었다. 린이 지금까지 맛본 고난이 그 작은 얼굴에 전부 드러나기 전에 계산을 마치고 밖으로 나왔다.

평소에는 마주칠 기회가 얼마 없는 주간지 편집부 직원이 회사 복도에서 말을 걸었다.

"쇼다 사이카 씨 기사, 난리 씨는 친구니까 뭐 좀 알죠? 우리 쪽에서도 취재를 할지 논의중인데 신빙성 있는 뉴스입니까?"

"글쎄요, 친구지만 사생활 이야기는 거의 안 해서요."

"그래요? 사이카 씨는 지금까지 한 번도 스캔들에 휘말린 적이 없어서 드디어 터졌나 싶었더니 그런 황당무계한 기사더라고요. 뭔가 착오가 있는 게 아닌지 우리 쪽에서는 아직 반신반의예요. 소속사에서도 사실무근이라 대응했고요."

꾸벅 고개를 숙이고 자리를 뜨려는데 그가 뒤쫓아와 물었다.

"하지만 그 기사에 묘하게 구체적인 부분도 있더라고요. 상대 여성이 출판사에 근무한다고 하던데 혹시 난리 씨 아니에요?"

역시 그걸 물어보려고 말을 걸었군. 구체적인 부분이 뭘까, 내 개인정보는 어디까지 노출된 거지.

"그럴 리가요. 아니에요. 저는 모르는 일입니다."

"그렇죠, 역시? 난리 씨가 그 상대 여성이면 우리 쪽에서 독점 인터뷰 하려고 했는데 아니라면 어쩔 수 없죠. 사실 저도 아닐 거라 생각했지만 혹시나 해서 물어봤어요."

자리로 돌아온 뒤로도 계속 가슴이 쿵쾅거렸다.

집에 돌아온 후, 휴대전화에 모르는 번호가 떠 조심스레 통화 버튼을 눌렀다. 익숙한 목소리가 들렸다.

"아이? 나야. 회사 사람 전화 몰래 훔쳐서 걸었어."

"안 돼, 사이카. 끊어야 해. 통화하면 안 된다면서."

일주일 만에 듣는 사이카의 웃음소리였다.

"괜찮아, 욕실 안이야! 안 들키게 욕조 안에서 걸고 있어. 화장실까지는 쫓아와도 욕실 안까지는 안 들어오네."

"상황 어때? 잘 지내고 있는 거야?"

"일할 때 말고는 계속 혼나고 있어. 프로 의식이 없다, 한창 잘 나갈 때 뭐 하는 짓이냐, 기사를 막는 데 돈이 얼마나 들었는지 아냐.

귀에 딱지 앉겠어. 아이하고 헤어진다고 말할 때까지 계속 그럴걸. 어른이 돼서 대체 왜 그러는지 모르겠어. 그래도 괜찮아. 조금만 더 견디면 같이 있을 수 있어."

"뭐?"

"조만간 은퇴할 거야. 아이하고 같이 못 있는다면 일이든 뭐든 계속한들 의미가 없어. 빨리 아이 곁으로 돌아가고 싶어."

태연하게 폭탄선언을 하는 사이카의 목소리를 들으니 눈앞이 아찔해졌다.

"그렇게 간단하게 해결이 돼? 위약금도 내야 할 거 아냐."

"괜찮아, 어떻게든 갚거나 변호사 불러서 해결하면 돼. 다른 회사로 옮겨서 계속 활동한다면야 일이 복잡해지지만 완전히 은퇴하는 거면 방법은 간단해. 일반인으로 돌아가는 거니까 후속 기사도 못 낼 테고."

"소속사를 옮겨서 계속 활동하기는 어려운 거야?"

"지금 회사에서 훼방을 놓을 테니 아마 받아주는 데가 없을걸. 가능하더라도 몇 년 뒤에야 가능할 테고, 그동안에는 일이 없겠지. 그렇게 복귀하더라도 지금 소속사가 앞장서서 나와 아이에 관한 스캔들을 사방에 뿌리고 다닐 거야. 전성기에 갑자기 은퇴한 사람을 몇 년 지났다고 용서해주는 동네가 아니거든."

귀를 기울여 자세히 들어보니 사이카의 목소리가 평소와 달리 들떠 있고, 불안하게 떨리고 있다는 걸 알 수 있었다.

“괜찮아? 잠은 제대로 자는 거야?”

“이런 상황에서 잠이 오겠어? 어제도 여섯 시간 동안 몇 명한테 설교를 들었는지 몰라. 다들 울고 화내고 소리 지르고 겁주고. 그래도 난 끄떡 안 해. 여기 사람들은 내가 미성년자일 때부터 계속 이런 식으로 날 길들였거든. 이제 익숙해. 연예계에 오래 있으니 내성이 생기나봐.”

“우리가 많은 사람을 화나게 했구나. 하기야 사업 규모가 크니까 그럴 만도 해. 이제 좀 잘나간다 하는 시점이었잖아. 오랫동안 열심히 해온 일인데 이런 타이밍에 그런 결단을 내려도 되겠어?”

“쉽게 결정한 거 아냐. 목숨 걸고 해온 일, 어중간한 마음으로 임하고 싶지 않아. 그래서 망설임은 없어. 아이하고 헤어지라는 소리를 들었을 때 이미 마음 정했었어. 널 위해 희생하는 게 아냐. 오히려 백 퍼센트 날 위한 결정이지. 아이하고 같이 있지 못하면 살아가는 의미가 없어. 그런 상태로 일한들 회사도 얻는 게 없고. 그러니까 현시점에서 은퇴하는 게 나와 회사 모두를 위하는 일이야. 떠날 때가 된 거지.”

“그래도…….”

눈이 핑핑 도는 속도로, 하지만 선명하게, 일하는 사이카의 모습이 뇌리를 스치고 지나갔다. 화면 속에서 양 갈래로 높이 머리를 올려 묶고 상큼하게 웃는 사이카, 늦은 밤 거실에서 고뇌에 찬 표정으로 이 일을 할 수 있어서 행복하다고 말하던 사이카, 부모 곁을 떠나 기숙사 방에서 꿈을 이루기 위해 무명 시절을 버텨온 사이카. 사이카와 그의 꿈을 지지해주는 사람들이 몇 년에 걸쳐 꿈꿔온 것이 이제 막 실현되려는 참이 아닌가.

"아, 돈 걱정은 마. 일은 금방 구할 수 있을 테고 모아둔 돈도 있으니까. 평범하게 살면 둘이 먹고사는 데 지장은 없을 거야. 계속 이도 저도 아닌 태도로 있으면 또 일을 잡아와 스케줄이 계속 쌓이니까 되도록 빨리 내 의사를 확실히 전달해야지."

"얘기는 언제 할 거야?"

"걱정 마, 바로 말할 거니까. 아이는 그냥 편하게 기다리면 돼. 오늘 밤에 회식이라고 사장님이 온대. 고급 식당에 간다니까 거기서 말하려고. 정말 웃겨. 지금까진 무리한 요구를 해와도 뜨고 싶은 마음에 뭐든 받아들였더니 이번에도 통할 줄 아나봐. 아무리 협박해도 내가 회사 관두고 은퇴하면 손쓸 방도가 없는데. 붙잡아다 도쿄 앞바다에 담가버릴 수도 없고 말이야."

장난치듯 말했지만 그의 목소리에서는 굳건한 의지가 느껴졌다.

"알았어, 사이카. 날 위해 결심해줘서 고마워. 하지만 오늘 밤에는 말하지 마. 네 편이 하나도 없는 상황에서 의사를 밝히는 건 위험해. 모레 내가 회사로 갈 테니까 그때 말하면 어떨까? 나도 같이 있을 때 그 사람들 면전에다 당당하게 말해주자."

"그러자! 사실 아이가 반대해도 오늘 중에 꼭 말하려고 했는데, 혼자 말하는 것보다 아이가 같이 있을 때 말하는 게 훨씬 좋지. 너무 기대되는데 모레까지 어떻게 기다리지? 아이, 우리 손잡고 집에 같이 가자."

사이카의 목소리에서는 비극적인 상황에 놓인 기색이 전혀 느껴지지 않았다. 오로지 둘이 같은 침대에서 편히 잠들고 싶다는 소박한 바람만이 담겨 있을 뿐이었다. 아마도 영혼 깊은 곳에서부터 기력이 쇠한 것이리라.

"그럼 잘 자, 사랑해."

사이카의 평온한 속삭임을 끝으로 전화가 끊어졌다. '사랑해.' 둘 다 가볍게 장난치듯 해온 말이었다. 하지만 막상 이렇게 멀리 떨어지니 그것은 만져서 온도를 확인할 수 있는 따뜻한, 살아있는 말이 되어 귓속에 울려 퍼졌다.

연락을 받고 도착한 소속사 응접실엔 사이카의 어머니가 있었다.

사이카의 어머니는 딸이 눈앞에 나타나자 흡사 '다른 사람은 몰라도 나는 이 애한테 손찌검할 수 있다'라는 것을 과시하듯 뺨을 올려붙였다.

"회사분들은 너를 어릴 적부터 보살펴주시면서 연예인으로 성공

하도록 열과 성을 다하셨어. 이렇게 뒤통수를 치고 부끄럽지도 않니?"

소속사의 협박에 반강제로 하는 말인 줄 알고 상황을 지켜보려 했지만 보아하니 진심에서 우러나온 말 같았다. 사이카는 어머니에게 끌려 옆방으로 갔고, 이윽고 호통치는 어머니의 목소리가 들렸다. 문을 닫았는데도 새어 나올 정도의 노성을 가만 듣고 있을 사이카를 상상하니 돕고 싶은 마음이 굴뚝같았지만, 나설 수가 없어 이를 악물고 눈물을 삼켰다.

뺨을 감싸고 방에서 나온 사이카에게 달려가 부축하자 함께 나온 어머니가 이번에는 공격의 화살을 나에게 돌렸다.

"눈물겹네. 사이카 지켜주는 거야? 그쪽이 남자 역?"

피가 거꾸로 솟아 버럭 반박할 뻔했지만 어머니의 도발적인 눈동자를 보고 이성을 총동원해 참았다. 분노에 차서 이런 소리를 하는 게 아니라 사이카와 내 사이를 망쳐놓으려는 것이다. 어떻게든 우리 사이에 균열을 내 헤어지게 하려고. 아마 이런 싸움에 나보다 백배는 익숙하겠지. 심호흡을 한 뒤 차분해질 만한 말을 고르며 신중하게 입을 열었다.

"저희는 손가락질받을 만한 일 한 적 없습니다. 둘 다 여자지만 남녀의 연애와 다르지 않아요. 요즘은 동성 커플도 제 목소리를 내고 있는데 이런 식으로 핍박하다니, 너무 고릿적 방식 아닌가요?"

"난리 씨, 지금 뭔가 착각하시는 것 같네요."

사이카의 어머니를 가만 보고만 있던 부장이 조용히 말문을 열었다.

"저희는 당신이 여자인 걸 문제 삼는 게 아닙니다. 당신 성별이 어느 쪽이든, 저희 주력 연예인인 사이카의 가치를 지키기 위해 두 사람을 갈라놓는 겁니다. 지금 사이카 옆에는 남녀 상관없이 누구도 있으면 안 돼요. 사이카를 응원하는 사람들이 언젠가 나에게 기회가 올지도 모른다는 기대를 품을 수 있는 여지가 필요하단 말입니다. 좋은 작품에 출연해 연기력을 갈고닦으면 문제없다고 생각할지도 모르지만 사생활 면에서도 투명하고 깨끗해야 보는 사람도 감정을 이입해서 작품에 몰입할 수 있습니다."

성별은 상관없다는 말이 가슴 깊숙이 박혔다. 본업인 연기 외에 철저한 사생활 관리도 연예인으로서 소홀히 해서는 안 되는 중요한 일인 것이다.

"두 사람의 교제에 반대하는 게 아니에요."

요네하라 씨가 말문을 열었다.

"그게 어머님과는 의견이 다른 지점이죠. 저는 사이의 파트너가 누구든 안정적인 상태로 일을 계속할 수 있다면 반대하지 않을 거예요. 그럴 권리도 없고요. 하지만 저희에게는 사이의 공적 이미지를 반드시 지켜야 할 사명이 있습니다. 중요한 계약이 여럿 걸려 있는 지금, 사생활에서 잡음을 내서 스폰서나 팬들이 알게 해서는 절대로 안 됩니다. 사이도 그 점은 똑똑히 알고 있을 거예요. 솔직히 지금까지 물심양면으로 지원한 은혜를 원수로 갚은 것도 그렇고, 프로로서 무책임한 모습을 보인 것도 무척 실망이 커요."

부장이 말을 이었다.

"일정 기간을 넘어서는 교제는 금지한다. 데뷔 때부터 있어온 계약 조항입니다. 이 조항을 위반했으니 원래대로라면 바로 계약해지죠. 가장 중요한 시기에 문제를 일으켜 지금까지 들인 막대한 자금이 날아가게 생겼는데 저희도 그에 상응하는 페널티를 줘야 하지 않겠습니까? 당신이 상상하는 것보다 훨씬 철저하게 응징할 겁니다. 저희도 체면이 있으니까요. 배신자를 멀쩡히 걸어서 나가게 둘 수는 없죠."

부장이 테이블에 놓인 확대된 흑백사진을 힐끗 보았고, 나는 바로 눈을 돌렸다.

"그쪽에서는 애초에 이 사진을 표지에 실을 작정으로 연락을 해왔습니다. 모든 방법을 동원해 간신히 이 사진은 막을 수 있었죠. 일반인이라 눈을 가린다 해도 지인이나 가족들은 바로 알아볼 겁니다. 저희는 당신이 어느 회사에 다니는지도 이미 파악하고 있습니다. 저희와도 관련 있는 부서인 것 같은데, 이런 사진이 공개되면 직장 생활하기 힘들어지지 않을까요?"

일을 그만두게 되어도, 가족과 친구들이 사이카와의 관계를 알게 되어도 상관없다.

물론 거부감이 전혀 없다는 건 거짓말이겠지.

이런 식으로?

이런 식으로 우리 사이를 알리게 되는 건가?

"지금까지 경솔하게 행동한 건 인정합니다. 죄송합니다."

당사자인데도 지금까지 대화에서 완벽히 소외되어 있던 사이카가 말문을 열었다.

"하지만 이런 걸 어떻게 막죠? 집 안에서 몰래 찍힌 거예요. 저희도 피해자라고요."

"만나고 있는데 절대로 안 찍힐 거라고 생각했나? 이 바닥에 하루 이틀 있었어?"

부장은 지금까지와는 다른, 압력이 느껴지는 나지막한 목소리로 사이카를 보며 말했다.

"잘 들어, 이미 특종이 나갔으니 앞으로 여기뿐 아니라 다른 매체 기자들도 결정적 순간을 포착하려고 단단히 벼르고 있을 거야. 원하는 사진을 얻기 위해서라면 무슨 짓이든 하는 사람들이니 이제 우리도 손쓸 방도가 없어. 회사로서도 이런 폭탄을 안은 연예인을 지금까지처럼 대대적으로 밀어줄 수 없고. 대책 없는 생각은 버려."

부장이 나를 돌아보며 말했다.

"단도직입적으로 말씀드리죠. 이번 기사는 저희가 책임지고 깨끗이 막을 테니 이제 사이카와 만나지 마십시오. 앞으로도 계속 만난다면 기껏 힘을 써서 막아봤자 소용없을 테니까요."

부장, 요네하라 씨, 사이카의 어머니가 일제히 나를 보았다. 왜 그들이 나에게 결정을 강요하는지 잘 안다. 따르지 않을 경우 책임을 뒤집어쓰는 건 사이카라고, 은연중에 협박하는 것이다.

"저는 못 헤어져요. 하지만 약속을 해주신다면 조건을 받아들일게요. 사이카가 연예 활동을 계속해서 회사에서 지금까지 들인 돈을 전부 다 되갚을 만큼 수익을 내면, 한마디로 의무를 다하면 반드시 저한테 연락을 주세요. 그때부터는 저희가 원하는 대로 살 겁니다. 그 약속만 해주신다면 그때까지는 사이카와 만나지 않을 거고 연락도 주고받지 않을게요."

내 말에 가장 아연실색한 건 손을 잡고 있던 사이카였다. 얼굴이 잔뜩 경직되어 창백하게 변하더니 입술에 핏기가 사라졌다. 슬프지만 지금 그의 꿈을 끝낼 수는 없었다.

"좋습니다. 반드시 연락한다고 약속드리죠."

부장이 처음으로 표정을 누그러뜨리고 살짝 웃음을 지었다.

"저희는 두 사람 사이를 무작정 갈라놓으려는 게 아닙니다. 이 업계에서 활동하는 사람은 누구나 전성기라는 게 있습니다. 지금까지 공들여 키워온 사이카의 이미지를 전성기에 무참히 망가뜨리고 싶지 않을 뿐입니다. 사이카는 오래 활동할 겁니다. 하지만 사생활의 일거수일투족까지 주목받는 시기는 그리 길지 않습니다. 그 시기가 끝나면 어느 정도의 자유는 필요하다는 걸 저희도 물론 알고 있습니다. 그때는 저희 쪽에서 먼저 난리 씨에게 연락을 드리겠습니다."

"알겠습니다. 저로서는 그 말을 믿는 수밖에 없네요. 그 시기가 되면 반드시 연락주세요. 몇 년이 걸리더라도 꼭 기다릴 테니까 절대 잊지 마세요."

"감사합니다. 하지만 저희가 연락드리기 전에 혹시라도 사이카와 연락하려 하거나 몰래 만난다면 영원히 두 사람을 갈라놓을 겁니다. 그게 가능하냐고 생각하실지도 모르겠지만 저희는 한번 한다면 합니다. 회사의 명예를 걸고, 사람과 비용이 얼마가 들더라도 반드시 할 겁니다."

사이카는 바닥에 주저앉아 고개를 떨구고 있었다. 괜찮다고 말해 주려 그의 팔을 잡았지만 내 손을 세차게 뿌리쳤다. 요네하라 씨의 손길 역시 마찬가지로 뿌리치고, 여러 눈들이 자신을 매섭게 주시하고 있는데도 일어나려 하지 않았다.

"거짓말이지, 아이."

"무슨 일이 있어도 기다릴게. 사랑해."

속삭였지만 사이카는 고개를 숙인 채 나를 보려 하지 않았다.

소속사에서 나온 뒤로도 사이카의 모습이 머리에서 떠나지 않았다. 저녁 무렵 집을 나와 얼마 전 쫓겨난 고층 맨션으로 갔다.

인터폰을 누르자 요네하라 씨가 받았다. 현관 카메라에 비친 나를 본 그가 차가운 목소리로 나지막이 말했다.

"난리 씨, 아실 텐데요. 저는 사이카를 감시하러 여기 있는 겁니다. 당신을 안으로 들일 수는 없어요. 바로 오늘 약속하지 않았나요? 사태가 진정되면 저희 쪽에서 연락을 드릴 테니 그때까지는 제발 가만히 기다려주세요."

"요네하라 씨, 부탁이에요! 사이카 안에 있죠? 못 만나게 되기 전에 사이카를 한 번만 보고 싶어요."

"그렇게 큰 소리를 내면…… 안 됩니다. 들어드릴 수 없어요. 유감이지만 이만 돌아가주세요."

카메라를 향해 고개를 숙이며 목소리를 높였다.

"이런 일은 다시 없을 테니 제발 안으로 들여보내주세요. 오늘뿐이에요! 부탁드립니다! 부탁드립니다!"

침묵이 흐른 뒤 출입문이 열렸고 재빨리 안으로 뛰어 들어갔다. 집으로 올라가 인터폰을 누르자 초췌한 표정의 요네하라 씨가 현관문을 열어주었다.

"사람들 시선을 조심해야 할 상황이라는 걸 알면서 일부러 눈에 띄도록 출입문 앞에서 큰 소리를 내다니 비열하군요. 정말 유감이에요. 이렇게 막무가내인 줄은 몰랐어요."

마음을 터놓고 가깝게 지냈던 요네하라 씨가 실망한 모습을 보니 가슴이 아팠지만 남은 시간이 얼마 없기에 수단과 방법을 가릴 여유가 없었다.

"사이카를 만나게 해주세요. 아까 너무 힘들어 보였어서 걱정돼요."

"난리 씨, 정말 배신감이 큽니다. 저는 두 사람이 절친한 친구 사이인 줄만 알았어요. 사장님은 바로 곁에서 계속 봐왔으면서 왜 알아채지 못했냐고 추궁했지만 저는 의심조차 해본 적 없어요."

앞을 버티고 선 요네하라 씨는 두 손을 꼭 잡고 있었다.

"애인 사이라는 걸 저한테 말해줬더라면 나카니시 씨 때처럼 회사에는 비밀로 하고, 두 사람을 지킬 방법을 함께 궁리했을지도 몰라요. 하지만 저는 그 중요한 사실을 두 사람을 통해서가 아니라 저급한 주간지 기사를 통해 알게 되었다는 게 너무 서글퍼요. 저를 전혀 믿지 못한 거잖아요."

"요네하라 씨, 그게 아니에요. 우리 일에 말려들게 하고 싶지 않았던 거예요."

"뭐가 다르죠? 지금까지는 제삼자 취급했으면서 절 걱정해서 그랬다니 우습네요."

요네하라 씨가 괴로운 듯 눈을 질끈 감더니 고개를 저었다.

"아직도 못 믿겠어요. 두 사람은 정말 좋은 친구였어요. 어디서 어떻게 잘못된 건지…… 지금은 둘 다 착각에 빠져 있지만 시간이 지나면 분명 정신을 차리고 이 감정이 사랑이 아니라는 걸 깨달을 거예요."

이게 사랑이 아니라면 대체 무얼 사랑이라 불러야 하죠?

물론 이렇게 말하진 않았다. 당혹스러운 듯한 요네하라 씨의 태도는 사이카에게 고백받았을 때의 내 반응과 비슷했다.

요네하라 씨가 한숨을 내쉬더니 옆에 있던 가방을 들고 일어났다.

"사이는 침실에 있어요. 8시에 돌아올게요. 다른 직원들도 같이 올 거니까 그전에는 나가주세요."

나는 현관으로 걸어가는 요네하라 씨에게 정중하게 인사를 했다. 그라면 내 부탁을 들어주리라고 생각했다. 그 점을 노리고 온 것이니 비열한 게 맞을지도 모른다. 요네하라 씨가 나간 뒤 문을 잠그고 안으로 들어갔다. 8시까지 앞으로 한 시간도 안 남았다. 거실은 한창 짐을 싸던 중이었던 듯 이미 대부분의 물건은 포장되어 언제든 들고 나갈 수 있는 상태였다. 바로 얼마 전에 짐 상자를 들고 들어왔던 것 같은데 결국 이 집에서는 채 일주일도 살지 못했다.

조명을 최소한으로 줄인 어스름한 침실 안, 아까와 같은 차림의 사이카가 침대 가장자리에 걸터앉아 있었다. 침구나 매트리스는 없고 침대 프레임만 남아 있었다. 사이카는 나를 보려고도 하지 않았다. 손을 잡으려는 나를 거부하고 홱 손을 빼냈다.

"우리 이미 헤어졌잖아. 가."

사이카의 매정한 말에 간신히 다잡고 있던 마음이 순식간에 무너져 내렸다. 눈물이 날 것 같았다.

"대체 내 이야기를 어떻게 들은 거야? 그 사람들한테 사이카가 의무를 다하면 다시 만날 거라고 분명히 말했잖아."

"아이는 내 마음 전혀 몰라. 나는 그 기사가 나가면 우리가 친구가 아니라 연인이라는 걸 세상에 알릴 수 있으니 다행이라고 생각했단 말이야."

"알리면? 사태가 더 복잡해질 뿐이잖아. 사람들이 우리를 친구 사이로 보는 걸 오히려 이용해온 적도 많았어. 왜 이 타이밍에 밝히려던 건데?"

오다이바나 하라주쿠에서 데이트했던 날을 떠올리며 한 말이었지만 그게 오히려 사이카의 상처를 건드렸는지 창백한 얼굴이 확 굳었다.

"이용하다니, 그렇게 천박하게 말하지 마. 지금까지 우리가 함께 한 시간까지 더럽히지 말란 말이야."

"넌 우리가 대단히 고상한 연애를 한다고 생각했던 거야?"

우리는 서로를 노려봤다. 심적으로도, 시간적으로도 여유가 없었다. 흥분한 탓에 지금 할 이야기가 아닌 것까지 내뱉고 말았다. 힘을 합쳐도 모자랄 판에 왜 다투고 있는 것일까? 이렇게 툭 까놓고 다투는 건 사귀고 나서 처음 있는 일이었다. 처음 겪는 다툼과 긴박하게 돌아가는 지금 상황이 겹쳐져 이중으로 혼란스러웠다. 마음이 불편했다. 지금 내가 원하는 건 사이카와 함께 침대에 누워 서로의 상처를 보듬어주는 건데.

"'친구'를 방패 삼는 걸 내가 얼마나 힘들어했는지, 아이는 몰라."

"하지만 그 덕에 다쿠마 씨하고 사귀었을 때처럼 잠깐 얼굴 한번 보려고 온갖 고생을 하지 않아도 됐잖아. 밖에서 데이트도 했고. 동거도 그 덕에 가능했어."

"맞아. 동성이라는 이유만으로 아이와 스물네 시간 같이 있을 수 있었지. 잘 때, 씻을 때, 화장실 갈 때까지 같이 있어도 다들 좋은 친구 사이라고 믿어 의심치 않았어. 그렇기에 더더욱 무서웠어. 기사를 보니 오히려 마음이 놓이더라. 아, 드디어 우리 관계를 알아줬구나 하고."

얼굴을 찡그리고 침묵으로 반항했다.

"친구와 연인 사이의 보이지 않는 경계선을 필사적으로 찾으려 했어. 아이하고 만나는 동안 계속. 아이가 내 몸에 거부감을 느끼는 걸 알았으니까. 우리 관계가 겉으로 드러난 순간 이렇게 미련 없이 차일 걸 알았다면 더 조심했을 텐데."

이 사람이 정말 매일 함께 생활하며 장난을 주고받고, 즐겁게 웃던 사이카와 동일인물이란 말인가? 마냥 천진난만한 줄 알았는데,

한 꺼풀 아래 이렇게나 큰 불안을 안고 있는 줄은 상상도 못 했다.

"누가 찼다고 그래? 난 헤어지자는 말 안 했어."

"그만하자. 말할수록 공허하단 생각만 들어. 사실은 나도 알고 있었어. 아이와 내 감정의 무게가 전혀 다르다는 걸. 나한테 아이는 인생 전부였지만 아이한테 나는 순조롭게 걸어온 인생에 갑자기 나타난 재앙이었겠지."

"저번 집에서 같이 살았을 때의 행복한 기억은 이미 온데간데없이 사라진 거야? 다시 말할게, 난 헤어질 생각 눈곱만큼도 없어. 몇 년이 될지는 모르겠지만 그저 사이카가 활동하는 중요한 시기에만 거리를 두자는 거야. 나라고 이러고 싶은 줄 알아? 하지만 방법이 이것밖에 없잖아. 난 몇 년이 걸리더라도 이겨낼 작정이야. 연예계 사정 같은 거 자세히는 모르지만 소속사 사람들이 단순히 겁주려고 한 소리는 아닐 거야. 하루아침에도 수많은 얼굴이 새로 등장하고 사라지는데, 그 치열한 경쟁을 이겨내는 사람만 살아남을 수 있는 곳이 연예계잖아. 단순히 사이카를 상품으로 여기고, 그 가치를 훼손하고 싶지 않아서 감정적으로 내뱉는 것 같지 않았어. 분명 사이카가 지금까지 노력해온 것이나 미래의 가능성까지 고려한 뒤에 한 말이겠지. 나는 거기 있던 사람들한테서 위압감뿐 아니라 애정도 느꼈어."

"맞아, 그 사람들한테도 양심은 있겠지. 그래서 우리를 갈라놓았다는 죄책감에서 벗어나기 위해 다 날 위한 일이라고 그렇게 강조한 거잖아. 속지 마.”

“그런 마음도 얼마쯤은 있겠지만 분명 그게 다는 아닐 거야. 중요한 건 너는 수많은 사람이 핏대 세워가며 필사적으로 지켜야 할 만한 가치와 매력이 있는 사람이라는 거지.”

“짜증 나, 왜 몰라주는 거야? 난 그 사람들 거짓말에 속기 싫어.”

“어쨌든 그 사람들 말처럼 사이카를 향한 과도한 시선이 사그라질 때까지…… 적어도 삼 년쯤은 얌전히 있는 게 좋을 것 같아.”

사이카는 견디지 못하겠다는 듯 주저앉아 머리를 감싸 쥐었다.

“제발 그런 먼 미래 얘기하지 마. 어떻게 그렇게 태평할 수 있어? 게다가 삼 년이라니, 아무 근거도 없는 숫자잖아. 전에도 말했지. 나는 내가 서른 살에 어떤 모습일지 상상조차 안 된다고. 우리한테 삼 년이라는 시간이 얼마나 소중한지 아이는 몰라.”

사이카가 내 말을 믿으려 들지 않는 건 현재만을 중시하며 살아가는 그의 삶의 자세와도 연관 있을지 모른다.

“운명처럼 만나서 서로 마음도 통했어. 근데 왜 미래를 위해 헤어져야 해? 그런 식으로 살면 평생 행복이 뭔지도 모르고 죽을 거야. 우리가 영원히 살 수 있는 것도 아니잖아!”

“네 말대로 우리가 영원히 젊진 않겠지. 하지만 살아만 있으면 분명 다시 만날 수 있어. 난 사이카가 어릴 적부터 키워온 꿈을 이런 식으로 포기하게 둘 수 없어.”

"왜 내 마음을 몰라주는 거야? 나한테 이 세상에 아이보다 중요한 건 없어. 이 김에 나랑 헤어지고 싶어서 그러는 거야?"

"그럴 리가 있겠어? 오히려 영원히 헤어지고 싶지 않아서, 앞으로 우리가 살아갈 많은 날을 생각해서 잠시 떨어져 있는 걸 선택한 거야. 비관적인 생각 말고 미래를 믿어봐 사이카."

"아이는 물먹은 스웨터를 입고 태어난 사람의 마음 같은 건 몰라. 우리가 서로를 이해하려면 갓난아기였을 때부터 같은 환경에서 살았어야 해."

"무슨 소리야. 사람은 다 맨몸으로 태어나는걸."

"이거 봐! 아이는 역시 이해 못 해."

사이카가 눈물을 글썽거리며 새된 소리로 악을 썼다. 울고 싶기는 마찬가지였다. 하지만 나까지 울면 상황 수습이 안 될 게 뻔했다. 눈물을 참기 위해서는 근육을 쓸 수밖에 없다. 배에 힘을 꾹 주고 눈가에 어린 눈물을 삼켰다.

"사이카 꿈이 곧 내 꿈이야. 너한텐 나한텐 없는 날개가 있어. 더 높이 나는 모습을 보여줘. 마음껏 날고 나서 나한테 돌아오는 거 잊지 말고. 아직 갈 길이 멀어. 용기가 필요하겠지만 앞으로는 혼자서 날아야 해."

입을 꾹 다문 사이카의 얼굴에 범상치 않은 표정이 떠올랐다. 범접하기 힘든 황폐함, 서늘함. 그는 모든 감정을 도려낸 험악한 눈동자로 나를 쏘아보며 침묵을 지켰다.

창백한 그의 얼굴을 두 손으로 감싼 뒤 핏기 없는 입술에 입을 맞췄다. 사이카는 나를 관찰할 뿐 꿈쩍도 하지 않아 내 움직임만 두드러졌다. 그의 혀에 혀를 얽으며 숨이 가빠진 걸 확인한 후, 차가운 바닥에 눕혔다. 원래는 카펫을 깔아놓은 곳이었지만 지금은 아무것도 없었다. 그의 긴 머리칼을 다섯 손가락으로 마구 헤집으며 왼쪽 귀를 살며시 깨물고 핥았다. 흐느끼는 울음소리에 물었던 귀를 놓고 귓구멍에 혀를 넣어 혀끝이 닿는 데까지 꼼꼼하게 핥았다. 머리를 꽉 누른 탓에 빠진 머리카락이 왼쪽 약지에 달라붙었지만 엄지손톱으로 떼어냈다.

오른손은 사이카의 몸 곳곳을 쓰다듬고 있었다. 등뼈를 타고 내려간 손은 엉덩이를 움켜쥔 뒤 허벅지를 거칠게 쓸었다. 무표정으로 일관하던 사이카도 여기에서는 어렴풋이 미소를 보였다. 분명 황당하겠지. 목덜미에서 흐르는 땀에서는 짭짤하지만 비릿한, 왠지 야한 맛이 났다. 브이넥의 얇은 니트를 벗기고, 블랙 데님 스커트의 버튼을 풀어 아래로 내리자 속옷만 입은 몸이 드러났다. 가슴 밑을 받치는 하얀 브래지어 벨트가 곧게 뻗은 모습에 은근히 흥분됐다.

사이카의 숨결과 신음은 어떤 말보다 유창했다. 나 역시 동물적인 감각으로 귀를 쫑긋 세우고 그의 본능적인 목소리를 따랐다. 이럴 때는 어떤 자극적인 말이든 말하는 순간 분위기가 깨져버린다. 아무리 선정적인 말이라도 터져 나오는 숨결에 비할 바가 아니었다. 진정한 의미에서 말이 아닌 소리로 성대가 진동하는 건 이때뿐이었다. 저음이든, 고음이든, 잔뜩 눌러 죽였든, 누구나 직감적으로 알아들을 수 있는 그 소리는 단숨에 맥박과 호흡을 자극했고 체온을 상승시켰다.

뜨겁게 내리쬐는 태양 아래, 한없이 자유로워질 수 있고 어떤 말도 필요 없는 이 바다에서 우리는 그저 헤엄칠 뿐이었다.

아래에 있던 사이카가 다리 쪽으로 이동했다. 다음 행동을 알 것 같아서 눈앞이 아찔해질 정도로 몸이 뜨거워졌다 이어서 견디기 힘든 거부감에 등골이 서늘해졌다. 이제껏 직접적인 접촉은 없었지만 그게 중요하다는 건 알고 있었다. 하지만 사이카의 머리가 그곳에 있다는 상상만으로도 정신이 아득해질 것 같았다. 알아채지 못한 척 하며 몸을 살짝 틀었다.

"날 사랑하지 않아?"

"사랑해."

"그럼 받아들여봐."

몸이 굳어서 꼼짝도 할 수 없었다. 어찌할 바를 몰라 사이카를 올려다봤다. 다정하게 웃고 있었다.

"장난이야 무리하지 마. 도저히 받아들이지 못하는 네 표정도 정말 좋아했어. 말과 표정이 모두 사라지고, 무서워하는 게 느껴지면 왠지 섹시했달까."

사이카는 전처럼 천천히 해보자며 이어가지 않았다.

미안해. 하지만 오늘은 극복할 거야. 나는 그의 브래지어를 벗기고 두 손으로 가슴을 부드럽게 잡았다. 매력적인 곡선을 그리고 있었지만 지금까지는 거부감이 있었던 게 사실이다. 어쩌면 사이카가 언제까지나 내 곁에 있으리라 과신한 나머지 나중에 극복하면 된다고 너무 쉽게 생각한 걸지도 모른다.

눈을 꼭 감고 유두를 입에 머금었다. 혀가 떨리는 걸 감추고자 힘주어 빨자 사이카의 입술 사이로 눅진한 숨이 새어 나왔다. 입을 움직이며 다른 한쪽 가슴을 잡아 손바닥만 한 생물을 어루만지듯 다섯 손가락으로 따스하게 감쌌다. 부드러운 지방이 손가락 사이에 감미로운 막을 이루었다. 가슴골에서는 베이비파우더 같은, 향수를 불러일으키는 부드러운 내음이 났다. 눈꺼풀이 무거워지는 편안한 기분을 느끼며 가슴 한가운데에 얼굴을 묻었다. 두려워할 필요 같은 건 없었다. 이토록 따뜻하고 무방비한 가슴은 오로지 나를 받아들이기 위해서만 열려 있었다.

막연히 두려워하던 말캉한 감촉이 아닌, 손바닥을 빨아들이는 것 같은, 만질수록 간절해지는 오묘한 감촉이었다. 손바닥 한가운데에 닿아 보드랍게 뭉그러지는 유두도 마음을 자극했다.

숨이 약간 가빠진 사이카가 부드러운 표정으로 나를 내려다보다 내 음부를 매만졌다. 어색한 듯 입구를 찾는 차가운 손끝에 엉덩이가 움찔거렸다. 사이카의 침입을 환영하는 살이 그의 손가락을 꽉 무는 게 느껴졌다. 중지가 적확한 포인트를 찾은 순간, 주변에 보이는 모든 것이 날아갔고 그 대신 온몸이 하얀 수증기에 휩싸인 것 같았다. 동시에 목을 직선으로 쭉 핥는 강렬한 자극에 모든 세포들이 쾌감에 집중하기 시작했다. 사이카에게서 또다시 뜨거운 욕망의 냄새가 피어올랐다. 자연스레 움직이기 시작한 그의 허리에 손바닥을 대고 그 매끈한 감촉을 즐긴 뒤 내부로 손가락을 집어넣었다.

마음껏 음미하고 싶어 눈을 감았다. 조금 더 원하는 마음이 솟구쳤다. 더 이기적으로 쾌감을 좇고 싶은 마음에 사이카의 시선을 피해 고개를 돌렸다. 신음 소리가 귀를 간질였고 일부러 호흡을 맞춰 완전히 같은 타이밍에 손가락을 움직였다. 의도를 알아챈 사이카가 이마에 맺힌 땀방울을 빛내며 웃었다. 함께 가고 싶다는 신호였다. 사이카는 말없이 내 요구에 응했다. 마른침을 삼키더니 내 페이스에 맞추기 위해 허리를 더욱 내리며 나를 안쪽으로 이끌었다.

우리는 동시에 절정에 올랐고 두 몸은 서로의 손가락을 탐하며 격렬하게 움직였다. 사이카가 멈추지 않고 손가락을 움직였지만 더욱 강도를 더해가는, 마비될 듯한 통증을 동반한 쾌감에 몸이 더 가면 버틸 수 없다고 본능적으로 제지를 걸어 허리를 물렸다. 우리는 숨을 헐떡이며 서로의 눈동자를 바라보았다. 어느새 열기는 날갯짓과 함께 날아가 우리 몸에는 또다시 현실의 슬픔이 내려앉았다. 그와 멀어지겠다고 선언했을 때부터 사이카의 눈을 뒤덮은 막이 다시 나타난 것을 놓치지 않았다.

사이카의 눈에서 눈물이 흘러내렸다. 소리 없는 고요한 눈물을 보니 덩달아 눈물이 났지만 필사적으로 참았다. 심호흡을 통해 웅웅거리는 이명을 견디며 사이카의 어깨를 최대한 부드럽게 어루만졌다. 너무 몰입하면 나까지 무너질 것 같아 거리를 두고 위로하듯 쓰다듬는 것밖에 할 수 없었다. 붉게 충혈된 두 눈이 나를 바라봤다.

"평생의 상처를 남겨줘."

"뭐?"

"조금이라도 흔적을 남기고 가줘."

사이카가 오른팔을 내밀었다.

"손톱자국이든 잇자국이든 상관없으니까 작지만 깊은, 평생 사라지지 않을 상처를 남겨줘. 하나 됐던 흔적을 남기고 싶어."

진심이 배어나는 말에 순간 공포를 느꼈다.

"무슨 소리야? 날 안 잊으려고 상처를 낸다고? 난 그런 거 싫어. 다시 돌아올 건데."

사이카가 고개를 저었다.

"그게 아냐. 아이를 잊지 않기 위해서가 아니라 잊기 위해 상처를 남겨달라는 거야. 더는 견디지 못해 아이를 기억에서 내몰면 그땐 몸이 대신 기억해주겠지. 자, 여기에 해줘. 팔은 언제든 볼 수 있으니까."

내민 팔의 투명한 피부 아래로 희미하게 정맥이 보였다. 성스럽고 아름다웠다. 이 매끄러운 살갗에 힘을 가해 의도적으로 상처를 내다니, 생각만 해도 소름이 돋았다.

"난 못 해. 너한테 상처를 내라니, 내가 어떻게 그래."

"내 부탁은 하나도 안 들어주네."

사이카의 눈동자가 다시 깊이를 잃으며 감정을 차단하는 표정이 떠올랐다. 마음속 불안이 깊어졌다.

"왜 그래? 괜찮아?"

초인종 소리가 울려 퍼졌다. 8시 정각. 타임 오버다. 나는 사이카에게 매달리듯 몸을 붙이며 말했다.

"사랑해. 우린 반드시 다시 만날 거야. 그때까지 제발 날 잊지 말아줘."

사이카는 대답 대신 내 머리를 쓰다듬었다. 위로하듯, 서툰 손길로.

포기하지 마. 난 네 눈동자 속에 있을 거야. 계속 거기 있을게.

"네가 열심히 하는 동안 나도 내 꿈을 위해 노력할게. 떨어져 있어도 미래에 대한 희망이 있으면 서로한테 의지가 될 수 있어."

사이카는 대답하지 않았다.

초인종 소리가 쉬지 않고 울려 퍼졌다. 그의 공허한 눈동자에 모든 신경이 쏠려 손가락 하나 까닥할 수 없었다. 옷을 주워 입을 기운조차 없었다.

연속해서 울리던 인터폰 소리가 멎었다. 이내 카드키로 문을 여는 전자음이 들렸다.

문을 힘껏 여는 소리가 들렸지만 체인이 묵직한 소리를 내며 방해했다.

"문 열어요! 둘 다 안에 있죠!"

요네하라 씨의 긴박한 목소리, 매서운 어조.

"도망간 거 아니야?"

험악한 남자 목소리도 들렸다.

"아뇨, 안쪽에서 체인을 건 걸 보면 안에 있어요! 사이, 빨리 이 문 안 열면 모두가 힘들어져. 촬영 펑크난다고! 난리 씨도 안에 있죠? 대답 좀 해요."

울컥 감정이 북받쳐 눈을 꾹 감고 짧은 오열을 내뱉었다. 흘러내린 눈물이 사이카의 쇄골을 적셨다. 울음소리를 들었는지 문밖이 조용해졌다.

쇼다 사이카 님께

잘 지내나요. 건강은 좀 어떤가요.

오랜만이지요. 갑자기 이렇게 편지를 보내 미안합니다.

읽고 싶지 않다면, 번거롭겠지만 깊게 생각 말고 그간 받은 편지를 전부 버려주세요.

연예계에서 활약하는 모습, 계속 지켜보며 응원했습니다. 출연 작품을 보고, 인터뷰 기사를 읽고, 여러 매체를 통해 당신의 활동을 좇는 게 가장 큰 즐거움이자 자랑이었으며 동시에 고통이었습니다.

세월이 많이 흘렀으니 슬슬 만나게 해주겠지, 소속사에서 연락이 오겠지, 가슴 졸이며 기다리면서도 역시 아직은 어려울 거란 체념에 가까운 마음도 늘 갖고 있었습니다. 시간이 흘러도 당신은 승승장구했으니까요. 그야말로 전성기였으며 일 년 사계절 미디어에 나오지 않는 날이 없었죠. 톱스타가 된 쇼다 사이카를 소속사가 쉽게 놓아줄 리 없다는 사실을 일반인인 나도 알 수 있었습니다.

당신과 모든 연락이 끊긴 그날부터, 당신을 한 번만 보고 싶다고 간절히 원해도 그럴 기회를 얻을 수 없는 입장이 되었습니다. 팬보다 못한 입장이었죠. 영화 개봉 기념 무대인사나 팬미팅 같은 이벤트가 있을 때마다 가고 싶은 마음은 굴뚝같았지만 찾아갔다가 기획사 사람들에게 들켜 영영 못 만나게 될까 두려워 결국 한 번도 가지 못했습니다. 어두워서 관객석이 잘 보이지 않는 연극을 보러 가는 것조차 겁이 나 당신이 셰익스피어 극을 연기하는 모습마저 놓치고 말았어요. 그때 부장과 나눴던 약속만이 유일한 희망이었기에 그걸 물거품으로 만들고 싶지 않았습니다.

일하다 우연히 당신과 마주칠지 모른다는 망상도 수없이 했습니다. 당신의 인터뷰를 담당할 기회가 찾아오지 않을까, 전처럼 같은 행사 초대장을 받아 이벤트장에서 마주치면 얼마나 좋을까. 거리에 스쳐 지나가는 사람이, 모르는 번호로 전화를 걸어온 사람이, 모두 당신처럼 보였습니다. 나중에 요네하라 씨에게 들었는데 소속사에서는 우리가 다시 마주치지 않도록 여러 가지로 수를 썼던 모양입니다. 소속사에서 그렇게 필사적으로 나를 배제했던 건 내가 미디어 업계 종사자인 이유도 있었겠죠. 부장은 내가 당신의 정보를 유출하지는 않을지 가슴을 졸였다고 합니다.

내 이야기만 해서 미안합니다. 조금만 더 들어주세요.

당신이 소개해준 회사에는 애초 예상대로 나와는 비교도 되지 않을 정도로 뛰어난 능력을 가진 사람들이 많았습니다. 조금이라도 그들을 따라잡기 위해선 잠자는 시간까지 줄여가며 일의 완성도를 높여야 했습니다. 뒤처진 시간을 만회하려고 죽을힘을 다해 노력했지만 형편없는 업무 처리 능력과 편집 능력이 원망스러웠습니다. 당신을 생각하며 일을 배우다 보니 어느새 이렇게 세월이 흘렀네요.

개인적으로 힘든 일이 있어도 절대 내색하지 않는, 헤어진 직후에도 빛나는 미소로 열심히 활동하는 당신을 보면 힘이 났습니다. 화면이나 잡지를 통해 당신의 강인함을 볼 때, 무엇보다 큰 위로를 받았습니다.

당신의 활약이 나와 린, 그리고 소속사를 향한 최고의 복수였죠. 더는 견딜 수 없을 만큼 힘들어도 승승장구하는 당신의 모습을 보며 다시 힘을 낼 수 있었습니다.

하지만 역시 너무 오랜 세월이 흐른 거겠죠. 소우도 결혼해서 이제는 아버지가 됐습니다. 그리고 이미 아실지도 모르겠지만 다쿠마 씨도 곧 결혼한다고 합니다. 당신과 만나지 못하는 건 정말 괴로운 일이지만 모두 별일 없이 잘 사는 것 같아 다행이라고 생각했습니다.

그런데 당신이 병으로 쓰러지다니요.

'입원, 활동 중단 발표에서 은퇴까지 이렇게 단시간에 일사천리로 진행된 걸 보면 소속사가 계약을 해지했거나 아니면 다른 회사로 이적하기 위해 병을 구실로 삼은 거다.' 은퇴 후에 나온 각종 억측 기사에는 그렇게 적혀 있었습니다.

기사 내용이 사실이기를, 병에 걸린 게 아니라 은퇴하기 위한 거짓말이기를 얼마나 바랐는지 모릅니다. 하지만 병원에 다니는 모습을 몰래 찍은 사진이 주간지에 실렸고, 사진 속 당신 모습은 예전과는 비교도 되지 않을 만큼 초췌했습니다. 평소에 당신이 얼마나 철저하게 자기 관리를 하는지 알고 있었기에 연예계 생활이 주는 엄청난 스트레스와 본래의 섬세한 성격을 고려했을 때, 무리를 거듭한 끝에 병을 얻은 것임을 짐작할 수 있었습니다. 급성으로 나타난 증상은 호전되었고, 지금은 통원 치료를 받으며 자택에서 요양중이라는 보도도 나왔지만 여전히 걱정이 됩니다.

이만하면 소속사도 내 연락을 눈 감아주지 않을까 생각이 들 만큼 세월이 흘렀습니다. 그래도 당신에게서는 연락이 없었습니다. 전화번호는 물론 주소와 서로 공유했던 SNS 비밀번호도 바뀌어 있었죠. 당신에게 연락을 취할 방법을 도무지 찾을 수 없었습니다.

당신은 내 전화번호도, 메일 주소도, 본가 주소도 알고 있었습니다. 내 연락처는 그대로였고요. 스물네 시간 감시당하는 것도 아닐 테고, 그간 내게 연락할 기회가 아예 없지는 않았겠지요. 그런데도 연락이 없던 것이 무엇을 의미하는지 눈치 없는 나라도 대충 예상이 갔습니다. 연락이 전혀 없는 것이 당신이 나에게 보내는 하나의 답이라는 사실을 인정하지 않을 수 없었습니다. 그러니까 마음을 정리하지 못한 건 나 혼자일지도 모른다고.

머리로는 알아도, 당신이 아프다는 기사를 보았을 때부터 아무 일도 손에 잡히지 않았습니다. 그렇다고 달리 방법이 있는 것도 아니라 전전긍긍하고 있을 때, 요네하라 씨에게 연락이 왔습니다. 회사를 그만두게 되었다, 옛날에 강압적인 방법으로 힘들게 해서 미안하다, 라는 내용의 메일이었습니다.

내가 제일 알고 싶은 건 물론 당신이 어디 있느냐는 것이었습니다. 요네하라 씨의 메일에 적힌 전화번호로 곧바로 연락하자 그는 너무 놀란 나머지 내가 무슨 말을 하는지 파악하지 못하는 것 같았습니다. 내가 아직 당신을 기다리고 있으며 당장이라도 만나고 싶어한다는 걸 간신히 이해하고 난 뒤 그는 내 편지를 당신에게 전해줄 것을 약속했습니다. 연락처를 알려주고 싶지만 지금 어머니 집에 있다, 두 사람이 만나는 걸 반대했던 분이니 문병 갔을 때 몰래 전해주겠다 하더군요. 요네하라 씨와 연락을 주고받으며 비로소 소속사는 처음부터 저에게 연락할 생각이 없었다는 걸 알았습니다.

칠 년이 지난 지금도 난 당신을 좋아한 걸 조금도 후회하지 않습니다. 처음 사귀었을 땐 후회하게 될까 너무나 두려웠는데 지금은 당신과의 만남이 내 인생의 더없는 기쁨입니다. 추억으로 만족할 생각은 추호도 없습니다. 당신도, 나도 살아있으니까요. 당신을 생각하는 마음이 아직 살아 숨쉬고 있으니까요. 꺾으려 해도 절대 꺾이지 않는 마음입니다. 만일 지금 당신이 힘든 상황에 있다면 부디 내가 그 고난을 없앨 수 있게 해주세요.

당장이라도 만나고 싶어요. 답장 기다릴게요.

난리 아이

우리는 성급하게 관계를 맺었고, 낙원에 계속 머물 수도 있었지만
들키자마자 서로 다른 방향으로 도망쳤지. 봄 다음 가을,
여름 다음 겨울. 계절을 건너뛰어, 빛나는 가루를 흩뿌리며
날갯짓하는 나비는 두 배로 빨리 타올라 재가 돼.
촛불을 잡아 끄는 화상을 무릅쓴 손처럼.
흘러내린 양초가 나무 테이블의 흠집 난 표면에 하얗게 굳을 즈음,
그는 이미 조용히 문을 열고 나간 뒤였다.
내 마음이 보이나요? 눈앞에 내민 손바닥 너머로 내 미소가 보이나요?
당신을 따라갈 수 있을까요?
새로운 경험은 곱게 땋은 머리카락 끝을 타고 이어져 내세에
대한 기대와 함께 서서히 사그라지다 다시 수면 아래로 돌아갔다.
손끝으로 벌린 입술, 직설적인 고백, 백 번의 후회. 육중한 문이
암흑 속에서 빛을 드리우며 조금씩 열리고 있다.
등지고 떠난 뒤부터 마음엔 낙원의 유구한 시간이 새겨졌다.
매끄러우면서 구부러진 배롱나무 줄기, 신경질적이지만
구김살 없는 바이올린 음색, 벼의 물결을 스치고 지나가는
희미한 바람 한 줄기. 당신이 살아있는 한, 이들은
포기할 수 없어 더욱 아름다운 꿈이 되어 밤마다 회귀한다.

*

다쿠마의 결혼식 청첩장을 받은 것은 소우가 편지에 동봉해 본가로 보내준 덕이었다.

"다쿠마가 오랜만에 보자는데 아이도 갈래?"

예상치 못한 소우의 연락에 당혹감을 느끼면서도 선뜻 가겠다고 대답했다.

결혼식 당일에는 검은 원피스를 입었다. 그리고 과거 사이카가 썼던 향수를 손목과 쇄골에 뿌렸다. 벌써 다섯 병째다. 혹시 단종될까 걱정이 돼서 여러 개 사 쌓아두기까지 했다. 직접 구입해서 쓰고 나서야 안 사실이지만 이 향수는 일반 향수보다 발향이 약해 사이카처럼 온몸에 뿌리는 게 올바른 사용법이었다. 하지만 이 향기는 나만 맡으면 그만이라 사이카만큼 많이 뿌리지 않았다. 상쾌하지만 조금 씁싸름한, 카틀레야 향기가 피어올랐다.

식장은 6월의 신부에 어울리는 해변 근처의 호텔이었다. 하객 방명록이 놓인 입구에서 소우와 마주쳤다.

"아이, 정말 오랜만이다! 잘 지냈어?"

나도 모르게 입가에 웃음이 번질 만큼, 소우는 예전 그대로 활발하고 에너지가 넘쳤다. 결혼을 해서인지 아니면 아버지가 되어서인지 날카로웠던 십 대나 이십 대 때와 달리 많이 둥글어진 분위기였고, 어른스러운 매력이 는 듯 보였다. 개구쟁이 같은 웃음에 든든한 포용력이 더해진 모습이었다.

"잘 지내지! 소우는 얼굴 보니 안 물어봐도 알겠다. 행복해서 살찐 거 맞지?"

"일 끝나고 마시는 맥주를 못 끊겠더라고. 요즘은 둘째 보느라 죽겠어."

"정말? 언제? 축하해, 아들이야 딸이야?"

첫째가 태어난 건 연하장에 아기 사진이 있는 걸 보고 알았지만 설마 둘째가 태어났을 줄이야.

"딸. 이제 아들 하나 딸 하나야. 사진 볼래?"

"응, 볼래."

부부는 환한 웃음을 머금은 얼굴로 영근 수확물을 자랑하는 농부처럼 렌즈를 향해 아기를 높이 들어 올리고 있었다. 그 모습이 확대된 사진을 들여다보며 웃음을 터뜨렸다.

우리는 나란히 앉았다. 다감해 보이는 청초한 분위기의 신부와 다쿠마가 등장하자 그들과 오랫동안 교유해온 소우는 눈시울을 붉히며 박수를 보냈다. 마지막으로 만났을 때, 실연의 고통에 어두운 표정을 짓고 있던 다쿠마의 얼굴이 마음에 걸렸는데 행복하고 안정적인 모습을 보니 마음이 놓였다.

피로연 레스토랑에서 접시에 요리를 담으며 소우와 이야기를 나누고 있는데, 다쿠마가 우리 곁으로 다가왔다.

"아이 씨, 정말 오랜만이네. 귀중한 휴일에 시간 내어줘서 고마워."

"결혼 축하해요. 신부가 정말 아름다워요."

둘의 만남을 소개하는 영상을 통해 신부와는 삼 년 전에 여행지에서 만났고, 신부는 스쿠버다이빙을 좋아한다는 사실을 알게 됐다.

"다쿠마는 바다에 들어가는 걸 무서워하면서도 이제는 매주 하루카 씨 따라서 일본 각지를 돌며 다이빙을 한다니까."

소우가 다쿠마를 가리키며 놀리듯 말하자 다쿠마는 웃으며 손가락을 치웠다. 서글서글하고 자상한 인상 그대로 서른넷이 된 다쿠마. 타고난 성격이라 변하지 않았다기보다 의식적으로 지켜온 걸지도 모른다. 나이를 먹을수록 가장 먼저 닳아가는 그런 부분을 유지하기 위해서는 나름대로 노력이 필요하다는 걸, 비슷한 또래인 나도 조금은 알고 있었다.

"맞다, 소우. 다음 달에 보소에 갈 건데 너희 부부도 같이 갈래? 전에 이즈에 갔을 때 또 스쿠버 하고 싶다고 했잖아."

"아내는 좋아하는데 나는 주변에 산소가 없어지는 느낌이랄까. 나야 애들 보고 있으면 되지만."

"아니, 너도 들어가야지. 네가 없으면 여성분들이 계속 깊이 들어

간단 말이야. 되도록 빨리 올라가고픈 내가 설 자리가 없어진다고."

가족끼리도 친하게 지내는 듯한 두 사람을 흐뭇한 마음으로 바라봤다.

"아이 씨는 잘 지내? 소우한테 들었는데 출판사에서 일한다면서."

"맞아, 요새는 여성지에서 일해."

"와, 멋지다. 커리어 우먼으로 사는구나. 옛날에 비해 일 잘하는 사람 같은 오라가 풍기긴 해. 부서에 있으면 든든할 것 같달까?"

"맞아, 사람 빡세게 부릴 것 같아. 일 못하는 부하 직원한테 호통치는 거 아냐? '왜 말을 못 알아들어?' 이러면서."

"그럴 리가! 회사에서 다정하고 산뜻한 선배로 통한다고."

"정말? 수상한데?"

셋이서 한바탕 웃고 난 뒤, 다쿠마가 겸연쩍은 표정으로 말을 꺼냈다.

"아이 씨, 이런 거 물어봐도 될지 모르겠지만 혹시 사이카하고 아직 연락해?"

다쿠마가 이런 질문을 할 것이라 예상은 하고 있었다. 오늘 나를 초대한 것도 그 때문이겠지. 많은 하객에게 에워싸여 숨 돌릴 틈도 없을 만큼 바쁜 신랑이 일부러 우리를 찾아온 것도 이 질문의 대답이 궁금하기 때문이리라.

사이카에게 미련이 있어서 묻는 게 아니라는 건 그의 표정으로 충분히 알 수 있었다. 작년 말, 아무 조짐도 없이 너무나 갑작스레 은퇴 뉴스가 흘러나왔으니 다쿠마도 놀랐겠지. 소우도 신경이 쓰이는지 마른침을 삼키며 내 대답을 기다리고 있었다.

"아니, 나도 칠 년 전에 연락 끊겼어. 얼마 전에 연락처를 알게 돼서 편지를 보내놓긴 했지만."

"답은?"

"없어."

분위기가 가라앉지 않도록 억지웃음을 지었지만 우울한 마음은 숨길 수 없었다.

"그렇구나. 텔레비전에서는 사이카가 섬유근육증을 앓는다고 하던데."

다쿠마가 조용한 목소리로 말문을 열었다.

"처음 듣는 병명이라 찾아봤는데 특정한 원인이 없는데도 갑자기 온몸 곳곳에 통증을 느끼는 병이라고 하더라고. 심인성 질병이라는 것 같던데…… 사이카, 괜찮은 건가?"

"나도 알아봤어. 겉으로 난 상처는 없는데 유리 조각이 혈관을 지나는 것처럼 아프다고 하더라. 빨리 나아야 할 텐데."

소우의 말에 고개를 끄덕이면서도 이 자리에 어울리지 않는 표정을 지어서는 안 된다는 생각에 마음을 다잡으려 애썼다.

"혹시 사이카에게 연락 오면 알려줄게."

"고마워. 기다릴게."

"난 지금도 가끔 넷이서 레스토랑에서 만났던 게 기억나."

소우의 말에 몸을 움츠리며 그때는 미안했다고 중얼거렸다.

"아니, 이제는 좋은 추억이야. 왜 헤어지기로 해놓고 만나자고 한 건지, 분명 나도, 다쿠마도 미련이 남았던 거겠지. 차여놓고 구질구질하게. 그러고 나서 둘이서 술 마시면서 반성했어. 어른스럽지 못했다고."

소우와 함께 웃는 다쿠마를 보며 재빨리 시선을 돌려 신부를 확인했다. 다행히 멀리서 친구들과 이야기를 나누고 있었다.

"그때 우리는 자기가 어떤 입장인지도 모르면서 이해해보겠다고 엄청 애썼지. 지금 생각해보면 어색해질 줄 알았으면서 다들 도망치지 않고 나온 것도 웃겨."

"맞아. 난 지금도 하얀 테이블보가 깔린 테이블을 에워싸고 이야기하던 우리 표정을 똑똑히 기억해. 기묘한 상황이었는데 엄청나게 진지했지. 내 청춘의 하이라이트였어. 이제 와서 생각해보면."

"너무 오버다."

나는 부정했지만 다쿠마 역시 부드러운 목소리로 "나도 그래"라며 동의했다.

다쿠마가 다른 하객들에게 인사하려고 자리를 뜨자 소우가 혼잣말하듯 중얼거렸다.

"쓸데없는 참견일지도 모르겠지만 사이카하고 헤어졌다고 해서 솔직히 마음이 놓였어. 사이카는 매력적이지만 그만큼 주변 사람들이 휘둘렸잖아. 아이한테 뭔가 불똥이 튀는 게 아닐까 걱정했어. 너라면 더 좋은 사람 만날 수 있을 거야."

만나지는 않지만 아직 헤어진 건 아니라고 정정할 용기가 없어 긍정도 부정도 않고 그저 고개를 끄덕이며 웃었다. 순수하게 내 행복을 빌어준 건데, 괜히 놀라게 할 바에야 아예 아무 말도 안 하는 게 낫겠지.

내가 여전히 그 청춘의 하이라이트 속에 머물고 있다는 걸.

마음은 말을 초월한다. 사랑은 관계를 초월한다. 사이카와 사귀면서 실감한 경험은 지금도 내 몸속에 살아있다.

요즘도 이따금 꿈을 꾼다.

꿈속에서 사이카와 나는 늘 어렸고, 사랑하면서도 불안을 안고 있었다. 나는 사이카와 몇 번이고 꿈에서 만나면서도 이것이 과거임을 자각하고 있었고, 모처럼의 기회니 그와의 시간을 즐겨야 한다며 가슴을 졸였다. 안타까운 감정을 한가득 느끼면서도 그리워하며 설레하는, 복잡한 꿈이었다.

추억은 미화된다고 한다. 이제 사이카와의 추억은 한없이 미화된 부분도 많을 것이다. 그 이상으로 잊어버린 부분도 있겠지. 둘이서 함께한 기억은 뇌세포와 몸 여기저기에 새겨져 있지만 역시 시간과 함께 저편으로 사라지는 것은 어찌할 수 없었다.

내가 사이카였다면 편지를 받자마자 연락했을 것이다. 편지에는 전화번호와 메일 주소, 지금 집 주소까지 전부 적어두었다. 답장이 없다는 건 한마디로 만나고 싶지 않다는 것일 터. 납득하려 했지만 인정해버리면 완전히 외톨이가 된다.

만나지 못하게 된 뒤, 미디어에서 보여지는 사이카의 웃는 얼굴엔 슬픔과 초췌함의 흔적은 찾아볼 수 없었다. 그의 표정에서 그늘부터 찾는 나에게 혐오감이 들었다. 그에게서는 아무런 변화도 찾아볼 수 없었다. 여전히 왕성하게 활동했고, 아침, 점심, 저녁 어느 때나 사람들에게 에워싸여 생활했으며 대부분이 실시간으로 기사화됐다. 얼마 지나지 않아 내 휴대전화 사진 폴더는 사이카 사진으로 가득 찼다. 진심에서 우러난 미소는 얼마 없었지만 이따금 진짜 웃음을 띤 표정이 있었다. 그런 사진에 가장 가슴이 아렸다. 내가 없어도 이렇게 웃을 수 있구나.

나와 사이카의 기사는 주간지 발매 직후 다른 매체에서도 다루었다. 하지만 너무 뜬금없어서 대중의 관심을 끌지 못한 건지, 아니면 소속사에서 힘을 쓴 덕인지, 그다지 화제가 되지 못했고 이제는 완전히 잊혔다.

린은 우리를 그렇게 휘저어놓은 주제에 결혼과 동시에 일찌감치 연예계를 은퇴했다. 대체 무슨 생각이었을까, 칠 년이 지난 지금도 알 수가 없다.

활동을 중단하기 전에 뭔가 전조는 없었는지 확인하고자 직전에 나온 사이카의 잡지 인터뷰 기사를 다시 읽어봤다.

-예전에 자신의 외모에 대한 질문을 받았을 때 "앞머리 밑으로는 전부 마음에 든다"라고 대답하셨는데요, 그럼 앞머리는 마음에 들지 않는다는 말씀이신가요? 이유가 뭡니까?

기자의 질문에 나도 모르게 웃음이 터졌다. 이 질문은 그로부터 얼마 전 사이카가 했던 발언을 염두에 둔 것이었다. 버라이어티 프로에 출연한 사이카는 "자기 외모 중에 하나만 고치고 싶은 부분이 있다면?"라는 사회자의 질문에 "앞머리 밑으로는 전부 마음에 들어서, 고치고 싶은 데가 없네요"라고 대답해 물의를 일으킨 바 있었다. 나르시시스트다, 나대지 마라, 그 정도로 예쁘지 않다 등등 비난을 받았지만 사이카의 본래 성격이 드러난 이 재미있는 발언이 개인적으론 무척 마음에 들었다.

-앞머리도 마음에 들어요(웃음). 그때는 표현이 그렇게 나온 것뿐이고요.

-한마디로 머리부터 발끝까지 완벽하다는 거군요! 부럽습니다!

-제 눈에는요. 그렇게 생각하는 게 중요하잖아요. 자신감도 생기

고요.

-그런 자신감을 질투하는 사람도 있겠죠.

-질투의 대상이 되는 건 싫지 않아요. 저도 질투하고요. 질투를 받을 정도는 되어야 좀 의욕도 생기고 그렇지 않나요?

-아까 지금까지의 활동 가운데 실패도 많았다고 말씀하셨는데요, 실패해서 후회한 적도 있습니까? 또 같은 실패를 할지도 모른다는 생각에 두렵지는 않나요?

-실패도, 후회도 두렵지 않아요. 결과가 어떻든 도전하는 게 더 중요하죠. 하지만 저는 후회는 거의 안 해요. 제가 선택한 길이 제가 나아갈 길이니까요.

이 인터뷰 직후 사이카는 건강이 악화되었고, 진행중이던 일에서 모두 하차해 모습을 감췄다. 무슨 일이 있었는지 짐작조차 가지 않았다.

계약직으로 입사한 데다 업무를 배우는 속도도 느렸지만 장차 사이카와 만나게 되었을 때 그에게 짐이 되고 싶지 않았다. 이 회사를 그만두면 다른 일자리를 구하는 것이 어려울 거라는 일념으로 품이 드는 허드렛일까지 열심히 했다. 정신없이 일과 씨름하는 동안 독자 페이지나 상품 설명 등 짧은 글을 쓰는 업무도 많아져 잡일뿐 아니라 글쓰기와 관련된 일이 늘어났다.

마침 그 무렵에 편집부 직원 한 명이 그만둬서 계약직에서 정규직으로 고용 형태가 바뀌기도 했다. 종신고용의 길이 열렸다고 기뻐하기도 잠시, 원래 하던 일에 새로운 업무까지 맡게 되어 막차 시간이 지나서도 집에 가지 못하는 날이 계속됐다.

그래도 편집 일은 보람이 있어서 힘들지는 않았다. 기사를 기획하는 것은 물론 카메라맨, 모델, 그 밖의 잡지에 관련된 모든 사람의 의견을 조율하고 정리해 지면을 꾸며야 했다. 어떤 질문이 들어와도 곧바로 설명할 수 있도록, 상대의 의중을 금방 캐치할 수 있도록 전체를 파악하면서도 디테일을 놓치지 않게 신경을 쓰며 매일 바쁘게 보냈다. 그 덕에 예전과는 비교도 되지 않을 정도로 야무진 말투를 쓰게 되었고, 인내심도 몸에 배었다. 이제 접객을 하는 일은 없겠지만 나가쓰 님 같은 블랙컨슈머가 나타나도 혼자서 퇴치할 수 있을 것이다.

까다로운 회사와 함께하는 일이나 홍보 방식에 요구사항이 많은 아티스트의 담당을 맡는 경우도 점차 늘어났지만 군말 없이 모두 받아들였다. 그들이 완고한 태도를 보이는 데는 거의 이유가 있었는데, 대부분은 불안감 때문이었다. 그 불안에 전염되지 않고 대범한 자세로 계속 접근하다 보면 그들은 가시를 눕히고 내 이야기에 귀를 기울여주었다. 그들과 정면으로 마주하는 듯하면서도 실은 아니었기 때문에 그들이 털어놓는 불만이나 이따금 내보이는 신랄한 악의를 얼마든지 용서할 수 있었고, 심지어 이해하는 척까지 할 수 있었다. 상대에게 좋은 인상을 주는 방법도 늘 궁리했다. 호감을 표시하는 데는 칭찬이 제일이었지만 너무 안이한 방법이라 오히려 역효과를 불러일으킬 수 있었다. 그래서 그 대신 상대에게 도움을 줄 수 있는 기회를 노렸다. 기회는 반드시 찾아오기에, 때가 오면 자연스럽게 손을 내밀어 능력이 닿는 범위 안에서 적극적으로 도왔다.

나는 세련됨과는 거리가 먼 인간이었다. 결핍을 메우려 할수록 부자연스러워져 눈에 띄기 때문에 그대로 남겨두었다. 기포가 잔뜩 들어가 표면이 울퉁불퉁한 옛날 유리창처럼.

사이카와 그렇게 멀어지고 나서 참을성이 강해졌다. 어느 날 갑자기 만나지 못하게 될 수도 있다는 생각에 사람과의 인연을 소중히 여기게 됐다.

'나는 손을 닦기 위해 몇 장이든 뽑아 쓰는 페이퍼타월 같은 존재다.' 윗사람뿐 아니라 누구를 대할 때에도 그렇게 생각했다. 그러면 신기하게도 아무와도 갈등이 생기지 않았다. 누구나 얕잡아 보이고 싶지 않은 마음에 자존심으로 무장하고 살아가는 세상이다. 마음을 방어하기 위해 아무리 매서운 말로 나를 견제하는 사람이더라도 내가 페이퍼타월 같은 사람이라는 걸 알면 어느새 마음을 열고 나긋나긋해진다. 진짜 나를 알리는 건 그때부터라도 늦지 않다.

대부분의 사람은 남을 괴롭히고 싶은 사디스트가 아니다. 그저 제

체면을 지키기 위해 가벼운 잽을 날리는 것뿐. 설령 그들이 실수를 저지른 나를 비웃는다 하더라도 자신의 긴장을 풀기 위해서이지, 자기보다 밑에 있는 사람을 찾아내 비웃으려는 것이 아니다. 한번 그 공격을 받아들여 부정하지 않고 차분하게 말을 걸면 섬세하고 배려심 깊은 내면을 보여주기도 했다.

상대가 손에 잔뜩 묻은 진흙을 내 얼굴로 닦아내면 씻어내는 데 시간이 걸리기는 했지만 어차피 한 달 뒤에는 이 고통도 사라지고 없을 거라 믿으며 떨쳐냈다. 곱씹는 데 서툴고, 사이카를 제외하고는 무엇에도 집요해질 수 없는 내 성격을 살려 대인관계의 스트레스를 담아두지 말자고 늘 다짐했다. 마찰을 잊고, 남의 평가를 신경 쓰지 않고, 건강관리에 유념하며 회사에 다니다 보니 일상에서도 거의 스트레스를 받지 않고 살 수 있었다.

주변이 민감할 때에는 둔감하게, 주변이 둔감할 때에는 민감하게. 공감 능력을 남겨두되 주변에 너무 물들지 않고, 대세에 매몰되지 않고 자연스레 두각을 나타내려 했다.

그렇게 사람을 대하다 보니 특별히 친해지고 싶은 사람도, 얼굴만 봐도 끔찍할 정도로 싫어하는 사람도 없었다. 처음 보자마자 이 사람은 좋다, 이 사람은 싫다, 하고 미리부터 마음속에서 판단을 내렸던 이십 대 때에는 생각도 할 수 없었던 변화였다. 칭찬도, 환멸도, 질타도 그저 일시적인 현상이라 크게 영향을 받지 않았다.

"아이는 바닥이 튼튼한 것 같아. 원래 성격이 밝고, 감정의 바탕이 건강해."

언젠가 사이카가 혼잣말처럼 했던 말이 떠올랐다.

"내 바닥은 금이 가 있어. 그래서 원래는 어두운데 일상에서는 계속 억지로 자극을 줘. 기분을 들뜨게 해서 조금씩 새는 물을 보충하려고. 그럴 필요가 없다니, 멋져."

그때는 무슨 뜻인지 이해하지 못했지만 지금은 바닥이 튼튼하다는 게 무엇인지 알 것 같았다. 이 회사에서 버티려면 뚜껑은 쉽게 열려도 바닥은 절대 깨지지 않는 단단함이 필요하다.

하바 씨, 고노 씨의 연락을 받고 일이 끝난 뒤 늘 모이는 술집으로 갔다. 카메라맨 하바 씨와 헤어·메이크업 아티스트 고노 씨와는 여성지 촬영 현장에서 만났다. 대기 시간에 잡담을 하다 친해졌는데 일이 끝나면 셋이서 술자리를 갖곤 했다. 하바 씨와 고노 씨는 원래 아는 사이였고, 거기 내가 새로 낀 모양새였다. 내가 정직원이 된 뒤로 두 사람은 "다음부터 계산은 난리가 하는 거다"라고 농담을 건네면서도 예전과 다름없이 편히 불러줬다.

처음에는 다양한 음식점을 찾아다녔지만 곱창된장조림이 없으면 술 마실 맛이 안 난다, 이모님에게 건강 잘 챙기라며 쓴소리를 듣고 싶다, 마무리로 먹을 면 요리 종류가 많으면 좋겠다, 호피발포성 맥아발효 음료로 주로 소주를 섞어 마신다라고 적힌 광고지나 맥주를 든 수영복 차림의 모델 포스터가 붙어 있는 옛날 분위기가 나는 곳이면 좋겠다 등등 각자의 요구조건을 맞춰 겨우 유라쿠초 역 근처의 술집에 정착했다. 술집은 늘 북적북적 활기가 돌았고 비닐 커튼을 쳐놓은 일층 입석 자리에는 셀 수 없을 정도로 사람이 넘쳐났다.

하바 씨는 늘 제일 먼저 취했다. 하지만 그건 알코올이 빨리 돌아서라기보다 술자리 분위기에 금방 취할 수 있는 하바 씨의 특기 때문이었다.

"난리는 젊은 사람이 너무 고지식해. 일만 하고 돈은 하나도 안 쓰고 전부 모으기만 하고."

"하바 씨처럼 취미가 많지 않으니까요. 그리고 이제 젊다는 소리 들을 나이도 아니에요."

"그래? 나한테 난리는 언제까지나 젊고 풋풋한 이미지라고."

이 그룹에서는 아직도 막내 취급을 받았다.

"난리가 지금은 수수해도 예전에는 엄청 화려한 날라리였다니까."

맥주에서 일본주로 주종을 바꾼 고노 씨가 끼어들었다.

"얘가 전 부서에 있을 때, 잡지 특집 때문에 참고 자료로 성인식 사진이 필요해서 다들 자기 사진 가져오라고 했거든. 난리가 글쎄 오이란에도 시대의 대표적인 유곽 지대인 요시와라의 유녀 중에서 높은 지위에 있는 사람을 부르는 호칭. 화려한 복장으로 이동하는 행렬로 유명하다 복장인 거야!"

"그거 오이란 아니에요. 약간 화려한 후리소데결혼하지 않은 여성이 입는 기모노였다니까요. 무사히 스무 살이 되면 입기로 친구랑 약속했었다고요."

마나미와 브이자를 그리고 있는 사진이었는데, 당시 주변에는 더 화려한 사람이 많아서 그 정도면 평범한 축이라고 생각했다.

"약간? 옷에 스팽글이 달려 있었는데? 색깔도 현란해서 꼭 비단잉어 같았다고. 머리도 잔뜩 띄우고. 그 사진 보고 편집부가 뒤집어졌어."

"하긴, 다들 이 사진이 참고가 되겠냐고 했죠."

"보고 싶다! 다음에 가져와. 난리도 옛날에는 좀 날렸구나?"

술은 마실 만큼 마셨지만 우리는 하바 씨의 단골 술집으로 이동했다. 여러 번 와봤지만 옛 정취가 느껴지는 분위기로 손님도 대부분 오십 대 이상이었다. 테이블에 앉으면 종업원이 물수건을 가져다주고 분위기를 띄워주었다. 테이블석 세 개에 카운터석이 있는 자그마한 가게였는데 칠석이라 대나무 잎으로 창가를 꾸민 모습이었다.

무리한 요구를 하는 거래처에 불만을 늘어놓는 두 사람의 이야기를 들으며 고개를 끄덕이고 있는데 하바 씨가 쿡 찔렀다.

"뭘 고개를 끄덕여. 난리는 이제 정직원이라 프리랜서의 고충과 상관도 없잖아."

"그럴 리가요. 때마침 관둔 사람이 생겨서 우연히 정직원이 됐을 뿐인걸요.”

“아냐, 될 만해서 된 거지. 현장에서 같이 일하다 보니 알겠더라고. 일에 대한 열정이 엄청나다는 걸. 같은 시기에 경력직으로 들어온 다른 사람들에 비해 처음부터 열의가 넘쳤어.”

고노 씨의 과분한 칭찬에 쑥스러우면서도 한편으로는 뿌듯했다. 동기 셋 중에 지금도 회사에 남아 있는 건 나뿐이었다. 내겐 일을 그만둘 수 없는 이유가 있었기 때문이다. 지금 생각해보면 분명 처음 입사 후 몇 년은 고생스러웠다. 사이카와의 일로 힘들어하면서도 아침이면 억지로 일어나 출근했고, 사방에서 날아오는 호통과 불만에 시달리면서도 빡빡한 일정의 일을 소화하기 위해 늘 뛰어다녔다.

몇 시간이고 컴퓨터 앞에 앉아 수집한 데이터를 처리하는 날도 있는가 하면, 상품 사진을 찍어야 해서 종일 구두와 가방을 배치하는 날도 있었다. 하지만 자신이 처한 상황을 객관적으로 볼 여유조차 없던 게 어떤 의미로는 다행이었을지도 모른다. 집에 가면 기진맥진해 바로 쓰러져 자는 나날이 계속됐고, 시간은 눈 깜짝할 사이에 흘러갔다.

“다케미쓰 씨는 쓸데없는 데 너무 집착한다니까. 그런 데까지 신경을 써? 하는 부분에 참견하질 않나, 정말 아무래도 상관없는 일에 과도하게 경계하질 않나.”

고객에 대한 고노 씨의 불평불만을 들으며 하바 씨가 고개를 끄덕였다.

"뭔지 알겠어. 중요한 부분은 허술하게 처리하면서 디테일에만 집착하는 거."

"바로 그거야! 정말 아무것도 모른다니까."

적당히 취기가 오른 하바 씨가 비틀거리며 일어나더니 카운터로 가 노래방 기계에 곡을 입력했다.

이내 흘러나온 전주에 표정을 찡그렸다.

"하바 씨, 또 이 노래예요? 그만 좀 부르라니까요."

"이 노래 부르면 난리가 내 목소리에 감동해서 오열하잖아."

"그래서 우는 거 아니에요."

예전에 우연히 하바 씨가 이 노래를 불렀을 때, 이미 거나하게 취해 있던 나는 감정이 북받쳐 물수건에 얼굴을 묻고 오열했다. 약점을 들킨 것이다. 하바 씨는 술기운이 오른 낭랑한 목소리로 노래를 시작했다.

무엇부터 말해야 할지 모른 채 시간은 흐르고……

*

전화를 받자 요네하라 씨가 미안한 듯 말을 꺼냈다.

"편지를 전달하긴 했는데 답장을 안 쓴 것 같아요. 저번에 문병 갔을 때 은근슬쩍 물어보니까 고개만 젓고 아무 말도 없더라고요."

온몸에서 힘이 빠져나갔다.

"그랬군요. 다른 말은 않던가요?"

"제가 난리 씨한테 와달라고 할까 물어봤더니 그때부터 말도 안 하더라고요. 나오기 전에 저더러 아이는 절대로 부르지 말라고……."

눈앞이 캄캄해졌다. 사이카의 마음이 변했을 가능성도 당연히 염두에 두고 있었는데, 이렇게 충격을 받다니.

"난리 씨, 사이는 무서운 거예요. 두 사람이 사귀던 시절과 달리 지금은 상황이 많이 바뀌었으니까요. 어쩌면 그 추억은 소중히 남겨두고, 그 위에 아무것도 덮어쓰고 싶지 않은 건지도 모르죠. 난리 씨와 헤어진 뒤로 사이는 연기할 때 말고는 전혀 웃지 않았고, 들어오는 일은 닥치는 대로 받았어요. 밥도 전혀 먹지 않다가 갑자기 과식을 해서 다 토해내기도 했죠. 정신도, 몸도 모두 불안정한데 일은 완벽히 소화하는 걸 보고 대단하다고 생각했어요. 그래서 사이가 쓰러졌을 때 슬프기는 했지만 놀라지는 않았어요. 회사에서 스케줄을 너무 많이 잡아서 윗선에 항의도 했지만, 사이가 스스로를 혹사시키고 있었기 때문에 소용이 없었죠……. 억지로라도 쉬게 했어야 했는데 지금은 후회가 돼요. 사이와 함께 보낸 그 시기는 정말 앞만 보고 달린 시간이었어요. 그때 너무 무리했는지 저도 지금은 가벼운 우울증으로 치료를 받고 있어요. 하지만 매니저 생활을 통틀어 그만큼 충실했던 시간은 없는 것 같아요. 사이는 어딜 가도 인기였고, 늘 최고의 연기로 보답해 들어오는 일도 점점 급이 높아졌죠. 사이도 괴롭기만 하진 않았을 거예요. 강렬한 성취감을 느낀 순간도 많았겠죠."

"요네하라 씨까지 몸이 안 좋으신 줄은 몰랐어요. 많이 힘드셨나 봐요."

"사이가 느끼던 압박감과 피로에 비하면 아무것도 아니죠. 저희는 사이가 쓰러진 뒤에도 당연히 사이를 보호할 생각이었고, 계약해지 같은 건 생각도 안 했어요. 시간이 아무리 걸려도 완치되면 다시 같이 일하려 했죠. 하지만 사이가 갑자기 활동을 쉬고 싶다고 말한 뒤로 한동안 연락이 끊겼어요. 사장님이 문병 오겠다는 것도 거부하고, 혼자 결정해 언론에 은퇴 발표를 했죠. 본인 의지가 워낙 확고하고, 안 그래도 병 때문에 힘든데 더는 마음고생 시키고 싶지 않아서 계약해지를 받아들였지만 다시 활동할 마음을 먹는다면 저희는 언제든 사이와 다시 계약할 겁니다. 난리 씨와 억지로 갈라놓은 뒤, 사이는 늘 일에 최선을 다했지만 한번 생긴 마음의 거리는 시간이 가도 좁혀지지 않더군요. 그 때문에 일이 이렇게 된 셈이니 사이가 그렇게 된 데에도 책임을 느낍니다. 결국 매니저로서 사이를 끝까지 보살피지 못했어요."

수화기 너머 들리는 요네하라 씨의 울음소리에 가슴이 미어지는 것 같았다. 나와 사이카가 연인 사이라는 걸 알았을 때의 상처받은 눈동자가 떠올랐다. 요네하라 씨에게도 시련의 나날이었던 것이다.

"그런 말씀 마세요. 요네하라 씨가 있었기 때문에 사이카는 칠 년 동안 제일선에서 활약할 수 있었을 거예요."

"감사합니다. 난리 씨가 그렇게 말해주니 그나마 마음이 편해지네요. 사이는 저희 회사에서 몇십 년 만에 등장한 그야말로 슈퍼스타였어요. 해외 반응도 정말 좋았고요. 그런데 일이 그렇게 되어서…… 원래 변화가 빠른 업계라는 건 잘 알고 있었지만 사이가 하던 일들을 아무렇지 않게 다른 사람이 대체하는 걸 보고 있으니 역시 세상에 변하지 않는 건 없다는 생각이 들어요. 이런 비관적인 생각을 하는 걸 보면 아직 피로가 덜 풀렸나봐요. 좀 더 자주 들여다보고 싶은데 사이를 보고 있으면 즐거웠던 옛일과 가슴이 찢어질 듯 힘들었던 일이 모두 되살아나서 못 버티겠더라고요. 그래서 애초에 마음먹었던 것만큼 자주 가지는 못하고 있어요."

"칠 년 전에 저랑 사이카가 열쇠를 집에 두고 나와서 못 들어간 적이 있었는데, 바로 열쇠를 가져와 주신 덕분에 살았었죠. 요네하라 씨한테는 정말 물심양면으로 도움 많이 받았어요."

"옛날 일을 아직도 기억해주다니 정말 고마워요. 저희의 억지 요구도 들어주시고, 지금도 사이를 신경 써주시고…… 감사할 따름이에요."

그냥 신경 쓰는 정도가 아니라, 당신들 연락을 칠 년 내내 기다렸다고요.

요네하라 씨에게 부탁하면 사이카의 집 주소를 알려줄 것 같기도 했다. 하지만 아이는 절대로 부르지 말라던 사이카의 말이 마음에 걸렸다. 우리 사이에 존재한다고 믿었던 믿음의 다리는 기실 환상이었던 것이다. 나는 꿈속에서 살아온 것이고, 정신적 지주 중 하나였던 다리가 무너진 지금, 내 영혼은 갈 곳을 잃고 방황하고 있었다.

불현듯 잠에서 깨니 창밖은 이미 어두워진 뒤였다. 계속 자도 되겠다고 생각하며 눈을 감았는데, 깊은 잠으로 빠져들기 직전에 사이카와의 추억이 떠올라 잠이 확 깼다.

주체할 수 없을 정도의 슬픔을 안고 침대에서 일어났다. 방은 새벽의 연보랏빛으로 물들어 있었고, 에어컨을 틀어놓고 잠든 탓에 침대는 냉장고인 양 냉기가 돌았다.

조명을 켜 인공적인 불빛 아래 노출되는 것도 피곤하고 싫었다. 하지만 이대로 새벽 끝의 어두운 방에서 멍하니 눈을 뜨고 있으면 차가운 푸른색 우울에 물들어버릴 것 같았다. 침대 옆 테이블에 둔 플라밍고 램프의 콘센트를 꽂았다.

인테리어에 딱히 관심이 없던 사이카가 유일하게 직접 구매한 플라밍고 모양 네온램프. 맨션에서 쫓겨나던 날, 이 플라밍고를 수건에 싸 몰래 가져왔다.

스위치를 켜자 분홍색 몸에 파란 부리가 달린 플라밍고가 1980년대를 연상시키는, 왠지 향수를 부르는 형광색으로 빛났다. 그 빛을 받은 방 한구석을 보니 조금 위안이 됐다. 한때 이 램프는 침대 머리맡에 놓여 있었고, 나와 사이카는 이 분홍 플라밍고 아래에서 몇 번이고 체온을 나눴다. 이 불빛은 나에게 특별했다. 사이카에게도 특별한 물건이었겠지.

레몬 추하이 캔을 따 마시며 텔레비전을 켜자, 화면 가득히 사이카의 얼굴이 나오고 있었다. 스스로가 안쓰럽게 느껴질 정도로 마음이 술렁였다. 사이카가 같이 댄스 연습을 해달라고 부탁했던 드라마의 재방송이었다. 처음 방영됐을 때, 드라마를 녹화해 사이카가 나오는 장면만 꼼꼼히 보고 나머지는 빨리 감기로 대충 봤다. 하지만 전편을 통틀어 춤추는 장면은 한 번도 없었다. 대본이 바뀌었거나, 장면이 삭제되었나보다 생각하며 실망한 마음을 추슬렀다.

화면을 계속 보고 있는데 문득 그리운 멜로디가 흘러나왔다. 맨션에서 사이카와 춤추며 들었던 그 멜로디. 화면에는 사이카가 아닌 다른 남녀 출연자가 춤을 추고 있었다. 옛날엔 빨리 감기로 봐서 알아채지 못했는데, 이 장면은 분명 존재했던 것이다. 엔딩크레딧에 곡명이 실려 있어 인터넷으로 검색해봤더니 'perfidia'는 '배신'이라는 뜻의 스페인어였다. 낙원의 감미로움을 머금으면서도 한편으로 애수가 감도는 곡의 분위기와 어울리지 않는 날카로운 곡명이었다.

다양한 버전이 있어 완전히 같은 곡을 찾기가 어려웠다. 겨우 찾아내 동영상 사이트에서 재생했는데, 막상 들어보니 기억보다 훨씬 짧은 곡이었다. 왜 음악이란 들을 때의 상황에 따라 자유자재로 늘어났다 줄어드는 것일까.

사이카는 벌거벗고 엎드려 내가 제 몸 곳곳을 쓰다듬고 간지럽혀 주는 걸 좋아했다. 꼭대기 층이라 남의 시선을 신경 쓰지 않아도 된다며 한낮에도 창가에 깔아놓은 리넨에 벌거벗고 누웠다. 그럴 땐 부드러운 몸이 그리는 곡선이 구석구석 빛으로 물들었다. 목과 어깨, 등, 금빛의 옅은 솜털이 빛나는 부분을 어루만지면 간지럽다는 듯 몸을 비틀며 기뻐했고, 내 손이 꼬리뼈를 지나 엉덩이로 내려가면 "오싹오싹해, 손길이 다정해질수록 소름이 돋아" 하고 중얼거렸다. 그러면 나는 다섯 손가락을 크게 벌리고 모든 손가락에 힘을 주어 한쪽 엉덩이를 그러쥐었다. 봉긋하게 솟은 새하얀 살결에 빨간 손자국이 남을 정도로 꽉, 서서히 깊게 움켜쥐었다. 사이카는 낮게 신음하며 "아이는 날 정말 잘 안다니까" 하고 속삭였다.

바보 같은 추억이지만 자세히 떠올리니 눈물이 쏟아져 멈추지 않았다. 텔레비전 화면이 보이지 않았다.

사이카의 옆모습에는 영혼을 관통하는 날카로움이 있었다. 무수한 세월 동안 호박에 갇힌 작은 곤충처럼, 기억에 계속 남는 아름다움이. 욕망에 몸을 맡긴 채 함께 살았다면 얼마나 행복했을까.

새벽녘, 텔레비전 화면 속 사이카를 바라보며 그런 생각을 하고 있으려니 마음이 한없이 어지러워졌다. 누가 좀 안아줬으면 좋겠다는 생각이 들었다. 내 힘은 상대도 되지 않을 정도의 억센 팔을 가진 남자에게 깔려, 아무 생각도 나지 않을 정도로 안겼으면.

이럴 때는 어떻게 잠들어야 하지?

플라밍고 램프를 벽에 던지자 건조한 소리와 함께 산산조각 났다. 조각을 치우지도 않고 주저앉아 바닥의 한 점을 바라보며 새벽 4시의 서서히 흘러가는 정적에 몸을 맡겼다.

다음 날도 술 생각이 간절해 퇴근길에 호텔 바를 찾았다. 이런 곳에 온 건 처음이라 일단 카운터에 앉기는 했지만 어떤 종류의 술을 주문해야 할지 몰랐다. 휴대전화를 보거나 일을 하며 자유롭게 시간을 보낼 수 있는 카페와 전혀 다른 분위기에 당혹스러웠다. 내가 무리해서 어른인 척하는 걸 모두가 알아챈 게 아닐까 하는 자의식과잉에 빠졌다. 바텐더가 "무엇으로 드릴까요" 하고 물어봐서 일단 사이카가 예전에 마셨던 스푸모니를 주문했다. 곧 빨간색과 다홍색이 섞인 아름다운 빛깔의 칵테일이 나왔다. 캄파리의 쓴맛과 다홍색에 가까운 살짝 탁한 빨간색이 어릴 적 먹던 감기약 시럽을 연상시켰다. 눈금이 새겨진 투명 플라스틱 약병에 든 약을 맛있다고 생각한 적은 없었지만 싫어하지도 않았다.

누가 헌팅이라도 해줬으면 긴장은 했겠지만 체면은 세웠을 텐데, 바텐더가 주문을 받으려고 말을 걸 때 말고는 쭉 카운터 구석에 혼자 앉아 있었다. 딱히 할 일도 없어서 뒤쪽 소파에 앉은 중년 남성들의 이야기를 듣고 있었다. 둘 다 온화한 톤의 목소리라 귀가 호강했다. 남성의 나지막하고 느릿한 목소리에는 자연스레 눈이 감기는 독특한 진정 효과가 있다. 누구든 좋으니 귓가에 대고 이제 괜찮아, 하고 속삭여줬으면.

집에 가도 할 일도 없고, 한 시간 반쯤 앉아서 스푸모니 석 잔을 마시며 안주로 땅콩과 과자를 집어먹고 있는데 바텐더가 다가와 말을 걸었다.

"기다리는 분이 있으신가봐요?"

"아뇨, 혼자예요. 오래 있어서 죄송해요."

바에서 어떻게 행동해야 할지 몰라 술기운이 오른 머리를 숙여 일단 사과했다.

"그런 뜻으로 드린 말씀이 아니에요. 편히 계세요."

"바에 와본 적이 없어서 잘 몰라요. 불편하지는 않은데 혼자 술 마시는 거 말고는 뭘 해야 좋을지 모르겠네요."

"친구분하고 같이 오셔도 재미있을 거예요."

"네, 다음에는 그래야겠어요."

"물론 애인이랑 같이 오셔도 되고요."

"애인이 있기는 한데 만날 수가 없어요. 다시 만나면 바로 데려올게요."

이미 헤어진 사람을 아직 애인이라고 소개하는 가엾은 여자. 한심하기 짝이 없는 상황에 아직도 적응이 안 됐다. 고개를 떨군 나에게 바텐더가 다정하게 물었다.

"어떤 분인지 여쭤봐도 될까요?"

"여름을 물들이는 태풍." 사이카(彩夏)의 이름에는 '여름을 물들인다'라는 뜻이 있다

여운. 지금 내 삶은 전부 당신의 여운이다. 현재의 모든 일이 모두 당신과 보낸 과거와 이어져 공명한다. 당신을 통하지 않으면 모든 일에 관심이 가지 않고, 감동할 수 없다. 영화를 볼 때도, 만원 전철 안에서도, 일하다 싫은 소리를 들었을 때도, 뇌리에는 당신의 얼굴이 떠올랐다. 이 영화를 봤으면 무슨 말을 했을까, 사람들로 가득 찬 열차 안에선 얼마나 견딜 수 있을까, 고객에게 머리를 조아리는 나를 보면 뭐라고 할까, 그런 생각만 한다. 망상에 젖어 있는 동안 현실이 끝나고, 한고비를 넘긴 나는 다시 다음 현실에 맞서기 위해 당신이라는 총알을 머릿속에 장전한다.

문병까지 오지 말라고 하니 달리 할 수 있는 일이 없었다. 평일에는 출근을 했고 토요일에는 운동을 했고 일요일에는 쉬었다. 사이카

와 만나기 전이나 그 후나 외모 관리에 힘을 쏟는 타입은 아니었다. 하지만 사이카와 멀어지고 나서부턴 언제 다시 만나도 부끄럽지 않게, 일하면서도 최대한 몸과 마음을 가꾸는 데 힘을 쏟았다. 몸을 단련함으로써 정신적인 고통을 코어 근육으로 버티는 법을 익혔다. 무슨 말을 들어도 코어로 버티면 마음까지 닿지 않았다. 사이카와 마찬가지로 머릿속에서 생각을 몰아내기 위해서였는지도 모른다.

운동을 끝내고 엘리베이터가 없는 집으로 돌아왔다. 학생들이나 살 법한 사십 년 된 공동주택 삼층에 집을 구한 건 가급적 주거비를 절약하며 회사에서 가까운 거리에 살고 싶었기 때문이다. 돈을 모아 사이카와 함께할 미래를 준비하는 게 가장 중요한 목표였으니까.

혼자 이런저런 생각을 해봤자 우울해질 뿐이라 기분 전환도 할 겸 주말은 본가에서 보내기로 했다. 마나미에게 연락하니 시간을 낼 수 있다고 해서 집으로 불렀다.

마나미가 부엌에서 저녁 준비를 하는 엄마에게 말을 걸었다.

"예전에 어머니가 해주신 고기 감자 크로켓 너무 맛있어서 저도 집에서 자주 해 먹어요. 저희 애들이 제일 좋아하는 음식이에요."

"그냥 자투리 재료로 만든 음식인데 맛있다고 하니 기분 좋네. 우리도 자주 해 먹어."

두 사람의 대화를 듣고 있으니 마음이 편안해져 소파에서 꼼짝도 할 수 없을 만큼 긴장이 쫙 풀렸다. 이거 먹고 싶다, 저거 달라, 엄마에게 어리광을 부리며 아무리 나이를 먹어도 마음은 어린 시절로 돌아가는 고향 집의 마법에 푹 빠졌다.

"마나미는 참 생각을 잘했어. 일찌감치 가정을 꾸렸잖아. 아이한테도 조언 좀 해줘. 벌써 서른셋인데 요 몇 년 동안 애인은커녕 남자 얘기를 들어본 적이 없어. 이러다 시집 못 갈까봐 나는 속이 타들어가는데! 얘는 아주 천하태평이야."

"내 나이에 결혼 안 한 사람이 얼마나 많은데. 우리 부서는 여초인데 결혼한 사람은 한 명밖에 없어."

"너희 직장 분위기는 그럴지도 모르지만 엄마 보기엔 서른셋이나 먹어서 결혼 소식이 없는 건 꽤 심각한 문제야. 여자들의 사회 진출이 활발해지고 결혼 연령이 늦어지는 게 요즘 추세라고 해도 인간의 몸이 노화하는 속도는 예나 지금이나 똑같다고. 얼른 결혼 안 하면 애도 못 낳아!"

"요새 딸한테 그런 고리타분한 얘기하면서 결혼하라고 닦달하는 엄마는 천연기념물이라는 거 알지?"

"나도 남의 딸한테는 이런 말 안 하지. 근데 너는 이렇게 말하지 않으면 못 알아듣잖니. 부모 마음에 걱정돼서 하는 소리야. 일은 결혼해서 애 낳고도 얼마든지 할 수 있잖아. 인생에서 무엇을 우선해야 할지 잘 좀 생각해봐."

알았다고 건성으로 대답하면서 엄마의 생각보다 훨씬 복잡하고 난해한 현 상황을 곱씹어봤다. 장난스레 어깨를 으쓱하자 마나미가 뭔가 할 말이 있는 얼굴로 뚫어져라 바라봤다.

맛있다는 칭찬에 기분이 좋아진 엄마가 만든 고기 감자 크로켓을 저녁으로 먹고 난 후, 나와 마나미는 캔맥주와 일본주, 안주를 들고 이층 내 방으로 올라갔다. 내일 아이들 클럽 활동 때문에 도시락을 싸야 해서 자고 가지는 못한다는 마나미에게 어차피 집도 가까우니 실컷 마시자고 했더니 흔쾌히 승낙했다. 얼마 전까지는 휴일이라도 아이를 재워야 한다며 저녁이면 반드시 먼저 일어나던 마나미와 이렇게 같이 마실 수 있어 좋았다. 마나미가 보여준 가족사진 속 아이들은 벌써 소년소녀가 되어 디즈니랜드의 신데렐라 성을 배경으로 씩씩하게 브이자를 그리고 있었다. 일상의 어떤 순간보다 아이들의 성장을 접할 때 세월의 흐름을 가장 실감했다.

"와, 기분 좋게 취한다! 오늘은 짜증나는 일 다 잊고 마실래!"

"짜증나는 일? 아까 어머니가 결혼하라고 닦달한 거?"

연거푸 술잔을 비우는 나를 바라보며 마나미가 재미있다는 듯 물었다.

"아픈 데 찔리긴 했지. 하지만 엄마가 생각하는 것처럼 일하느라 결혼 못 한 건 아냐."

취한 척했지만 사실 하나도 취하지 않았다. 고기 감자 크로켓을 먹으며 비운 맥주 두 캔에도, 지금 컵에 가득 따라 마시는 일본주에도 의식은 조금도 흐려지지 않았다. 그저 술기운을 빌려 오랫동안 친구에게 숨겨왔던 비밀을 토로하고픈 마음만이 나를 움직이고 있었다.

"잊고 싶은 건 따로 있어."

"뭔데?"

"나, 쇼다 사이카하고 사귀었어. 칠 년 전에 스캔들 터져서 회사에서 억지로 헤어지게 했고. 그 뒤로 한 번도 못 만났지만 아직도 좋아해."

막상 입 밖으로 내자 너무 비현실적이라 마치 나 혼자만의 망상 같았다. 하지만 예상과는 달리 마나미는 놀라지 않았고, 복잡한 표정으로 어색하게 고개를 끄덕일 뿐이었다.

"알아, 왠지 그럴 것 같았어."

"정말?"

"네가 쇼다 사이카하고 이제 룸쉐어 안 한다고 짐 싸서 집에 온 다음에 우리 만났었잖아. 그때 너 상태 심각했거든. 숨기려고 했겠지만 얼마나 울었는지 눈은 퉁퉁 부어 있고, 분위기도 어둡고 심상치 않은 게 딱 감이 오더라고. 친구하고 헤어졌는데 그렇게 우는 사람이 어디 있어. 그리고 마루야마 선배하고 헤어지고 쇼다 사이카와 같이 살기 시작했을 즈음부터 분위기도 밝아지고 예뻐졌잖아. 모르는 게 이상하지."

한숨을 쉬며 남아 있던 일본주를 꿀꺽꿀꺽 마셨다. 전부터 티가 났던 모양이다. 마나미의 관찰력이 뛰어난 건지, 내가 단순한 건지. 급격한 알코올 섭취로 관자놀이가 지끈거렸다. 왜 꼭 취해야겠다 싶을 때는 정신은 멀쩡하고 머리와 배가 아픈 걸로 끝나는 걸까.

"그렇구나, 다 알고 있었네."

"우리가 몇 년 지기인데. 그래도 아이가…… 여자를 좋아한다고는 상상도 못 해봐서, 솔직히 설마설마했어. 걱정도 많이 하고."

"고마워. 나도 처음에는 내 감정을 믿을 수 없었어. 사실 지금도 안 믿겨. 일전에 사이카 매니저한테 오랜만에 연락이 와서 편지를 전해달라고 부탁했어. 뉴스에서 봤을지도 모르지만 지금 사이카가 아프거든. 근데 아무 연락도 없고, 매니저를 통해 문병도 오지 말라는 통보만 받았어. 나만 아직 사귀는 사이라고 생각했나봐."

건조하게 상황만 설명할 생각이었는데 어느새 코를 훌쩍이며 눈물 닦을 티슈를 찾고 있었다. 정말 꼴사납다, 질질 짜기나 하고. 하나도 안 취한 줄 알았는데 역시 감정이 불안정해진 모양이었다.

"그랬구나, 그쪽도 사정이 있겠지."

마나미는 화장을 지운 매끈한 민낯으로 덤덤하게 말했다. 한가운데에 가르마를 낸, 고운 달걀형의 얼굴선은 학생 때 그대로였다. 마나미는 내가 힘들 때마다 이야기를 잘 들어주지만 함부로 맞장구치면서 원인제공자를 욕하지 않는다. 그런 점이 서운할 때도 있었지만 동시에 가장 좋아하는 부분이기도 했다.

"지금도 힘들겠지만 그 집에서 나온 직후에 비하면 훨씬 좋아 보여. 그렇게 오랜 세월 동안 한결같이 좋아할 수 있다니, 어떤 의미로는 대단하다."

어깨에 머리를 기대자 마나미는 어린아이를 재우듯 일정한 리듬으로 토닥토닥 두드렸다. 아이를 키워봐서 우는 사람을 달래는 데 익숙한 걸까. 호흡이 편해지면서 기분이 안정됐다.

고등학교 시절, 학교가 끝나고 함께 집에 가다 길이 갈라지는 곳에 이르면 헤어지기 못내 아쉬워 해가 저물 때까지 서서 이야기하고는 했다. 잘 가, 하고 손을 흔들며 등을 돌릴 때면 내일 학교에서 또 볼 걸 알면서도 마음이 허전했다. 그래도 마나미는 친구다. 사랑하지만, 뭐가 어떻게 변해도 친구다. 왜 사이카에게만 그토록 신비한 변화가 일어난 걸까.

다른 이야기를 한참 신나게 하고 난 뒤 마나미가 불현듯 중얼거렸다.

"네 심정도 이해 안 가는 건 아닌데, 그만 벗어나도 되지 않을까?"

사이카 이야기를 하는 것임을 알았다. 어떻게 대답해야 좋을지 몰라 침묵을 지켰지만 마나미의 말이 계속해서 머릿속을 맴돌았다.

벗어나라고. 그럼 나는 지금 사로잡혀 있는 것일까? 문지기는 물론 자물쇠조차 없는, 언제든 나갈 수 있는 감옥에. 그렇다면 나를 가둬둔 건 사이카가 아니라 바로 나 자신일 것이다.

*

절대로 연락 올 리가 없다고 생각했던 상대에게서 연락을 받은 건 요네하라 씨의 전화를 받은 지 이 주도 지나지 않아서였다. 약속 장소에서 가까운 역에 내려 전철이 지나는 고가를 지나 주택가로 들어서자 맨션과 논 사이, 담배를 피우며 서 있는 사이카의 어머니가 보였다.

"드디어 왔네. 이 맨션 304호실, 부탁할게. 그리고 이건 가져갈 짐."

황당하게도 사이카의 어머니는 그 말로 상황을 끝내려는 것 같았다. 떠나려는 사람을 붙잡고 물었다.

"잠깐만요, 어쩌다 저한테 연락을 주신 거죠?"

"사이카가 쓰러진 건 그쪽도 알죠? 걔 돌보다가 나까지 정신이 이상해질 것 같아. 원래 내 말은 하나도 안 듣던 애라 걔한테 내 노후 돌봐달라고 할 생각은 애초부터 없었는데, 설마 환갑 다 돼서 딸 병수발 들 줄 알았겠어요? 어떻게 해야 하나 했는데, 그쪽이 보낸 편지가 사이카의 책상에 있길래 읽어봤죠. 만나고 싶다고 적었더군요.

그렇게 만나고 싶으면 아예 데려가라고 연락했어요. 어차피 내가 무슨 소리를 해도 악이나 쓰고 들어먹지를 않으니까 그쪽이 잘 타일러 봐요."

이렇게 무관심하면서 그때는 왜 참견한 거죠? 부모로서 권위를 내세우고 싶었던 거냐는 말이 튀어나올 뻔했지만 마른침을 삼키며 고개를 끄덕였다. 이 사람이 무슨 소리를 하든, 어떻게 생각하든, 아무래도 좋다, 상관없다. 나에게는 기회다.

"걔는 자기 힘들다고 나한테도 내 삶이 있다는 생각을 못 해. 나는 일도 하고 있고, 남자친구도 근처에 살아요. 그 애 엄마였던 건 이미 오래전이고, 지금 나한테는 내 삶이 있다고요. 서른이 넘어서 자기가 힘들어지니까 딸이라며 찾아오다니, 뻔뻔하기 짝이 없어. 어릴 때 집 떠나서 성공한 뒤로는 연락 한 통 없었으면서 이제 와서 '엄마'라니, 다 늙어서 어리광이 부리고 싶을까? 돈도 많은데 왜 여기에 있냐고. 집 구해서 돌봐줄 사람 쓰라고 해도 그저 싫다고만 하고."

"이런 어머니 밑에서 사이카가 어떻게 그렇게 맑게 자랄 수 있었는지 정말 신기할 따름이네요."

더는 참지 못하고 비아냥거렸다. 사이카의 어머니가 옅은 웃음을 지으며 말했다.

"그쪽은 모르겠지만 사이카 어릴 때는 나도 걔를 얼마나 예뻐했는데. 하지만 걔는 늘 불평불만뿐이었어. 현재에 만족하지 못하는 성격이라고요. 그 애와는 비교도 안 될 정도로 불운한 인생을 살아온 나는 그 오만함을 용서할 수 없었어요. 누군가를 배려할 여유 따위 없는, 조금만 방심해도 먹잇감이 되는 삶이었으니까. 하지만 역시 피는 못 속이나봐. 돈은 있는 것 같지만, 몸이 완전히 엉망이 되어버렸더라고. 지금 그 애를 보고 있으면 옛날의 내가 생각나서 견딜 수가 없어."

"알겠습니다. 사이카는 제가 돌볼 테니까 앞으로 다시는 사이카 일에 간섭하지 마세요."

"그럼 부탁해요. 하지만 만에 하나 사이카가 위독해졌을 때는 변호사 대동하고 찾아갈 테니까 혹시라도 사이카 재산에 손댈 생각은 말아요."

머리가 지끈거려서 눈을 감았다. 매정한 건 둘째치고 이 사람이 지금까지 금전적으로 얼마나 힘들었는지, 그 담담한 말투를 통해 짐작이 갔기 때문이다. 상황을 고려한다면 이제껏 사이카한테 돈을 뜯어내지 않은 것만으로도 감사한 일일지 모른다.

"하지만 사이카가 저를 거부하면 어쩌죠? 억지로 끌고 갈 수도 없고요."

"거부한다고? 그럴 리가. 이걸 보면 알 거야."

그는 땅바닥에 내려놓은 라탄 바구니를 발로 툭 찼다.

"편지와 이걸 보고 그 애를 맡아줄 사람은 그쪽밖에 없다는 걸 알았어. 소속사에서 얻어준 집에서 우리 집으로 올 때, 방이 지저분한 게 싫다며 짐도 거의 들고 오지 않은 애인데 이 바구니는 버리지 말라고 신신당부하더라고. 솔직히 거치적거렸어. 내 집은 걔가 살던 궁궐 같은 집처럼 넓지 않으니까. 이 기회에 치워버려야지."

바구니 안에 무엇이 들었는지 짐작도 가지 않았지만 아는 척하며 고개를 끄덕였다. 내용물을 빨리 확인하고 싶었지만 사이카의 어머니 앞에서 열어볼 용기가 나지 않았다.

"알겠습니다. 앞으로 사이카에 대한 책임은 모두 제가 지겠습니다. 그 대신 어머니는 유산상속 때 말고는 절대로 사이카한테 연락하지 마세요. 회복에 방해될 가능성이 있으니까요."

사이카의 어머니가 혀를 차며 말했다.

"자기가 뭐라고. 늘 나만 나쁜 사람 된다니까. 애초에 나하고 사이카를 버린 건 걔 아버지인데, 같은 부모라도 엄마만 몇 배로 욕을 먹지, 평생. 그쪽도 애 낳아보면 성인군자 같은 소리만 할 수 없다는 걸 알게 될 거예요. 아, 맞아, 깜빡했네. 못 가지죠?"

자신이 아무리 유치해 보이더라도 상대에게 상처를 내 기어코 싸움에서 이기겠다는 의지가 침방울과 함께 날아왔다. 얼굴을 닦았다.

나는 완벽하지 않다. 그러니 남에게 비웃음을 사도 어쩔 수 없다. 하지만 나는 나를 비웃으면 안 된다. 내 노력을 가장 가까이서 보아온 사람은 나니까.

바보 취급당하는 건 별문제가 아니다. 문제는 자신을 지키는 벽을 너무 높이 쌓아 올리는 바람에 무슨 일이 있어도 해야겠다고 생각했던 일까지 못 하게 되는 것이다.

"열쇠 좀 주시겠어요? 안에 들어가야 하니까요."

이제 끝났다는 듯 벌써 걸음을 옮기기 시작한 사이카의 어머니가 무심한 눈빛으로 나를 힐끗 보았다.

"열려 있으니까 알아서 들어가시든지."

사이카의 어머니가 사라진 걸 확인하고 나서 바구니를 열었다.

바구니 안엔 사진 더미가 쌓여 있었다. 사이카가 촬영장에서 찍은 사진인가? 아님 다른 사람과 함께 찍은 사진?

하지만 사진 속에 찍힌 건 전부 나와 사이카였다. 집에서 요리하는 내 모습을 찍은 사진, 둘이서 나란히 찍은 사진. 종류는 적었지만 한 사진을 수십 장씩 인화한 듯했다. 특히 파티에서 사진사가 찍어준 사진은 각각 백 장은 되는 것 같았다.

우리는 사진을 찍는 일이 거의 없었다. 나는 소중한 건 내 눈으로 보고 기억하고 싶었고, 사이카는 남이 찍어주는 사진에 익숙했다. 우리 관계를 주변에 비밀로 했던 상황이라 렌즈 앞에 서는 데 거부감을 느꼈던 건지도 모른다. 앞으로 함께 지낼 시간은 무한하니까 나중에 찍으면 된다고 태평하게 생각했던 걸지도. 이렇게 될 줄 알았으면 사이카의 일거수일투족을 카메라에 담았을 텐데. 사이카도 이런 생각으로 같은 사진을 수십 장 인화한 걸까.

사진을 들고 꼼꼼히 살펴보고 싶었지만 손이 굳어서 마음처럼 움직여지지 않았다. 결국 주저앉아 바구니를 들여다보는데 눈물이 방울방울 사진 위로 떨어졌다. 만나지 못하면 추억은 쌓이지 않는다. 몇 번이고 닳아 없어질 때까지 과거의 추억을 다시 되새기는 수밖에 없다. 그런 고독한 세월을 보냈기에 사이카의 행위가 무엇을 뜻하는지 가슴이 미어지리만큼 잘 알고 있었다.

사진 틈에 섞인 종이를 꺼내자 초상화라 하기에는 너무도 정열적으로, 꼼꼼하게 그린 내 얼굴 스케치가 나왔다. 머리카락의 방향과 형태, 웃을 때 눈에 빛이 들어가는 모양, 올라간 얇은 입꼬리, 둥글게 솟은 어깨. 몇 번이고 부드러운 선으로 덧그려 얼굴의 세부를 충실히 재현한 그림이었다. 사이카처럼 개성적이지만 사랑스러운 일러스트였다.

자아도취가 아니라, 한 번만 봐도 이 그림을 그린 사람이 나에게 반했다는 걸 알 수 있을 정도로 애정이 흘러넘쳤다. 사진을 참고해 그린 뒤, 기억의 흔적을 따라 선을 덧그린 듯했다. 지우개의 흔적이나 지우다 남은 얇은 선을 보면 알 수 있었다. 대각선 방향에서 스케치한 그림도 있었는데 왼쪽 눈썹을 약간 치켜올리며 무언가 뚫어지게 바라보는, 나 자신은 거의 인지하지 못하는 순간적인 표정을 잡아낸 그림이었다.

문제는 언제 그린 그림이냐는 것이다. 최근에 그렸다면 펄쩍 뛸 정도로 기쁠 텐데. 종이를 들여다보며 뒤집어도 봤지만 날짜는 없었고, 종이의 상태도 추측에 별 도움은 되지 않았다.

칠 년 전 같이 살던 집에서 나올 때, 우리는 헤어진 게 아니라는 걸 강조하려고 일부러 짐을 전부 가져왔었다. 하지만 정리할 시간이 촉박해 놓고 온 물건도 있던 모양이다. 사진 말고도 내가 쓰던 칫솔과 세탁중이었던 얇은 노란색 탱크톱도 나왔다. 사이카의 어머니에게 이런 최고의 선물을 받을 줄이야.

다시 사이카와 만난다고 생각하니 기쁨과 긴장이 마음속에서 격렬하게 소용돌이쳤다. 불현듯 하늘을 올려다봤다. 투명한 파란 하늘에 질감이 느껴지는 새하얀 적란운이 떠 있었다. 어쩜 구름이 저토록 촘촘하고 깊이감이 있을까. 숨쉬기 힘들 정도로 빨라지는 심장박동에 구름 모양이 겹쳐졌다. 태양빛을 받은 구름은 가만 보고 있으니 눈이 시릴 정도로 하얗게 빛나며 압도적인 존재감을 자랑했다. 하지만 바람이 불어오자 빠르게 오른쪽으로 흘러갔다.

8월의 뜨거운 햇살에 땀이 흐르기 시작해 손으로 그늘을 만들어 얼굴을 가렸다.

사이카, 아직 날 기억해?

304호실 앞에 서서 문손잡이를 잡아당기자 사이카 어머니 말대로 문이 저항 없이 스르륵 열렸다.

내 자취방을 연상케 하는 소박한 구조의 집이었다. 안으로 들어가 부엌을 지나 그 안쪽 방으로, 심호흡을 하며 결심을 굳히고 걸음을 내디뎠다. 침대 위 사이카는 어머니인 줄 알았는지 눈길조차 주지 않았다. 드러누운 채 멍하니 천장과 벽 중간을 바라볼 뿐이었다.

늘 길었던 머리카락은 목덜미가 보일 만큼 짧았고, 건강했던 피부는 핏기 없이 창백했다. 변함없이 커다란 눈동자 밑에는 거무스름한 그늘이 져 있었다. 지저분한 방에는 옷가지와 먹다 남은 음식이 널려 있어 쉰내가 났다. 많이 달라졌지만 그래도 함께 살던 시절의 흔적이 남아 있었다.

감정이 북받쳐 울음을 터뜨리자 사이카는 그제야 고개를 돌렸다. 그의 얼굴에 놀라움이 채 번지기도 전에 먼저 침대로 다가갔다.

"사이카, 보고 싶었어."

오랫동안 기다렸던 순간인데 눈앞에 있는 진짜 사이카를 똑바로 볼 수조차, 만질 수조차 없었다. 아직 그럴 용기가 나지 않았다.

"어머니가 주소를 알려줬어. 칠 년 전에 상처 줘서 미안해. 못 만나는 동안에 계속 네 생각만 했어. 많이 힘들었지? 몸도 아프고, 일도 쉴 수밖에 없어서. 지금은 어때? 아직 온몸이 아파?"

사이카가 나를 빤히 바라보더니 무표정으로 대꾸했다.

"난리 씨하고는 상관없는 일이에요. 당장 나가주세요."

"불쑥 찾아와서 미안해. 사이카가 힘들 때 힘이 되어주지 못해서 미안해. 늦었지만 지금이라도 내가 도울 일이 없을까? 원하는 게 있으면 뭐든 말해. 할 수 있는 일은 다 할게."

"그걸 왜 네가 갖고 있어?"

사이카가 내가 든 바구니를 가리키며 물었다.

"어머니한테 받았어. 가지고 가라고."

떨리는 손으로 바구니를 열어 안에 든 물건을 꺼냈다.

"우리 추억이 담긴 물건을 이렇게 많이 가지고 있었구나. 이 사진들, 옛날 생각나."

"헤어지고 한동안은 들여다봤지만 나중엔 어디 뒀는지도 잊고 살았어. 다 버리고 그만 가."

"어떻게 버려. 진심이야?"

어깨에 손을 올리려던 순간, 사이카가 날카롭게 외쳤다.

"손 치워! 만지지 마. 조금만 건드려도 온몸이 아프단 말이야!"

나는 황급히 손을 치웠다.

"미안해."

내가 있으면 증상이 악화될 뿐일지도 모른다. 그만 가보겠다고 말하려는데 사이카가 짜증스러운 목소리로 물었다.

"요네하라 씨한테 전하라고 했던 말 못 들었어?"

"들었어. 날 부르지 말라고 했다면서. 그 말 듣고 단념했는데 어머니한테 연락을 받았어. 방금 밑에서 얘기하고 올라오는 길이고."

사이카가 눈을 감은 채 조용히 혀를 찼다.

"쓸데없는 짓이나 하고. 엄마가 뭐래?"

"사이카를 돌볼 사람은 나밖에 없다고."

"그 말에 여기까지 올라온 거야? 내가 너한테 신세를 지겠어? 이제 남이나 마찬가지인데! 엄마가 날 내쫓고 싶은 거면 당장이라도 나가겠지만 너한테는 절대로 안 가."

말을 마친 사이카는 콜록거리며 목을 눌렀다.

"왜 그래? 아파?"

무의식적으로 몸을 내밀어 이불에 손을 대니 그리운 감촉이 느껴졌다.

우리가 쓰던 리넨 시트였다. 세월이 흐르고 장소도 바뀌었지만 그럼에도 기시감을 느꼈던 건, 시트와 베개 커버가 둘이 같이 살 때 쓰던 것과 같았기 때문이다. 오랫동안 사용하고 세탁해서 질감이나 빛깔은 예전과 많이 달랐지만 분명 칠 년 전에 함께 덮던 시트였다. 킹사이즈의 시트는 지금 침대에는 너무 커 바닥에 거의 끌릴 정도로 늘어져 있었다.

내 베개도 자연스럽게 사이카 머리 옆에 놓여 있었다. 사이카는 흰색 커버, 나는 연두색 커버를 썼으니 틀림없었다. 이 역시 색이 바래 있었다. 내 시선을 알아챈 사이카가 입을 앙다물었다.

"새것을 살 시간이 없을 정도로 바빠서 있는 걸 쓴 것뿐이야. 착각하지 마, 당장 버릴 거니까."

"알았어, 오늘은 돌아갈게. 하지만 사이카, 난 칠 년 전과 다름없이 널 사랑해. 그러니까 되도록 곁에 있고 싶고, 힘이 되고 싶어."

"내가 지금까지 어떻게 살았는지 모르니까 아직 사랑한단 말이 나오는 거겠지. 내가 너하고 떨어져 있던 동안에 얼마나 많은 사람하고 잤는지 알면 그런 말은 절대 못 할 거야. 들킬 걱정 없는 안전한 상대를 소개받아서 남녀 가리지 않고 잤어. 얼마나 즐거웠는지 몰라! 널 잊을 수 있었으니까. 물론 몰래 사귀던 사람도 있었고. 비겁하게 내가 힘들 때 찾아와서 다시 시작하자는 소리 마."

*

지난 세월 동안 완전히 나를 잊고 살았다는 사이카의 말을 곧이곧대로 믿을 수는 없었다. 세월이 지나며 변화한 감정이 나를 대하는 태도를 달라지게 했을지는 모르지만, 그래도 일부러 매몰차게 대하는 부분도 있지 않을까? 사이카는 아무 감정도 없는 사람의 물건을 간직하거나, 계속 쓰는 사람이 아니다. 함께 살았을 땐 정말 필요한 것 말고는 뭐든 다 버리곤 했다.

하지만 그의 말대로 일이 바쁘고, 애인이나 애인 후보를 거느리고 살았다면, 버려야겠다는 생각조차 못 했을 수도 있다. 무엇보다 나를 보던 눈빛에는 날것의 증오와 완강한 거부가 드러나 있었다.

하지만 우리 관계보다는 지금 그가 처한 상황이 훨씬 마음 쓰였다. 지금 있는 집은 한눈에 봐도 환자에게 적합하지 않은 환경이었다. 사이카의 어머니는 간병을 계속할 생각도 없어 보였으니 이대로 시간이 지나면 사이카가 더 힘들어져 병세가 악화되지 않을까.

투병 생활로 얼굴이 많이 상하기는 했지만 사이카의 눈동자가 자아내는 풍부한 감정은 예전이나 지금이나 변함없었다. 그 눈동자는 분명 나에 대한 분노와 소리 없는 비통한 절규를 내뿜고 있었다. 어쩌면 도와달라는 목소리가 아니었을까?

고민 끝에 하나의 답을 내놓았다.

사이카가 나를 어떻게 생각하는지는 모르겠지만 그의 어머니가 간병을 포기하려는 것과, 그가 다른 누구의 도움도 받고 싶지 않아 하는 건 사실이다. 그 상태로 혼자 남겨지면 증상이 더욱 악화될 건 불 보듯 뻔했다. 그렇다면 적어도 몸이 어느 정도 회복될 때까지는 내가 돌보고 싶었다.

사이카가 바라지 않을 수도 있지만 간병을 거의 포기한 어머니보다야 내가 더 잘 돌볼 수 있을 것이다. 일단 사이카의 상황이 좋지 않은 지금은 미움받아도 좋으니까 곁에 있으면서 그를 위해 살자.

나중에 병이 나았을 때 다시 시작하든지, 나를 떠나든지, 어느 쪽이든 상관없다. 내가 너무 싫어서 건강이 더 나빠지는 게 아니라면 전담 간병인으로 살자. 요네하라 씨가 없으니 내가 사이카의 매니저 겸 간병인이 되어야 한다.

고집 센 사이카를 설득하기는 쉽지 않을 것이다. 강행돌파하는 수밖에 없다.

이십 일 동안 서둘러 사이카를 맞이할 준비를 마친 뒤, 다시 그의 집을 찾았다.

부엌에서 설거지를 하던 사이카의 어머니가 험악한 표정으로 짜증스레 말했다.

"일찍도 오셨네. 일전에 재랑 얘기는 제대로 한 거야? 계속 여기 눌러앉아 있을 것 같은데."

"오늘 밤에 데려갈게요."

사이카 어머니 옆을 지나 방문을 열었다. 휴대전화를 보고 있던 사이카는 문 여는 소리에 흠칫했지만 나라는 걸 알고는 철천지원수를 보는 듯 노려봤다.

"왜 왔어? 이제 오지 말라고 했잖아."

"이제 여기 못 있어. 네가 편하게 쉴 수 있는 곳을 준비했으니까 가자. 밖에 휠체어가 있으니까 거기까지만 걸어가면 돼."

"뭐? 내가 거길 왜 가? 네가 무슨 권리로 이래라저래라 하는 건데?"

"너희 어머니한테 네 거처 옮겨도 된다는 허락받았어. 사이카, 이제 선택지는 없어. 얌전히 날 따라와."

"싫어. 미쳤어? 당장 꺼져."

"소속사에서도 넌 이제 쓸모없는 존재고, 너희 어머니도 네가 귀찮대. 널 돌봐줄 사람은 이제 나밖에 없어. 그러니까 포기하고 따라와."

직설적인 말에 충격을 받았는지 사이카의 표정에 어두운 그늘이 드리웠다.

"알았어. 잘 알았다고. 어찌 됐든 이 집을 나갈 생각이었으니 상관없어. 따로 집 구해서 혼자 살면 돼. 내가 왜 너하고 같이 살아야 하는데?"

"혼자 살 수 있는 몸이 아니잖아."

"너하고 살 바에야 사람 구할 거야. 돈은 있으니까."

예상했던 반응이지만 실제로 들으니 조바심이 났다. 하지만 사이카가 알아채지 못하도록 더욱 표정을 구기며 대꾸했다.

"네가 지금 쓸 수 있는 돈은 거의 없어. 요네하라 씨는 너희 어머니 성격을 잘 알잖아. 어머니가 함부로 네 재산에 손대지 못하도록 변호사에게 맡겼다고 했어. 예전에 쓰던 계좌도 이미 오래전에 해지했대.”

나오는 대로 한 말이었지만 사이카는 은행에 찾아갈 체력조차 없는 상황이니 한동안 시간을 벌 수 있을지 모른다.

“말이 되는 소리를 해. 계약해지한 옛날 소속사가 무슨 권한으로 내 재산을 좌지우지하는데?”

“그뿐인 줄 알아? 어머니가 남자친구랑 오늘 밤에 오랜만에 만날 건데 이 집을 써야겠대. 그러니까 오늘 밤 안으로 너를 데려가라는 거야. 그래서 평일 밤에 이렇게 서둘러 온 거고.”

짚이는 데가 있는지 사이카가 입을 다물었다. 아직도 믿기지 않는다는 표정이었다.

“밑에 택시 불러놨으니까 빨리 일어나. 짐은 나중에 내가 가지러 올 거니까 나가서 휠체어만 타면 돼.”

사이카는 내 거짓말을 모두 알아챈 듯했지만 말싸움할 기운도 없는지 바닥을 딛고 천천히 일어났다.

“지겨워. 마음대로 해.”

비틀거리며 걷는 사이카는 이제 자신이 처한 상황조차 관심이 없는 것 같았다. 이불에 덮여 있던 그의 몸이 칠 년 만에 모습을 드러냈을 때, 나는 상상을 초월하는 고통을 느꼈다. 예전의 건강함은 온데간데없고 몸을 가누기조차 힘들어 보였다. 어떤 말보다 변화한 그 몸이 병마와의 사투를 선명히 드러내고 있었다.

"엄마, 이제 만족해? 나랑 같이 사는 걸 그렇게 싫어하는 줄은 몰랐어. 지금까지 잘해줘서 고마워."

사이카가 거실에 있는 어머니에게 말을 걸었지만 어머니는 마음이 편치 않은지 소리를 키워놓은 텔레비전 화면을 바라볼 뿐 뒤돌아보지 않았다.

집에서 나온 사이카는 휠체어에 앉아 나와 말도 섞지 않았고, 택시에서도 줄곧 창밖을 바라보고 있었다.

택시가 목적지에 도착하자 사이카의 얼굴에 놀라움이 번졌다. 예전에 우리가 같이 살던 세타가야 구의 맨션 앞이었기 때문이다.

휠체어를 밀며 문 앞에 도착해 열쇠로 문을 열었다. 예전에 살던 집은 아니었지만 그 집과 구조가 거의 똑같은 집이었다.

"옛날 생각나지? 새집은 꼭 여기로 해야겠다고 생각했어. 마침 빈집이 나와서 다행이지 뭐야. 전에 살던 집보다는 조금 좁지만."

예전의 우리 모습을 재현할 필요는 없다. 지금 우리 모습 그대로도 좋다. 하지만 가능하다면 그리웠던 이 집에서 다시 시작하고 싶었다. 언젠가는 이곳을 떠나 서로 다른 길을 걷게 되더라도.

"원래는 '천공의 성'을 생각했는데, 거긴 빈집이 없더라고."

돈을 열심히 모으기는 했지만 고급 맨션의 월세를 감당할 정도로 여유가 있는 건 아니었다. 하지만 빈집이 없는 것도 사실이었다.

"난 여기서 못 살아."

"왜? 납득할 수 있는 이유면 당장 다른 집을 찾아볼게."

"이 맨션에는 우리 회사에서 소유한 집도 있단 말이야. 소속 연예인들도 살고 있을 테고, 날 아는 직원이나 매니저도 드나들 거야. 회사를 관두고 그 사람들하고도 인연이 끊어졌지만, 그래도 이런 몰골을 보이고 싶진 않아. 그러니까 이 집에는 살기 싫어."

"이제 예전만큼 바깥출입을 안 할 텐데 아는 사람들이랑 마주칠 일이 있을까? 네 입으로 그렇게 말했잖아. 외출해서 처리해야 할 일은 전부 내가 할 테니까, 뭐든 말해."

사이카가 나를 빤히 바라봤다.

"감금이나 마찬가지네. 신고하면 경찰도 출동하겠어."

"너도 잘한 거 없어. 고집 피우지 않았으면 네 의견도 듣고 결정했을 텐데 도무지 들으려 하지 않았잖아. 우리 사귈 때는 네가 바쁘다고 툭하면 집을 비워서 내가 얼마나 외로웠는 줄 알아? 이번에는 반대야. 넌 계속 집에 있으면서 매일 밤 날 기다리는 거야. 그리고 이제 와서 회사 사람들이 무슨 상관이야? 나한테 이 집은 너희 소속사가 숙소로 쓰는 집이 아니라 우리가 같이 살았던 첫 집이야. 다른 건 아무 의미 없어."

사이카가 한숨을 내쉬었다.

"원래 이렇게 강압적인 사람이었어?"

"너희 어머니 집에 있을 때보다 빨리 나을 수 있는 쾌적한 환경을 만들도록 최선을 다할게. 어머니랑 같이 사는 거 괜찮았어? 힘들었을 것 같은데."

"아니. 갑자기 쳐들어간 걸 생각하면 그래도 잘해준 편이야. 피곤해, 그만 잘래."

"알았어, 침실로 가자. 푹 쉬어."

준비할 시간이 부족해서 아직 세간살이를 다 갖추지는 못했지만 편히 쉴 수 있도록 침실은 신경 써서 꾸몄다. 몸에 착 붙는 환자용 매트리스와 이불, 전동 침대 등. 내 능력으로 구입할 수 있는 최고급 침구를 구비한 침실로 사이카를 데려가 재웠다. 열심히 돈 모으기를 잘했지. 사이카는 정말 피곤했는지 베개에 머리를 대자마자, 내가 침실을 나가기도 전에 새근새근 숨소리를 내며 잠들었다.

여전히 입술은 핏기 없이 창백했고, 자고 있을 때에도 몸이 아픈지 얼굴을 살짝 찡그려 미간의 주름이 사라지지 않았다. 그래도 과거 우리가 나란히 잠들었던 침실과 비슷한 공간에서 사이카가 지금 이렇게 잠들어 있다는 게 너무 행복해 절로 어깨가 들썩거렸다.

일단 마음이 놓이자 팽팽했던 긴장의 실이 끊어졌는지 잠기운이 몰려왔다. 다른 방에 있는 침대에서 자고 싶었지만 자는 동안 도망치기라도 하면 큰일이기에 사이카의 침대 옆 바닥에 누워 팔을 베고 잠들었다.

이튿날 아침, 잠에서 깬 사이카는 버석한 입술을 꽉 다문 채 허무한 표정으로 허공을 바라보며 꼼짝도 하지 않았다. 지금 이 순간에도 통증을 견디고 있는지, 푹 자고 난 직후인데도 여전히 얼굴에 피곤한 기색이 역력했다.

병 때문인지, 아니면 누워서 생활한 시간이 길어서인지 사이카는 잘 붓는 체질이 된 것 같았다. 어제 휠체어에서 일으키기 위해 팔을 꽉 잡았더니 오늘 아침에도 손자국이 또렷하게 남아 있었다. 다치지 않게 하는 데 급급해 힘 조절까지는 신경을 못 썼다. 자극에 민감해지는 병이니 상당히 아팠을 텐데도 투정 한마디 없었다. 자세히 보니 다리도 코끼리 다리처럼 퉁퉁 부어 발목을 찾을 수 없었다.

"잘 잤어? 아침 차렸는데 가서 먹자."

"아침은 안 먹어. 씹을 때 턱이 울려서 아프단 말이야. 하루에 두 끼면 돼."

"아프지 않을 때도 저혈압이라고 아침밥 먹는 거 싫어했잖아. 병 핑계 대지 말고 빨리 같이 먹어."

사이카가 조용히 손을 움직여 내 손길을 쳐냈다.

"나 혼자 탈 수 있어."

"알았어. 그럼 휠체어 잡고 있을게."

느릿한 동작으로 침대에서 내려와 휠체어를 탔을 뿐인데 사이카는 벌써 숨이 가빠졌고 낯빛도 좋지 않았다.

사이카는 내가 끓인 된장국 국물을 몇 입 먹다 다른 건더기는 거들떠도 안 보고 버섯만 조금 먹었다. 나는 그의 국그릇에 버섯을 덜어줬다. 된장국도, 밥도, 돼지고기 볶음도 아직 많이 남아 있었지만 사이카는 주머니에서 약을 꺼내 먹었다.

"무슨 약이야?"

"진통제. 내 병은 원인 불명이라 딱히 처방받은 치료제가 없어. 통증 강도에 맞춰 진통제만 먹고 있어."

"텔레비전에서는 섬유근육증이라고 하던데 그 병이 맞아?"

"아니. 언론에서는 어디서 소문을 주워듣고 멋대로 추측 기사를 내보내는데 아직 진단은 안 나왔어. 진단이 나올 때까지 시간이 걸리는 병이라 아직 '그럴 가능성이 있다' 정도지. 만성적인 동통疼痛 질환이라고만 들었어. 언론은 섬유근육증이 유명한 병이니까 갖다 붙인 거지."

이미 관련 서적을 섭렵한 뒤였지만 의사가 아직 사이카의 병에 진단을 내리지 않았다는 건 처음 알았다.

"의사 선생님은 어떻게 하면 낫는대?"

"단순히 몸의 문제가 아니라 심인성 스트레스도 영향을 미친다고, 몸과 마음 모두를 개선할 필요가 있대. 수술이나 투약으로 낫는 병이 아냐. 완치한 사람도 있고, 차도가 없어서 결국 평생을 함께하기로 각오한 사람도 있대. 어떻게 될지는 나도 몰라."

인터폰 소리가 울려 버튼을 눌러 중앙 현관문을 열었다.

"누구야?"

"가사도우미. 나 회사 간 동안에 너 도와줄 사람이 필요할 것 같아서. 원래 간호사였던 분인데 집안일도, 간호도 가능하다니까 쾌적하게 지낼 수 있을 거야."

사이카의 안색이 바뀌며 표정이 굳어졌다.

"돌아가시라고 해. 도움 안 받아도 돼. 집에 있을 때도 엄마가 출근하면 내가 알아서 했어. 미안해서 그러는 거 아냐, 모르는 사람이 집에 있는 거 싫어. 투병중인 사진 찍어서 팔면 어떡해."

예전에 린에게 배신당한 경험이 있어서인지, 아니면 그 후 활동중에 무슨 일이 있었던 건지는 모르겠지만 사이카는 극도의 인간불신에 빠진 것 같았다. 그가 어째서 어머니에게 의지했던 건지 이해가 가지 않았는데 이제 그 이유를 알 것 같았다.

"미안, 모르는 사람 오는 게 그렇게 싫었구나. 미리 물어볼걸 그랬네. 돌아가시라고 할게."

사과하고 돌려보내긴 했지만 회사에 있는 동안 사이카를 혼자 집에 두는 건 불안했다. 움직이면 통증이 번지는 병을 앓는 사람에게 알아서 있으라 하는 건 너무 가혹했다.

"괜찮아, 딱히 할 일도 없고. 누워 있으면 진통제가 들어서 졸려. 지금 어디서 일해?"

"옛날 다니던 회사."

"슈호샤에서 계속 일하는 거야?"

사이카는 재회 후 처음으로 나에게 웃어줬다.

"거기밖에 받아주는 데가 없었으니까. 죽을힘을 다해 붙어 있었어. 정직원도 됐고."

"그렇게 되기까지 얼마나 노력했을까."

"사이카가 소개해준 덕이지."

"난 아무것도 한 게 없다니까. 꿈을 이룬 건 아이 너야."

"꿈이라니 너무 거창하다."

"아이가 좋아하는 일을 하기를 줄곧 바라왔는데, 내 꿈이 이뤄진 것 같아."

고마운 말에 환한 웃음으로 답했지만 사이카는 이내 매서운 표정으로 말을 이었다.

"다 옛날 일이지만."

사이카가 계속 신경 쓰였지만 회사를 쉴 수는 없었다. 그렇다고 계속 전화를 걸어 확인하거나 집에 카메라를 설치해 감시할 수도 없는 노릇이었다.

하지만 집에 돌아오면 사이카가 있는 상황에 기분은 최고였다. 지금까지 일을 대할 때는 실수하지 않겠다는 일념으로 방어적으로 접근한 면이 있었는데, 사이카의 등장으로 활력을 되찾은 건지 더 활약하고 싶다는 의욕이 샘솟았다. 무엇보다 빨리 퇴근하고픈 마음에 그날 할 일을 엄청난 속도로 해치워서 업무 효율성이 극대화됐다.

혼자 살던 예전 집과 달리 지금 맨션은 회사에서 한 시간쯤 걸리는 거리였는데, 도보로 이동하는 동안에는 늘 뛰었다. 그렇게 최단 시간으로 지하철을 갈아타며 일 분이라도 일찍 집에 가려고 애썼다.

그날도 집에 돌아오자 사이카는 아침 때처럼 침대에 누워 있다, 내 기척을 느끼고 게슴츠레하게 눈을 떴다.

"왔어."

"잘 있었어? 저녁 만들어둔 거 먹었어?"

"응, 아게다시도후일본식 두부 튀김랑 닭고기 조림."

"잘했네. 새로 만들 건데 그것도 먹을래? 무 샐러드랑 햄버그스테이크 만들려고."

"아니, 배불러."

"덥지 않아? 에어컨 틀까?"

"아니, 좀 추워. 이따가 담요 한 장만 꺼내줄래?"

"가져올게."

9월이라 아직 이른가 싶어 벽장 속에 넣어두었던 담요를 꺼내, 누워 있는 사이카에게 덮어주었다.

"침실에 텔레비전이라도 둘걸 그랬다. 심심하지 않았어?"

"괜찮아. 텔레비전 있어도 안 봐. 역시 옛날 생각나, 이 맨션에 있으면. 침대에서 인테리어나 바깥 풍경 보면서 이런저런 생각해서 안 지루했어."

사이카가 다정한 눈빛으로 칠 년 전에 살던 집과 인테리어도, 구조도 거의 똑같은 침실을 둘러봤다.

"회사에서도 나한테 미안하긴 했나봐. 너하고 떨어뜨려놓은 뒤에 '천공의 성'보다 훨씬 호화로운 집을 얻어주더라고. 은퇴할 때까지 몇 년 동안은 호텔 스위트룸에서 살았고. 생활에 필요한 일들은 모두 해주는 사람이 따로 있었어. 하지만 어떤 호화로운 집에 살아도 여기서 살았을 때가 마음이 제일 부자였어. 아무것도 두렵지 않았지. 호텔 현관에 보안요원들이 늘어서 철통같이 지키고 있어도 여기 있을 때만큼 마음이 놓이진 않았어."

눈물을 참으며 애써 웃었다.

"내 예상보다 훨씬 럭셔리하게 살았네. 나는 온수 쓰려면 직접 가스 밸브를 돌려야 하는 욕조가 있는 사십 년 된 공동주택에 살았는데 그래도 무서울 건 없었어. 언젠가 반드시 사이카하고 같이 살날이 올 거라고 굳게 믿었거든. 이제 엄청 큰 바퀴벌레도 혼자 잡을 수 있다니까."

사이카가 살며시 웃었다. 그 눈동자에 빛이 돌아오기를 기대했지만 이내 아련한 눈빛으로 말했다.

"너랑 같이 살던 그때가 가장 행복한 시절이었어. 어떻게 그렇게 순수하게, 온 마음 다해 사람을 사랑할 수 있었을까. 나는 고백하고, 아이는 내 마음을 받아주고, 그렇게 연인이 되었는데 같이 살기도 했어. 매일이 구름 위를 걷는 기분이었어. 운명의 상대와 서로 사랑하는 사이가 되다니 용기 내길 잘했다고 자만했었지. 같이 있으면 아무것도 두렵지 않았어."

추억 이야기를 더 듣고 싶었지만 내가 듣고 싶었던 사이카의 목소리와 지금 이야기하는 목소리는 너무나 달라 문득 불안해졌다. 나는 추억을 밑거름 삼아 우리 사랑을 현재로 이어가길 원했지만 사이카는 그것을 완전한 과거로 대했다. 사이카의 머리맡에 앉았다. 무릎을 살짝 구부린 까닭에 담요 밑으로 자그마한 봉우리 두 개가 솟아 있었다. 제 무릎에 시선을 떨군 초점 없는 눈동자는 애틋하고 서글프게 추억을 더듬고 있었다.

"하지만 지금 내게 남은 건 바보 같은 고백을 해서 아이를 내 인생에 끌어들였고, 억지로 미래를 바꿔버린 것에 대한 후회뿐이야. 너는 더 멀쩡하게 잘 살 수 있는 사람이었는데. 사귀는 동안에도 억지로 네 손을 잡아 끌어오긴 했지만 언젠가는 정상적인 길로 돌아가 버리지 않을까, 늘 불안했어. 그래서 회사에서 우리를 강제로 떼어놓은 뒤에, 아이가 날 잊고 새 남자친구를 만나는 장면이 날마다 머릿속에 떠올라서 미칠 것만 같았어. 하지만 한편으로 네가 네 의지로 내 곁을 떠나가는 모습을 보지 않아도 돼서 다행이란 생각이 들기도 했어."

같은 생각을 한 적이 있었기에 그 말에 공감했다. 주변에서 억지로 갈라놓아 헤어졌기 때문에 기억 속 우리는 영원할 수 있었다.

설령 내가 다른 사람을 사랑하게 되어 결혼해서 애를 낳고, 사이카를 전혀 떠올리지 않게 되더라도, 그건 다른 세계의 이야기고 나와 사이카는 중단이라는 형태로 줄곧 이어져 있으리라. 다시는 만나지 못하더라도 어떻게 보면 사이카를 영원히 얻은 것이나 마찬가지가 아닐까, 잠들지 못하는 밤이면 그런 생각을 했다.

"사이카만 좋다면, 언제든 다시 네 곁에 있을게."

"아이, 이 기회에 똑똑히 말해두는데 난 다시 시작할 생각 없어. 건강만 회복하면 떠날 거야. 병에 걸렸을 때부터 될 대로 되라는 식이었어. 평생 이대로 살아도 상관없다, 고통 속에서 죽어가자고 생각했지만 여기 와서 치료의 목적이 생겼어. 처음으로 빨리 낫고 싶다고 긍정적인 생각을 하게 됐어. 그런 식으로 생각할 계기를 준 너한테는 고마운 마음 그게 다야."

지금 내 희망은 사이카의 절망이 되고, 사이카의 희망은 내 절망이 된다. 우리는 정반대를 바라보고 있는 것이다.

어째서 그렇게까지 나를 떠나려는 건지, 이 집에서 나가려는 건지 이유를 묻고 싶었지만 도저히 입 밖으로 낼 용기가 없었다.

"하지만 언제까지 여기 있을지는 치료 상황에 달렸으니까 아직 잘 모르겠어. 그러니까 돈 문제는 확실히 해두고 싶어. 집세도, 내가 쓰는 물건을 마련하는 데 든 돈도, 내 생활비까지 모두 합쳐서 대충 얼마인지 알려줘. 이사 온 지 얼마 안 돼서 아직 정확히 모른다고 했지만 돈을 얼마 썼는지는 알 거 아냐."

"네 재산은 변호사가 관리하고 있어서 청구해도 못 받는다니까."

"어이없는 소리 하지 말고. 듣는 내가 창피해. 은행에 전화했더니 내 계좌는 멀쩡히 살아있댔어. 모아둔 돈도 그대로라고. 아이가 회사를 그만두지 않고 지금까지 계속 일한 건 대단하다고 생각하지만 그래도 돈은 내가 더 많아."

입을 열려는데 사이카가 손을 들어 막았다.

"미안해서 그러는 거 아냐. 너한테 빚지고 싶지 않아. 하나부터 열까지 신세 진다고 생각하면 부담스러워서 불편해. 내 마음 편하자고 그러는 거야."

이튿날, 그렇게 싫어하던 외출까지 감행해 돈을 찾아온 사이카는 두툼한 지폐 다발이 든 봉투를 내밀었다. 이 돈을 받아야 할지 망설여졌지만 여기서 실랑이를 한다고 달라지는 건 없다. 내가 할 수 있는 유일한 저항은 돈을 그대로 서랍에 넣어놓는 것이었다.

사이카의 냉랭한 태도가 가시처럼 가슴에 박혀 나를 괴롭혔다. 사이카는 지금 아픈 사람이야, 나하고 이야기 나누는 것조차 힘든 게 당연하잖아, 이렇게 괴로워하는 환자에게 너는 대체 뭘 바라는 거야? 스스로를 질타했다. 하지만 내가 조금이라도 애정을 드러내면 금방 표정을 지우고 자기 안에 틀어박히는 사이카의 태도는 비교하는 것도 우습지만 예전과 너무나 달랐다. 그때마다 나는 강렬한 펀치를 정면으로 맞은 것 같은 충격에 휩싸였다. 동시에 과거의 나는 빗줄기처럼 쏟아지는 사이카의 애정을 늘 온몸으로 맞으면서도 그걸 당연시했다는 걸 깨달았다.

사이카가 너무 좋아서 괴롭고 가슴이 미어지는 건 이미 지나간 단계라고 생각했다. 지금은 상대를 배려하는, 가족과도 같은 애정으로 바뀌어 있다고. 하지만 막상 사이카와 마주하면 여전히 너무 좋아서 괴롭고 가슴이 미어져 혼란스러웠다. 이런 감정은 시간이 지나면 점점 흐려지는 줄 알았는데, 서른셋이나 먹고도 여전히 이 열기에 휩싸여 있을 줄이야. 게다가 이 감정을 품은 채 다른 사람에게는 눈길조차 주지 않고, 언젠가 사이카와 다시 만날 날을 꿈꾸며 몸을 단련해왔다. 정신뿐 아니라 육체적으로도 최고조에 달했고 넘치는 욕망을 주체할 수 없었다.

그가 나와 떨어져 있는 동안 불특정다수와 잠자리를 같이했다는 이야기를 잊은 것도 아니었다. 오히려 머릿속에서 잔인할 정도로 한 마디, 한 구절씩 또렷이 재생되는 그 말을 불현듯 떠올렸다 질투가 타올랐다. 그런 밤을 몇 날 며칠씩 보냈으니 사이카의 몸에 내 흔적 같은 건 하나도 남아 있지 않을 것이다. 이제 내가 그 몸을 소유하지 않는 건 명백했다. 그럼에도 불구하고 사이카는 이토록 내 몸을 지배하고 있었다.

사이카는 어머니 집으로 옮길 때 옷과 보석은 거의 처분했다고 했다. 딱히 외출하는 일이 없으니 그건 상관없었지만 사계절 통틀어 룸웨어가 세 벌밖에 없는 건 너무 적은 것 같아 두 벌을 새로 샀다. 발목을 압박하지 않는 헐렁한 양말이나 보온 효과가 있는 내복, 촉감 좋은 면 속옷 같은 것도 갖고 있지 않았다. 실용성 위주의 물건을 싫어하는 건 알고 있었지만 새로 사서 입히고 신겼다. 기능성 아이템을 온몸에 두른 사이카는 못마땅해 보였지만 편하긴 한지 잘 때에도 목, 허벅지, 발목을 긁지 않았다.

지금의 사이카에게서는 예전과 달리 외면에서 뿜어져 나오는 기운 넘치는 에너지도, 내면에서 든든하게 받쳐주던 범상치 않은 매력도 찾아볼 수 없었다. 체력의 저하보다 그런 변화들이 더 치명적이었다. 물론 같이 살았을 때 늘 나를 따라다니던 의미심장한 시선도, 일방적인 신체 접촉도, 고혹적인 웃음소리도 사라지고 없었다.

사이카를 돌볼 때에는 같은 방에 있었지만 그 밖의 시간에는 거실이나 침실에서 따로 생활했다. 내가 방에 들어가면 사이카가 불편한 듯 등을 돌렸기 때문이다. 복도에서 스쳐 지나갈 때에는 대부분 고개를 숙이고 있어서 오히려 자세히 관찰할 수 있었는데, 흐트러진 머리카락에 가려진 사이카의 얼굴은 늘 마음이 다른 데 가 있는 듯한 표정이었다. 수건을 건네면 들릴락 말락 한 목소리로 “고마워”라고 했고, 세탁기를 돌릴 테니 빨래를 달라 하면 수치스럽다는 듯 미간을 찌푸리며 “내가 할게”라고 대꾸하며 아픈 몸으로 세면대 앞에 서서 직접 손빨래를 했다. 회사에서 돌아와 베란다에 우두커니 서 있는 뒷모습을 발견하고, 혹시라도 나쁜 마음을 먹으면 어쩌나 해서 코트를 가져가 어깨에 걸쳐주면 체념에 찬 어두운 눈빛으로 나를 응시했다.

십오야가 지나고 불어오는 가을바람 같은 사이카를 만지고 싶은 충동이 좀처럼 사그라지지 않자 자기혐오가 더욱 심해졌다. 약 때문에 체중이 늘었는지 실루엣은 달라졌지만 여전히 깨물어버리고 싶은 목덜미, 내리깐 어두운 눈, 핏기 없는 입술, 진통제 주사 자국이 남은 새하얀 팔, 활력을 잃고 조용히 호흡하는 육체, 예전보다 조금 낮아졌지만 그윽해진 목소리, 말문을 열기 전에 꼭 해야 할 말인지 곱씹어보는 듯한 신중한 말투, 내 시선에 타들어가는 듯 수줍어하는 모습, 이제는 금방 나를 돌아보게 된 등. 그런 세세한 변화가 안타까움과 함께 해일처럼 밀려와 침실이든, 거실이든, 복도든 어디든 좋으니 억지로 깔아 눕히고 모든 걸 빼앗고 싶었다.

사이카가 아프지만 않았어도 몸속에 쌓인 이 오랜 감정을 진작 쏟아냈을 것이다. 거부해도 아랑곳하지 않았을 테고, 과거 우리가 어떤 관계였는지 철저하게 상기시킬 자신도 있었다.

안고 싶었다. 하지만 조금만 닿아도 고통스러워하니 도울 때 말고는 함부로 만질 수 없었다. 게다가 우리는 지금 사귀는 사이도 아니었다. 다행히 지난 몇 달 동안 간병 기술은 손에 익었다. 이성을 잃지 않기 위해 술은 입에도 대지 않았고, 사이카가 아무리 소 닭 보듯 무심하게 대해도 낯빛 하나 바꾸지 않고 묵묵히 보살폈다.

다시 살을 맞대는 망상을 하며 침대에 혼자 누울 때면 스스로도 이해가 가지 않아 헛웃음이 났다. 지나다니다 괜찮네, 하고 눈에 들어오는 건 아직 남자인데 사이카를 향한 이 갈망은 대체 무엇일까. 예전에는 성별과 상관없이 그냥 사이카라서 좋아하게 된 거라고 생각했지만 요즘에는 미묘한 차이를 실감했다.

나는 여성인 사이카의 몸을 사랑하는 것이다. 동성의 몸에는 아무 관심도 없었지만 그의 몸은 특별하고 각별했다. 예전에는 분명 사이카도 나에게 그런 감정을 품고 있었다. 이 추운 계절에 한 공간에 같이 있으면서도 어깨를 맞대고 체온을 나눌 수 없다니.

내가 먼저 유혹하면 어떨까? 예전에는 나한테 푹 빠져 있었으니 효과가 있을지도 모른다. 샤워 전 속옷 차림으로 거울 앞에 서서 고혹적인 표정을 지어 보았지만 덥수룩한 머리의 여자가 입을 반쯤 벌린 채 어색한 표정을 짓고 있을 뿐이었다. 슬쩍 가슴을 대기, 평소보다 높은 톤으로 까르르 웃기, 뒤에서 껴안거나 벽에 밀어붙이기 등 갖가지 방법을 생각해봤지만 전부 소용없을 것 같았다. 남자와 연애했을 때에는 당연히 씌어 있던 필터가 사이카와의 관계에는 존재하지 않았다. 행여나 얕은수가 들킬까 두려웠다.

셔츠를 걸치고 운동화를 신은 뒤 사이카에게 잠깐 편의점에 다녀오겠다고 하고 집을 나섰다. 어둠 속에서 동네 개천가를 달렸다. 씻기 전에 잔뜩 땀을 흘리고 싶었다. 실타래처럼 꼬인 이 감정을 날려버리고 싶었다. 방범 대책인지 유난히 가로등이 빽빽하게 들어선 비좁은 길을 큰 보폭으로 빠르게 달려 빠져나왔다. 길 왼쪽에 있는 단독주택에서는 씻는 중인지 샴푸 냄새가 흘러나왔고, 텔레비전 소리나 아이 울음소리도 간간이 들렸다. 오른쪽에 세워놓은 철조망 너머로는 얕은 강이 흘렀다. 가로등 불빛이 어둠에 가라앉은 수면 곳곳을 비추고 있었다. 숨이 차올라 다리뿐 아니라 살짝 구부려 고정해 있던 팔까지 무거워졌다. 왜 달리고 싶었던 걸까. 쉬고 싶은 마음도 있었지만 가급적 머리를 백지상태로 만들고 싶었다. 애쓰며 무리해 달렸더니 차츰 마음이 가라앉았다. 러너스하이까지는 아니지만 그 직전 단계인 고개를 하나 넘은 감각. 머리와 몸은 이어져 있지만 실제로는 별개라, 잡념만 떨쳐내면 몸은 계속 가볍게 약동할 수 있다는 걸 깨닫는 단계다. 싸늘한 밤공기를 들이마신 탓에 약간 따끔거리던 목이 점차 상쾌해졌다. 반대편에서 누군가가 달려오고 있었다.

모자를 푹 눌러 쓴, 한참 달린 듯 지쳐 보이는 그 사람과는 눈도 마주치지 않고 스쳐 지나갔다.

육체적인 고통을 뛰어넘자 사이카에 얽힌 복잡한 생각이 또다시 머리에 떠올랐다. 점점 속도가 떨어지는 게 느껴졌다. 고개를 저으며 다시 머리를 비우려 했다. 하지만 하나를 떨쳐내도 장래에 대한 걱정, 회사에서 잘했던 일과 못했던 일 등등 잡념은 끝없이 꼬리를 물고 이어져 아무것도 생각하지 않는다는 게 얼마나 어려운 일인지 실감했다. 달리는 리듬에 맞춰 흔들리는 시야에 저 멀리 빌딩 숲 위에서 빛나는 둥근 달이 들어왔다. 진짜 러너스하이가 찾아올 때까지 얼마 남지 않았다. 그 보너스 단계에 도달하는 순간 어깨에서 힘이 빠지고 시야가 확 트이며 기분이 들떠 온 세상이 내 편처럼 느껴진다. 이대로 달까지 달려볼까? 하는 생각이 들 정도로 신이 난다. 모든 고통이 쾌감으로 바뀌는 순간에만 번뇌에서 벗어날 수 있다.

면역력과 체력 저하, 손발 저림, 오한, 발열, 근육통, 관절통, 우울 반응. 사이카의 증상은 온몸에서 나타났지만 그는 우는소리도, 불평불만도 없이 묵묵히 견뎠다. 어디가 아프다고 먼저 말하는 법도 없어서 괜찮은 줄 알고 평소처럼 대하면 차츰 말수가 줄어 자세히 보면 이마에 식은땀이 맺혀 있고, 관자놀이에는 파란 핏줄이 비쳤다. 그럴 때는 진통제를 먹이고 조용히 잘 수 있도록 방에서 나와주었다. 사이카는 아직도 아픈 모습을 보이는 걸 싫어했다. 증상이 악화되면 나를 방에서 쫓아냈다. 감기 기운만 있어도 간병해달라, 걱정해달라 졸라대던 예전의 사이카와는 완전히 딴판이었다.

의사는 고통이 너무 심하면 억지로 참지 말고 진통제 주사를 맞으러 병원에 오라고 했지만 사이카는 병원은 지긋지긋하고 남들이 자기를 보는 것도 싫다고 했다. 그래서 진찰받는 날 빼고는 절대 병원에 가지 않고 집에서 고통을 참는 쪽을 택했다.

언제부터 증상이 시작됐는지 물었다.

"일 년 전쯤인가. 무대인사 때문에 계속 서 있었는데 다음 날 되니까 다리가 근육통이 온 것처럼 무겁고 아픈 거야. 시간이 지나면 낫겠거니 해서 그냥 뒀는데, 사흘 뒤에는 참을 수 없을 정도로 통증이 심해서 그제야 평범한 근육통이 아니구나 깨달았어. 몸이 마비되는 통증이 온몸으로 번지는데 진통제 덕에 간신히 고비는 넘겼어. 근데 어느 날 아침에 눈을 떴는데 침대에서 일어날 수가 없는 거야. 그날 스케줄은 취소했고, 그때부터 계속 취소 상태."

스테로이드로 십오 킬로그램이나 체중이 늘었다는 사이카는 지방이 붙어 둥그스름해진 어깨가 특히 보기 싫다면서 필요할 때 말고는 절대로 거울을 보지 않았다. 이십 대 때는 너무 말랐던 거고, 오히려 지금이 딱 보기 좋다고 몇 번을 말해도 고개를 저을 뿐이었다.

"어마어마하게 바빴잖아. 엄청난 인기에 온 세계를 누비며 일했고. 어디서 그런 체력이 나오는지 신기할 정도였어. 그렇게 무리했으니 건강을 해칠 법도 해."

"스케줄이 아무리 많아도 전부 소화할 자신 있었어. 연예계 생활 하루 이틀 한 거 아니니까. 어떻게 해야 최대한 덜 힘들지도 알고 있었고, 이곳저곳 찾아가 남들 앞에 서는 것도 적성에 맞았어. 쓰러진 건 아이하고 못 만나는 게 괴로워서 억지로 잊으려 했기 때문이야. 늘 그랬어. 나를 펀치 한 방으로 완전히 녹아웃시킬 수 있는 건 아이뿐이야. 게다가 한번 쓰러져 늘어지면 네가 손을 잡아줄 때까지 일어나지도 못하지. 한심해."

예전의 나는 사이카에게 그만큼의 영향력을 행사하던 사람이었나. 그럼 지금의 난? 묻고 싶지만 입이 떨어지지 않았다.

"늘어질 만큼 늘어졌으니까 이제 오르는 것만 남았네. 사이카의 복귀를 기다리는 사람이 얼마나 많은데."

"내가 돌아오길 기다리는 사람이 있을 것 같아? 나이도 나이지만 은퇴하지 않았어도 어차피 인기는 하락세였을 거야. 여기저기 얼굴을 많이 내비쳐서 인지도는 있었지만 대중의 기억에 남을 만한 대표작도 없었고. 뭐, 회사에서는 앞으로 삼 년은 더 뽑아먹을 작정이었던 것 같지만. 다른 건 몰라도 야망만큼은 거대했던 내가 다른 소속 연예인들보다 먼저 고꾸라질 줄은 예상 못 했겠지."

그는 객관적인 척 말했지만 실제로는 겁에 질려 있었다. 내면에서 솟아오르는 자신감의 빛을 받아 반짝이던 사이카가 이제는 남들 눈이 무섭다며 한 걸음도 밖으로 나가지 못하고 있었다.

병이나 투병은 아름다움과는 다른 차원의 일이다. 제 의지와는 상관없이 병마가 몸을 갉아먹으면 지금까지 누렸던 조화롭고 세련된 아름다운 세상은 일단 잊고, 건강을 되찾으려는 노력부터 시작해야 한다. 하지만 사이카는 그 변화를 받아들이지 못하고 여전히 엄격한 미의 기준으로 자신을 재단하고 있었다. 당연하게도 현재 모습은 그 기준치를 충족시키지 못했다. 그는 점점 몸과 불화하며 다그치다, 이제는 방치하려 들었다.

사이카가 자기 몸을 대하는 태도에 솔직히 화가 났다. 이제 그 몸이 내 전부인데. 지레 겁먹고 포기하거나 함부로 대하지 않았으면 했다.

자리에 앉아 교정지를 확인하는데 컴퓨터 화면이 지직거렸다. 정기적으로 점검하고는 있지만 오래된 컴퓨터라 가끔 상태가 이상해지고는 했다. 멈춘 건 아니지만 마우스 커서가 움직이지 않을 정도로 화면이 요동쳤다. 확대와 축소를 반복하는 걸 보고 완전히 망가졌나보다, 아직 저장 안 했는데 어쩌지, 하고 울상을 짓던 적도 있지만 이제는 몇 초 지나면 괜찮아진다는 걸 안다. 작업을 멈추고 느긋하게 기다리는데 움찔거리면서 경련하는 화면이 꼭 절정에 이른 여자의 표정 같다고 생각했다. 그리고 회사에서 그런 생각을 하는 내가 싫었다.

저녁을 먹으며 삼치 살을 발라 사이카의 접시에 놓아주었다.

"뼈는 다 발라냈는데 혹시 모르니까 먹기 전에 잘 봐."

"지극정성이네. 일등 신붓감이야. 아이는 왜 결혼 안 해? 결혼해서 애 셋 낳는 게 꿈이라면서. 나 때문에 여태 결혼도 안 하고 혼자라니. 시간 낭비 마."

"무슨 소리야? 누가 그래?"

"아이 입으로 그랬잖아. 사귀기 전에. 인상적인 얘기라 아직도 똑똑히 기억해."

"설령 내가 그런 말을 했더라도 다 옛날 얘기야. 꽃집 주인이 되고 싶다, 조종사가 되고 싶다, 그런 어릴 적 꿈 같은 거지. 결혼해서 세 아이 엄마가 되는 걸 꿈꿨던 적도 있고, 그건 여전히 멋진 꿈이지만 지금 내 소원은 그게 아냐."

지금 내 꿈은 사이카와 함께 계속 살아가는 것이다. 다음 세대에 자손을 남기지는 못하겠지만 사이카와 함께 살다 이번 생을 마칠 수 있다면 그것만으로 자랑스러울 것이다. 혼자 들뜨지 말라는 소리를 들을 것 같아 입 밖으로 내지 못한 그 말을 곱씹었다. 갓 지은 밥에 삼치를 올려 입에 넣었다. 사이카도 젓가락으로 깨작거리며 조금씩 먹었다. 요즈음 사이카는 담백한 맛을 좋아했다.

"전에 보낸 편지에 소우도 이제 아빠가 되었다고 했지?"

"오랜만에 만났더니 둘째도 낳았더라고. 참, 다쿠마 씨도 결혼했어. 소우랑 같이 결혼식도 갔다 왔어. 둘 다 사이카 걱정하더라. 근황 알게 되면 연락한다고 약속했는데, 지금은 전보다 좋아져서 같이 살고 있다고 말해도 돼?"

"그러지 마, 날 불쌍하게 볼 거 아냐."

"그럴 리가. 이제 우리한테 화난 것도 없대."

"동정할 거야. 특히 소우는. 나 때문에 아이가 정상적인 길에서 벗어났다는 걸 그 사람이 제일 잘 알 테니까."

우리가 헤어졌다는 소식을 듣고 안심했다던 소우를 떠올렸다.

"전에 마지막으로 넷이 모였던 적 있잖아. 그때 아이하고 다쿠마가 화장실 간 사이에 소우가 나한테 그러더라고. 아이는 널 사랑하지 않는다, 네가 저돌적으로 밀어붙여서 휩쓸린 것뿐이다, 부탁이니 아이를 놓아달라."

"그런 대화를 나눴구나, 전혀 몰랐어."

"근데 우리를 갈라놓으려는 회사 사람들한테 둘러싸인 상황에서 아이는 처음으로 먼저 사랑한다는 말을 해줬어. 행복했어. 평생 잊지 않겠다고 다짐했어. 하지만 그렇기 때문에 우리 관계는 그때 끝났다고 생각했어. 아이가 나에게 준 마지막 선물이었지."

입에서 나온 뒤 얼마 지나지 않아 타락해 산산조각 났다고 생각한 "사랑해"라는 말을, 사이카는 분명 받아들여준 것이다.

"왜 마지막이라고 생각하는데? 그때 내가 그랬잖아. 지금은 떨어져 있어도 언젠가 반드시 만나자고."

"미안하지만 믿을 수 없었어. 나는 네 인생의 방향을 억지로 틀어버렸고, 피해만 줬으니까. 나를 만나지만 않았어도 아이는 가족들이랑 화목한 삶을 살았을 텐데. 소우 말대로 나랑 헤어지면 바로 정신차리고 다른 남자 만나 잘살 줄 알았어."

내가 사이카를 얼마나 사랑하는지 충분히 전하지 못한 게 분명했다. 말로 하기에는 쑥스러웠고, 앞으로도 계속 같이 있을 거라 생각해 방심한 것도 있었다. 그리고 무엇보다 사이카가 보여주는 깊은 애정이 사라지지 않으리라 믿었기 때문이다.

강렬했던 첫인상 때문인지 나는 사이카가 자신감 빼면 시체인 사람이라고만 생각했다. 하지만 실상은 사랑받지 못해 불안해하고 있던 것이다. 그때 나는 사이카의 열렬한 애정을 스물네 시간 느끼며 그것을 자양분 삼아 그를 향한 애정을 키웠다. 그 애정 덕분에 지난 세월을 버틸 수 있던 것이고. 더 일찍 사이카에게 애정을 표현했어야 했는데. 헤어지기 전에 그를 보듬으며 몸도, 마음도 꼭 껴안아주었더라면 공백이 이렇게까지 길어지지는 않았을지도 모른다.

"칠 년 전에도, 지금도 널 사랑해."

"고마워. 하지만 아이는 충분히 다시 시작할 수 있어. 커리어도 잘 풀리고 있고, 더 높은 곳까지 올라가겠지. 여전히 내 시선을 사로잡을 만큼 아름다우니까 금방 좋은 사람 만나서 애도 낳을 수 있을 거야. 이제 쓸모없어진 폐기물한테 귀한 시간 낭비하지 마."

"폐기물이라니!"

"난 이미 끝났어. 혹사당하다 고장 나서 쓰레기로 버려졌지."

"병이 나으면 복귀할 수 있어. 일상생활도, 연예계 활동도."

"내 자리는 이제 없어. 자고 일어나면 바뀌는 업계잖아."

진심으로 하는 말이라는 게 느껴졌다. 이렇다 할 특기도 없고 한 번도 주목받은 적 없는 나도 이렇게 근거 없는 자신감으로 가득한데, 늘 주목받는 인생을 살아왔을 사이카가 왜 이렇게 자신감을 잃은 것일까.

"사귀었을 때 아이가 진심으로 나를 사랑했다는 걸 알았으니까 이제 행복해."

"난 아직도 우리가 사귄다고 생각한다니까!"

환자 앞이라고 되새기며 애써 눌러왔던 감정이 폭발했다. 충동을 이기지 못하고 그의 팔을 꽉 잡았다.

"주변 사람들이 다 비정상적이라고 생각할 텐데 아이는 그래도 괜찮아?"

사이카가 고통으로 얼굴을 찡그리며 물었다.

"이제 와서 무슨 소리야? 난 상관없어. 넌?"

"난 원래 평범한 가정이나 평범한 삶을 동경한 적도, 관심 가졌던 적도 없어. 어릴 적에 아빠가 집을 나가서 애초부터 망가진 가족이었거든. 그런 상황에서 무슨 꿈과 희망을 가졌겠어. 엄마가 고생하는 것도, 이상해지는 것도 가까이서 지켜봤는데. 그래서인지 아닌지는 모르겠지만 애를 낳고 싶냐고 하면 꼭 그렇지도 않아. 상대가 원하면 낳기야 하겠지만 사실 아플 것 같아서 출산은 무서워. 하지만 아이는 그렇지 않잖아. 만나본 적은 없지만 평범한 가정에서 부모님 사랑 듬뿍 받으며 자랐고, 소우처럼 건강하고 구김살 없는 사람하고 사귀다 결혼까지 생각했잖아."

"옛날에는 그랬지. 하지만 지금은 사이카밖에 없어."

"그렇게 사랑하는데 왜 그때 내 말을 들어주지 않았어? 나도 어중간한 마음으로 은퇴하겠다고 한 거 아니었어. 아이만큼 소중한 존재가 없으니까 죽어도 헤어지고 싶지 않았는데 아이는 뒤도 안 돌아보고 날 떠났어. 그때 아이가 순순히 내 결정을 받아들여줬다면 우리는 칠 년이란 세월 동안 따로 살면서 시간을 낭비하지 않아도 됐을 거야."

"그 시간 동안 사이카는 멋진 일을 많이 해냈잖아."

"무리하다 몸이 망가졌지."

대꾸할 말이 없어 입을 다물었다. 내가 죽을 각오로 내렸던 결정은 모두 잘못된 것이었을까. 일방적인 생각을 강요해 사이카에게 엄청난 부담을 안겨주었다. 이제껏 나를 지탱해온 뼈대가 무너지려 하는 것을 느꼈다.

"미안, 사이카 말이 맞는지도 몰라."

사이카는 한동안 침묵하다 말문을 열었다.

"하지만 얻은 것도 하나 있어. 난 아이가 평범하게 남자랑 연애해서 결혼했을 줄 알았어. 그게 정상적이고 자연스러운 흐름이라 생각했거든. 근데 아이는 나를 찾아냈고, 다시 돌아와 곁을 지켜주고 있어. 최근에야 겨우 깨달았어. 내 괴로움의 원인은 널 믿지 못했던 내 약한 마음이었다는 걸."

"누구 잘못도 아냐. 우리는 할 수 있는 일에 최선을 다했어."

"예전에는 우리 둘 다 어렸으니까 젊음으로 해결했던 부분도 있어. 하지만 앞으로는 점점 삶의 방향도 바뀔 테고, 돌이키기 어려워질 거야. 우리가 아직 같이 산다는 걸 다른 사람들이 알면 뒤에서 손가락질할지도 몰라."

"아무리 성실하게, 세상의 기준에 맞춰 살아가려 해도 '정상'에 필요한 조건은 꼬리에 꼬리를 물고 늘어나. 절대 따라잡을 수 없어. 남들 보란 듯이 멋지게 살고 싶지도, 남들 눈치 보며 살고 싶지도 않아."

사이카가 한숨을 내쉬며 고개를 저었다. 하지만 얼굴에는 온화한 미소가 번져 있었다.

"아무도 아이한테 싫은 소리 못 할 거야. 이렇게 올곧은 눈동자로 말하는데 어떻게 그러겠어."

식사 후, 약 먹을 차례가 되자 사이카의 표정이 우울해졌다.

"약을 빨리 끊고 싶어. 부작용이 심해서 안 먹어도 살찐단 말이야."

"그래도 먹어야 증상이 가라앉지. 마음대로 약을 끊으면 안 돼. 의사 선생님 지시에 따라야지."

사이카는 손바닥 위 둥근 알약 두 알을 뚫어져라 바라보다 입에 넣었다. 여느 때였으면 약 기운이 돌 즈음에 잠자리에 들었을 테지만 오늘 밤에는 팔꿈치가 계속 아프다고 해서 서둘러 택시를 타고 병원에 가서 진통제를 맞았다. 갑자기 상태가 나빠진 건 우리 이야기를 꺼내 부담을 주었기 때문이겠지. 같이 살다 보니 그의 병세가 심리적 요인과 밀접하게 관련되어 있다는 사실을 잘 알 수 있었다. 가끔 옛 소속사에서 건강은 어떻느냐는 전화가 걸려오거나, 예전에 했던 일의 저작권과 관련해 서류에 꼭 사인을 해야 하는 날이면 눈에 띄게 안색이 나빠져 앓아 누웠다. 반대로 컨디션이 괜찮은 날에는 그러지 않아도 된다고 해도, 침대에서 나와 현관 벽에 기댄 채 퇴근한 나를 마중했다.

"왔어?"

생기 없이 퀭한 눈으로 무표정하게 중얼거리는 그 모습에 가슴이 미어지고는 했지만 집에 왔을 때 사이카가 있는 걸 확인하면 무엇보다 기쁨이 먼저 밀려왔다.

연예인으로 활동하던 시절, 사이카는 미팅은 늘 호텔 레스토랑에서 끝냈고, 매니저인 요네하라 씨 말고 다른 업계 관계자를 집에 데려온 적 없었다. 그럼에도 집으로 돌아온 사이카를 보면 그가 날마다 얼마나 많은 사람을 상대하고 있는지 알 수 있었다. 특히 수많은 사람들 앞에 서는 행사를 마치고 온 날이면 사람들의 환성과 열띤 분위기, 흥분의 여운이 그의 상기된 뺨을 통해 둘만의 공간에까지 밀려들었다.

"오늘은 사진집 발매 기념 사인회가 있는 날이라 신칸센을 타고 여러 도시를 이동했는데 곳곳에 기다리는 팬들이 꽤 있더라고. 열차에 탈 때에는 짐 수송용 엘리베이터로 이동하고, 출발 직전에 승강장에 들어가 바로 열차에 올라타서 아무도 알아채지 못했지만 목적지에 도착하니까 어디서 정보를 입수했는지 팬들이 승강장에 구름처럼 몰려들어서 도저히 상황 수습이 안 되더라고. 뚫고 가는 수밖에 없다고 판단해서 문이 열리자마자 경호원의 안내를 받으며 전속력으로 빠져나왔어. 팬들이 뒤에서 쫓아왔는데, 나중에 얘기 들으니까 다들 뛰어서 통과하는 바람에 개찰기가 멈춰버렸대. 혼잡하고 정신없어서 무섭기도 했지만 스릴 넘쳤어."

그 시절 들뜬 목소리로 말하던 사이카는 그 많은 사람의 기운이 아직 달라붙어 있는 게 아닌가 싶을 정도로 북적거리는 기운을 온몸에 두르고 있었다. 하지만 지금 내 옆에 있는 그가 짊어진 건 평범한 인간의 고독이었다.

우리의 관계는 타인에 의해 갑자기 중단되었다. 강제로 문이 닫힌 뒤로는 계속되지도, 변화하지도 않았기에 사랑의 절정, 그 완벽한 상태로 몇 년이고 보존됐던 거겠지. 사이가 틀어지고, 나이가 들고, 계산적으로 변하는 건 관계가 지속되면 반드시 불거지는 문제들이었다. 하지만 사랑이 시들어가는 것을 지켜볼 필요가 없었기에 가장 빛나는 추억 삼아 몇 번이고 기억의 서랍에서 꺼내 왜 끝나버린 걸까, 안타까워하며 음미할 수 있었다. 분명 사이카와의 연애는 과거에 했던 다른 연애에 비해 미화된 부분도 있다. 괴로운 현실이 이어지는 지금 상황에서 그 문제를 극복하지 못한다면 우리는 진정한 연인이 될 수 없을 것이다.

퇴근길 전철에서 휴대전화를 보니 사이카 어머니에게 전화가 와 있었다. 역에서 내려 다시 전화를 걸었다.

"안녕하세요, 밖이라서 전화 못 받았어요."

"사이카는 어떻게 지내요?"

"많이 좋아졌어요. 증상도 완화됐고, 통증도 줄어서 약도 줄였어요. 아직 마음을 놓을 상황은 아니지만 병원에서도 경과가 좋다고 했고요."

"다시 나빠지지 않게 잘 보살펴줘요."

말하던 도중, 전화가 이미 끊겼다는 사실을 알아챘다. 어머니에게 전화가 왔다는 걸 사이카에게 말해야 하나 고민했지만 아직 모녀의 복잡한 관계를 파악하지 못한 터라 혹시나 자극을 받아 병세가 다시 악화될까 염려돼 말하지 않기로 했다.

사이카는 최근에 니콜라이 카푸스틴의 피아노 연주곡을 즐겨 들었다. 우크라이나 출신의 작곡가 겸 피아니스트였는데 원래 알던 건 아니고 오디오 앞을 지나다 표시된 이름을 보고 알았다. 어떻게 이 곡을 알게 되었는지 궁금했지만 결국 묻지 못했다. 날카롭게 빛나는 강인한 칼날 같은 연주곡에 사이카의 개인적인 추억이 담겨 있을지도 모른다고 추측해볼 따름이었다. 큰 소리로 틀어놓진 않았지만 어느새 귀를 기울이게 됐고, 어떤 작업을 하고 있어도 마음은 온통 음악에 쏠렸다.

집에서 원고를 읽고 있을 때도, 눈이 번쩍 뜨일 만큼의 강렬한 소리가 귓가에 울리면 종이 위 글자들이 춤추는 것처럼 보였다. 한곳에 머물지 못하는 숙명, 찰나적이고 이지적인 분류奔流, 아무리 빨리 달려도 빛을 따라잡지 못하는 안타까움, 열이 내뿜는 상쾌함, 쉬지 않고 깨지는 유리창, 나타났다 사라지는 천재적인 번뜩임, 눈앞이 흔들리는 황홀함, 숨이 끊어질 때까지 달리다 맞는 최후. 다양한 이미지가 소리와 함께 나타났다 순식간에 사라졌고 그 자리에 남겨진 격정엔 가슴이 에일 정도였다.

하지만 사이카에게 딱히 그런 얘기는 하지 않았다. 음악이 나와도 그냥 흘려듣는 척했다. 니콜라이 카푸스틴의 연주는 내 안에서도 점차 존재감을 더해갔지만 한동안은 사이카의 개인적인 음악으로 남아주기를 바랐다. 내면의 혼돈과 금방이라도 튀어나올 것 같은 불안을 이토록 선명하게 예술로 승화시킨 음악은 또 없을 테니까.

"머리 많이 잘랐네."

샤워를 마치고 나온 사이카의 머리카락을 드라이어로 말려주다 중얼거렸다.

"일 그만두고 증상이 가장 심했을 때는 머리카락 자르는 것도 너무 아팠어. 그래서 많이 자라도 상관없도록 한 번에 자를 수 있는 만큼 다 잘랐지."

처음엔 묶은 머리가 잘 어울린다고 생각했지만 고운 턱선이 부각되는 짧은 머리도 잘 어울렸다. 하지만 그런 슬픈 이유로 머리를 자른 줄은 몰랐다. 다음에 헤어스타일을 바꿀 때에는 더 긍정적인 이유이기를.

"아이는 여전히 단발머리네."

"그래? 전보다 이 센티미터 정도 긴 기장으로 유지하는데."

"그런 미묘한 차이까지는 못 알아보지."

"앞머리하고 뒷머리 길이를 맞췄어. 이건 제법 큰 변화 아냐?"

아직도 내 업무 능력에 자신이 없어 조금이라도 일 잘하는 사람으로 보이기 위해 연구 끝에 지금 헤어스타일에 정착했다. 하지만 안타깝게도 큰 차이는 없던 모양이다. 내 머리를 바라보던 사이카가 한숨을 내쉬었다.

"헤어스타일뿐 아니라 겉모습이 전체적으로 옛날 그때랑 똑같은 것 같아. 엄마 집에서 오랜만에 만났을 때 너무 옛날 그대로라 방에 들어온 아이를 보고 귀신인 줄 알았어. 동안인가봐. 동갑인데 내가 열 살은 더 들어 보여."

"그럴 리가. 우리 둘 다 제 나이로 보여."

사이카는 수압을 약하게 하면 샤워를 할 수 있었지만 욕조에 들어가면 체력 소모가 심하다며 입욕도, 샤워도 사흘에 한 번만 했다. 몸을 씻지 않는 날에는 물수건으로 몸을 닦아줬다. 그날 역시 자기 전에 몸을 닦아주기 위해 더운물을 담은 대야를 바닥에 놓고 수건을 적셔 꼭 짰다. 사이카의 부탁대로 전등은 끄고 간접조명만 약하게 밝힌 상태였다. 침대에서 의자로 옮겨 앉은 사이카가 단추를 풀자 하얀 목덜미에 이어 등이 훤히 드러나 무심결에 고개를 숙였다. 사이카가 희미하게 웃으며 말했다.

"전부터 말하려고 했는데, 지금 내가 얼마나 심각한 상태인지는 나도 잘 알아. 그래도 몸을 닦을 때마다 고개를 돌려 외면하는 건 좀 속상하네."

고개를 더 깊이 숙였다. 보고 싶지 않아서가 아니라, 보고 싶기 때문에 외면하는 거라고는 말할 수 없었다. 거친 맛이라고 할까, 노이즈 같은 게 느껴져서 예전보다 지금 몸이 더 좋았다. 예전의 사이카는 분명 현실에 존재하는데도, 인공적인 힘에 지배받고 있어 실물도 보정한 사진처럼 세련됐었다. 존재감은 압도적이지만 배경이 훤히 비칠 듯한 얄팍한 몸을 보면 불안해진다. 걸어온 세월이 드러나는 몸이 좋다. 나와 같은 해에 태어나 같은 시간을 살아왔고, 이내 스러져갈 부드러운 몸이기에 사랑스럽다. 이것도 일종의 나르시시즘일까. 전혀 다른 인간이지만 같은 성별 같은 나이의 사이카는 거울 속 나이기도 했다.

"미안, 그러려던 건 아닌데. 앞으로는 조심할게."

사이카의 몸을 똑바로 바라보며 손에서 시작해 가슴, 배, 등, 다리를 수건으로 여러 번 살살 닦았다. 태양을 쳐다보았을 때와 같은 자극에 눈의 초점이 흐려졌다. 그의 알몸이 가까워졌다 멀어지는 느낌에 몇 번이고 반복해 눈을 깜빡였다.

재회하고 나서 실감했다. 사이카와 있으면 내 몸은 과격하게 반응한다. 평범하게 대화를 나누는 동안에도 함께한 과거를 떠올렸고, 내가 주는 밥을 받아먹기 위해 벌린 입술 사이로 혀를 억지로 넣는 망상을 하거나, 옷을 갈아입을 때마다 드러나는 그의 맨살에 내 시선이 진득하게 달라붙는 걸 자각하고 있었다. 목덜미와 어깨 언저리에 감도는, 거부하기 힘든 천연의 향기를 들이마시는 게 너무 위험했기 때문에 고개를 돌린 건데…… 그것까지 금지하면 말 그대로 '눈을 어디에 둬야 할지 모르겠다'.

*

하늘이 차츰 빛을 잃으며 어스름해졌다. 빗소리가 들리고 나서야 부엌 창밖을 보았다. 우리 집은 오층이라 하늘이 잘 보였다. 곧 쉬지 않고 번개가 내리쳤고, 번쩍 빛날 때마다 천둥소리가 울려 퍼졌다. 하지만 아키타에서 겪었던 것보다는 규모가 작고, 밝은 실내에 있어서인지 사이카는 그때처럼 겁내지 않고 번쩍거리는 하늘을 바라보고 있었다.

나는 얼마 전에 산 찜기로 새우 샤오마이와 비취 샤오마이, 하가우 광둥 요리 중 하나로, 새우를 넣은 교자, 완탕 수프를 만드는 중이었다. 채반에 깐 종이 포일에 미리 빚어놓은 샤오마이를 일렬로 늘어놓는, 요리와 수공예 중간쯤 되는 작업에 몰두하다 보니 시간 가는 줄을 몰랐다. 하가우의 완만한 곡선이 잘 표현되도록 손가락에 물을 묻혀 모양을 잡았다. 두툼한 반투명 만두피의 매력은 둥그스름한 형태에서 나온다.

환풍기를 돌려도 소리가 들릴 정도로 빗줄기가 거세졌다. 지상에서 떨어진 오층에 있는데도, 사방에서 쏟아지는 빗소리를 듣고 있으면 갑자기 비좁은 곳에 갇힌 기분이 든다.

"아이, 그거 알아? 벼락을 맞으면 가지를 뻗은 나무랑 똑같은 모양이 몸에 남아."

소파에 앉아 있던 사이카가 그렇게 말하며 돌아봤을 때, 그의 눈동자엔 생기가 가득 돌고 있었다. 가슴이 뛰었다.

사이카의 건강은 날로 조금씩 좋아져 약 복용량도 점차 줄이고 있었다. 침대에 계속 누워 있기만 하고, 화장실에 다녀오는 것조차 힘겨워했던 사람이 제 발로 일어나 비틀거리며 거실을 걸어 다니는 걸 보니 감동이 밀려왔다. 건강은 마음이 회복됨에 따라 호전되고 있었다. 마음은 눈에 보이지 않지만 상처를 입으면 몸이 아픈 것과 마찬가지로 약해지는 것이다.

"몰랐어. 말만 들어도 무섭네. 화상 자국인 건가?"

"응, 전류가 지나간 길이 빨갛게 화상으로 남아. 혈관이 튀어나온 것처럼 보이기도 하는데, 혈류가 아니라 전류의 흔적인 거지. 할아버지 장례식 때는 시신을 안 보여줘서 어른이 되고 사진을 찾아봤어. 등하고 가슴에 자잘한 가지를 한껏 뻗은 나무 모양이 있는 사진이 많더라고. 또 지면에 박힌 봉에 내리쳤을 때에는 지면에 나무 모양이 새겨져. 꼭 메시지처럼."

"번개 신의 메시지?"

"분명 하고 싶은 말을 그런 식으로밖에 못 전하는 성격인 거야, 번개 신은."

"무슨 말?"

"모르지. 우리 인간하고는 표현방식이 다르니까. 그래서 인류 문명이 진화한 지 수억 년이 지났는데도 메시지 해독이 안 되는 거야."

어째서일까, 우리가 처음 만난 아키타의 번개 치던 날을 떠올리려고 하니 그날 내가 번개를 피하기 위해 빼서 테이블에 올려놓았던 은 귀걸이가 떠올랐다. 마음에 쏙 들어서 즐겨 하던 고리형 귀걸이였는데, 이제 없다. 버렸는지, 잃어버렸는지, 그조차 기억이 안 났다.

"번개는 좀 그렇지만 몸에 자국이 남는 건 좋아. 말로 잘 표현은 안 되지만 그 몸이 뭘 해왔는지를 알 수 있어서 섹시하달까?"

"응?"

내 이해력이 부족한 건지, 아니면 사이카가 제대로 표현을 못 한 건지, 도통 무슨 말인지 알아들을 수 없었다.

"이를테면 누구랑 만날 약속을 했는데, 그 사람이 땀을 뻘뻘 흘리면서 왔으면 서두르느라 뛰어온 걸 알 수 있잖아. 목에 키스마크가 있으면, 어제 애인을 만났나 생각이 들 거고. 속옷 어깨끈이 내려갔을 때 보이는 수영복 자국 같은 거나 탄탄한 몸을 보면 운동 열심히 하나보다 싶잖아. 그렇게 몸에 나타난 신호로 정보를 얻거나 추측해 보는 거지. 어때? 은근히 섹시하지?"

사이카의 이야기를 듣고 떠오른 건, 떠나가기 전에 평생 사라지지 않을 상처를 남겨달라고 애원했던 그의 모습이었다. 그때의 심정을 떠올리고 기분이 가라앉았지만 그걸 염두에 둔 소리가 아닌, 그저 순수한 의견일뿐인 걸 알고 맞장구를 쳤다.

"알 것 같아. 구두 때문에 까진 뒤꿈치나, 안경 눌린 자국 같은 것도 그렇지."

"그건 아니고."

"왜?"

"하나도 안 섹시하잖아."

"왜? 같은 자국인데. 아, 알겠다. 자고 일어났을 때 입가에 묻은 허연 침 자국."

"아냐! 왜 그런 이상한 예만 드는데."

사이카가 납득할 수 없다는 표정을 지었지만 나는 웃으며 셔츠 아래로 뻗은 매끄러운 팔을 슬쩍 보았다. 그때 그의 말대로 상처 자국을 남기지 않기를 정말 잘했다. 물론 뭐라고 말해도 실행에 옮길 생각은 없었지만 상처 자국에라도 매달리고 싶을 만큼 절망했던 걸 알았기에 그 말은 더욱 가슴에 사무쳤다.

사이카는 다시 늘 듣는 피아노 연주곡을 틀었다. 실내에 스미는 강렬한 멜로디에 귀를 기울이며 만두피로 속을 쌌다.

"카푸스틴의 연주는 번개랑 잘 어울리는 것 같아. 둘 다 격정적이고 찰나적이야."

"너무 격정적이라 시끄럽지 않아?"

"난 좋아. 기절하기 전에 눈앞이 핑핑 도는 느낌이랑 비슷해. 그리고 굉장히 명석하다는 느낌도 들어. 순간적인 번뜩임이랄까."

"지적인 표현이네. 하지만 아이가 하고픈 말은 알겠어. 격정적이고, 쉴 새 없이 몰아치는 아름다운 피아노 선율 속에서 숨이 멎을 것 같은 감각? 그럼 마음껏 감상해, 요리는 내가 할 테니까."

사이카가 소파에서 일어나 부엌으로 다가왔다.

"괜찮아, 두고 먹으려고 재료를 너무 많이 샀어. 아직 만두 빚는 것도 안 끝났으니까, 사이카나 천천히 들어."

"기분 좋아, 내가 좋아하는 곡을 아이도 마음에 든다고 하니까. 예전에 어떤 사진가랑 촬영할 때 현장에서 처음 들었는데, 그 후로 즐겨 듣는 음악이 됐어. 마음을 파고드는 음악은 어떤 상황에 들어도 귀에 들어오더라고."

사이카 말대로 소파에 앉아 그치지 않는 천둥소리를 들으며 먹색 하늘을 가르는 번개를 바라보았다. 물가를 질주하는 듯한 강렬한 피아노 연주에 귀를 기울였다.

찜기에서 꺼낸 하가우는 너무 통통해 시판 제품처럼 예쁜 모양은 아니었지만 김이 폴폴 피어오르는 모습이 귀여웠다. 빨간 젓가락을 들고 완탕 수프를 마시며 사이카가 중얼거렸다.

"사실 일은 재밌었어. 수많은 사람이 열렬히 날 맞이해주는 게 좋았거든. 짧은 시간이었지만 아무도 보지 못했던 풍경을 봤어. 하지만 지난 몇 년 동안은 이제 될 대로 되라는 생각에 아무 집착도 없이 살아온 것도 사실이야. 건강이 나빠지고부터는 이 고통 속에서 죽어도 상관없다고 생각하며 치료도 안 받으려고 했어. 체력적으로도, 시간적으로도 모든 일에 최선을 다할 수가 없어서 우선순위를 정해서 어떤 일을 중시할지 자연스레 급을 매겼어. 같이 일하는 사람들도 자연스레 그렇게 돼서…… 뭔가, 번아웃이 온 걸 자각했을 때에는 이미 병이 상당히 진행된 상태였어. 조금 쉰다고 회복되지 않을 정도로."

"정신없이 일하다 보면 몸이 이상 신호를 보내는 것도 모를 수 있지."

"못 보던 동안에도 늘 아이의 얼굴이 떠올랐어. 절대 의지하고 싶지 않지만 동시에 누구보다 의지하고 싶은 사람이었어."

"갑자기 왜 그래."

오늘 사이카는 평소보다 마음을 열고 솔직한 모습을 보여주는 것 같았다.

"글쎄, 나도 모르겠어. 번개를 보고 처음 만났을 때가 생각나서 그런가. 이제 와서 하는 말이지만 엄마 집으로 찾아온 아이를 만나고 나서 정말 죽고 싶었어. 첫눈에 반했을 때보다 훨씬 더 멋져진 아이를 보고 이제 나 같은 건 상대도 안 하겠구나 싶었어. 겉으로도 내면의 성숙함이 드러났고, 거기다 내가 좋아하던 옛날 얼굴 그대로였으니 백기를 들 수밖에."

"표정만 봐서는 하나도 모르겠던데! 악마랑 싸우는 엑소시스트 저리 가라 할 정도로 무서웠다고."

"직업상 표정 연기는 잘하잖아. 아이는 앞으로도 성숙한 매력을 더해가겠지만 난 젊었을 때만 반짝 빛났다가, 나이를 먹을수록 지난 영광을 잊지 못하는 제멋대로인 인간이 되어가겠지. 애초에 젊음과 근거 없는 자신감만으로 여기까지 온 거고, 겉만 번지르르하지 실력은 쥐꼬리만큼도 없었으니까. 그래서 아이가 지금은 옛 추억에서 벗어나지 못했더라도, 내 현실을 알면 떠나갈 거라 생각했어. 우리 사이에 연결고리가 있던 건 이십 대의 아주 잠깐 동안이었고, 만일 회사에서 억지로 갈라놓지 않았더라도 끝났을 게 뻔하니까. 아이가 자기 의지로 떠나면 이번에야말로 진짜 이별일 텐데, 그게 너무 무서웠어."

시간의 흐름이라는 걸 너무 만만하게 생각했다. 칠 년이라는 공백은 우리 사이에 어둡게 드러누워 있었다. 아무리 애써도 메울 수 없었다. 하지만 동시에 잊을 수 없는 기억의 소중함도 알게 했다. 우리에게는 짧지만 함께 보낸 소중한, 잊을 수 없는 추억이 있다.

음악을 들을 때도 단순히 멜로디만 즐기는 곡보다는 좋아하는 영화의 주제가나 개인적인 추억이 담긴 곡이 더 오랫동안 기억에 남는다. 이와 비슷한 원리다. 나는 사이카와 함께 있는 이 순간도 즐거웠지만 동시에 과거의 사이카를 떠올리며 어디가 달라졌고 달라지지 않았는지 비교하는 것도 즐거웠다. 사이카는 과거 이야기 하는 걸 그다지 좋아하지 않았기 때문에 말로 하지 않고 머릿속으로 생각할 따름이었지만. 떨어져 있던 공백을 아쉬워하기보다 내 안에 쌓인 기억을 보듬는 게 훨씬 마음 편했다. 역시 과거는 실시간으로 더해지는 추억을 이길 수 없다.

*

사이카는 예전보다 훨씬 잘 웃게 되었다. 기운을 되찾아 말수도 늘었고 건강도 빠르게 회복되어갔다.

연초에 병원에 정기검진을 갔던 사이카가 밝은 표정으로 돌아와 혈액검사 결과지를 내밀었다.

"이거 봐, 염증 수치가 거의 정상치에 가까워졌어. 요새 통증이 많이 줄었다 했더니, 역시 조금씩 좋아지고 있었나봐."

회복의 조짐이 나타나기 시작하자 사이카는 열정적으로 자기 관리를 시작했다. 종일 누워서 생활한 탓에 빠진 근육을 다시 만들기 위해 몸에 부담이 적은 스트레칭을 하는가 하면, 책으로 배운 붓기 빼는 마사지를 하거나 고급 기초화장품을 구입해 피부 관리를 하는 등 다양한 일을 했다. 그런 완벽주의적 태도가 병의 원인이 되었을지도 모르니 쉬엄쉬엄하라고 했지만 한 가지에 열중하면 한눈파는 법이 없는 사이카는 들은 척도 하지 않았다. 그는 집에 있는 대부분의 시간을 체력 관리, 외모 관리에 쏟았다.

나를 대신해 집안일도 하기 시작했다. 퇴근하고 들어오면 집은 깔끔하게 치워져 있었고, 식탁에는 직접 만든 음식이 차려져 있었다. 슈퍼에 가고 싶지 않다고 해서 대부분 배송받은 식재료 키트로 조리했지만, 왠지 그걸로는 부족하다며 퇴근길에 고기 같은 걸 사 오라고 부탁하기도 했다.

"밖에 나갈 수 있을 것 같아."

혼잣말이었지만 나는 놓치지 않았다. 사실 사이카의 상태는 바깥 공기를 쐬기에 무리 없는 수준이었지만 그는 병원에 가는 날 말고는 절대 밖에 나가려 하지 않았다. 같이 편의점에 가자, 산책 겸 잠깐 한 바퀴 돌고 오자고 해도 남의 이목이 불편하다며 거절했다. 아무도 안 본다고 설득해도 설령 그렇더라도 이런 몰골로 밖에 나갈 바에야 죽는 게 낫다고 되받아쳤다. 그런 사이카가 바깥에 나갈 마음을 먹다니. 이 기회를 놓칠 수는 없었다.

"좋아! 나가자. 생각했을 때 바로 움직여야 해."

"하지만 너무 늦었잖아, 11시인데……."

"밤이니까 사람들 신경 안 써도 되잖아. 지금 시간에도 연 곳이 있나…… 그래, 호텔 바에 가자. 같이 가고 싶은 곳이 있어."

"난도가 좀 높은데? 너무 분위기 있는 곳은 아직 위축된단 말이야. 술 마실 수 있는 상태도 아니고."

"그러고 보니 그러네. 미안."

"'오카모토'는 어때? 가깝기도 하고, 새벽까지 영업하는데. 옛날에 여기 살았을 때 종종 갔잖아. 맛있었어."

그리운 이름에 얼굴에 미소가 번졌다. 예전에 이 맨션에 살 때, 늦은 시간에 스케줄을 마치고 돌아온 사이카가 출출하다고 하면 새벽까지 영업하는 메밀국수 가게 '오카모토'에 자주 갔었다.

'오카모토'의 카운터에 앉아 면수를 마시는 사이카는 큼지막한 검은 후드티를 헐렁하게 입고 있었는데, 내 눈에는 세상 누구보다 예뻤다. 스물다섯 살 때보다 우수에 젖은 눈빛을 하고 있었지만 그만큼 몽환적인 매력이 풍겼다. 외모에 자신감을 잃은 상태로 두되 곁에서 잘 위로해도 좋지 않을까…….

식사를 마치고 계산을 하고 있는데 그때까지 멀쩡히 서 있던 사이카가 갑자기 구부정한 자세로 가게 밖으로 나갔다. 지갑을 가방에 넣고 서둘러 따라 나갔다. 사이카가 비틀거리는 걸음으로 가로수를 붙잡더니 그대로 힘없이 주저앉았다.

"왜 그래? 어디 아파?"

놀라서 손을 뻗은 나에게 사이카가 버럭 소리쳤다.

"만지지 마! 발작 때문에 다리가 아파."

고통이 심한지 얼굴을 잔뜩 찌푸린 채 눈을 감고 있었다. 호흡이 가쁘고 얼굴이 창백했다. 최근에는 이렇게까지 아파하는 모습을 본 적이 없어 어찌할 줄 모르고 우왕좌왕할 뿐이었다.

"구급차 부를까?"

"괜찮아, 조금씩 진정되는 것 같아. 진정되는 것 같긴 한데……."

사이카는 가로수가 뿌리내린 바닥에 완전히 주저앉아 있었다.

"약간 지린 것 같아."

갑작스레 찾아온 극심한 통증에 몸이 버티지 못한 것이겠지.

"이제 만져도 안 아파? 집까지 부축할게."

"응."

사이카의 팔을 내 어깨에 두르고 일어나려던 순간이었다. 메밀국수 가게에서 회사원으로 보이는 남녀 여러 명이 나왔는데, 그중 한 남자가 우리를 보고 달려왔다.

"진짜 쇼다 사이카 맞네! 내가 말했잖아, 나 사람 얼굴 잘 알아본다고!"

남자가 큰 소리로 말하며 사이카를 가리키자, 일행은 술 취한 사람 특유의 쩌렁쩌렁한 목소리로 환성과 함께 박수를 보냈다.

"저기, 아까 메밀국수 가게 카운터 좌석에 있었죠? 우리도 거기 있었거든요. 뒤에서 보고 사이카 씨 아니야 했는데 역시나! 메밀국수 맛있죠? 우리도 술 마시고 마무리로 국수나 먹으려고 들어간 건데 사이카 씨와 마주치다니 정말 재수 좋네요. 은퇴했죠? 아쉬워요, 팬이었는데."

우리보다 훨씬 어려 보이는 남자는 술에 취해 꼬인 발음으로 말하며 계속 쫓아왔다. 벌건 얼굴과 비틀거리는 발걸음을 보아하니 술을 좀 과하게 마신 것 같았다. 하지만 환성을 지르며 부추기는 일행도 보였기 때문에 선뜻 뿌리칠 수 없었다.

"제가 사이카 씨 보고 쇼다 사이카 맞다고 저 녀석들한테 몇 번이나 말했는데, 그럴 리가 있냐고 아무도 안 믿어주는 거예요. 하지만 전 믿었습니다. 제가! 사람 얼굴 하나는 기가 막히게 알아보거든요!"

"저희가 그만 가봐야 해서요."

내버려두면 계속 떠들 것 같아서 사이카를 부축해 자리를 뜨려 했지만 균형을 잡지 못해서 제대로 걸을 수 없었다.

"사이카 씨 뻗은 겁니까? 너무 많이 마셨네요. 우리보다 더해요. 여자 혼자 부축하기 힘들 것 같은데, 제가 업어서 댁까지 모셔다드릴까요?"

"야, 민폐야!" 나름대로 상식이라는 게 있는 듯한 일행이 남자를 말렸다.

"저 혼자서도 괜찮아요. 사이카가 몸이 좀 안 좋아서요, 그만 가보겠습니다."

"그래요? 아까 가게에서는 괜찮아 보였는데…… 그럼 가기 전에 악수 한번 해주실래요? 고등학생 때 드라마에서 본 뒤로 계속 팬이었거든요."

그가 억지로 사이카에게 손을 들이미는 걸 보니 짜증이 정점에 달했다. 한시라도 빨리 이곳을 벗어나고 싶어 사이카를 업었다.

"괜찮아, 악수해도 돼."

사이카가 내 귓가에 속삭였다.

"뭐 하러 그래. 조금만 만져도 아프잖아."

사이카는 내 말을 듣지 않고 남자가 내민 손을 잡았다.

"아야!"

고통에 신음한 건 사이카가 아니라 남자였다. 자세히 보니 사이카가 남자의 손을 보란 듯이 세게 쥐고 있었다. 남자가 먼저 사이카의 손을 뿌리쳤다.

"손아귀 힘이 왜 이렇게 세요! 아프잖아요, 완전 빨개졌네."

"잘 가요."

사이카는 남자에게 손을 흔들었고, 나는 사이카를 업고 천천히 발걸음을 옮겼다. 남자가 보이지 않은 곳까지 오자 사이카는 고통을 참으려 숨을 들이켰다.

"손이 저려서 감각이 없어."

"그러니까 말했잖아. 저런 사람하고 뭐하러 악수를 해줘."

"일방적으로 당하고 도망치는 것 같아서 싫었단 말이야."

택시를 잡고 싶었지만 사이카가 택시를 탈 바에야 혼자 걷겠다고 고집을 부렸다. 택시를 타기 싫어하는 이유를 알았기 때문에 업어서 집까지 데려가는 수밖에 없었다.

올 때는 금방이었던 거리를 사이카를 업고 비틀거리며 한참을 걸었다. 예전보다 체력이 좋아지기는 했지만 미끄러지려는 사이카의 허벅지를 손으로 힘겹게 받치며 화단 쪽으로 비틀거리거나, 차량 진입 방지 기둥에 부딪치거나, 앞으로 고꾸라질 뻔하면서 나아갔다. 코트 주머니에 넣어둔 사이카의 신발은 두 번이나 바닥으로 굴러떨어졌고, 그때마다 그를 일단 내려놓고 신발을 주워야만 했다.

우리를 향해 가차 없이 불어오는 겨울 밤바람에 손이 곱아 감각이 사라졌다. 콧물이 윗입술을 지나 입으로 들어갔지만 닦을 수가 없어 그대로 둘 수밖에 없었다. 사이카도 코를 훌쩍거렸다. 한밤중의 메밀국수 가게 방문은 아직 시기상조였던 모양이다.

우리는 키가 거의 비슷했다. 무거운 것보다 다리가 바닥에 끌리지 않게 업는 게 힘들었다. 이럴 때는 남자처럼 다부진 몸과 큼지막한 손을 가졌으면 하는 생각이 절로 들었다. 하지만 귓가에 들리는 사이카의 괴로운 숨결이 용기를 주었다. 결국 가장 중요한 건 듬직한 어깨가 아니라 힘들 때 언제든 어깨를 빌려주는 것이다.

"여기, 회사에서 임대한 집도 많다고 했지? 뒷문으로 들어갈까?"

"괜찮아. 저번에 알아봤더니 진작 새로 지은 맨션으로 옮겼대."

집에 도착하자마자 욕실로 가서 사이카의 옷을 벗기고 몸을 씻겼다. 사이카는 욕실 바닥에 축 늘어져 내 손길에 몸을 맡기고 있었다. 상황이 상황인지라 그의 몸을 보고 가슴 설렐 여유조차 없었다. 샤워기 물소리가 들렸고 욕조 가장자리에 방금 빨아 비틀어 짜놓은 사이카의 속옷이 걸쳐 있었다.

온몸을 깨끗이 씻은 뒤 상태가 조금 진정되자 사이카가 고개를 떨구고 흐느꼈다.

"샤워하니까 춥지? 따뜻한 물에 몸 좀 담글래?"

"죽고 싶어."

"그런 말 하지 마. 잘 수습됐잖아. 역시 우리 둘이 같이 있으면 어떤 고난이든 헤쳐나갈 수 있어."

방금 전 남자 힘을 빌리고 싶었던 마음을 애써 억누르며 사이카를 달랬다. 젖은 머리카락과 얼굴의 사이카는 눈물을 뚝뚝 흘리고 있었다.

"이제 많이 좋아졌다고 생각했는데 또 이럴 줄이야. 역시 안 나을 건가봐, 평생 밖에도 못 나갈 거야."

말을 걸어도 사이카는 얼굴을 찡그리며 울기만 했다. 설움은 더욱 깊어지는 것 같았다.

"미안해, 고생만 시키고. 아까 무거웠지?"

"그런 건 신경 쓰지 마. 이 집에서 나간다고도 하지 마. 날 떠나겠다고 말하지 마."

사이카 뺨에 흐르는 눈물을 살며시 핥아주었다.

*

휴대전화 메시지 수신음이 울려서 메시지를 확인하고 있는데 "누구야?" 하고 사이카가 물었다. 같이 있을 때 메시지가 온 적은 여러 번이었지만 이런 질문을 하는 건 처음이었다.

"같이 일하다 친해진 술친구야. 오늘 밤에 술자리 있다고 꼭 나오라네. 당일에 갑자기."

"그래서 그렇게 다정한 얼굴로 화면을 들여다봤구나. 다녀와, 친구잖아."

"친구라기보다는 같이 신세 한탄하는 동료야. 워낙 스트레스가 심한 업계다 보니 이렇게 밤에 술 마시면서 풀지 않으면 못 버틴다고 할까. 오늘은 안 갈래. 원래 집에 있으려고 했고, 회사에서 들고 온 일도 해야 하니까. 그리고 사이카하고 등 어깨 스트레칭 하기로 했잖아."

"그러지 말고 다녀와! 사람이 놀 줄도 알아야 하는데 아이는 너무 그런 게 없어. 오랜만에 친구 만나는 것도 중요한 일이야."

"사이카도 안 놀잖아."

"나는 몸이 안 좋으니까 어쩔 수 없지만 아이는 건강하잖아. 내 뒤치다꺼리만 하지 말고 가끔은 놀다 오고 그래."

사실대로 말하자면, 사이카와 함께 있는 시간을 조금이라도 줄이고 싶지 않아 이사한 뒤로는 친구들이 만나자고 해도 모두 거절했다. 회사는 어쩔 수 없지만 그 밖의 일로 집을 비웠다 돌아왔을 때 사이카가 없으면 어떡하지, 하는 두려움 역시 외출할 마음을 꺾는 데 일조했다.

끈질기게 권하는 사이카를 이기지 못하고 마지못해 채비를 해 집을 나섰다. 가급적 일찍 돌아와야겠다고 다짐하며.

하지만 늘 가던 술집에서 오랜만에 하바 씨와 고노 씨의 얼굴을 보니 셋이서 보냈던 시간이 금방 되살아나 나도 모르게 웃음이 번졌다. 부르면 꼭 오던 내가 갑자기 거절하기 시작해 두 사람은 조금 토라져 있었다.

"요즘 들어 난리가 같이 안 마셔줘서 우리가 얼마나 외로웠는지 알아? 남자친구 생긴 거 아니냐고 하바 씨랑 얘기하고 있었어."

“잠깐만, 그 얼굴 뭐야? 진짜 남자친구 생겼어? 왠지 전보다 눈이 반짝거리는데? 신선한 정어리 같아.”

“그거 칭찬이에요?”

건배는 안중에도 없이 내 얼굴부터 들여다보는 두 사람을 보고 일단 맥주를 들이켰다.

“아뇨, 애인은 옛날부터 있었는데, 요새 몸이 안 좋아서 제가 계속 간병했어요. 좀 괜찮아져서 나온 거예요.”

“애인이 있었어? 지금까지 그런 소리 한마디도 없었잖아. 난 싱글인 줄 알았지! 어떤 사람이야? 회사 사람?”

고노 씨의 들뜬 목소리에 맥주잔을 든 채 굳어버렸다.

대학생 때 친구들과 바다에 놀러 갔다가 같은 게스트하우스에 묵는 사람들과 옥상에서 고백 게임을 했던 일이 떠올랐다. 해외에서 온 여행자가 한 명 있었는데, 그는 둥글게 둘러앉은 사람들 한가운데에서 빈 맥주병을 룰렛 삼아 힘차게 돌렸다. 안에 남아 있던 약간의 맥주를 흩뿌리며 돌던 병은 서서히 속도를 줄이며 둥근 입을 내 앞에 겨누었다.

하바 씨와 고노 씨는 어른이니까 억지로 내 사생활을 캐묻지는 않을 것이다. 지금 물어보는 것 역시 애인 자랑을 할 기회를 주는 것일지도 모른다. 자신을 드러내지 않고 남의 내밀한 이야기를 듣기만 하는 사람이 주변에서 얼마나 재미없는 사람으로 여겨지는지, 자연스레 사람들과 멀어지게 되는지 익히 보고 들어왔다.

이 두 사람에게는 사이카 이야기를 해도 될 것 같다는 생각이 들었다. 둘 다 소탈한 성격이고, 우리 같은 커플이 드물지 않은 업계에 몸담은 사람들이니 이해하지 못할 것도 없을 것이다. 그들이 이 이야기를 듣고 멀어질 것이란 생각은 전혀 들지 않았다. 다 털어놓고 편해진 내 모습을 상상했을 뿐인데 눈물이 날 것 같았다.

"그냥 평범한 사람이에요. 회사 사람은 아니고요. 오랫동안 알고 지낸, 질긴 인연이죠."

그렇게 오래 사귀었는데 왜 결혼을 안 하지? 간병까지 해주는 사이인데? 혹시 불륜인가? 두 사람의 머릿속에는 여러 의문이 떠올랐을 테지만 그 이상은 묻지 않고 자연스레 다음 화제로 넘어갔다. 아마 내 태도에서 말하기 꺼리는 기운을 감지했겠지. 그들의 배려를 알아채지 못한 척, 함께 웃고 떠들었지만 미안한 마음뿐이었다. 믿지 못하는 건 결코 아니었지만 쉽게 넘을 수 없는 벽이 우리를 가로막고 있었다.

한번 털어놓기 시작하면 속속들이 다 털어놓고 말 것 같았다. 같은 업계에서 일하는 사람들이다. 그럴 리 없다고 생각하면서도 가까운 사람이 정보를 흘렸던 과거가 머릿속에 떠올랐다.

사이카는 귀밑까지 자란 머리에 파마를 하고 돌아왔다. 손으로 잡고 있지 않으면 바람에 몽실몽실 퍼질 것 같은 부드러운 웨이브 파마였다. 미용사의 실력이 좋았는지, 아니면 원래 파마가 잘 받는 머리인지, 사이카가 스타일을 잘 고른 건지는 모르겠지만 완만한 곡선을 그리는 컬도, 자르르 흐르는 윤기도, 깊이감이 느껴지는 색도 모두 봄기운이 물씬 풍겼고 그와 잘 어울렸다.

"아프고 나서 계속 파마하고 싶었어?"

"아니, 헤어스타일에 딱히 집착한 건 아니지만 파마를 할 수 있을 만큼 몸이 회복되어서 기뻐. 병을 앓고 나서 깨달은 건 멋 부리는 것도 몸이 웬만큼 건강하지 않으면 못 한다는 사실이야. 몸이 0에 가까운 평범한 상태일 때보다 마이너스로 기울었을 때, 플러스로 만들기 위해 화장을 하거나 헤어스타일을 바꾸는 건 수십 광년 떨어진 머나먼 별에서 일어나는 일처럼 느껴졌거든. 요즘은 조금씩 지구로 돌아온 느낌이 들면서 안심이 돼. 이 느낌을 곱씹고 싶어서 했어."

건강이 차츰 회복되면서 사이카가 나를 바라보는 횟수도 늘어났다. 하지만 옛날처럼 자신감에 찬 요염한 눈빛으로 뚫어져라 바라보거나, 내가 알아채도 윙크를 보내거나 하지는 않았다. 턱을 괸 채 팔 너머로 바라보거나, 내가 알아채면 바로 시선을 돌리고는 했다. 소파에 앉아 텔레비전을 보고 있으면 등 뒤로 느닷없는 기척이 느껴졌지만 만지지는 않았다. 관심을 보이면서도 왠지 애수에 젖은 그의 모습 때문에 회사나 바깥보다 집에 있을 때가 가장 마음이 편치 않은 영문 모를 상황이 시작됐다. 병세가 악화되었을 때는 사이카의 몸을 닦아주는 등 신체적인 접촉을 해왔지만 이제는 혼자서도 할 수 있었고, 잘 자라는 인사를 나누고 나서는 각자 방으로 들어갔기 때문에 정말 손끝 하나 건드릴 수 없게 되었다.

이제 괜찮지 않을까 하는 생각이 들게 하는 낌새가 은근히 느껴지기도 했지만 내가 먼저 손댈 수는 없었다. 그런 눈으로 보지 말자고 스스로를 달래는 데도 한계가 있었다. 하는 수 없이 '사이카는 물 마시는 모습도 야해' 같은 생각을 하며 일상생활을 했다. 영화 속 운동을 마친 남녀가 팔을 걷어붙이고 물을 살짝 흘리면서 마시는 섹시한 장면이 아닌, 식사중에 밥을 먹으며 물을 마시는 것만 봐도 '오늘은 좋은 구경을 했네'라는 생각이 들도록 훈련했다.

내가 좋아하는 하얗고 가느다란, 말 그대로 급소라는 느낌이 드는 사이카의 목. 근육이 미세하게 움직이며 액체를 삼키는 순간을 은근히, 하지만 단 일 초도 놓치지 않고 뇌리에 새긴 채 잠자리까지 가져가 잠에 들었다. 습관이라는 게 참 무서운 것이었다. 목뿐 아니라 컵에 닿은 입술의 보드라운 흔적까지 함께 즐기자 제법 만족할 수 있게 되었다.

토요일에는 사이카와 같이 외출을 하기도 했지만 일요일은 피로 회복을 위해 집에서 보내는 일이 많았다. 오늘도 내일부터 시작되는 한 주에 대비해 푹 쉬고 싶었지만 집에서 하려고 가져온 일이 있어 점심을 먹은 뒤 책상 앞에 앉았다.

컴퓨터를 켜고 돌아가는 의자에 무릎을 세우고 앉아 음악을 들으며 일을 시작했다. 활짝 열어놓은 창문에서 종종 바람이 들어왔다. 사람들이 생활하고 있을 저 아래 세상은 모두가 낮잠을 자는 것처럼 고요했다. 창문의 절반을 차지한 선명한 푸른빛의 하늘이 되레 더 수다스러운 느낌이었다. 오후가 되어 급격히 올라간 실내 온도에 고무되어 키보드를 두드리는 손가락이 여느 때보다 가벼웠다.

식탁에서 느긋하게 볶음밥을 먹고 있던 사이카가 다가와 내 헤드폰 잭을 뽑으며 말했다.

"더워. 이제 에어컨 틀자."

벗을 수 있는 건 다 벗어던진 사이카는 상반신에 탱크톱 한 장만 입고 있었다. 둥글게 파인 가슴과 얇은 하얀 면 소재 옷이 그의 건강한 몸과 은근한 그늘이 있는 내면의 불균형이 자아내는 매력을 한층 더 돋보이게 했다.

"이 정도는 참을 수 있잖아."

"더워서 녹아버릴 것 같은데? 조금만 움직여도 온몸이 땀범벅이야. 그리고 애초에 왜 참아야 해?"

그건 그렇다, 왜 참아야 하는 걸까. 해마다 처음 에어컨을 틀 때에는 늘 죄책감이 들었다. 일단 틀면 흘러나오는 맑은 냉기에 몸도 마음도 치유되는데. 그렇지 않아도 더운 도시에 실외기의 뜨거운 공기까지 내보내고 싶지 않은 마음도 물론 있었지만 그보다 이제는 여름 더위를 견디지 못하게 된 자신을 부끄러워하는 원시적인 감정도 있었다.

"이거 무슨 노래야?"

사이카가 손으로 얼굴을 가리며 컴퓨터에서 흘러나오는 음악에 귀를 기울였다.

"〈럭키Lucky〉."

남녀 듀오가 부르는 그 곡을 반복재생해서 듣던 중이었다.

"슬픈 노래네."

"그래? 가사는 당신과 사랑에 빠져서 행운이었다. 언젠가 꼭 다시 당신을 찾아가겠다는 밝은 내용인데?"

사이카가 다시 말없이 곡에 귀를 기울였고, 나는 내심 컴퓨터로 재생한 탓에 음질이 떨어지는 게 신경 쓰였다. 좋은 스피커로 들으면 더 멋진 곡인데. 노래하는 두 사람을 변호하고 싶었다. 미묘하게 마음이 편치 않았다. 개인적인 의미를 가진 곡이라 헤드폰으로 혼자 듣는 게 제일 좋았다. 전세계 사람들이 듣는 유명한 곡인 건 알지만 꼭 나에게만 호소하는 것처럼 느껴지는, 내면의 섬세한 주름을 자극하는 노래였기 때문이다.

"따뜻한 목소리야."

사이카는 조용히 말하더니 후렴구를 콧노래로 흥얼거리며 슬렁슬렁 거실로 돌아갔다. 나는 다시 헤드폰을 꽂고 일하며 온 팔뚝의 신경을 곤두세운 채 에어컨의 찬바람이 이 방까지 흘러들어오기를 기다렸다. 하지만 시간이 지나도 실내 온도는 그대로였다.

7월, 사이카의 서른네 살 생일을 맞아 케이크와 음식을 만들어 축하 파티를 했다. 사이카는 크랜베리와 블루베리, 딸기로 장식한 피스타치오 크림 쇼트케이크 위에 꽂힌 초를 후 불어 끄더니 복잡한 표정으로 웃었다.

"고마워. 이제 생일이 마냥 즐거운 나이는 아니지만."

"앞으로 매년 생일마다 이럴 거야?"

"아이는 모르겠지만 이것도 많이 나아진 거야! 열아홉 살 때는 흰머리를 발견한 순간에 자살해야겠다고 진심으로 생각했다니까. 근데 병이 사고의 전환점이 되어줬어. 온몸이 뻣뻣하게 굳어서 통증이 절정에 달한 밤이었는데, 그날 이십 대의 나는 완전히 죽었어. 난 그런 식으로밖에 시간의 흐름과 함께할 수 없더라. 거스르지 않고 받아들이기 위해서는 몸에게 배우는 수밖에 없었어."

사이카는 내가 건넨 기다란 선물 상자의 분홍색 리본을 풀었다. 안에 든 건 두툼한 손잡이의 메이크업 브러시였다.

"화장하라고?"

"잊었어? 그거 원래 사이카가 주문한 거야."

사이카가 의아한 표정을 짓더니 브러시를 요모조모 살펴봤다.

"혹시 내가 너한테 쓰려고 인터넷에서 산 브러시야? 택배 아저씨가 타임머신을 타셨나?"

"미안, 내가 계속 숨겨놓고 있었어."

사이카가 깔깔거리며 웃었다. 다소 경박하지만 내가 사랑하는 그 웃음소리가 우리가 같이 살던 이 맨션에 다시 울려 퍼지는 날이 올 줄이야.

"배송은 잘 됐는데 내가 받아서 숨겨놨었어. 사이카 못 보게."

"그랬구나, 옛날 생각난다. 나 그때 판매처에 클레임 걸었던 거 알아? 주문한 물건이 안 왔다고!"

사이카는 브러시 손잡이를 엄지손가락과 집게손가락으로 집어 빙빙 돌렸다.

"왜 이걸 이제 와서 돌려주는데? 써도 된다고?"

"그냥 별 뜻 없이 옛날 생각나서 준 거야. 메이크업 브러시로 만들어졌으니까 메이크업 브러시로 사용해줘. 맞다, 그리고 이거."

이어 진짜 선물이 담긴 쇼핑백을 건넸다. 하얀 티셔츠를 본 사이카는 기뻐하며 입어보더니 다시 메이크업 브러시를 집었다.

"나도 이제 조금 어른이 되고 보니 알 것 같아. 아이 말대로 이건 필요 없는 물건이었어."

"본래 목적에 맞춰 사용한다면 최고의 물건이 될 거야."

"맞아."

사이카가 웃으며 브러시를 내려놓더니 내 뺨에 입을 맞췄다. 사이카가 먼저 입맞춤한 건 다시 만나고 나서 처음 있는 일이었다. 놀란 얼굴로 그를 바라봤다.

"어떤 생일 선물보다 아이를 원해."

마음이 들떴지만 애써 자제했다. 내가 과거를 떠올리게 하는 메이크업 브러시를 꺼낸 탓에 일부러 신경이 그쪽으로 향했을 가능성도 부정할 수 없었다.

"무리하지 않아도 돼. 생일이니까 네가 제일 하고 싶은 일 하면서 하루를 보내자."

사이카가 내 귓가에 입을 대고 속삭였다.

"그게 지금 제일 하고 싶은 일이야. 다만 아직 완전히 회복되지 않았고 오랜만이라 솔직히 자신은 없어. 아이가 리드해주면 좋겠어."

"몸이 안 좋고 여유가 없던 것도 있지만."

사이카가 눈을 내리깔고 말문을 열었다. 말로는 전달하기 어려운 건지, 단순히 말하고 싶지 않은 건지 손을 꼼지락거리고 있었다.

"그보다는 지금 내가 아이에게 어울리지 않는 것 같아서 피했어."

단순한 말이었지만 내 분노에 불을 붙이기에는 충분했다. 눈꼬리가 자연스레 뾰족해지는 걸 느꼈다.

"뭐라고? 왜 그런 생각을 하는 건데?"

"그렇잖아. 주눅이 들 법도 하지! 난 환자인데 아이는 처음 만났을 때보다 모든 면에서 성장했잖아. 겉모습도, 정신연령도 완전히 달라졌다고. 그런데 별 매력도 없는 내가 무슨 용기로 아이하고 관계를 갖겠어. 그래도 가끔 아이가 출근한 동안에 아이 옷을 입어보거나 침대에 누워봤어. 그러고 있는 걸 보면 분명 소름 끼쳐 할 것 같아서 탈취제도 뿌리고, 머리카락도 치우면서 증거는 철저하게 지웠지만."

몰래 내 이불을 둘둘 말고 있는 사이카를 상상하니 귀여워 미칠 것 같았지만 아직 화가 풀린 건 아니라 자연스레 언성이 높아졌다.

"그건 기쁜데, 결국 나르시시즘이야! 같이 살자고 하고, 끊임없이 애정을 표현해온 나한테 어떻게 그런 말을 할 수 있어? 거짓말이지? 내가 사이카만 보는 걸 알면서도 단순히 완전하지 않은 상태로 나와 마주하는 게 싫어서 피했던 거잖아."

"그게 아니라니까! 아이는 건강하지 않은 사람의 자신감이 얼마나 바닥을 치는지 몰라서 그래! 건강한 넌, 그야말로 빛이 나는 듯 눈부셨어. 매일 밤 물수건으로 몸을 닦아줄 때마다 이대로 다정하게 날 안아서 온몸에 키스해주면 얼마나 행복할까, 계속 그런 생각만 했어. 그러면 온몸의 통증도 사라지지 않을까 싶을 만큼 네가 그리웠어. 하지만 수건을 통해서가 아니라 직접 닿는다고 생각하니 생각만 해도 끔찍했지. 바뀌어버린 내 몸을 들킬 것 같아서."

사이카는 용서를 구하듯 내 가슴팍에 머리를 기대고 간절히 나를 올려다보았다. 나는 그런 사이카를 원망스럽게 바라봤지만 그는 뻔뻔하게도 달콤하게 속삭였다.

"같은 집에 살면서도 우리는 이렇게 엇갈리고 있었네. 하지만 이제 괜찮아, 난 언제든 아이를 받아들일 준비가 되어 있으니까……."

"사이카는 예전에 비해 요즘 외모 수준이 높아졌다고 생각하는 모양인데, 솔직히 지금이나 아플 때나 겉보기에는 별로 달라진 줄 모르겠거든!"

내 뺨을 두 손으로 감싸며 자신만만하게 얼굴을 들이대는 사이카에게 그렇게 말해주자 대번에 낯빛이 달라졌다. 나는 웃음을 터뜨리며 소파에서 일어났다.

안될 줄 알았는데! 드디어 마음껏 사이카를 만질 수 있다는 기쁨으로 가슴이 뛰었다. 그런데도 그를 뒤에서 껴안은 내 손은 어색하게 가슴을 문지를 뿐 능숙하게 움직여주지 않았다. 예전에는 시작할 땐 늘 사이카가 먼저 리드해주기도 했고, 최근엔 물로 목을 축이는 모습만 봐도 만족하도록 훈련해왔기에 신체적 접촉은 자극이 너무 강했다. 몸은 서서히 긴장에 지배되어 굳어갔다. 하지만 천재일우의 기회를 놓치고 싶지 않았고, 먼저 관계를 제안할 정도로 회복한 사이카의 몸과 자신감을 지켜주고 싶었다. 그의 허리를 받치며 천천히, 부드럽게 침대에 눕혔다.

사이카는 조금도 동요하지 않았는지 믿음에 찬 맑은 눈동자로 나를 올려다보고 있었다. 미소를 머금은 입꼬리는 마치 자신을 재워주는 부모를 올려다보는 어린아이처럼 천진난만해서, 앞으로 그에게 할 일을 생각하면 죄책감마저 들었다.

사이카 위로 몸을 포개 뺨과 머리카락을 손가락으로 어루만지며 시선을 맞췄다. 그는 희미하게 웃으며 살짝 고개를 들었다. 작은 사인을 놓치지 않고 그대로 입을 맞추며 차츰 혀를 깊이 집어넣었다. 턱을 단단히 쳐들고 목을 최대한 뻗어 위에서 쏟아지는 입맞춤을 열심히 받아주는 사이카는 녹색의 곧은 줄기와 새하얀 옷깃 같은 잎을 지닌 칼라처럼 피어 있었다.

오랜만에 진한 입맞춤을 나누는 동안 나를 덮친 건 뜨거운 욕망도, 깊은 애정도, 그리움도 아닌 압도적인 긴장감이었다. 꿈에서까지 그리워했던 이 혀의 감촉을 다시 맛보는 날에는 금세 무아지경에 빠져 헤어나지 못하리라 믿어 의심치 않았는데. 심경의 변화에 당혹스러웠다.

이게 어떻게 된 일이지? 숨도 쉬지 못할 만큼 지독한 긴장에 휩싸여 있었다. 팔 년간 키스하는 법조차 다 잊어버린 나는 어설프게 혀를 비비고 있었다. 애초에 침대에서 주도권을 잡아본 적이 없기에 오늘 밤의 역할이 지금까지의 경험 중에서 최고난도라는 건 분명했다. 아직 마음의 준비가 전혀 되지 않았다.

동요를 감추기 위해 일단 사이카의 옷을 벗기려는데, 그가 손을 올려 막았다.

"잠깐만, 불 좀 꺼도 돼? 밝은 데서 하긴 부끄러워. 이제 나이가 있잖아."

"동갑인 나한테 그렇게 말하기야?"

사이카에게 용기를 주기 위해 환한 조명 아래서 티셔츠와 바지는 물론 속옷까지 모두 벗어 던졌다. 집에 있는 모든 조명이 실오라기 하나 걸치지 않은 온몸 구석구석까지 비추었지만 조금도 부끄럽지 않았다. 남이 봐도 부끄럽지 않은 몸이라서가 아니라 사이카 앞에서 이 모습이 되는 날을 간절히 바라왔으며, 이제야 겨우 그 꿈이 이루어졌기 때문이었다. 그의 팔을 잡자 서로의 맨살이 닿았다. 그것만으로도 나에게는 감당하기 힘든 자극이었다.

"운동 좀 했어? 복근이 생겼네!"

사이카의 손가락이 신기하다는 듯 내 배를 쓸어내렸다.

"응, 못 만나는 동안에 근력운동에 취미 붙였거든."

자신의 육체에 집중할 수밖에 없던 날들은 결코 즐겁지만은 않았지만 전보다 탄탄해진 몸은 늘씬해 보였다. 몸과 마음은 이어져 있지만 동떨어져 있기도 하다. 어느 한쪽이 궁지에 몰려도 노력을 통해 다시 회복시킬 수 있다.

내 허리를 만지는 사이카의 손길이 너무 뜨거웠다.

"정말 아이 몸은 아무한테도 보여주기 싫어. 수영장이고 온천이고 다 안 보낼 거야. 이렇게 산뜻하면서도 섹시한 몸이라니, 계속 봐도 부족해."

"나야말로 계속 널 만지고 싶어서 미칠 것 같았어. 세상에서 가장 사랑하는 사이카가 눈앞에 다시 나타났잖아. 그동안 금지됐던 만큼 마음이 깊어져 침이 흐를 것 같은 정도였다고. 어떤 매력적인 몸을 눈앞에 들이밀어도 이런 감정은 못 느낄 거야. 사이카라서 가능한 거야."

"정말 그래?"

"정말 그래."

그래, 이상할 건 없어. 이 세상에 너와 내가 있을 뿐이야. 나는 지금 사이카와 함께 새하얀 제로 지점에 있다. 지금까지 함께 쌓아온 모든 역사를 품에 안고, 우리는 발맞춰 새로운 길로 나아가려 하고 있었다.

하지만 나는 고전을 면치 못했다. 사이카의 소원대로 조명을 어둡게 한 뒤 옷과 속옷을 모두 벗기고 최선을 다해 정열적으로 껴안았지만 그의 몸은 여전히 뻣뻣했고, 숨죽인 채 긴장하고 있는 게 느껴졌다. 그의 몸에서 다시 떨어졌다. 몸의 중심은 뜨거운데 말단은 싸늘하게 식은 느낌이었다. 사이카는 치과의사에게 충치 진료를 받는 환자 같은 표정으로 누워 있었다. 이런 식으로 계속 만져댄다고 뭐가 달라질 것 같지는 않았다.

"왜 그렇게 굳었어?"

"미안. 갑자기 아프기 시작하면 어떡하나 해서."

사이카의 몸을 내려다봤다. 수천 개의 요소로 이루어진 그 몸은 어찌나 정밀한지, 마치 일본 전도 위에 서 있는 것처럼 광막한 느낌이었다. 대체 어디를 만지면 그의 긴장이 풀릴지, 나를 받아들일 마음이 들 정도로 기분 좋게 만들 수 있을지 짐작이 가지 않아 좌절했다. 팔 년 전에는 그토록 자연스러웠던 행위였는데, 어디서 어떻게 잘못된 건지 하나도 기억이 나지 않았다.

두 몸은 어색하게 포개져 있었다. 특히 다리의 움직임이 제일 이상했는데, 벌렸다가 바로 오므리기를 반복했다. 통증에 겁을 먹은 사이카의 몸은 널빤지처럼 탄력 없이 뻣뻣했다. 그 위로 올라타니 통나무 두 개를 쇠사슬 네 줄로 억지로 묶어놓은 모양새였다. 폭풍처럼 몰아치던 욕망도 점점 잦아들며 진지함만이 남았다.

몸을 맞춰보니 사이카가 이 순간이 두려워 헤어질 생각까지 했을 정도로 뒷걸음질 쳤던 이유를 이해할 수 있을 것 같았다. 사이카도 나보다 더 진지한, 욕망과는 무관한 표정으로 땀을 흘리고 있었다.

"예전보다 못해서 미안해."

"그래? 내 기억으로는 옛날부터 이랬던 것 같은데. 혹시 자기가 잘한다고 생각했어?"

"너무해!"

내가 찰싹 때리는 시늉을 하자 사이카는 깔깔거리며 웃었다. 가벼워진 분위기에 우리는 약간의 활력을 되찾았고, 몸에 온기가 돌아온 걸 느끼며 다시 행위를 시작했다. 사이카가 숨결을 흘릴 때마다, 신음할 때마다, 통증 때문에 소리를 내는 게 아닌가 신경 쓰여 동작은 더 뻣뻣해졌다. 몸과 몸을 매끄럽게 맞추려면 유연성이 필요한데 그게 없었다. 욕망의 장작이 부족한 게 결코 아닌데도.

한 시간이 지나도 둘 다 애무를 받을 준비조차 되지 않았다. 상황이 계속되자 단념하고 말문을 열었다.

"오늘은 이쯤 하자. 생일인데 미안해. 조금씩 익숙해지면 다음에는 더 잘할 수 있을 테니까 또 기회를 줘."

사이카는 내 말에 답하지 않고 몸에 시트를 둘둘 감더니 침대 조명으로 내 몸을 비췄다.

"여기는 여전하네. 오랜만에 봐."

사이카가 내 골반에 있는 하얀 반점을 살살 어루만졌다.

“이 하얀 반점, 너무 섹시한 것 같아. 태어날 때부터 있었어?”

“응, 어릴 때부터 있었대.”

사이카의 칭찬은 대부분 나를 기쁘게 했지만 이건 아니었다. 하얀 반점은 나의 가장 큰 콤플렉스였다. 평소에는 안 보였지만 수영복을 입거나 우연히 셔츠 자락이 들려 올라갔을 때, 탈의실이나 온천에 갈 때면 열에 아홉은 그게 뭐냐고 물어봤다. 흘러가는 구름처럼 가늘고 긴 모양의, 허리에서 옆구리까지 하얗게 번진 반점 때문에 비키니 수영복은 입지 않았다. 나이를 먹을수록 온몸으로 번지는 사람도 있다고 해서 사춘기에는 매일 거울을 보며 점이 커지지 않았는지 확인했다. 군데군데 연분홍빛이 돌기도 해 표백제를 잘못 썼을 때 생기는 번짐 같기도 했지만 아직 특별한 변화는 없었다.

“나한테는 너무 무서운 반점이야. 온몸에 번지면 어떡하나, 지금도 좀 겁이 나.”

“선천성인데 번지기도 한대?”

“모르겠어. 내가 보기엔 커지진 않은 것 같은데, 무서워서 관련해선 잘 안 알아봤거든.”

“아이한테는 미안하지만 난 정말 이 반점이 좋아. 아이 몸에 펼쳐진 초원 같아.”

“초원은 그 밑에 있지 않아?”

“뭐래, 겉보기에 비슷하다는 게 아니라 마음의 눈으로 보면 그렇다는 거야. 이 백색 지대는 바람 부는 조용한 초원이야. 평안하고 햇살이 내리쬐는, 몇 시간이고 낮잠을 즐길 수 있는. 여기 살고 싶을 만큼 마음에 들어."

사이카의 온화한 목소리와 다정한 손길이 하얀 반점에 대한 공포심을 누그러뜨렸다.

아직 10시도 되지 않은 시간이었다. 평소 잠자리에 드는 시간보다 훨씬 이른 시간대였지만 실내가 어스름해서인지 눈꺼풀이 슬슬 감기는 걸 이길 수 없었다. 사이카도 어느샌가 동작을 멈추고 내 허리 옆에서 눈을 감고 잠들어 있었다. 머리맡의 불을 끄고 이불 속으로 들어가 사이카의 이마에 이마를 맞대고 그대로 잠들었다.

눈을 떴을 때는 여전히 밤중이었다. 예전에도 너무 이른 시간에 잠들면 꼭 낮잠을 잔 것처럼 어중간하게 잠이 깨는 일이 자주 있었다. 생활 리듬이 깨지면 괴로워지기 때문에 다시 잠을 청하려고 억지로 눈을 붙였지만 잠기운으로 물들었던 의식이 점점 맑아졌다.

문득 떠오른 생각에 머리맡의 디지털시계를 보았다. 23:52, 암흑 속에서 빛나는 숫자가 보였다. 얼마 안 남았지만 아직 사이카의 생일이었다.

자다 깨서 어둠에 눈이 익은 건지, 커튼을 쳐놓은 창문 너머 희미하게 드리운 빛으로도 옆에서 베개를 벤 채 잠든 사이카의 얼굴을 알아볼 수 있었다. 얼굴을 덮은 가느다란 머리카락을 살며시 헤쳤다. 지금까지의 일상과 어떻게 다른지 스스로도 구별이 가지 않았다. 몸을 일으켜 다시 사이카의 위에 올라탔다.

살짝 입을 벌린 채 안심한 표정으로 잠든 사이카를 내려다보고 있으려니 새삼스레 애틋함이 솟아났다. 이 얼굴이 귀엽게 눈을 가늘게 뜨며 어린 아이처럼 웃거나, 살기가 느껴질 만큼 불같이 성을 내거나, 자애로운 표정으로 나를 위로하는 걸 가까이서 보아왔다. 그리고 욕망에 붉게 물들어 나를 간절히 원하는 눈동자도. 그 눈동자를 다시 되찾고 싶었다.

매달리듯 껴안자 사이카는 잠에서 덜 깬 상태로 팔을 둘러 포옹에 응했다. 직접 가슴에 귀를 대고 심장이 뛰는 소리를 들으니 호흡이 안정되며 안심이 됐다. 다른 무엇도 대체할 수 없는 깊은 충만감이 몸 깊숙한 곳까지 퍼져나가는 동시에 이질적인 열기가 고개를 쳐들었다. 편안한 느낌이 몸을 지배하기 전 충동은 이미 시작되고 있었다. 그저 껴안는 것만으로는 끝나지 않을 충동이.

사이카의 얼굴을 들여다보려고 몸을 구부렸다. 하지만 코앞까지 다가가자 망설임이 솟아나 순간 흠칫했다. 아까같이 모든 게 마음처럼 되지 않으면 어쩌지. 어스름하고 조용한 방, 잠든 사이카. 긴장할 일은 아무것도 없었다. 욕망에 충실하게 움직일 수 있을 거란 예감이 들었다. 잠든 이를 덮치는 비열하고도 고전적인 수법이 사람에게 얼마나 용기를 주는지 처음으로 알았다. 눈을 감고 욕망을 따라 사이카에게 입을 맞췄다.

말캉하고 보드라운, 따뜻한 입술은 주인을 따라 깊이 잠들어 있었다. 그러나 내 혀가 안으로 침입해 움직이자 어떤 순간을 기점으로 또렷이 제 의지를 가지고 움직이기 시작했다. 힘껏 옭아매며 빨아들이는 혀의 감촉에 시선을 들자 사이카가 눈을 게슴츠레 뜨고 나를 보고 있었다. 그 눈동자에는 놀라움이 어려 있었다. 지지 않겠다는 듯 그의 혀를 힘껏 빨면서 윗입술도 살짝 깨물었다.

내 행동을 이해한 사이카는 주도권을 쥐려는지 나를 쓰러뜨리려고 팔에 힘을 줬지만 나는 응하지 않았다. 대신 그의 목 양쪽에 입을 맞췄다. 쇄골에서 가슴, 단전 근처, 배꼽, 그리고 하복부까지. 입술은 몸을 훑으며 점점 아래로 내려갔다.

"우리가 떨어져 있는 동안에 아이는 어떤 사람하고 만났어?"

어둠 속에서 사이카가 중얼거렸다. 소스라치게 놀라 뜨거운 숨을 몰아쉬며 동작을 멈췄다.

"남자는 그나마 괜찮은데, 여자는 좀 질투날 것 같아."

"무슨 소리야, 아무하고도 안 만났어."

나는 퉁명스레 말했다. 떨어져 있는 동안 나와 사이카의 경험의 격차가 벌어진 건 그의 고백을 들어 잘 알고 있었다.

"이삼십 대의 가장 좋은 시절에 계속 혼자였다고? 무려 칠 년인데? 그래도 같이 밤을 보낸 상대는 있었지?"

"없었어. 전에도 말했다시피 나는 사이카와 계속 사귀고 있다고 생각했으니까. 이 얘기는 이제 그만하자."

사이카가 행복한 표정으로 자지러지게 웃으며 나를 끌어안았다.

"내 사랑은 어쩜 이렇게 사랑스러울까? 감시하는 사람도 없는데 한눈 좀 팔지 그랬어!"

은근히 속이 뒤틀려 사이카의 손을 뿌리쳤다.

"내가 넌 줄 알아? 아무하고나 자게."

"나도 아무하고도 안 잤어! 스케줄도 바쁘고 남들 눈도 있는데 어떻게 이 사람 저 사람 만나고 다녔겠어! 원나잇 파트너 구해달라는 부탁을 누구한테 했겠냐고."

사이카의 뒤통수를 힘껏 때렸다.

"아야! 왜 때려!"

"맞을 짓 했잖아! 왜 그런 어처구니없는 거짓말을 했는데?"

"내가 아니라 회사 말을 들은 아이한테 화가 안 풀렸으니까! 거짓말이라 다행 아냐? 내가 아무하고도 안 잤다는데 기쁘지 않아?"

"야! 내가 그 얘기 듣고 얼마나 힘들었는지 알아?"

"미안해. 하지만 그렇게 힘들었다니 아이 사랑이 느껴져서 행복하다. 그 고통을 다 덮어버릴 만큼 앞으로 평생 영원히 아이만 사랑할게."

사이카는 정열적으로 나를 껴안았지만 아직 화가 덜 풀려 그를 거칠게 밀어 쓰러뜨린 후 이불 속으로 들어갔다. 그리고 재빨리 아래로 내려가 사타구니 사이에 자리를 잡았다. 놀란 사이카가 팔에 힘을 팍 주고 진심으로 저항하며 나를 밀었지만 이제 정중한 전희 같은 걸 할 생각은 없었다.

버둥거리는 두 다리를 끌어안아 움직이지 못하게 한 순간, 이미 마음은 정해졌다. 그의 중심에 세차게 얼굴을 파묻었다. 일단 마주하기만 하면 보지 않고도 어떻게 쾌락에 도달하는지 빠삭하게 알고 있었다. 절대로 도망치지 못하게 하기 위해 혀끝으로 재빨리 음핵을 찾아 그 주변까지 소리를 내며 샅샅이 빨았다. 이내 이성을 잃은 듯한 사이카의 신음이 터져 나왔고 나는 녹을 것 같은 아이스크림을 서둘러 핥아먹듯 반복해서 할짝거리며 이불을 걷어냈다. 보여지는 것도, 보는 것도 너무나 부끄러웠지만 사이카의 다리 사이에 얼굴을 묻은 채 실신하는 것보단 나으니까.

사이카는 나를 움직이지 못하게 하려는 듯 두 팔을 쭉 뻗어 내 머리를 손으로 누르며 앓는 소리를 냈다. 하지만 혀를 굴리며 느릿하게 핥자 내 머리카락을 세게 움켜쥔 손에서 점점 힘이 빠졌다. 고개를 기울여 혀로 안을 파고들자 위에선 더욱 가빠진 신음 소리가 쏟아졌다.

사이카가 절정을 맞이하기 직전에 어떤 신호를 보내는지 머리가 아닌 몸이 똑똑히 기억하고 있었다. 그곳이 붉어지는 것과 배꼽 주변이 움찔거리는 것, 허벅지 안쪽에 힘이 들어간 것을 확인하고 혀를 뺐다. 내내 벌러온 복수까지 포함해 쉽게 놓아줄 생각이 없었다.

모든 쾌감을 취하고 싶다고 애원하듯 살짝 벌려져 있던 입이 닫혔고, 반대로 찌푸린 눈썹 아래 꼭 감겨 있던 눈꺼풀이 움직였다. 욕망에 차 나를 올려다보는 젖은 눈동자는 노골적으로 불만을 호소하고 있었다. 득의에 찬 내 표정을 보고 의도를 파악한 사이카는 상처받은 기색을 보이길 잠시, 사나운 기운이 어린 눈빛으로 옅게 웃으며 나를 밀어 쓰러뜨렸다.

"좋아, 네가 그렇게 나오면 나도 가만히는 안 있어. 도중에 관두면 어떤 기분인지 직접 몸으로 느껴봐."

무릎으로 내 허벅지를 고정시킨 사이카가 몸을 구부려 중심에 얼굴을 대자, 방금 전까지의 여유는 흔적도 없이 사라지는 것이 느껴졌다. 마음이 다급해졌다.

아직 마음의 준비가 안 됐는데! 내가 하는 거랑 당하는 건 천지 차이라고!

혼신의 힘으로 그의 머리를 밀어내려 했지만 사이카는 팔꿈치로 배를 쿡 찔렀다. 어찌나 아픈지 신음이 절로 나왔다.

말이 돼? 왜 이렇게 힘이 좋아? 이제 완전히 다 나은 게 분명해.

아파서 꼼짝도 못 하는 와중에 갑자기 부드럽고 축축한 혀가 내 안으로 뜨겁게 파고 들어왔다. 진득하지만 섬세한 움직임에 수치심이 몰려와 베개를 안고 얼굴을 가렸지만 시야를 차단하니 오히려 집중력이 더 높아지는 것 같았다. 혀가 민감한 틈새를 훑는 걸 느끼고 허리를 빼려 했지만 사이카가 두 손으로 꽉 붙잡았다. 한계를 초월한 쾌감에서 도망칠 수 없었다. 눈을 가리려고 잡았던 베개는 이제 주체할 수 없는 신음 소리를 빨아들이고 있었다.

머릿속이 새하얘지며 쾌락의 바늘은 극한을 넘어 꺾이고 말았다. 정중하면서도 애틋한, 영혼을 빼어놓는 듯한 애무였다. 내 허벅지 근육이 호두까기 인형처럼 사이카의 작은 머리통을 으스러뜨릴까 무서워 손으로 무릎을 잡고 있는데, 다리가 떨리는 진동이 손으로 전해졌다.

가쁜 호흡과 함께 시야가 부예졌다. 내가 마치 칼날에 반으로 잘린 사과의 하얀 과육 같았다. 가장 깊숙한 곳, 씨앗을 둘러싼 과심果心에 닿은 사이카의 혀가 부드럽게 꿈틀거렸다. 턱을 높이 쳐들고 정수리를 시트에 비볐다.

사이카의 움직임은 단조롭지도, 미려하기만 하지도 않았다. 그 속엔 이질적인 진득함이 숨어 있어 독특한 리듬을 자아냈다. 저항할 힘을 완전히 상실한 내 허벅지는 수치심을 자극하기 위해서인지, 아니면 단순히 힘이 빠져서인지 무릎 바깥쪽이 시트에 닿을 정도로 적나라하게 벌어져 있었다. 수축하고 이완하는 과정이 사이카에게 그대로 전해졌다고 생각하니 이대로 기절하고 싶은 심정이었다.

기세만으로 몰아붙이는 내 방식과 달리, 사이카는 내가 저항하지 못하는 틈을 노려 팔에 힘을 빼고 다정하게 움직였다. 배가 욱신거리는 한편 섬세하고 부드러운 쾌감에 지배당한 다리는 오므리려는 자세로 굳어버렸다.

"그만, 이제 못 하겠어."

머리를 힘껏 눌렀지만 꿈쩍도 하지 않는 걸 보고서야 사이카가 도중에 그만둘 생각이 없다는 걸 깨달았다.

"안 돼, 같이 갈래."

목소리가 가늘어졌다. 더는 견딜 수 없었다. 베개가 흘러내리면서 드러난 입은 알아들을 수 없는 소리를 토해냈고, 손가락을 쑤셔 넣고 가슴을 쥐어뜯고 싶을 정도의 충동이 솟구쳤다.

이윽고 그것은 하늘에 떠 있는 구름처럼 머리 위로 번졌다. 붙잡고 싶어 손을 뻗었지만 닿지 않아 몇 번이고 발돋움을 했다. 그리고 겨우 손가락이 구름을 스쳤을 때, 모든 것이 쏟아져 내리며 감미롭게 나를 감쌌다. 손을 꼭 쥐고 어깨부터 목, 그리고 모든 피부에 소름이 돋는 것을 느끼며 애달프게 조였다 풀어지는 감각에 몸을 떨었다. 세찬 파도에 흔들리듯 움찔거리는 땀에 젖은 몸이 힘없이 침대에 늘어졌다. 한참 헤엄치고 난 듯 극심한 피로가 기분 좋게 몸 전체로 퍼져나갔다. 쾌감의 잔물결은 온몸의 피부를 타고 번지더니 몸 밖으로 뻗어나갔다.

한껏 젖혔던 목이 겨우 제자리로 돌아왔다. 호흡이 가라앉고 열기가 빠져나가면서 어색하고 부끄러운 마음이 들었다. 기진맥진한 몸을 억지로 움직여 사이카를 쓰러뜨리고 그 위에 올라탔다.

“다음은 내 차례네.”

사이카는 씩 웃으며 “다음에, 이제 못 하겠어. 기절할지도 몰라”라고 말하더니 이불을 뒤집어쓰고 눈을 감아버렸다. 예전에 어디서 들었던 대사였다. 그 역시 복수의 기회를 노리고 있던 것이다.

우리는 다시 서로의 몸을 마치 제 몸처럼 구석구석 파악했다. 아니, 제 몸보다 더 잘 알게 되었을지도 모른다. 내 몸의 어디에서 무슨 냄새가 풍기고, 무슨 맛이 나는지, 감촉은 어떤지, 그런 것까지는 잘 모르지만 사이카는 내가 닿을 수 없는 부분까지 모두 세세히 파악하고 있을 테니까.

*

입사 팔 년째 되던 해 봄, 나는 여성지 편집부에서 픽션 중심의 월간지 편집부로 옮기게 되었다. 그에 따라 주로 상대하는 사람도 작가나 에세이스트로 바뀌었고 원고를 받기 위해 그들과 미팅을 하거나 식사를 할 기회도 늘어났다. 이 일을 시작한 지도 꽤 됐지만 픽션을 담당하는 건 처음이었고, 업계 특유의 규율 같은 것도 있어서 혼도 많이 나며 고전을 면치 못했다.

선배 편집자를 따라 나이 지긋한 남성 작가에게 단편 소설 원고를 받으러 간 적이 있었는데, 나중에 그 작가가 내가 너무 말이 없다며 불만을 토로했다는 이야기를 들었다. 편집 능력뿐 아니라 소통 능력까지 필요한 이 일에 하루라도 빨리 적응하기 위해 필사적으로 노력했다. 솔직히 원고를 꼼꼼하게 검토하는 업무 말고는 하고 싶지 않았지만 원고의 완성도에 찬탄하거나, 다음 원고를 의뢰하는 기술도 편집자의 중요한 능력이라 여겼기에 일하는 시간은 더욱 불규칙해졌고, 저녁 시간에 불려 나가는 일도 많아졌다.

어느 날, 나보다 나이는 어리지만 월간지 담당 경력이 긴 기시모토와 함께 작가 야와타 이사와 식사 자리를 갖게 되었다. 야와타 선생님은 사십 대 후반의 중견 여성 작가로 작가 생활은 길었지만 우리 잡지에 원고를 준 적은 한 번도 없었다. 기시모토는 새로 들어온 편집자를 소개한다는 명목으로 야와타 선생님과 약속을 잡는 데 성공한 것이었다. 편집장은 단발로 끝나도 상관없으니 원고를 주겠다는 약속을 꼭 받아 오라고 신신당부를 했지만 이미 게재가 결정된 원고조차 능숙히 다루지 못하는 내가 그런 난도 높은 기술을 구사할 수 있을 리 없었다. 그래서 오늘은 기시모토를 충실하게 보좌하며 그가 야와타 선생님과 친해져 원고 약속을 받을 수 있도록 도와야겠다고 다짐했다.

하지만 야와타 선생님은 원고에 관해선 한마디도 하지 않고 마냥 부어라 마셔라 하기만 했다. 기시모토가 작품을 칭찬하며 진지하게 감상을 들려줘도 "고마워, 기분 좋네" 정도로 적당히 대꾸만 했다. 빈티지 레드 와인을 마실 때만 행복한 웃음이 번질 뿐이었다. 아는 작품이라고는 하룻밤을 꼬박 새서 읽은 최신작이 전부라 기시모토의 감상을 들으며 아는 척 열심히 고개를 끄덕이며 야와타 선생님의 잔이 비면 와인을 채워주는, 누구나 할 수 있는 일을 깍듯하게 하고 있었다. 기시모토는 나를 배려해 말을 걸어주거나, 자기가 하겠다며 와인 병을 가져가려고도 했지만 그가 선생님과의 이야기에 집중하기를 바랐기 때문에 넌지시 거절했다.

"그래서 말인데요, 선생님께 부탁드릴 일이 있습니다."

메인 요리인 고기 요리 접시를 비웠을 즈음, 기시모토가 조금 긴장한 낯으로 말문을 열었다. 그의 신호에 맞춰 가방에서 앞으로 할 이야기에 필요한 서류 파일을 꺼냈다. '비터 앤드 스위트bitter&sweet 연애 특집'호에 야와타 선생님의 단편을 의뢰하기 위해 자세한 내용과 마감일 등을 적어놓은 가장 중요한 서류였는데, 아무리 파일을 뒤져도 보이질 않았다.

망했다. 어제 집에서 최종 점검을 하며 다시 읽고 나서 가방에 넣는 걸 잊어버린 모양이었다. 나는 일단 최근호를 꺼내 야와타 선생님에게 건넸다.

"저희가 연애 특집을 준비하는데 선생님께서 꼭 집필해주셨으면 합니다. 저희 잡지인데 한번 살펴봐주세요."

기시모토의 말에 야와타 선생님이 안경을 끼고 월간지를 훑어봤다. 그 틈에 밖으로 나와 지푸라기라도 잡는 심정으로 사이카에게 전화를 걸었다.

"여보세요."

"사이카? 지금 어디야?"

"집이지."

다행이다, 무의식적으로 주먹을 꽉 쥐었다.

"지금 뭐해? 좀 나올 수 있어? 미안한데 부탁할 일이 있어서."

"욕조 안인데 머리만 말리면 바로 나갈 수 있어. 무슨 일인데?"

"내 책상에 있는 서류 좀 나카메구로의 '스테파노'란 식당으로 가져다줘. 오늘 미팅에 꼭 필요한 서류인데 깜빡했어."

다행히 집에서 레스토랑까지는 택시로 십 분 거리였다. 직접 가지러 가도 되지만 자리를 비우는 상황은 가급적 피하고 싶었다. 사이카는 서류를 찾아 바로 출발하겠다고 말했다.

"고마워, 덕분에 살았다. 그리고 누군지 안 들키게 변장도 좀 해줄 수 있어?"

"알았어."

전화를 끊고 서둘러 자리로 돌아가자 야와타 선생님이 떨떠름한 표정으로 디저트로 나온 아포가토를 먹고 있었다.

"연애 소재는 이제 못 쓰겠어. 예전에는 나름 관심이 있었는데 결혼하고 나서는 가장 큰 관심사가 자식 진학 문제가 되어버리니까 사랑 어쩌고저쩌고 하는 일에는 통 관심이 안 가더라고. 요즘 사람들 연애 사정도 잘 모르고. 지금은 가족 여행이나 음식에 대한 에세이를 쓰고 싶어."

"저희는 가정에 관한 에세이도 써주시고, 연애 특집에도 기고해 주시면 너무 좋을 것 같아요."

기시모토도 물러나지 않고 집요하게 물고 늘어졌다.

그때 웨이터가 문을 열고 얼굴을 내밀며 말했다.

"실례합니다, 일행분 오셨습니다."

웨이터 뒤로 검은 옷차림에 선글라스를 낀 사이카가 나타났다. 시선이 모두 그에게 쏠리자 사이카는 당황한 듯 문 뒤로 숨었다. 자리에서 일어나 가까이 다가가자 사이카가 서류를 건네며 말했다.

"직원한테 아이를 불러달라고 했는데 잘못 전달됐는지 나도 손님인 줄 알고 방으로 안내하는 거야. 깜짝 놀랐네. 전달했으니까 난 그만 갈게."

사이카가 작은 소리로 속삭이더니 손을 흔들며 다시 복도를 따라 나갔다. 욕실에 있던 사람에게 이런 심부름을 시킨 걸 반성하며 돌아서는데, 문 너머로 몸을 내밀어 훔쳐보던 야와타 선생님과 기시모토를 발견했다.

"누구야?"

야와타 선생님의 물음에 "친구예요"라고 답하자, 선생님은 사람을 바보로 아느냐는 듯 눈을 가늘게 떴다.

"그 서류를 전해주러 일부러 여기까지 온 거잖아. 무슨 친구가 그렇게까지 해줘?"

"맞아, 수상해."

기시모토도 옆에서 장단을 맞췄다.

"순순히 자백해. 방금 그 멋진 청년, 남자친구지?"

야와타 선생님의 자신만만한 말에 목구멍이 움찔거렸다. 안 들키도록 선글라스에 맨투맨, 바지, 그리고 모자까지 온통 검은색으로 맞춘 사이카는 큰 키 때문에라도 남자로 보일 수 있었다. 머뭇거리는 나를 보고 두 사람은 신이 나서 떠들었다.

"누가 봐도 연인 사이였지?"

"네, 제 눈에도 그렇게 보였습니다!"

"그 종이, 어디서 가져온지는 모르겠지만 아마 집이겠지? 그럼 둘이 동거하는 거야? 혹시 벌써 결혼한 사이?"

"결혼은 안 했어요!"

결혼 이야기를 강하게 부정한 탓에 다른 말들은 모두 인정한 모양새가 되어버렸다. 다시 자리로 돌아온 뒤에도 두 사람은 그 이야기에 여념이 없었다.

“스타일이 엄청 좋은 친구던데? 얼굴 궁금했는데 합석시키지! 난리 씨라고 했지? 그 친구하고는 어떻게 연애해? 말해주면 그 이야기를 바탕으로 소설 써서 특집에 기고할게.”

야와타 선생님의 갑작스런 제안에 기시모토가 눈을 번뜩이며 나를 보았다.

“감사합니다 선생님! 난리 씨, 저도 부탁드리겠습니다. 이야기를 들려주세요!”

두 사람은 지금까지 쌓아온 와인의 힘을 유감없이 발휘하며 내 쪽으로 몸을 내밀었다. 거부할 수 없는 분위기에 이마에 삐질 땀이 흘렀다. 생각해본 적도 없는 ‘남자친구’ 이야기를 해야 한다니. 아까 온 사이카의 모습을 떠올리며 필사적으로 이야기를 꾸며냈다.

남자친구는 연하로 올해 스물여덟 살. 밴드에서 기타를 연주하지만 전혀 유명하지 않다. 우리 집에서 더부살이를 하고 있는데 마음을 다잡고 일할 생각은 없어 보인다. 그렇다고 결혼하자고 할 것 같지도 않아서 계속 만나야 할지 헤어져야 할지 요즘 고민이다.

“설정이 왜 그래? 완전 쓰레기잖아.”

내가 꾸며낸 남자친구 이야기를 들은 사이카는 분통을 터뜨렸다.

“성실한 회사원이라고 해도 안 믿을 것 같았단 말이야. 오늘 네 차림을 생각해봐."

자정이 넘어서야 집에 돌아왔지만 사이카는 안 자고 나를 기다리고 있었다.

"아니, 아무리 선글라스를 꼈다고 해도 어떻게 나를 남자로 착각할 수가 있지? 태어나서 처음 겪는 일이야."

"지금까지는 머리카락이 길었으니까? 머리 자르고 나서는 모자 쓴 사이카를 멀리서 보면 그렇게 착각할 수도 있겠더라. 야와타 선생님이랑 기시모토는 완전히 남자라고 생각하던데."

"출판업계 사람들이 보는 눈이 없네."

어지간히 불만스러운지 사이카는 입을 삐죽이며 인정하려 들지 않았다. 그런 반응을 보니 더더욱 말을 꺼내기 힘들었지만 해야 할 말이 하나 더 있었다.

"있잖아, 야와타 선생님이 널 한번 만나보고 싶다는데……."

"뭐? 싫어, 이번에는 분명 들킬 거야."

사이카 말이 맞았다. 다시 보면 여자인 걸 알아챌 테고, 연예인 쇼다 사이카라는 사실을 들킬 가능성도 있었기에 절대로 만나게 해서는 안 됐다. 하지만 야와타 선생님의 끈질긴 부탁과 어떻게 해서든 원고를 받고 싶은 기시모토의 압박 때문에 단호하게 거절하지 못한 게 사실이었다.

내가 지어낸 남자친구 설정은 스스로 말하며 헛웃음이 나올 정도로 유치했다. 하지만 사이카라는 실체를 직접 보아서인지 둘 다 내 이야기를 진심으로 믿은 듯했다. 나중에는 그런 남자를 공략하는 야와타 선생님만의 연애 테크닉 강의까지 들었다.

"그런 남자는 여자가 다 받아주면 아무것도 안 하려고 하니까, 마음 독하게 먹고 집에서 쫓아내. 안 그러면 아무 진전도 없을 거야. 자기를 우습게 보는 거라니까? 더 의연한 태도를 보여야 해."

"그렇지만 오늘처럼 제가 잊어버린 물건이 있으면 일부러 갖다주기도 하고, 자상한 면도 있어요. 가끔 요리도 하고요. 컵라면에 계란 넣는 정도지만."

"그게 요리에요? 그분은 몇 살이라고 했죠?"

"스물여덟 살이요."

"저랑 동갑이네요. 그 나이에 무직이나 다름없다니 좀 걱정되긴 하네요. 난리 씨가 버니까 상관은 없겠지만."

"난리 씨가 미인이긴 하지만 이제 나이도 있고, 다른 사람 찾으면 될 텐데 둘이 잘 맞나봐?"

야와타 선생님이 뭐라 말할 수 없는 수상쩍은 눈빛으로 의미심장하게 물었다.

"맞아요, 잘 맞아서 못 헤어지겠더라고요."

단순히 야와타 선생님에게 맞장구를 친 것뿐이었지만 막상 입 밖으로 내자 말에 묘하게 진심이 묻어나 얼굴에 열이 올랐다.

"좋겠다. 그런 관계는 흔치 않으니까 소중히 하고픈 마음도 알겠어. 결혼하고 싶지만 말을 못 꺼내는 연상 여자와 아직은 자유롭게 살고픈 연하 남자의 동거 생활이라. 오랜만에 연애소설을 쓰고 싶네. 역시 주변에 한창 연애중인 사람이 있으면 자극이 돼. 현실에서는 은퇴했지만 상상 속에서는 현역으로 활약할 수 있을 것 같아. 오늘부터 집필 들어갈 테니까, 남자친구 한번 만나게 해줘."

"네? 남자친구는 왜요?"

예의를 잃지 않으려 애썼지만 놀란 나머지 말이 튀어나왔다.

"아까는 순간적으로 본 거라 얼굴도 제대로 못 봤잖아. 인사도 못 했고. 그 정도 가지고는 상상력을 동원하는 데 한계가 있어. 아까 서류에 보니까 사백자 원고지 삼십 매 이상은 써야 한다며. 난리 씨한테 들은 이야기만으로는 삼십 매 턱도 없어. 기껏해봐야 십오 매 정도? 남자친구 취재까지는 부탁 안 할 테니까 잠깐 이야기라도 나누게 해줘. 최소한 어떤 사람인지 어느 정도 파악한 뒤에 쓰고 싶으니까."

"네! 저희가 자리를 마련하겠습니다."

기시모토가 멋대로 이야기를 진행시켜 당황스러웠다.

"저기, 그 친구가 워낙 낯을 가리는 성격에다 제가 일하는 업계 사람하고는 별로 만나고 싶지 않아 해서요. 공연 없을 때는 공사현장에서 아르바이트하고, 제 일에 대해선 묻지도 않고 관심도 전혀 없어요."

"알겠다, 능력에 비해 자존심이 세서 난리 씨 일하는 모습 보면 열등감을 느끼나봐."

"그건 안 되죠, 한번 각 잡고 단단히 말해두세요. 누가 먹여 살리고 있는데!"

일단 그렇게 그 자리는 파했는데, 회사로 돌아와 기시모토가 보고를 올리자 편집장은 딱히 놀라는 기색도 없이 말했다.

"야와타 선생님은 원래 기회만 있으면 편집자 사생활을 소재로 자기 글 쓰는 사람이야. 그냥 적당히 맞춰주면 돼. 지금 문고 편집부에 있는 도미오카 씨도 전에 그 선생님한테 자기가 피가학 성향이 좀 있는 것 같다고 농담처럼 말한 적이 있거든, 그랬더니 사생활을 캐물으며 SM 클럽에 데려갔대. 뭐, 실제로는 그렇지 않은데 선생님 관심 끌려고 적당히 말 맞춘 거라고 하기는 했지만. 그래도 아무튼 사전 조사할 겸 SM 클럽에 가서 공부도 했다니 대단하긴 해. 어쨌긴 야와타 선생님은 그걸로 책을 쓸 수 있으니 좋겠지. 근데 순수하게 쓰기 위해서만 취재한다기보다 그냥 남의 사생활을 엿보고 싶어하는 면도 있을 거야. 시시껄렁한 소문이나 가십을 원체 좋아하는 사람이니까."

"그랬군요, 몰랐어요."

그런 사람에게 내가 남자친구라 소개한 사람이 사이카라는 걸 들키면 어떻게 될까, 상상만 해도 무서웠다. 성격을 알았다면 더 신중히 대처했을 텐데, 안이했다. 하지만 이미 엎질러진 물이었다.

"그럼 저는 앞으로 어떻게 해야 할까요?"

편집장에게 물었는데 기시모토가 턱을 쓸며 대신 대답했다.

"어떻게든 남자친구 데려와야죠. 너무 걱정 마요, 사생활을 꼬치꼬치 캐묻지는 않을 테니까요. 선생님은 잘생긴 남자가 좋아서 그냥 한 번 더 보고 싶은 거예요. 말은 가볍게 해도 고집스러운 부분이 있어서 한번 말을 하면 뭐라고 해도 안 듣는다니까요. 자기 마음대로 안 되는 일이 있으면 좋은 작품을 못 쓴다고 생각하는 건지……."

"이기적이네요."

"아무튼 은근히 신경질적인 사람이라 마음대로 취재를 못 하거나 글감이 안 모이면 우울하다며 절대 청탁 안 받아줘요. 그냥 한번 만나게 해줘서 소원 풀어주는 게 답이에요."

이렇게까지 말하니 수긍하는 수밖에 없었다.

사정을 들은 사이카의 낯빛이 아까보다는 동정적으로 바뀌긴 했지만 그래서 어떻게 하라는 거냐는 복잡한 표정이었다.

"사정은 알겠는데, 아무리 그래도 어려울 것 같은데."

"그렇지, 어렵겠지? 나도 알아. 정말 어쩌면 좋아, 해결 방법이 안 보여서 더 짜증 나. 애초에 편집자의 사생활로 글을 쓰는 작가라는 게 말이 돼? 아무것도 없는 데서 이야기를 만들어내는 게 그 사람들이 하는 일이잖아. 앞으로도 계속 그런 사람들만 상대해야 하면 어쩌지? 민폐도 그런 민폐가 없어. 이제 쓰고 싶은 게 없어서 재능 고갈된 거 아냐? 그 작가 때문에 편집부에서도 내 소문이 돌아서 다들 나만 보면 왜 결혼 못 했는지 이해한다는 표정을 짓는다고. 정말 짜증 나."

만나는 사람은 주로 카메라맨이나 기자고, 묵묵히 원고와 마주하며 작업에 몰두하면 일을 마칠 수 있었던 예전 부서로 돌아가고 싶었다. 까다로운 고객이나 인터뷰이가 없는 건 아니었지만 이렇게까지 개인의 사생활을 공개할 필요는 없었다.

"알았어, 알았다고. 내가 어떻게든 해볼게. 별 탈 없이 끝낼 방법이 없을지 생각해봐야겠어."

사이카는 책상 앞에 앉아 의자를 좌우로 흔들며 눈을 감고 생각에 잠겼다.

"그래, 최소한 한 번은 만나야지."

그렇게 중얼거리더니 일어나 침실로 가 벽장을 열었다.

"아, 역시 괜찮은 게 없네."

"진짜 도와주려고?"

뒤에서 고개를 들이밀며 물었다.

"응, 다음에는 머리부터 발끝까지 남자 옷으로 빼입어야겠어. 이번에는 잠깐 보고 말 게 아니니까 신경 좀 써야지. 괜찮아, 남자 역할 몇 번 해봤거든. 연기 수업도 받아서 특유의 걸음걸이나 동작 같은 것도 알고 있어. 그렇지만 말을 하면 금방 들통날 거야. 밝은 데서 봐도 알아볼 거고."

사이카가 하겠다고 나섰는데 내가 계속 주저할 이유는 없었다. 나는 사이카의 손을 꼭 잡았다.

"고마워, 사실 원고가 걸린 일이라 일만 잘 풀리면 나도 새 부서에서 인정받을지 몰라. 사이카가 도와준다니 정말 든든해."

"아픈 동안에 신세 많이 졌잖아. 이 정도는 보답해야지."

"정말 고마워. 그리고 할 말이 하나 더 있는데……."

"뭔데?"

"남자친구 이름이 뭐냐고 해서, 순간적으로 소우라고 대답했어."

"정말 너무해!"

사이카는 돌려차기로 응징하려 했으나 내가 재빨리 피했다. 밤이 깊어가는 시각, 우리는 머리를 맞대고 작전회의를 시작했다.

호텔 레스토랑에서 두 번째로 만났을 때, 아와타 선생님은 지난번보다 더 적극적으로 남자친구 이야기를 물었다.

"내가 만나고 싶어한다는 얘기, 남자친구한테 했어? 지금 글 쓰는 중인데 역시 현실감이 좀 부족해. 이대로라면 끝까지 완성 못 시킬

지도 몰라, 장면이 부족하단 말이야."

"네, 말은 꺼내봤는데 영 떨떠름해하면서 거절하더라고요. 죄송합니다."

마주 앉은 야와타 선생님의 눈에 노기가 서리는 걸 보고 옆에 있던 기시모토가 움찔거렸다.

"그래도 벌써 집필에 들어가셨다니까 한번 만나보시는 게 좋을 것 같네요. 지금 전화해볼게요."

자리에서 일어나 중국요리가 차려진 원형 테이블에서 최대한 먼 구석으로 갔다. 두 사람에게 등을 돌린 채 '소우'에게 전화했다.

"아, 난데, 지금 뭐 해? 아, 연습, 곧 끝난다고? 시부야 스튜디오? 끝나고 어디 가? 지금 아자부에 있는데 이리로 올래? 일전에 얘기했던……."

두 사람이 귀를 쫑긋 세우고 있는 기척을 느끼며 '소우'와 미리 말을 맞춘 대로 통화한 뒤 전화를 끊었다.

자리로 돌아오자 두 사람이 나를 뚫어져라 바라봤다.

"삼십 분쯤 뒤에 도착한다는데 밴드 연습이 있어서 오래는 못 있을 거래요."

야와타 선생님의 얼굴에 함박웃음이 번졌다.

"정말? 잘됐다! 기대돼서 가슴이 막 두근거리네? 난리 씨 고마워! 진짜 만날 수 있을 줄은 몰랐는데 너무 좋다!"

원고를 인질로 엄청나게 압박했으면서. 물론 그런 말은 입 밖에 내지 않고 웃음으로 일관했다.

“식사가 다 끝나서 어떡해요. 죄송해요.”

“괜찮아, 나도 막상 같이 밥 먹었으면 긴장했을지도 몰라. 잠깐 보고 이야기만 몇 마디 나누면 돼. 단편이니까.”

“난리 씨, 고마워요.”

기시모토가 나에게 나지막이 감사 인사를 건넸다. 사생활을 팔고 고맙다는 소리를 듣다니, 정말 이 바닥은 제정신이 아니다.

삼십 분 뒤, ‘소우’에게 다시 연락을 받고 살짝 난처한 표정으로 두 사람을 돌아봤다.

“지금 호텔에 도착해서 가게 앞에 있다는데, 너무 고급스러워서 못 들어가겠대요. 차림새도 단정하지 않고, 연습하느라 땀도 많이 흘렸는데 어떻게 이런 가게에 들어가겠냐고요.”

“어머, 뭘 그런 걸 신경 쓰고 그래! 귀엽다. 하지만 싫다는 사람을 억지로 오라고 할 순 없지. 우리가 나가자.”

야와타 선생님은 무릎 위에 있던 하얀 냅킨이 바닥에 떨어지는 것도 모를 정도로 서둘러 일어나더니 신바람이 나서 방을 나섰다. 나와 기시모토도 선생님 뒤를 따랐다. 우리가 방에서 나오는 걸 보고 담당 웨이터는 놀란 듯했지만 기시모토가 다시 돌아오겠다고 말하자 “다녀오십시오”라며 고개를 꾸벅했다.

호텔 최상층의 레스토랑을 나오자 가게 앞 어두운 복도에 고개를 숙이고 서 있는 사람이 보였다. 롱코트와 판초 그 사이 어디쯤 되는 검은 상의 차림에 앞머리는 군데군데 부분 염색을 한 모습이었다. 거기에 챙 달린 모자와 후드를 겹쳐 쓰고, 얼굴의 반을 검은 마스크로 가린 데다 체형을 알아보기 힘든 낙낙한 검은 팬츠를 입어 마치 사신 같은 분위기를 풍기고 있었다.

어깨 패드는 물론 가슴에도 뭔가 넣었는지 평소보다 다부져 보였고, 원래 키가 큰 편인데 검은 통굽 부츠까지 신어 정말 성질 괴팍한 뮤지션 같았다. 어디서 구했는지 기타 케이스도 메고 있었다. 오늘 아침 출근하기 전, 꼼꼼하게 의상을 확인하던 사이카를 떠올리니 웃으면 안 되는 상황인데도 웃음이 나올 것 같았다.

"바쁜데 일부러 와줘서 고마워요! 연습중이었다던데 미안해요."

야와타 선생님이 환한 목소리로 인사하더니 '소우'의 어깨에 손을 올렸다. 들킬지도 모른다는 생각에 얼굴에서 핏기가 가셨다.

"괜찮습니다, 근데 제가 지금 감기에 걸려서 목소리가 잘 안 나오네요. 죄송합니다."

'소우'는 거의 들리지 않는 가느다란 목소리로 중얼거리더니 말이 채 끝나기도 전에 가래 낀 소리로 콜록거리며 몸을 기역자로 구부렸다. 야와타 선생님이 화들짝 놀라며 손을 뗐다.

"어머, 힘들겠네요, 열도 나요? 요즘 감기가 유행이라는데 조심해야겠어요."

"멤버들 사이에 인플루엔자가 도는 모양이더라고요. 소우도 드디어 옮은 건가? 이런 상태로 무슨 연습이냐고 가지 말라고 말렸는데 곧 공연이 있다고 통 말을 안 듣더라고요."

내가 말하는 동안에도 '소우'는 기관지염을 방불케 하는 기세로 심하게 기침을 했다. 야와타 선생님과 기시모토가 은근슬쩍 그에게서 멀어졌다.

"그런 상태였구나, 몸도 안 좋은데 불러내서 미안해요. 얼굴 봤으니 이제 됐어요. 그만 연습하러 가봐요. 움직이기 힘들 테니 난리 씨가 택시 좀 불러주고."

아까와 달리 불편한 기색이 역력한 야와타 선생님은 '소우'에게 빨리 가보라고 떠밀기 시작했다. 기시모토도 억지웃음을 지은 채 옆에서 고개를 끄덕거렸다.

"죄송합니다, 길게 이야기 나누면 좋은데 상황이 이래서……."

내가 사과하자 선생님은 괜찮다며 손사래를 쳤다.

"아플 때는 무리하면 안 되죠. 몸이 좋아지면 나중에 다 같이 밥이라도 먹어요."

선생님의 말에 '소우'는 고개를 꾸벅하더니 마스크를 내리고 웃었다.

"정말 죄송합니다, 별 도움도 못 드리고."

화장으로 꾸민 잘생긴 얼굴이 나올 줄 알았는데, 새빨간 코에서 흘러나온 콧물이 입으로 흘러내리며 마스크에도 잔뜩 묻어 있었다.

이 광경에 선생님도, 기시모토도 할 말을 잃었다. 충격이 너무 컸는지 '소우'가 떠난 뒤에도 복도에 우두커니 서서 애매모호한 미소를 짓고 있었다.

"난리 씨, 고마워요. 아픈데 일부러 여기까지 와주고, 남자친구가 참 성격이 좋네. 얼굴도 조막만 하고, 아주 잘생겼어. 그렇죠?"

선생님이 기시모토에게 동의를 구했지만 그는 이렇게 대답했다.

"솔직히 콧물밖에 기억이 안 나네요."

집으로 돌아와 계획이 성공했다고 말하자 사이카는 그건 그거대로 화나는 일이라며 분통을 터뜨렸다.

"나같이 예쁜 사람을 보고 어떻게 남자로 착각할 수 있어?"

"누구라도 그 모습을 봤으면 착각했을걸. 연기 너무 잘해서 감동했어! 마지막에 떠날 때 걸음걸이도 평소보다 건들건들해서 정말 남자처럼 보였어."

"옛날에 엄하기로 유명한 연출가한테 훈련을 받았거든. 몸이 아직 기억하고 있더라고."

"그리고 감기 연기도 대단했어! 정말 아픈 사람 같더라고."

"그게 제일 힘들었어. 노래방에서 일부러 목쉴 때까지 노래하고,

코 밑에 계란 흰자를 발랐거든. 끈적거려서 얼마나 찝찝했는데."

쉬어버린 목이 원 상태로 돌아오지 않아 사이카의 목소리는 여전히 허스키했다.

"그렇게 고생해가면서 연기했구나, 고마워. 야와타 선생님도 만족하신 것 같았어. 사이카 덕에 위기를 모면했어."

고맙다는 말을 하면서도 웃음이 터질 것 같아 참느라 힘들었다. 니시이케부쿠로의 가나에 때도 그랬지만 사이카는 분명 뛰어난 배우인데, 왜 실제 생활에서 연기만 하면 콩트의 한 장면이 되는 걸까.

콧물이 너무 강렬해서 창작 의욕이 꺾였는지 야와타 선생님은 쓰던 글을 접고 대신 고등학생의 풋풋한 사랑을 그린 연애소설을 보내왔다(마감이 지나서). 우리의 노력이 작품으로 이어지진 않았지만 일단 원고를 받아와서 체면을 세울 수 있었다.

*

어디서 들었는지는 모르지만 사이카의 전 소속사는 그가 회복되었다는 걸 알자마자 바로 사람을 보내, 재계약해서 연예 활동을 다시 시작하자고 제안했다.

"다 나왔다고 회사에 연락했어?"

"아니, 나도 어떻게 알았는지 궁금해서 물어봤더니 회사 사람이 밖에서 우연히 날 봤는데 건강해 보였다나. 근데 타이밍이 너무 좋잖아, 아마 거짓말일 거야. 병원하고 연락을 취하고 있든지, 탐정을 고용해서 근황을 알아보든지 했겠지."

"그 회사는 여전하네. 어쩔 거야?"

"재계약했어. 우리 둘 다 애써서 버텨온 일이었잖아. 여기서 끝내기에는 아쉬워. 돈도 필요하고. 내가 다른 일을 할 깜냥도 못 되잖아. 하지만 계약하는 대신 이제 다시는 우리 일에 간섭하지 말라, 언론에 기사가 나갈 것 같으면 최대한 수습하라는 조건을 걸었어. 아이와 함께 살고부터 내 상태가 안정된 걸 회사에서도 봤고, 내 나이도 있으니까 받아들이더라고."

딱히 반대할 생각은 없어 고개를 끄덕였다. 병으로 극한 상태까지 갔으니 다시 복귀하는 게 두렵기도 할 텐데, 재계약 이야기가 나오자마자 바로 수락한 사이카의 꿋꿋한 모습이 눈부셨다.

"차라리 세상에 다 알릴까? 분위기를 보아하니 회사에서도 우리가 관계를 공개해도 계약해지는 안 할 것 같아. 켕기는 것도 없는데 그냥 공개하자."

농담인 줄 알았지만 사이카의 눈을 보니 즉흥적으로 한 말이 아니라 전부터 생각했던 것임을 알 수 있었다.

"세상이 달라졌잖아. 조롱하는 사람들도 물론 없지는 않겠지만 자연스럽게 받아들여주는 사람이나 응원해주는 사람도 많을 거야. 공개하면 우리 같은 커플이 용기를 얻을지도 모르고. 다른 사람들이 우리 관계에 대해 뭐라고 좀 떠들어도 난 신경 안 쓸 자신 있어. 이대로 가다간 평생 친구 사이라고 오해받다 끝날 것 같아. 유명해지고 나서 세상에는 정말 다양한 사람이 있다는 걸 직접 체감했어. 나를 미치도록 싫어하는 사람이 있는가 하면, 열렬히 좋아하는 사람도 있고, 무관심한 사람도 있었지. 나를 싫어하는 사람이 잘못됐다거나 나쁘다는 생각은 안 해. 하지만 그런 사람들을 상대하기에 인생은 너무 짧아. 우리도 마찬가지야. 별의별 소리를 하는 사람도 있겠지만 이해해주는 사람을 찾아서 그들과 함께한다면 분명 이 세상에서도 숨통이 트일 거야."

사이카의 말에 마음이 흔들렸다. 그의 의견을 들으려 하지 않은 탓에 우리는 오랫동안 만나지 못했다. 그때 두려워하지 않고 당당해졌더라면 비난은 거셌겠지만 계속 함께일 수 있었을지도 모른다.

하지만 관계를 공개했을 때 직격탄을 맞는 건 내가 아니라 사이카일 게 뻔했다. 그래서 먼저 자신의 각오를 밝힌 것이겠지. 그렇지만 나한테 중요한 건 공개해도 괜찮은지 아닌지가 아니라, 공개하고 싶은지 아닌지였다.

"나는 친구 사이로 오해받아도 상관없어. 어떤 관계로 생각하든 신경 안 써. 그보다 안전한 곳에서 계속 함께 있는 게 더 중요해."

세상이 어떤 반응을 보이든, 우리는 맞설 수 있을지도 모른다. 하지만 그렇다고 굳이 그러고 싶지는 않았다. 우리가 어떤 카테고리로 분류되는지 궁금하지 않았다. 한 번뿐인 인생, 누구를 어떤 식으로 사랑했는지를 중시하며 살고 싶었다.

권리를 얻기 위해 행동할 생각은 없다. 행동하는 사람들을 존경하지만 더는 아무에게도 휘둘리고 싶지 않았다. 그 강한 마음이 사회적으로 인정받을 가능성의 싹을 잘라버린다 해도 그 역시 각오한 바였다. 무엇보다 앞으로도 사이카와 평온하게 함께 사는 길을 우선하고 싶었다. 다시 연예계로 복귀해 사람들 앞에 선 사이카가 본업이 아닌 다른 일로 주목받는 것을 원치 않았다.

남의 눈을 신경 쓴다, 비겁하다, 같은 소리를 들어도 좋다. 다만 우리 사랑이 세상의 거친 풍파를 맞지 않았으면 했다. 아무리 상대를 사랑해도 사랑은 섬세하고 깨지기 쉬운 것이다. 수많은 시련을 견디며 단단해지기보다는 이 사랑을 더없이 소중히 여기며 천천히 키워가고 싶었다.

"남들 앞에서 네 이름조차 꺼내지 못한대도 함께 하루하루를 보낼 수 있다면 더없이 행복한 인생일 거야. 사이카와 함께 있으면, 어떤 곳이든 햇살이 내리쬘 테니까."

그렇게 말하자 사이카도 행복한 듯 내 어깨에 머리를 기댔지만 아무 말도 하지 않는 걸 보아 아직 갈등하는 것 같았다. 사이카 나름대로 애정을 표시한 건데, 거부당하니 아쉬운 마음이 드는 거겠지. 그렇게 생각하는 것도 무리는 아니었다. 팔 년 전 기로에 섰을 때도 내가 보수적인 판단을 내린 탓에 칠 년이나 만나지 못했으니까.

"친구라는 말을 사이카가 싫어하는 건 잘 알지만, 그래도 내가 보기엔 친구란 아주 끈끈한 관계야. 예전에 벼락을 맞아 돌아가신 할아버지 얘기를 했었지? 우리 외할아버지는 이미 돌아가셨지만 '너가 나고, 내가 너인 전우' 얘기를 자주 하셨어. 군가 중에 '너와 난'으로 시작하는 유명한 노랫말이 있잖아, 할아버지는 '너가 나'로 바꿔 부르셨어. 전장에서 생사를 함께한 전우가 있었는데 전쟁이 끝난 뒤에도 계속 연락하고 지내셨대. 사는 곳도 가까워서 일 년에 한 번은 꼭 만나셨다고. 나중에 노환으로 건강이 악화돼서 바깥출입이 힘들어진 뒤로는 못 만나게 돼 살았는지 죽었는지도 모른다고 하셨지만, 그래도 나한테 이 주소로 편지를 보내달라고 엽서를 맡기신 적도 있어. 답장은 안 왔지만. 친구란 좋은 거야. 물론 할아버지 경우는 우정이고 우리는 아니지만, 앞으로도 너가 나고, 내가 너인 것처럼 살자."

이야기하다 보니 돌아가신 할아버지가 떠올라 코를 훌쩍였다.

사이카가 다정하게 내 머리를 쓰다듬었다.

"소중한 추억을 들려줘서 고마워. 멋진 할아버님이네. 알았어. 아이 마음 잘 알았고, 나도 납득했어. 이대로 살자. 평화로운 시대에 태어난 걸 감사하며 둘이서 같이 살면 돼."

"그래도 부모님께는 우리 관계를 말씀드리고 싶어. 지금까지 부모님한테 숨기는 거 없이 살았는데, 사이카 얘기를 못 했던 지난 몇 년 동안 너무 힘들었거든. 우리 가족들이 사이카랑 잘 지냈으면 좋겠고, 사이카가 얼마나 좋은 사람인지 알아줬으면 좋겠어."

사이카를 집에 데려가 우리 관계를 알리고 싶었지만 사이카는 완강하게 반대했다.

"직접 만나 뵙는 건 아직 시기상조야. 아무렇지 않게 받아들일 수 있는 분들이라면 괜찮지만 그렇지 않을 수도 있잖아. 그러면 갑자기 통보하는 건 너무 부모님을 배려하지 않은 행동이지. 우선 전화로 넌지시 운부터 띄워봐."

"부모 자식 간에 이런 중요한 일을 전화로 말하라고? 너무 성의 없어 보이지 않아?"

"충격적인 이야기를 듣고 그걸 받아들여야만 하는 상황이잖아. 상대도 분명 성의보다 다른 배려를 원할 거야. 나라면 이런 이야기는 전화로 듣고 싶을 것 같아. 상대가 내 표정을 보지 않도록. 실제로 만나는 건 그 후라도 늦지 않아."

완전히 수긍할 수는 없었지만 그렇게까지 말하니 우선 전화로 말하기로 했다.

"여보세요, 엄마? 어, 오랜만이지. 나야 잘 지내지, 집에 별일 없지?"

목소리가 떨리는 걸 억지로 목에 힘을 주어 참았다. 휴대전화를 든 손은 차갑게 굳어 있었고, 힘이 들어가지 않는 걸 보니 곧 덜덜 떨릴 것 같았다. 여느 때처럼 근황을 알리는 전화인 줄 알았는지 엄마는 얼마 전에 인사 왔다는 동생의 약혼자 호쓰타 씨 이야기를 즐겁게 늘어놨다. 이미 각오한 바였지만 앞으로 내가 할 말은 아마도 엄마의 일상을 파괴할 것이다.

"엄마, 사실 나 지금 혼자 아니고, 같이 사는 사람 있어."

"그래? 다른 데로 이사했다는 거야? 그럼 저번에 보낸 건어물하고 야채 못 받았어?"

"주소 이전 신청해놔서 잘 받았어."

"이사했으면 진작 말을 했어야지. 누구랑 같이 사는데?"

"애인하고."

목소리가 한껏 낮아진 걸 실감하며 휴대전화를 꽉 쥐었다.

"어머, 남자친구 생겼어? 잘됐다, 축하해. 누구 만나는 거 오랜만이지? 이번에는 잘될 것 같니?"

"남자친구가 아니라 여자친구야. 쇼다 사이카."

수화기 너머로 침묵이 흘렀다. 엄마가 고개를 갸웃거리는 기척이 느껴졌다.

"쇼다 사이카? 그 불량소녀 같은 애 맞지? 전에 잠깐 같이 살았던 연예인. 아직도 연락해? 그 친구 집에 너하고 네 애인까지 같이 사는 거야?"

"사이카가 내 애인이야 엄마. 미안해."

왜 사과해야 하는 거지? 말을 내뱉고 나서 입술을 잘근거렸다. 비겁하지만 지금 엄마의 표정을 직접 보지 않아도 돼서 다행이라는 생각이 들었다.

"무슨 소리야? 엄마는 잘 못 알아듣겠는데."

"같이 살기 전부터 사귀는 사이였어. 숨겨서 미안해. 사이카가 활동하는 데 지장이 갈까봐 오랫동안 헤어져 지냈는데 이제 다시 만나기로 했어. 앞으로도 계속 함께할 거고."

수화기 너머로 이어지는 침묵에 마른침을 삼키며 반응을 기다렸다. 엄마는 아직 생각이 정리되지 않은 듯 더듬더듬 말을 이었다.

"지금 여자끼리 사귄다는 거야? 왜 그런…… 너, 그 사이카란 애한테 물든 거야. 같이 살다가 세뇌된 거라고. 너 그런 애 아니었잖아. 지금까지 남자랑 잘 사귀었고, 남자를 사랑할 능력이 있는 애잖아."

능력…… 별 뜻 없이 튀어나온 말인 걸 알기에 더욱 상처가 되었다. 울컥하는 감정을 주체할 수 없었다.

"직접 만나보면 우리가 얼마나 진심인지 엄마도 알 거야. 우리는 언제든 괜찮은데 사이카랑 집에 가도 돼? 아빠는 요즘 목요일, 금요일만 출근하고 나머지는 집에 있지?"

"그렇게 갑자기 네 마음대로 정하면 어떡해. 아무튼 아빠랑 얘기해볼게. 전화 끊는다."

"엄마, 잠깐만. 엄마……."

인사도 없이 전화가 뚝 끊겼다. 엄마가 말하는 중에 갑자기 전화를 끊는 건 처음이었다.

내가 말을 잘못한 걸까. 아니, 엄마는 분명 이해해줄 것이다.

마음이 양극단을 오가며 요동쳤지만 일단 부모님을 믿어보는 수밖에 없었다.

이 주 후, 휴대전화 화면에 엄마의 전화번호가 뜨자 다시 온몸에 긴장이 차올랐다. 사이카와 같이 거실에 있던 터라 다른 방에서 통화할까 했지만 그것도 부자연스러운 듯해 그냥 받았다.

"여보세요, 엄마?"

"여보세요. 저번에 했던 얘기 말인데."

"응."

"미안하지만 엄마도, 아빠도 사이카 씨를 만날 생각은 없다. 앞으로도."

엄마의 굳은 목소리에 머리가 저릿저릿하고 눈앞이 부예졌다.

"무슨 소리야? 왜 안 만난다는 건데?"

"우리는 네가 남자하고 사귀어서 결혼하기를 바라니까. 당연한 거 아니니? 제발 정신 좀 차려."

"엄마, 나랑 사이카는 도중에 한 번 멀어지긴 했지만 벌써 구 년이나 사귀고 있어. 아무 의미도 없이 그렇게 오래 만날 수 있겠어? 우린 진심이야."

"오랜만에 다시 만나서 분위기에 휩쓸린 것뿐이야. 한때의 일탈이라고."

지난번 통화했을 때와 달리 엄마의 목소리에서는 단호한 의지가 느껴졌다.

"엄마는 한때의 일탈로 여자하고 사귈 수 있을 것 같아? 세월이 지나도 이렇게 다시 같이 사는 건 우리 인연이 진짜이기 때문이야."

"인연은 무슨 인연. 너희가 운명이고 인연이면 당당하게 맺어질 수 있게 남자 여자로 태어났겠지. 사이카란 사람이 너랑 같은 성별로 태어났다는 게 너희가 운명도 인연도 아니라는 가장 큰 증거야."

각오는 하고 있었지만 이렇게까지 말할 줄은 몰랐다. 반박하고 싶었지만 충격이 커 말이 나오지 않았다.

"엄마도 네 마음 생각하면 솔직히 이런 말 하고 싶지 않아. 어느 누가 부모한테 부정당하고 싶겠어, 축복받고 싶겠지. 하지만 엄마랑 아빠는 널 생각해서 냉정하게 말하는 거야. 요즘은 다들 자기 마음대로 살고, 나도 남의 일에 간섭할 생각은 없지만 내 딸이면 얘기가 달라지지. 사이카는 안 돼. 부모로서 인정할 수 없어. 유명인이니까 누군진 당연히 알고, 성격도 좋을지 모르겠지만 어쨌건 여자야. 너하고 어울리지도 않고, 인연도 아닌 사람이라고. 애를 낳아야 할 나이에 여자랑 연애하면서 시간 낭비할 거야? 애는 어쩌려고. 너 애들 좋아하잖아, 그런 부분까지 다 생각해본 거야?"

"생각 안 해봤겠어? 질리도록 생각했다고."

아이를 낳아보고 싶었고, 사이카를 만날 때까지는 셋은 낳아야겠다고 막연히 생각했다. 하지만 이미 낳은 아이였다면 최선을 다해 키우고 사랑했겠지만 아직 태어나지도 않은 아이를 위해 눈앞에 있는 사랑을 포기할 수는 없었다. 사이카는 대체 불가한 사람이었다.

"애는 포기했어. 하지만 이건 남자랑 결혼하거나 평생 독신으로 살았어도 마찬가지였을지 몰라. 엄마가 될 수는 없겠지만 애처가가 될 자신은 있어."

내 말에 옆에서 마른침을 삼키며 듣고 있던 사이카가 웃음을 터뜨렸다.

"바보 같은 소리 말아. 네가 감당할 수 있을 것 같아?"

계속 쏘아붙이려다 엄마의 목소리가 전에 없이 뾰족해진 걸 느끼고 입을 다물었다.

엄마도 상처받은 게 분명했다. 손주 볼 날을 계속 기다렸던 사람이니까.

"내가 정말 너 때문에 못 살겠다…… 그때 마루야마 군하고 결혼했어야 하는데."

엄마는 구 년 전 일을 마치 어제 있었던 일처럼 중얼거렸다.

"엄마, 내가 소우랑 사귀었던 건 구 년 전이고 소우는 이미 결혼해서 애도 있어."

"지금도 늦지 않았어. 아이 널 그렇게 좋아했잖아."

"엄마."

"여자하고 평생 사는 것보단 행복할 거다."

어처구니가 없어서 말을 잇지 못하는데 엄마가 땅이 꺼져라 한숨을 내쉬었다.

"미안하다, 엄마도 말도 안 되는 소리라는 거 알아. 그냥 도무지 이해할 수가 없어서…… 넌 내 딸이잖아, 앞으로 고생길이 훤한데 어느 부모가 선뜻 그러라고 하겠니."

"아직 이해를 못 한 거면 완전히 부정하긴 이른 거 아닐까?"

"편견 때문에 이러는 거 아냐. 네 앞날이 걱정되니까 하는 소리지. 그 친구하고는 평생 가족이 될 수 없잖아. 결혼이라는 계약을 맺을 수 없으니까. 계속 같이 살아도, 나이 들어 혹시 둘 중 하나한테 무슨 일이 생겨도 법적인 보장도 못 받을 거고, 상대한테 재산도 못 남길 텐데. 노조미한테는 일부러 말 안 했다. 결혼식도 얼마 안 남았고, 네 이야기 들으면 불안해할지도 모르니까. 너도 말하지 마."

"남들 보기 부끄럽다는 거야?"

"그럼 또 연락하마."

정신이 너덜너덜해진 상태로 전화를 끊었다. 하지만 후회는 없었다. 예상 못 했던 일은 아니다. 내 뜻을 잘 전달하든, 논리로 무장해 상대를 설득하든 달라지는 건 없다. 언젠가 부모님에게 사이카와의 관계를 인정받든지, 없던 일 취급당하든지, 최악의 상황으로 부모님과 멀어지든지, 어떻게 될지 전혀 예상할 수 없었다. 하지만 부모님이 어떤 선택을 하든 받아들일 용기가 필요했다. 이렇게까지 격하게 거부할 줄은 몰랐지만.

가족에게 인정받는 것까지는 어렵더라도, 사이카의 존재를 인지시킴으로써 우리 관계를 조금이나마 공식적인 것으로 만들고 싶었던 것이다. 뒤늦게 내 본심을 자각했다.

엄마의 반응을 사이카에게 전달하자 그는 미리 예상했다는 듯 딱히 놀란 기색 없이 수긍했다.

"어머니가 그렇게 말씀하시면 억지로 강요하지는 말자. 난 몇 년이 걸려도 돼. 한 번쯤 직접 뵐 수 있으면 좋겠다는 마음으로 길게 보고 기다릴게. 괜찮아, 너희 가족들이 좋은 사람인 건 알아. 아이를 보면 얼마나 사랑받으며 자랐는지 느껴지거든."

더 빨리, 사이카와 처음 사귀었을 때 우리 관계를 밝혔다면 반응은 달랐을지도 모른다. 관계에 대한 고민을 털어놓거나, 설령 부모님이 반대하더라도 계속 사귀는 모습을 보여줬다면 시간이 흐르면서 반감도 누그러졌을지 모른다. 오랫동안 숨겨왔으면서 느닷없이, 앞으로 사이카와 함께할 생각이라고 선언했으니 마른하늘에 날벼락이었겠지. 내 잘못도 있다. 도저히 말할 수 없어서 지금까지 질질 끌었으니까.

그날 밤, 좀처럼 잠이 오지 않아 오전 1시가 지났을 즈음 일어나 방에서 나왔다.

어릴 적에는 부모님은 늘 배경이고, 주연은 나였다. 어른이 된 지금은 배경이라 여길 만큼 평화로운 가정을 만들어주신 것에 감사한 마음뿐이고. 부모로서 최선을 다한 두 분이 존경스러웠다. 부모도 그저 자식이 있는 어른일 뿐이다. 부모로서의 올바른 자세나 의무를 감당할 수 있을지는 그 사람의 자질에 달렸다는 걸, 어른이 돼서야 비로소 알았다.

유복한 가정은 아니었지만 부모님은 나나 동생이 돈 걱정 없이 크게 해주었다. 아빠는 밖에서 엄마는 안에서 늘 바삐 일했다. 그렇게 완벽하게, 하지만 우리에게 부담이 가지 않는 소탈한 분위기에서 각자 역할에 충실했던 부모님에 비해 나는 자식 노릇도 제대로 하지 못했다. 아내나 어머니의 역할에 도전할 마음도 없고. 나 대신 동생에게 그런 역할에 대한 기대가 쏠린다면 언니 노릇조차 제대로 못한 것이 되겠지.

사람들이 뭐라 해도 상관없다고 생각했지만 막상 가족에게 부정당하니 죄를 지은 것도 아닌데 잠이 오지 않았다. 베란다에 우두커니 서 밤새 바깥 공기를 쐬었다. 죄를 짓지 않는 것만으로 세상에 받아들여지는 건 아니었다. 그걸 몰랐던 것도 아닌데 죄책감에 가까운 어둠이 마음을 뒤덮으며 망설임이 싹텄다. 사이카를 사랑하는 마음, 가족을 사랑하는 마음, 모두 사랑이었다.

밤을 꼬박 새고 평소보다 한 시간쯤 일찍 아침을 먹고 있는데, 평소에는 내가 출근할 때까지 자던 사이카가 거실로 나왔다. 눈에 핏발이 서 있었다. 사이카 역시 거의 잠을 못 잔 모양이었다.

"일어났어? 내가 옆에 없어서 외로웠나, 한숨도 못 잔 것 같네?"

"맞아. 새벽에는 춥더라고. 역시 인간 난로가 옆에 없으면 안 돼."

사이카가 농담을 하며 어깨를 으쓱했다. 나처럼 밤새 괴로워한 듯했다. 내 애인만큼 사랑스러운 사람을 앞으로 살면서 또 만날 수 있을까. 사이카와 다시 헤어지지 않도록 손을 꼭 잡고 있어야겠다고 다짐했다.

"걱정시켜서 미안. 부모님한테 억지로 강요하지 않으려고. 부모님이 먼저 말을 꺼낼 때까지 기다릴래. 사이카네 어머니한테도 정식으로 말하는 게 나을까?"

"아니. 피차 이해할 수 있을 것 같지도 않아. 이러니저러니 해도 내가 제일 아플 때 돌봐준 건 고마우니까 인연 끊을 생각은 없지만."

창밖 너머 짙게 가라앉은 풍경이 서서히 아래쪽 주택가에서부터 밝아오기 시작했다. 오늘은 날이 흐리려나, 하늘을 우중충하게 뒤덮은 짙은 구름이 햇살을 차단하고 있었다. 하지만 이내 하늘은 칠흑에서 짙은 남색, 맑은 보랏빛에서 잿빛을 띤 하얀색으로 변해갔다.

"우리 관계, 주변 사람들한테는 말할까?"

"아이는 싫다고 하지 않았어?"

"굳이 애인이라고 선언하자는 게 아니라, 물어보면 자연스럽게 대답하는 형태로 서서히 알리는 건 어떨까? 이대로면 시간이 지날수록 자연스레 궁금해하는 사람도 생길 텐데, 우리가 준비됐다고 갑자기 고백해도 우리 부모님처럼 놀라기만 할 거야. 중요한 건 남들에게 인정받는 게 아니라 우리가 지금 어떤 상태이고, 앞으로 어떻게 할 건지 숨김없이 솔직하게 이야기할 용기 같아."

"공개하면 아이 부모님 쓰러지시는 거 아냐?"

"하지만 그게 사실이잖아. 주변의 반응에 따라 부모님 생각도 달라질지 몰라."

사이카가 내 얼굴을 한참 들여다보더니 웃으며 어깨를 토닥였다.

"뭐, 한 번에 너무 많이 생각하려고 하지 마. 몸이 차네, 따끈한 수프라도 마시자. 미네스트로네 어때?"

결국 수프는 마시지 않았다. 우리는 몸을 덥히는 다른 방법을 알고 있었으니까.

어째서 살짝 흔들리는 시선을 한 번 나누기만 해도 이토록 쉽게 마음이 통하는 걸까. 좋은 분위기도, 암묵의 사인도 필요 없었다. 그것은 장소를 가리지 않고 별안간 시작됐다. 평소처럼 생활하다 정신을 차려보면 뜨거운 숨을 몰아쉬며 사이카에게 안겨 천장을 바라보고 있었다. 마치 방금 전까지는 맑다가 어느샌가 빗방울이 흘러 떨어지는 차창처럼, 풍경이 완전히 달랐다.

오늘 아침에는 거실 러그에서 시작됐다. 물론 침대가 더 편했지만 이동할 바에야 복도의 하얀 벽과 차가운 바닥, 금방 끌 수 있는 조명, 닫힌 문 앞의 기다란 어둠, 욕실 안 세탁기가 돌아가는 소리와 진동이 벽을 타고 전해지는 것도 나쁘지 않았다.

관계를 할 때면 갑자기 천국에서 지옥으로 떨어진 기분이 드는 순간이 있다. 끝없는 어둠에 삼켜진 스스로를 마주하는 착각에 빠져 비명을 지르고 싶어진다. 어떤 길을 똑바로 달릴 때 나는 극도의 흥분 상태에 있다. 하지만 모퉁이를 돌자마자 귀신을 본 것처럼 펄쩍 뛰어 온 길을 되돌아 달려간다. 아직도 조금 무섭다. 그렇기에 더욱 멈출 수 없다. 더듬거리며 수많은 모퉁이를 돌아 나아간다.

"그 표정 좀 그만하면 안 돼?"

"어?"

내 얼굴을 올려다보던 사이카가 고개를 갸웃했다.

"아니, 남자한테는 먹힐지도 모르지만 그렇게 턱 쳐들고 고개 갸웃거리며 쳐다봐도 쟤 왜 저래 하는 생각밖에 안 들거든."

"시끄러워." 대수롭지 않게 대꾸하기는 했지만 아무래도 무의식적으로 연기했던 모양이다. 사이카가 점점 얼굴을 붉히며 다리 사이에 내 몸을 끼우고 힘껏 졸랐다. 프로레슬링 기술에 걸린 듯 압박감이 심해 허벅지를 누르며 빠져나오려 했지만 단단히 닫힌 사이카의 무릎은 꿈쩍도 하지 않았다. 둘 다 속옷도 안 입은 상황인데 정말 못 말린다. 실랑이하는 동안에 사이카가 갑자기 자극을 가하기 시작했다. 처음에는 웃어넘겼지만 점점 다른 의미로 숨이 가빠졌다. 시작된 것이다.

아직 단단해지지 않은 흐릿한 삼각형의 유두가 눈앞에 나타났다. 완전히 방심한 이 상태가 더 좋다. 자극을 받아 또렷해진, 빨갛게 부은 모습은 너무 예민해 보이니까.

사이카에게서 얇게 버터를 바른 비스킷 사이에 새콤달콤한 딸기 크림을 바른 듯한 향기가 피어올랐다. 굳이 따지자면 고급스럽지는 않은, 저렴한 향이다. 하지만 계속 맡다 보면 머릿속이 저릿저릿해지고 마비되는 것 같았다.

관계 내내 이 향기가 몇 번이고 코끝을 스쳤다. 처음에는 사이카의 향수 냄새인 줄 알았는데 아니었다. 나도 같은 향수를 써서 안다. 샴푸나 컨디셔너, 헤어 케어 제품에서 나는 냄새도 아니었다. 하지만 지금은 무슨 냄새인지 똑똑히 알 것 같았다.

벌거벗은 우리의 몸이 뒤섞이며 나는 향이다.

그래, 내 몸에서도 비슷한 향기가 났다. 특정 기분이 들면 체온이 상승하며 겨드랑이 위, 어깨 언저리에서 뿜어져 나오는 페로몬. 페로몬은 하반신이 아닌 상반신에서 안개처럼 흘러나왔다. 겨드랑이, 목덜미, 가슴, 심장…….

심장. 이만큼 선정적인 신체 부위가 또 있을까. 가슴에 귀를 대보면 맥이 뛰는 소리와 함께 진동이 느껴지는데, 눈에는 보이지 않고 만질 수도 없다. 애가 타서 왼쪽 가슴이 솟아오르는 따뜻한 그 부분을 어루만지듯 핥았다. 역시 닿지 않는다. 심장은 매분, 매초 온 힘을 다해 뛰어오르는 동시에 감정과 함께 내달리며 빠른 박자를 새긴다. 사이카를 움직이는 생명의 원천.

욕구를 다 채웠는지 내 위에 올라탄 사이카의 검은 눈동자가 이글이글 빛나고 있었다. 아플 때는 절대 맨살을 보이려 하지 않고, 어디서든 빨리 옷을 입으려고 했었는데 크나큰 변화였다. 체형이 돌아와 자신감도 회복된 모양이었다.

아침 햇살이 우리의 몸을 숨김없이 드러내고 있었다.

사이카, 언제나 자신만만한 모습을 보여줘. 언제까지나 이 태양 아래서 함께하자. 어떻게 되어도 우리는 서로만 보는 거야. 살집이 붙어도, 빰이 패어도, 백골로 돌아가도, 우리 둘이 있자.

어째서일까, 그가 아름다우면 아름다울수록 생명의 덧없음을 실감했다. 우리가 언젠가는 사그라질 몸을 가졌다는 사실이 진저리 날 만큼 선명했다.

잘 표현은 못 하겠지만, 잊지 않을 것이다.

그의 머리가 내 어깨까지 내려왔다. 뜨겁고 축축한 입이 민감해진 부분을 감싸자 터져 나오는 소리를 참을 수 없었다. 인간은 서늘한 피부 아래 이만큼이나 뜨거운 장기를 늘 숨기고 있다. 평소에는 이성의 막에 감싸여 있는 본능처럼, 우리 몸과 마음에는 늘 겉과 속이 있다. 겉껍질을 벗겨내고 뜨거운 알맹이와 닿았을 때 비로소 서로의 본질을 아는 것이다. 보호막이 하나도 없는 상태가 되기 때문에 목숨을 건 모험이나 마찬가지인 것이고.

살아가는 한 인간은 늘 뭔가를 먹고, 밤에는 잠을 잔다. 생식만이 목적이 아니라는 걸 대부분의 사람들도 알고 있을 텐데, 어째서 이 욕구만은 언젠가 사라진다고 믿는 것일까.

언젠가는 다 타서 재가 된다. 아무리 숨을 몰아쉬며 발버둥 쳐도, 결국 마지막에 남는 건 뼈밖에 없다. 인간은 지금 이 순간에만 움직인다. 아주 불행한 최후를 맞을 가능성도 부정할 수 없다. 백 년 후에는 틀림없이 존재하지 않을 내 손, 그의 손, 모두의 손. 과연 이 육체를 고의로 괴롭힐 필요가 있을까? 생명은 덧없다. 사랑이니 영광이니 행복이니 우정이니 하는, 더욱 덧없는 것들이 가까이 있어 잊고 있을 뿐.

매일 지루한 날이 계속되더라도 한자리에 고여 있을 수는 없다. 모든 건 변화하기 마련이다. 시간은 쉼 없이 흐르고 육체는 쇠하며 우리는 죽음을 향해 나아간다. 뼈와 재, 먼지가 될 때까지의 짧은 시간 동안 자신을, 누군가를 함부로 공격할 필요가 있을까. 같은 시대를 살아가는 것만으로도 기적이라 할 수 있는 주변 사람들을.

*

엄마에게 연락이 왔다. 휴가를 낼 수 있으면 집에 좀 들르라고. 혼자서.

다시 설득하려 할 것 같아서 잔뜩 긴장하고 집에 들어섰지만 그런 기색은 전혀 없었다. 집에 좀 자주 오라는 잔소리 말고는 별말이 없었고, 오히려 진수성찬을 차려주었다.

"하고 싶은 말 있어서 부른 거 아냐?"

"아냐, 얘. 요새 통 얼굴 못 본 것 같아서 잘 지내나 걱정돼서 불렀어. 여기 너 좋아하는 고기완자 많이 만들어놨으니까 어서 먹어."

부모님은 원체 대놓고 말하는 성격이 아니었다. 그 덕에 지금까지 크게 다툰 적도 없었고. 지금 이런 태도를 보이는 것도 이상할 건 없었다. 아마 전화로 이야기한 것보다 더 깊은 대화를 나눌 생각은 없을 것이다. 노골적으로 언급을 피하는 태도가 서운하기도 했지만 평소보다 다정하게 대하려고 노력하는 게 느껴져 불평은 하지 않았다. 나와 사이카의 관계를 반대하기는 하지만 나를 괴롭히려는 게 아니니까. 오히려 내가 속상해할까봐 마음 써주시는 것이었다.

얼마간 마음이 놓이기는 했지만 용기를 내서 한 이야기를 없는 일 취급하는 것도 영 편치는 않았다.

아주 어릴 적, 나는 치마를 입으면 치맛자락을 들추어 배와 팬티를 사람들에게 보여줬었다. 아무 생각 없이 재미있어서 한 일이었는데, 그 모습을 본 부모님이 황급히 내 손을 찰싹 때리며 치마를 내리게 했다. 그제야 치마 속을 보여서는 안 된다는 걸 알았다.

그때 엄마는 당황한 듯 겸연쩍어하는 표정을 짓고 있었다. 평소에는 내가 잘못하면 길게 잔소리를 하는데, 왜 치마를 들췄을 때는 아무 말도 하지 않는지 신기했다. 치마를 들출 때마다 왠지 자랑스러워했던 천진난만한 내 모습을 떠올리자 그리운 마음에 절로 미소가 떠올랐다. 물론 지금 우리 앞에 놓인 건 그렇게 간단한 문제가 아니었다.

하지만 예전과 다름없는, 부모님과의 편안한 분위기에 금방 적응했다. 좋아하는 음식들로 차려진 저녁식사를 마치고 텔레비전에서 사이카의 복귀 후 첫 광고가 흘러나오자, 일순 분위기가 어색해지며 긴장감이 흘렀다. 무심코 쓴웃음이 나올 뻔했다. 감기약 성분에 대해 밝은 목소리로 설명하는 사이카가 화면에 등장하자마자 같이 텔레비전을 보던 부모님은 동시에 눈을 돌렸다. 엄마는 주방으로 들어갔고, 아빠는 테이블에 있던 광고지를 펼쳐 얼굴을 가렸다.

샤워를 마치고 나와 일층 복도를 걸어가는데 데이트하고 돌아온 노조미와 마주쳤다. 한동안 안 본 사이에 스타일도 세련되어지고, 예전보다 표정도 훨씬 밝았다.

"언니, 언제 왔어! 새해에만 얼굴 비추더니 오랜만에 왔네."

"일이 바빠서 못 왔어."

"일 너무 열심히 하는 거 아냐? 그런데 안 보던 사이에 분위기가 바뀐 것 같아. 전에는 일이 힘든지 찬바람이 쌩쌩 불더니, 지금은 많이 누그러졌네. 좋은 일이라도 있어?"

"너야말로. 행복해서 그런가 얼굴이 잘 익은 복숭아 같네?"

노조미가 황급히 뺨을 감싸며 말했다.

"살쪘다는 뜻이야?"

"아니, 얼굴이 훤하다는 소리야."

"다행이다, 웨딩드레스 입어야 해서 체중조절하는 중이거든. 볼살 쪘다는 줄 알고 놀랐네."

평소의 노조미라면 나와 부모님 사이에 흐르는 미묘한 분위기를 알아챘을지도 모른다. 하지만 결혼을 앞두고 잔뜩 들떴는지 아무 생각도 없는 것 같았다.

노조미에게 사이카와의 관계를 말하고 싶었지만 부모님의 말대로 노조미가 가장 행복하고 정신없을 시기에 혼란을 주고 싶지 않았다. 기회를 봐서 이야기하면 된다. 언젠가는 그 기회가 오겠지?

인터넷 게시판에서 비슷한 일로 고민하는 사람의 글을 봤는데, 그 사람은 가족에게 고백하지 못한 채 오십 대가 되었다고 했다. 애인이 있지만, 나이 든 부모를 생각하면 차라리 결혼 못 한 딸로 남는 게 나을 것 같아서 그러고 있다고. 우리는 누군가에게 상처를 주고 싶은 게 아니다. 주변 사람이나 가족을 혼란스럽게 만들고 싶지 않다. 하지만 가장 가까운 사람들에게 자기를 숨기고 사는 건 무척 슬픈 일이다.

억지로 그어놓은 선은 사생활의 일부만 숨기는 것처럼 보였지만 실은 나라는 사람의 거의 모든 것을 감추고 있는 것이나 마찬가지였다. 오랫동안 무언가를 숨기거나 위장하다 보면 인간관계는 결국 어긋날 수밖에 없을 것이다. 스스로 선택한 가시밭길인데도 고독을 두려워하는 내 약한 모습을 절감했다. 이 나이를 먹고도 가족에게는 전부 털어놓고 위로받고 싶었다.

동생 방에 붙어 있던 애니메이션 포스터는 어느샌가 깨끗이 사라져 있었다. 대신 싸놓은 짐이 널려 있었다. 이곳이 오타쿠 방 같았을 때 "언제까지 애니메이션에 빠져 살래" "외모에도 좀 신경 써" 하고 잔소리를 했던 기억이 나는데. 지금 동생은 거울로 전신을 비춰보며 쇄골과 등에 여드름 방지 비타민이 들어간 스킨을 바르고 있었다.

"언니, 이것 좀 등 한가운데까지 발라줘, 손이 안 닿아. 드레스가 등이 파인 디자인이라 신경 써야 할 부분이 많네."

바르라는 부분에 유리병 속 옅은 주황색의 촉촉한 액체를 꼼꼼하게 발랐다.

"등이 파인 디자인이라니, 완전 멋지겠다."

"응, 머메이드 디자인이라 슬림하고 성숙한 느낌의 드레스야. 신야 씨가 골라줬어. 등이 파이긴 했지만 가슴을 가려줘서 나도 마음에 들더라고. 가슴이 너무 없어서 걱정했거든. 하지만 그만큼 살을 빼야 잘 어울릴 것 같아서 요새 절식하고 있어. 아, 감자튀김 먹고 싶다."

동생은 평소보다 말수가 많았고, 눈이 반짝거렸다. 옆에 있기만 해도 나까지 가슴이 뛸 정도로 화사한 모습이었다.

"사실 나, 신야 씨가 첫 남자친구야."

"알아. 우리 가족은 다 알걸?"

"다들 알고 있었구나. 뭔가 처음 사귄 남자친구랑 결혼할 줄은 상상도 못 했어. 언니처럼 여러 사람을 만나보며 경험을 쌓아서 자기하고 가장 잘 맞는 남자를 찾는 건 줄 알았거든."

"자기하고 잘 맞는 사람을 빨리 만난 건 대단한 일이지. 처음 사귄 사람이 결혼을 결심할 정도로 잘 맞다니, 낭만적이잖아."

"고마워. 언니도 잘 맞는 사람 만났어?"

나도 모르게 미소가 번졌다.

"내 얘기는 다음에."

"하기야 언니는 원래 나보다 훨씬 인기 많았잖아. 알아서 잘 찾겠지."

뭔가 착각하는 것 같았지만 그래도 나를 생각하는 동생의 마음 씀씀이가 예뻤다.

"남자친구가 아홉 살 많다고 했지? 둘이 무슨 얘기해?"

"우리 둘 다 영화를 좋아해서 그 얘기도 많이 하고, 신야 씨가 국내 여행을 자주 다녀서 가봤던 곳 얘기도 해주고 그래. 맞다, 나 아직 애니메이션은 졸업 못 했는데, 신야 씨한테 취미에 대해 말 못 했어. 이해해줄까?"

"아직도 애니메이션 봐? 포스터 같은 건 다 버렸으면서."

"버리긴! 한쪽으로 치워둔 거지 안 버렸어. 평생 좋아할 것 같은데? 신혼집에 좋아하는 캐릭터 달력 걸어놓으면 좀 그런가?"

그렇게 말하며 보여준 박스엔 애니메이션 상품이 꽉 들어차 있었다. 웃음밖에 나오지 않았다. 대단한 신접살림이었다.

새벽녘에 집을 나섰다. 평소와 다름없는 평화로운 아침식사 자리에서 내가 공연한 소리를 할까 불안했기 때문이었다. 졸린 눈을 비비며 된장국을 마시고, 누군가의 하품 소리나 아침 뉴스 소리가 들리는 평온한 분위기를 깨고 싶은 마음은 눈곱만큼도 없었다. 마음 같아서는 목청 높여 자랑하고픈 사이카의 존재가 우리 가족의 평화를 해칠 것이라는 사실이 서글펐다. 다시 묵살당할 바에야 차라리 다시는 말을 안 꺼내는 게 낫겠다고 생각했다. 그럼에도 예전과 다름없이 대해주며 내 마음을 헤아려준 건 고마웠다.

뒤에서 부르는 소리에 돌아보자 이른 아침의 아무도 없는 길을 따라 다가오는 아빠가 보였다.

"오랜만에 왔는데 새벽같이 나가니?"

"어젯밤에 회사에서 급한 일이 있다고 연락이 와서."

가까이 다가온 아빠가 내 거짓말을 꿰뚫어본 듯 웃었다.

"딸, 지금 만나는 사람 일로 고민이 많겠지만 너무 성급하게 생각하지 마라. 아빠도, 엄마도 아직 정리가 잘 안 됐고, 솔직히 어떻게 대처해야 할지 모르겠어. 곤혹스러워. 하지만 널 생각하는 마음은 변함없다."

지나치게 솔직한 말에 겸연쩍은 웃음만 나왔다.

"속썩여서 죄송해요."

"아빠랑 엄마도 의견이 조금씩 달라서 좀 힘들어. 어제 너 오기 전에도 한참 다퉜다. 엄마는 아직도 네가 말하면 들을 거라고 생각하는 모양인데, 아빠 생각은 좀 달라서 말다툼을 했지. 넌 옛날부터 좀 특이한 아이였으니까. 아빠는 이제 어느 정도 포기한 면이 있지만 엄마는 여전히 남들 사는 것처럼 평범하게 행복해졌으면 하더라고."

"아빠는 포기했구나."

"아빠는 원래 융통성 있는 사람이잖아. 하지만 기본적인 생각은 엄마하고 같다. 왜 일부러 어려운 길로 가려는지 모르겠어. 하지만 네가 나쁜 짓을 한 것도 아니고, 몸이 아픈 것도 아니니 다행이라고 해야 하나. 같은 고백이라도 큰 병에 걸렸다는 게 훨씬 무서우니까."

아빠는 나를 위로하려는 것이다. 가슴이 벅차올랐다. 그와 동시에 세월이 흐르며 부부 싸움도 거의 하지 않는 부모님에게 다툼의 원인을 제공했다는 게 죄송스러울 따름이었다.

"솔직히 네가 질리든, 상대가 너한테 질리든지 해서 얼른 헤어졌으면 좋겠다만."

"그렇게 되면 난 정말 힘들 것 같은데?"

"하기야 사람 마음이라는 게 뜻대로 되지 않는 법이지. 아무튼 건강 조심하고. 아빠하고 엄마한테 시간을 좀 줘. 우리도 이제 환갑이 넘은 나이라 무리하면 안 되거든, 이해하지?"

"그럼요, 알아요."

아침 햇살을 받은 아빠의 얼굴은 여전히 자상했지만 전체적으로 왜소해진 것 같았고, 어느샌가 얼굴에도 주름이 깊어져 있었다. 명절 때마다 만나서 모를 수가 없었을 텐데, 지금보다 젊었던 아빠의 모습이 머릿속에 강하게 남아 있어서인지 나이 든 아빠를 보고 새삼스레 놀랐다. 당연한 말이지만 나뿐 아니라 누구에게나 시간은 평등하게 흐른다.

"너무 걱정하지 마, 우리가 그렇게 꽉 막힌 부모는 아니잖니."

아빠와 헤어지고 역에 도착했을 즈음, 이번에는 엄마한테 전화가 왔다.

"아침에 일어났더니 너가 없어서 깜짝 놀랐어. 아빠도 안 보여서 무슨 일인가 했더니, 아빠가 들어와서 사정을 얘기해주더라. 너는 가면 간다고 말을 해야지, 매정하게."

"미안해요, 다들 자고 있는 것 같아서 안 깨웠어."

"별걸 다 신경 쓰네. 다음에는 간다고 말하고 가. 너 주려고 챙겨둔 게 얼마나 많은데. 아무튼 조만간 또 들러라."

아직 뭔가 할 말이 있는 것 같아서 기다렸지만 엄마는 감기 안 걸리게 조심하라고만 하고 먼저 전화를 끊었다.

*

사이카가 복귀하고 본격적으로 바빠지기 전에 해외여행을 가고 싶다고 해서 급하게 이 박 사 일로 하와이에 가게 되었다. 내가 가족들 일로 은근히 침울해하는 걸 알아채고 마음을 써준 건지도 모른다. 서로 스케줄을 맞추기가 힘들어서 오래 못 있는 게 아쉬웠지만 둘만의 첫 해외여행이 마냥 기대될 뿐이었다.

우리는 비행기 시간보다 일찍 하네다 공항에 도착해 미처 준비하지 못한 여행 필수품을 구입했다. 사이카가 슈트케이스 벨트를 깜빡했다고 해서 여행용품 코너를 찾았다. 진열대에 늘어선 다양한 벨트 중에서 반 장난으로 무지개 색 벨트를 가리켰다.

“이걸로 해.”

“싫어. 다른 걸로 할래.”

“굳이 표현하지 않는 주의라?”

“그런 건 상관없어. 난 옅은 단색이 좋아.”

결국 사이카는 연두색 벨트를 골랐고, 나는 면봉을 샀다. 사이카와 달리 나는 필요한 물건은 전부 챙기지 않으면 불안한 성격이라 슈트케이스 안은 이미 꽉 차 있었다.

열 시간의 비행을 마치고 힐로 공항에 도착하자마자 화창한 하늘 아래서 신발과 양말을 벗고 비치 샌들로 갈아 신었다. 태양에 달궈진 아스팔트는 생각보다 뜨거워서 우리는 팔짝팔짝 뛰며 하얀 양말 코를 잡아당겼다. 물론 공항 안에서 갈아 신어도 됐겠지만 들뜬 마음을 주체할 수가 없었다. 샌들을 신자마자 종종걸음으로 터미널로 향했다.

하와이 섬은 여덟 개의 커다란 섬과 백여 개의 작은 섬들로 이루어진 하와이 제도의 중심 섬 중 하나로 면적이 가장 크다. 와이키키 비치와 호놀룰루가 있는 오아후 섬과 달리 킬라우에아 화산에서 흘러나온 용암이 뒤덮은 검은 대지의 거친 자연이 장관을 이루는 섬이다. 함께 여행지를 정할 때, 내가 여행 에세이 책에서 처음으로 이곳을 알게 되었고, 고등학생 때부터 가보고 싶었다고 말하자 사이카는 바로 가자고 말해주었다. 직행이 있지만 편수가 얼마 없어서 호놀룰루 공항에서 환승을 했다. 관광객들이 주로 찾는 명품 쇼핑몰 같은 건 없지만 커피가 주요 생산품인 소박한 섬에 사이카도 관심을 가져준 게 기뻤다.

공항 앞에 있던 택시를 타고 섬 면적의 절반을 차지한 마우나로아 산 기슭에 자리한 성당으로 향했다. 택시는 동쪽에서 서쪽으로 섬을 횡단하는 고속도로를 따라 달렸다. 울퉁불퉁한 검은 용암으로 이루어진 광활한 대지를 지날 때 우리는 환성을 지르며 창문을 열었다.

"정말 용암 대지 말고는 아무것도 없네! 모조리 타버린 세상 같아."

"그러게. 근데 황량한 느낌은 없어. 위엄이 있다고 해야 할까."

"맞아, 자연의 강인한 힘이 느껴져. 저쪽에는 풀도 좀 있는 것 같은데 야생동물도 서식할 수 있나?"

"대부분의 동물은 화산에 살지 않을까? 거기에는 나무랑 물도 있으니까."

저 너머 우뚝 서 있는 킬라우에아 화산은 검은 대지와 대조적으로 웅장하고 푸른 숲으로 뒤덮여 있었다.

도로 양옆으로 이따금 새하얀 십자가가 서 있었다. 색색의 꽃으로 만든 레이꽃목걸이나 하얀 돌, 묘비 등으로 장식되어 있었는데 교통사고로 사망한 사람들을 위한 건지, 용암에 희생된 사람들을 기리는 건지는 모르겠지만 끝없이 펼쳐진 검은 대지에서 눈길을 끌기에 충분했다. 무덤이라 자칫 무섭게 느낄 수도 있겠지만 애정을 담아 아름답게 꾸며서인지 친숙한 느낌이었다. 오봉 시기에 영혼이 무덤에서 나와 화산으로 돌아간다 해도 놀랄 것 없는 분위기였달까. 물론 이 섬에 오봉 같은 풍습은 없겠지만. 우리가 있는 더운 고속도로와 달리 저 멀리 보이는 거대한 산 정상은 눈으로 하얗게 덮여 있었다. 가이드북에서 본 '하와이 섬에는 전세계의 다양한 기후대가 나타난다'라는 말을 실감했다.

마을을 지난 택시는 가파른 경사의 산길로 접어들었다. 택시 운전사가 녹색 잎사귀의 나무를 가리키며 저기 있는 게 커피나무라고 영어로 설명해주었다. 이 섬에서 재배한 코나 커피 원두를 선물로 사서 가야겠다고 생각했다.

이어 건물이 하나둘 다시 나타났다. 아까 산기슭 마을과 달리 상점은 없고 민가가 드문드문 자리한 자그마한 촌락이었다. 우리는 택시에서 내려 잔디밭을 지나, 세월이 느껴지는 작고 하얀 성당의 문을 열었다.

페인티드 성당은 오래전 벨기에에서 온 신부가 말이 통하지 않는 하와이 주민들에게 성경 말씀을 전하기 위해 벽에 그린 화려하고 아름다운 그림이 유명한 관광명소였다. 신도들을 위한 벤치와 제단이 있는 실내에는 아무도 없었고, 입구의 작은 책상엔 관광객을 위한 엽서가 놓여 있었다. 창문으로 쏟아지는 햇살이 낙원을 연상케 하는 밝은 분위기의 제단을 물들였고, 생동감 넘치는 벽화 속 성인들이 찾아온 이를 다정하게 환영하는 듯했다. 그야말로 축복이 흘러넘치는 공간이었다. 사이카는 제단 앞 벤치에 앉아 고개를 들고 십자가를 바라봤다.

"사랑스러운 성당이네. 가이드북에는 작게 실려 있던데, 오길 잘했어."

돌아보며 웃는 사이카의 눈동자가 햇빛에 물들어 평소보다 더 다갈색으로 빛났다.

"난 천장의 야자수 그림이 제일 마음에 들어."

천장에 그려진 하늘과 야자수 그림을 가리키자 사이카가 야자수를 배경으로 사진을 찍어주었다.

숙소인 힐튼 와이콜로아 빌리지는 주변에 아무것도 없는 광활한 면적의 토지를 통째로 사들여 건설한 테마파크 같은 리조트 호텔이었다. 어찌나 넓은지 호텔 안에서 이동할 때 모노레일을 이용할 정도였다. 유럽 리조트 스타일 로비에서 체크인한 후 호텔을 도는 모노레일을 타고 우리가 묵을 타워로 이동했다. 킹사이즈의 침대에 하와이 현지 분위기를 우아하게 살린 편안한 객실이었다. 방에 들어서자마자 침대에 누워 보송보송한 리넨 냄새를 들이마시다 짧은 일정에 일분일초가 아쉬워 바로 일어나 나왔다.

호텔 전용 비치에서 물놀이를 하고, 야외 레스토랑에서 폴리네시아 꼬치구이를 먹고, 현란한 불쇼가 인상적인 루아우 쇼하와이 음악과 훌라가 더해지는 전통 파티를 관람하는 등 정신없이 돌아다녔다. 이 모든 것을 리조트 안에서 즐길 수 있고, 바깥에 나가더라도 걸어서 갈 수 있는 거리에는 아무것도 없다는 사실을 떠올리자 이곳이 세상에서 가장 즐거운 감옥이란 생각이 들었다. 섬 전체의 웅장한 자연과 이 호화로운 호텔은 좋은 의미로든 나쁜 의미로든 완전히 분리되어 있었다.

비수기라서인지 일본인 관광객은 거의 없었다. 우리는 손을 잡고 백사장을 걷거나, 다른 외국인 커플처럼 커피숍에서 어깨를 껴안고 앉아 있었다. 아무도 우리를 신경 쓰지 않았고, 애정을 드러내며 행동해도 거부감을 드러내는 사람은 없었다. 이 호텔도, 다른 숙박객들도 우리를 평범한 연인으로 받아들여주었다. 편안한 웃음소리와 함께 울려 퍼지는 외국어 대화, 맨살에 기분 좋게 닿는 바람과 보드라운 햇살. 낙원의 자유롭고 감미로운 분위기가 어디에서든 우리를 평화롭게 감싸 안았다. 일본에서는 본 적 없는 거대한 비엘티BLT 샌드위치와 팬케이크를 한입 가득 넣고 우물거리는 서로의 얼굴을 보며 웃음을 터뜨렸다.

모노레일을 타고 다시 객실로 돌아와서도 흥분은 여전히 가라앉지 않았다.

"아무도 우리 신경 안 쓰더라."

돌아오는 길의 모노레일에서는 별이 쏟아지는 하늘을 누워서 볼 수 있었다. 우리가 키스를 나눌 수 있을 정도로 가까운 거리에서 속삭이며 별을 보는데도 아무도 신경 쓰지 않았다. 다들 밤하늘에 빛나는 별을 보느라 정신이 없었다.

"일본을 떠나면 이렇게 자유로운데, 지금까지 남들 눈만 신경 쓰며 살았다니. 정말 바보였나봐."

지나온 인생을 되돌아보는지, 침대에 누운 사이카는 웃고 있지만 아련한 눈빛이었다.

"우리 같은 커플이 흔한 것도 아닐 텐데 다들 놀라지 않더라고. 사이카는 못 봤을지도 모르지만 호놀룰루 공항에서 환승할 때 손잡고 있는 남자 커플 봤어. 주변 사람들은 신경도 안 쓰더라. 본인들도 당당했고."

"우린 지금까지 뭘 그렇게 심각하게 고민한 걸까."

일본에서의 갑갑했던 경험이 전부 새빨간 거짓처럼 느껴지는 자유로운 분위기에서 함께 이야기하고 있으려니 웃고 싶은 건지 울고 싶은 건지 몰라, 눈가에 살며시 눈물이 맺혔다. 울지 않으려고 코로 힘껏 숨을 들이마셨다. 청승맞은 분위기는 싫다. 장소에 따라 사람이 살아가는 방식이 이렇게 달라질 수 있구나. 순수하게 휴가를 즐기기 위해 온 여행에서 발견한 예상 밖의 사실을 아직 완전히 받아들이긴 어려웠다.

"우리, 아예 여기서 살까? 아, 아이는 직장 때문에 안 되겠구나. 난 오가면서 일할 수 있겠지만."

사이카의 말에 상체를 일으켰다.

"괜찮을 것 같아. 매일 이런 분위기 속에서 살면 최고로 행복할 것 같아."

해결해야 할 문제는 산더미처럼 많았지만 갑작스레 떠오른 이주 계획에 설레는 마음으로 밤늦게까지 이런저런 이야기를 나눴다.

이튿날 아침, 늦게까지 푹 자다 일어나 낮부터 다시 놀 계획이었지만 결국 여러 종류의 새들이 우렁차게 지저귀는 소리에 잠에서 깨고 말았다. 닭처럼 날카롭게 우는 새는 없었지만 객실 근처 나무에 엄청난 수의 새가 자리를 잡았는지 창문을 닫아도 정글 깊숙이 들어온 듯 소란스러웠다. 잘 꾸며놓은 인공적인 트로피컬 호텔에서 야생의 활기를 느낀 순간이었다.

잠기운을 떨치려고 뜨거운 물로 샤워를 한 뒤에 따스한 원목 인테리어의 욕실에서 이를 닦고 나오자 침대에 앉아 뭔가에 열중한 사이카의 뒷모습이 눈에 들어왔다. 화장하는 줄 알았는데, 들여다보니 웅얼거리며 대본을 읽고 있었다.

“지난번에 말했던 복귀 후 첫 드라마 대본? 하와이까지 가져오다니, 열심히 준비하네.”

“응, 귀국하기 전까지 다 외워야 하거든.”

“귀국하기 전까지? 얼마 안 남았잖아, 괜찮겠어?”

“할 수 있을 줄 알았는데, 뭔가 예전과 달리 말이 바로 머리에 들어오질 않네. 공백 기간 동안 기억력이 감퇴했나? 그래도 대사가 길지 않으니 괜찮겠지.”

“그러지 말고 준비 철저히 해. 대사 못 외워서 현장에서 쇼다 사이카도 한물갔다는 소리 들으면 어쩌려고.”

“그럼 안 되지.”

사이카 옆에 앉아 계속 틀리는 부분을 가차 없이 몇 번이고 외우게 했다.

겨우 대사를 다 외운 사이카가 기지개를 펴며 말했다.

“고마워, 이제 문제없을 것 같아. 아침 먹으러 내려가자.”

“그러고 보니 전에 같이 드라마 댄스 연습한 적 있잖아. 나중에 방송 봤는데, 사이카가 아니라 다른 배우가 춤추던데? 어떻게 된 거야?”

"갑자기 옛날 얘기는 왜 꺼내."

"궁금해서 그래. 떨어져 지내는 동안에도 계속 마음에 걸렸단 말이야."

"사실 그냥 아이하고 춤추고 싶어서 그랬어."

"뭐?"

"그때 봤던 영화에 퀴어 커플인 남자 둘이 춤을 추는 애달픈 장면이 있었거든. 서로 너무 사랑하는데, 긴장해서 잔뜩 굳은 얼굴로 춤을 추는. 우리는 어떨지 궁금해서 그랬어."

"그랬구나. 그때 말해주지 그랬어."

"영화 속 장면을 따라하고 싶다니, 왠지 쑥스럽잖아. 거짓말해서 미안해."

"즐거웠으니까 괜찮아. 잠깐 살았던 초고층 맨션의 좋은 추억으로 남아 있어."

"정말 얼마 못 살고 쫓겨났지."

우리는 택시를 타고 호텔에서 나와 예약해둔 섬 일주 투어에 참여했다. 단순한 견학이 아니라, 문이 없는 헬리콥터를 타고 하늘에서 섬 전체를 둘러보는 것인데, 바로 내가 고등학생 때부터 꿈꾸던 공중 산책이었다. 날씨가 나쁘면 헬기가 뜨지 않을 가능성도 있다고 예약 단계에서 거듭 들었지만 다행히 하늘이 화창했다. 자그마한 둥근 비행장에 가 태어나 처음으로 헬리콥터를 탔다. 나를 따라 사이카도 허리를 구부리고 좁은 기내로 들어왔다. 우리 말고도 관광객 두 명이 더 탑승했다. 운 좋게 나는 창가에 앉았다. 대기하고 있던 조종사가 영어로 인사를 건넸다.

프로펠러가 돌아가는 시끄러운 소리와 함께 이륙한 기체가 공중에 붕 뜨는 감각에 순간 소름이 돋을 만큼 흥분되었다. 사이카는 다른 이유로 소름이 돋았는지, 헬기가 점점 지상에서 멀어지자 바람에 흔들리는 불안정한 기내에서 창문 쪽은 일절 보지 않고 새파랗게 질린 얼굴로 전방에 시선을 고정하고 있었다.

"고소공포증 있어?"

"그건 아닌데 상상했던 것보다 훨씬 거친 비행이네."

무서운지 말투도 약간 굳어 있었다. 가이드는 처음에 영어로 설명하다 우리가 알아듣지 못하는 걸 파악하고 영어와 간단한 일본어를 섞어 아래 펼쳐진 풍경을 설명해주었다.

저건 열대우림, 저건 레인보우 폭포. 미리 예습해둔 코스와 조종사의 설명을 머릿속에서 맞춰보며 풍경을 감상했다. 폭포에 뜬 무지개는 보지 못했지만 하늘에서 봐서 그런지 하얀 물보라를 일으키며 떨어지는 폭포수가 더욱 박진감 있게 다가왔다.

"사이카, 저거 봐! 계곡에 폭포가 있어."

"응, 이따가 볼게."

"그러다 지나친다고!"

사이카가 뻣뻣하게 목을 움직여 창밖을 보았다. 아래에 펼쳐진 장관에 공포를 잊었는지 눈을 떼지 못하는 모습이었다.

구름 사이에서 저 아래 새빨간 용암이 빛을 내며 푸르른 숲으로 흐르는 광경을 바라봤다. 기체가 분화구에 아슬아슬하게 다가가자 용암의 열기가 전해졌다.

시꺼먼 입을 벌린 분화구의 절경을 정신없이 바라봤다.

무사히 착륙한 뒤에 호텔로 돌아와 레스토랑 야외 테이블에서 간단히 점심을 먹은 뒤, 여러 종류의 풀장이 있는 광장으로 이동했다. 얕은 풀장과 파도 풀장 안에선 튜브를 낀 어린아이들과 화사한 수영복을 입은 남녀가 즐겁게 헤엄치고 있었다. 우리는 물에 들어가지 않고, 돌고래 체험을 할 수 있다기에 돌고래 구경을 나섰다. 돌고래들은 휴식중이었는데, 서로 이어진 두 개의 넓은 풀장을 자유롭게 오가고 있었다. 풀장 가장자리에 자리를 잡고 가까이서 돌고래를 구경했다. 돌고래들은 딱히 목적도 없어 보이는데 바쁘게 헤엄치고 있었다. 물속을 달리는 잿빛의 매끄러운 등이 이따금 햇살에 반사되어 반짝거렸다.

"여긴 정말 멋진 곳이지만, 사는 건 좀 아닌 것 같아."

조심스레 말문을 열자 마찬가지로 돌고래를 보던 사이카가 고개를 끄덕였다.

"나도 그런 것 같아. 어젯밤에는 진심으로 여기서 살고 싶었는데."

진지하게 이주를 고려하자 일본에 있는 가족들과 친구들의 얼굴이 하나둘 떠올라 통 마음을 정할 수 없었다. 상대의 마음을 가늠하듯 둘 다 같은 타이밍에 입을 닫은 게 왠지 우스워 사이카의 어깨를 툭 쳤다.

"왜 그렇게 굳었어. 우리 솔직한 심정이 그런데 어쩌겠어. 이런 건 직감이 중요하지, 머리로 생각해서 해결될 문제가 아니잖아."

"지금은 아니지만 나중에는 여기서 살아도 좋을 것 같아. 최고의 환경이잖아. 습도가 낮아서 날씨가 더워도 쾌적하고, 무엇보다 바람이 마음에 들어. 대충 부는 것 같지만 부드럽게 감싸주는 것 같아."

"나중에 언제? 아, 물어보면 안 되나?"

"왜?"

"아니, 나중 이야기하면 사이카는 맨날 화내잖아. 나이 먹은 모습이 상상이 안 간다면서."

사이카가 웃으며 내 이마를 손가락으로 톡 밀었다.

"그런 옛날이야기는 왜 꺼내. 이제는 아무렇지도 않아. 아무튼, 아이가 정년퇴직 할 때쯤 어때?"

"한참 나중 일이네. 그럼 그때쯤 다시 생각해보자."

정년퇴직이라니, 까마득한 먼 훗날이라 그때까지 대체 무슨 일이 있을지 짐작조차 가지 않았다. 하지만 미래에 대한 이야기를 하는 건 우리가 앞으로 함께 걸어갈 보이지 않는 길을 만드는 일 같았다.

우리는 풀장 사이의 통로를 걸으며 미래에 대해 많은 이야기를 나눴다.

*

사이카가 복귀하자 우리 회사에서도 꼭 인터뷰를 따내고 싶다는 의견이 나왔고, 방법을 궁리하던 여성지 편집부에서는 우리가 친구라는 낡은 정보를 떠올린 모양이었다. 동료인 구로키 씨는 사이카와 소속사에 잘 좀 말을 전해달라며 부탁을 해왔다. 어려울 것 같으면 거절해도 된다고 운을 띄워봤는데 사이카가 흔쾌히 승낙했다. 인터뷰 세팅도 내 담당이 되어 먼저 하바 씨에게 연락했다.

"철야 촬영해서 힘들어죽겠어. 촬영 시간이 계속 늘어나서 스튜디오에서 밤샜단 말이야. 한동안은 일 안 하고 쉬고 싶어."

"그러지 말고 부탁 좀 드릴게요. 지난번 술자리에서는 올해 공격적으로 작업할 거라고 했잖아요. 작심삼일이었어요?"

"얘 좀 봐. 나 속옷도 안 입고 일하는 정도라고. 갈아입을 옷도 없고, 빨아 입을 시간도 없어서 바지만 입고 일한단 말이야."

"쇼다 사이카 씨 인터뷰예요. 복귀 후 첫 인터뷰라 다들 주목할 거라고요. 제 친구니까 하바 씨 실력으로 멋지게 찍어주세요."

"그걸 왜 이제 말해. 쇼다 사이카라면 당연히 해야지. 복귀했어?

아프다고 했던 것 같은데?"

"다 나았어요. 기획서 보낼 테니까 검토해주세요. 그리고 속옷은 편의점에서라도 사서 입으세요. 배 차게 하고 다니면 안 돼요."

고노 씨도 흔쾌히 메이크업을 맡아주겠다고 했다. 다른 섭외도 착착 완료해 인터뷰 세팅을 마쳤다.

인터뷰 장소는 회사로 정해졌고, 나도 동석하기로 했다. 사이카가 매니저를 포함해 스태프 여러 명을 대동하고 와, 다른 편집자들과 함께 정중히 맞이했다. 처음 본 사이카의 새 매니저는 다케다 씨라는 사람이었는데, 요네하라 씨와 달리 약간 무서운 인상을 한 근육질 남성이었다.

포지션이 제대로 파악되지 않아 어떤 태도로 사이카를 대해야 할지 혼란스러웠다. 우왕좌왕하려는 걸 꾹 억누르고 사무적이지만 오래된 지인을 만날 때의 허물없는 태도를 마음에 새겼다. 이어 회의실로 들어온 사이카에게 "와줘서 고마워"라고 말을 걸었다. 그는 미소를 지으며 내 팔을 툭 쳤다.

인터뷰 주제는 '난치병을 극복한 과정'이었다. 인터뷰어의 질문에 사이카는 극심한 통증으로 거동하지 못하게 된 경위부터 통원 치료를 받으며 복귀할 때까지의 과정을 솔직하게 이야기했다.

"원인을 알 수 없는 통증으로 연예계 은퇴까지 생각하셨는데 상당히 불안하셨을 것 같아요. 그런 힘든 상황에서 가장 마음의 위안이 되어준 건 무엇인가요?"

"애인의 존재였어요. 병에 걸리기 전에는 일적으로는 무척 충실했는데 거기에 모든 정열을 쏟아서인지 개인적으로는 무척 외로웠거든요. 그때 예전에 안 좋게 헤어진 옛날 애인이 찾아와서 혼자 씻지도 못하는 상태였던 저를 돌봐줬어요."

온몸에서 피가 빠져나가는 것 같은 느낌이었다. 표정에 드러나지 않도록 애를 썼지만 테이블 아래 숨긴 손에는 땀이 배었다. 입고 있는 회색 슈트의 무릎에 땀자국이 생길까 걱정이 돼 슬쩍 무릎에서 손을 뗐다. 다케다 매니저 역시 긴장한 표정으로 사이카를 바라보고 있었다.

무슨 소리를 하려는 거지. 설마 밝히려는 건 아니겠지. 덜컥 겁이 났지만 한편으로는 공식적인 자리에서 나를 향한 애정을 공표하는 사이카를 상상하니, 한없이 기쁘기도 했다. 지금 여기서 '제가 사이카의 애인이에요'라고 당당하게 말할 수 있다면 얼마나 행복할까. 사이카가 이렇게 재기할 수 있게 곁에서 도운 사람이 나라는 걸 모두가 알아준다면 얼마나 자랑스러울까. 고개를 숙였지만 번지는 웃음을 주체할 수 없었다. 역시 사이카의 생각이 옳았다. 정식으로 우리 관계를 밝히고, 주변의 반응까지 모두 받아들인 뒤 당당하게 앞으로 나아가야 한다.

그 애인이 누구냐는 질문을 받은 사이카가 말없이 나를 가리키는 장면이 머릿속에 떠올라 기대와 공포가 거세게 소용돌이쳤다.

"저에게는 정말 소중한, 둘도 없는 남자예요. 평생 감사의 마음을 전하고 싶어요."

온몸에서 힘이 빠져나갔다. 눈을 깜빡이는 것도 잊을 만큼 얼이 빠졌다.

"죄송하지만 방금 한 얘기는 기사에서 빼주셨으면 합니다. 사생활에 대한 언급은 하지 않는 쪽으로 부탁드립니다."

다케다 씨가 손가락으로 X표를 하며 단호한 어조로 못을 박자 구로키 씨가 황급히 고개를 끄덕였다.

"물론입니다. 처음에 약속드린 대로 이 부분은 언급하지 않겠습니다. 나중에 원고 보내드릴 테니 다시 확인해보시면 됩니다."

"기사로 못 나갈 얘길 해서 죄송해요. 복귀해서 다시 작품 속 등장인물로 살고 싶었다 정도로 답을 바꿔도 될까요? 그것도 사실이거든요."

인터뷰가 끝나고 옷을 갈아입기 위해 매니저와 함께 나가는 사이카를 배웅했다.

"방이 더웠지? 드라이어 있는데 빌려줄까?"

다가온 고노 씨가 나지막이 물었다.

"네?"

"등에 그거 땀 아냐?"

구석에 있는 전신거울로 뒷모습을 확인하자 회색 재킷에 땀이 세계지도처럼 번져 있었다.

"아, 창피하네요. 덥다고 생각하긴 했는데 이렇게까지 땀이 났을 줄은 몰랐어요."

"온도를 너무 올려놓은 것 같아. 나도 더웠는데 사이카 씨가 촬영 때문에 얇게 입었으니 어쩔 수 없었어."

"아뇨, 제가 더위에 약한가봐요. 금방 마를 것 같으니 그냥 갈게요."

하지만 땀은 쉽게 마르지 않았다. 사이카 일행과 식사 자리로 이동하기 위해 회사 밖으로 나왔을 때는 축축한 셔츠가 등에 달라붙어 조금 추웠다.

식사 자리에는 과거 편집장이었던 부장님도 동석했다. 그는 사이카에게 "오랜만입니다" 하고 인사를 건넸다.

"벌써 몇 년 전 일이지만, 이 두 분과 어느 행사에서 만났던 적이 있습니다. 두 분 계신 모습이 여전히 무시무시하네요. 옛날 그 카리스마 그대로예요."

"무섭다니요, 아리따운 여성분들을 보고."

부장님의 말에 고노 씨가 그렇게 대꾸하자 그는 당황해 고개를 저었다.

"아니, 분위기가 그렇다는 말이야. 나 같은 사람이 앞에 나서면 바로 쫓아버릴 것 같지 않아?"

"예전에 부장님이 저희한테 도베르만 두 마리 같다고 하신 거 아세요?"

내 말에 다들 웃음을 터뜨렸다. 공감한다는 듯한 웃음소리를 듣고 다들 그런 생각을 하고 있었다는 게 느껴져 머쓱했다.

"그게 언제 일이었습니까?"

"언제였더라, 내가 편집장이었을 때니까 팔구 년 전인가?"

"그렇게 오래된 친구 사이시군요."

고노 씨의 말에 사이카가 웃으며 답했다.

"네, 아이하고는 벌써 구 년 전부터 친하게 지내고 있어요. 그때는 아이가 아직 업계에 들어오기 전이라 일이 아닌 공통 지인을 통해 만났어요. 당시에는 이렇게 같이 일할 날이 올 줄은 꿈에도 몰랐죠."

사이카의 시선에 나도 맞장구를 쳤다.

"오늘은 회사라고 이렇게 얌전한 것 같은데 평소에는 저한테 얼마나 잔소리를 하는데요. 오늘 인터뷰 전에도 지면 많이 빼놨으니까 성실하게, 열심히 대답해야 한다고 얼마나 강조하던지요."

"뭔지 압니다. 저랑 고노하고도 사석에서 자주 모이는데 그때도 제일 어린 난리가 연장자 행세를 한다니까요."

하바 씨의 말에 다시 모두가 웃음을 터뜨렸고, 나도 그제야 제 역할을 떠올리고 억지웃음을 지었다.

"사이카하고 하루이틀 알고 지낸 게 아니라서요, 미리 신신당부를 해놓으면 더 의욕적으로 임하거든요."

"같이 계신 것만 봐도 두 분이 얼마나 친한 사이인지 알겠어요. 오래된 친구는 귀한 존재죠."

"네, 제가 활동을 쉬던 기간에도 물심양면으로 도와줬고, 좋은 말도 많이 해줘서 참 힘이 됐어요. 앞으로도 오래 인연을 이어가고 싶은 고마운 친구예요."

그의 말에 미소를 지었지만 먹는 내내 자꾸만 고개가 수그러드는 건 어찌할 수 없었다.

식사가 끝나고 호텔 로비에서 헤어진 뒤, 지하철을 타는 척 나갔다가 다시 호텔로 돌아왔다. 호텔 구석에서 만난 우리는 집에 가기 전 다른 층의 바에 들렀다. 사이카가 예약한 안쪽 구석의 소파석은 외부와 완전히 차단된 건 아니었지만 얇은 커튼을 쳐놓았고, 주변에 다른 손님도 없는 데다 조명도 어두워서 편히 있을 수 있었다. 사이카는 늘 마시는 스푸모니를, 나는 솔티 도그를 주문했다. 곧 잔 테두리에 성에처럼 소금을 얇게 두른 칵테일이 나왔다.

한숨 돌린 뒤 사이카는 내 머리카락을 만지작거리기 시작했다. 아까의 분위기에서 아직 벗어나지 못한 나는 별거 아닌 사이카의 행동에 어찌할 바를 몰라 하며 오늘 같이 일했던 사람들이 주변에 있는 건 아닌지 커튼을 살짝 들춰 바깥을 살폈다. 다행히 아무도 없었다.

"대답 잘했지? 다른 인터뷰에서도 그런 식으로 대답하려고."

"거짓말하는 거 싫다면서."

목소리가 자연스레 낮아지며 조심스러워졌다. 종일 쌓인 피로와 상관없이 기분이 축 처져 있었다.

"무서웠어." 사이카가 중얼거렸다. "아이를 다시 못 만나게 될까 봐 무서웠어."

나는 말없이 고개를 끄덕였다. 내 표정을 본 사이카의 표정이 순식간에 환해졌다.

"싫었지만 막상 말하고 보니 이상한 고집 같은 게 사라지더라고. 속이 후련해. 우리를 지키기 위한 거짓말이라고 생각하니 받아들일 수 있겠더라. 친한 친구로 보인다는 말을 들었을 땐 순수하게 기쁘기도 했어."

친구라는 말이 얼마나 좋은 건지 사이카가 알아줬으면 했는데, 이제야 그 소원이 이루어졌다. 그런데도 감정은 일단 새어 나오기 시작하자 끝없이 계속 흘러넘쳤다. 오열만은 하지 않으려 이를 악물고 버텼다. 사이카가 내 어깨를 안으며 머리를 쓰다듬었다.

"아이, 결혼하자."

그 말이 몸 한가운데의 깊은 곳까지 떨어져 바닥에 부딪친 순간, 더없이 절절한 음색이 메아리쳤다. 마음 안쪽이 벗겨지듯 눈물이 흘렀다. 더할 나위 없는 말인데 어째서인지 세상에서 가장 애절한 기분이 들었다. 사이카가 다시 온화한 미소를 지으며 살짝 눈물 어린 눈동자로 나를 바라보았다.

"우리에게 결혼이란 뭘까?"

"맹세. 평생 함께하며 사랑하겠다고 하느님 앞에서 선언하는 것."

그 말을 곱씹고 있는데 사이카가 손을 잡고 깍지를 꼈다. 그리고 다른 쪽 손으로 가방에서 하얀 상자를 꺼냈다.

자세히 보지 않아도 무엇인지 알 것 같은 그 새하얀 상자에 나도 모르게 웃음을 터뜨렸다. 동시에 꾹꾹 누르고 있던 기쁨이 가슴속에서 활짝 피어났다. 옆에서 웃음 짓는 사랑하는 사람의 얼굴을 마주 보며 함께 웃었다.

상자를 열자 안에는 심플한 은반지 두 개가 빛나고 있었다. 예상치 못한 전개에 상자를 닫았다.

"약혼반지가 아니라 진짜 결혼반지잖아."

"응, 약혼반지가 필요하면 아이가 원하는 디자인으로 주문 제작해주는 곳에 맞추러 가자."

"아냐, 난 결혼반지 있으면 다른 건 필요 없어. 그런데 결혼했다는 말도 안 한 삼십 대 여자가 갑자기 왼손에 반지 끼고 나타나면 회사 사람들이 수군거릴 것 같은데."

"회사에는 안 끼고 가도 돼."

"싫어, 한시도 안 빼고 끼고 다닐 거야."

지극히 평범한 은제 결혼반지. 반지를 낀 우리의 손가락을 보고 결혼했느냐고 묻는 사람도 있겠지. 우리는 '결혼하지 않았다'라고 대답할 수밖에 없다. 물어본 사람은 우리를 이상한 눈으로 볼지도 모른다. 하지만 손톱만큼도 슬프지 않다. 사이카와 계속 함께 있기 위해서라면 어떤 거짓말이든 할 수 있으니까.

한 번 더 상자를 살짝 열었다 틈새로 보이는 반지의 모습에 가슴이 벅차올라 도로 닫았다. 그러다 다시 열어 또 반지를 들여다봤다.

"저기, 답을 아직 못 들었는데."

사이카가 한쪽 눈썹을 살짝 치켜뜨며 다정하게 채근하듯 내 얼굴을 들여다봤다.

"어?"

"나 지금 정식으로 프러포즈한 건데 대답 안 해줄 거야?"

사이카를 마주 보며 그의 뺨에 손을 얹었다.

"내 프러포즈도 들어줘. 나랑 결혼해줘, 사이카."

천천히 웃음이 번지는 얼굴이 다가와 무의식적으로 눈을 감을 뻔했지만 지금 어디 있는지 떠올리고 살며시 고개를 돌렸다. 내 뜻을 금방 파악한 사이카가 잠깐 쓸쓸한 미소를 짓더니 속삭이듯 말했다.

"앞으로 아이의 시간을 전부 나랑 보내겠다고 약속해줘. 죽을 때까지 평생 곁에 있어줘."

정식으로 결혼할 수는 없어도 뭔가 할 수 있는 일이 없을까 알아보던 우리는 혼인계약공정증서라는 게 있다는 사실을 알고 곧바로 수속을 진행했다. 사이카나 나나 서류 수속에 서툴러서 과정이 순탄치만은 않았지만 공증 사무소를 찾아 무사히 공증인과 계약서를 작성했다.

구청에도 서약서를 제출할 수 있다고 해서 구청에도 갔다. 사생활이 보장되는 환경에서 서약서 사본과 수령증을 받아서 나왔다. 선글라스와 모자를 벗은 사이카가 혼잣말하듯 중얼거렸다.

"사람들이 왜 결혼식을 올리는지 알겠어. 서류만 주고받아서는 실감이 안 나네."

"결혼식 안 올리는 커플도 많잖아."

"그건 그런데, 우리는 양가에 인사를 드리거나 친구들한테 결혼한다고 말한 적이 없어서 더 실감 안 나는 것 같아. 차별 없이 결혼할 수 있는 나라도 있는데. 아이는 그런 생각 안 들어?"

"왜 아니겠어. 하지만 지금 여기서 태어났기 때문에 사이카를 만날 수 있었잖아. 나랑 제일 잘 맞는 사람을 만난 것도 행운인데 서로 마음이 통하기까지 했으니 복 받은 인생이라 생각해. 난 정말 운이 좋은 사람이야!"

어떤 상황이든 결국에는 서로 격려하며 앞으로 나아가는 수밖에 없다. 상대의 마음에 불을 지피면, 행복한 미소를 보면, 함께 따뜻해진다.

“그럼 둘이라서라도 식 올리지 않을래? 신 앞에서 사랑을 맹세하고 싶어.”

사이카의 제안에 바로 고개를 끄덕였다.

“좋지. 교회? 아니면 신사?”

“그런 것도 좋지만 굳이 따지자면 틀에 얽매이지 않는 단순한 신이 좋겠어. 자연의 신은 어때?”

“자연의 신?”

“죽으면 우리 영혼을 맞이해줄 바람 신에게 맹세하고 싶어. 지금까지 우리 곁을 떠난 가족들이 모두 바람 신의 품에 안겨서 자유롭게 하늘을 달리고 있을 테니까. ‘우리를 이 세상에 낳아준 덕에 이렇게 사랑하는 사람을 만났습니다. 죽은 뒤에도 부디 우리를 갈라놓지 않기를 부탁드립니다’라고 말하자.”

“그럼 신혼여행 겸 해외로 나갈까? 이번에는 스케일을 더 키워서 나이아가라 폭포나 오스트레일리아 울룰루에서 사랑을 맹세하면 어때?”

“아니, 난 일본에서 하고 싶어. 우리가 함께 살아갈 곳에서.”

“좋아. 그렇게 하자.”

사랑하는 마음은 시간이 흘러 하나가 되었다.

과거의 네 모습에 지금의 너를 덧칠한다.

새로운 빛깔 아래의 옛 윤곽은 시간이 흘러도 사라지지 않으리라.

이 세상 모든 것이 변하더라도, 거센 바람이 휘몰아쳐도,

우리 영혼은 이대로, 있는 그대로, 이 빛깔로 살아가자.

*

결혼 이야기를 하고 난 며칠 뒤 주말, 우리는 간논자키 근처의 호텔에 있었다.

호텔 스파는 상상했던 것보다 훨씬 좋았다. 우리는 바다가 보이는 파노라마 노천탕에 들어갔다 산뜻한 향이 나는 스팀 사우나와 암반욕을 즐겼다.

방으로 돌아와 창가 의자에 앉아 사이카와 함께 열을 식히고 있는데, 다쿠마의 결혼식 날 소우와 셋이서 만든 단체 채팅 알림이 울렸다. 사이카의 연예계 복귀 소식을 축하하는 두 사람의 메시지가 도착했다.

"이런 메시지가 왔어. 둘 다 사이카가 건강 회복한 걸 축하한대. 지금 사진 찍어서 보내도 돼?"

"당연하지!"

흔쾌히 승낙한 사이카와 함께 브이자를 그리며 사진을 찍은 뒤에 '이제 다 나은 것 같지? 고마워'라는 메시지와 함께 보냈다. 곧바로 반응이 돌아왔다. 다쿠마는 '같이 있었구나! 웃는 얼굴이 보기 좋아. 연예계 복귀 축하해 사이카'라고, 소우는 '다시 만나기로 한 거야? 축하해. 건강해 보여서 다행이야. 두 사람 다 건강 조심해'라고 답을 보내왔다.

"우리를 축복해주는 사람이 있네."

답장을 읽은 사이카가 반색하며 중얼거렸다.

"그러게. 생각지도 못한 곳에 있었네."

원래 계획은 새벽 4시 반에 출발하는 것이었지만 일어나 보니 그 시간이라 아침까지 먹고 결국 5시 반에야 출발할 수 있었다.

사방으로 펼쳐진 바다와 파도 소리가 아침을 정화하고 있었다. 해변가의 보드 워크를 따라 간논자키 공원 입구에 도착하자 푸른 산울타리 가득히 핀 수국이 보였다. 하늘색과 남색, 연보라색에 붉은색……. 빛깔별로 모인 수국이 해변 바로 옆 암벽을 화려하게 물들이고 있었다. 어젯밤 내린 비로 물기를 머금은 수국은 한결 화사한 빛을 내뿜었다. 따로 돌보는 사람이 있는지, 아니면 야생의 힘만으로 자란 건지 분간이 가지 않을 정도로 자유로우면서도 청초했다. 옅은 분홍색부터 노란색에서 하얀색으로 이어지는 그러데이션 수국을 보니 예전에 함께 불었던 비눗방울이 떠올랐다. 하늘색부터 연보라색까지 섬세한 빛깔이 한가득 펼쳐진, 왠지 덧없는 느낌마저 감도는 장마철 꽃에 눈이 시렸다. 산책을 하던 자그마한 체구의 할머니가 멈춰 서서 산울타리를 한동안 바라보다 떠났다.

수국 뒤로는 푸르른 산이 우뚝 솟아 있었고, 그 앞 평지에는 일찌감치 나온 가족들이 텐트를 치고 물놀이 준비를 하고 있었다. 바비큐 도구를 나르는 한 무리의 남자들도 보였다. 그들을 지나 수국 산울타리를 빠져나온 우리는 산길로 들어섰다.

완만한 언덕길 왼편엔 나무를 밝히며 푸르게 빛나는 도쿄 만이 펼쳐져 있었다. 사이카와 손을 잡고 끝없이 이어진 산길을 빠른 걸음으로 올라가다 보니 숨이 차고 땀이 났다. 십 분쯤 지나자 오른편에 자리한 물이 말라버린 폭포 뒤로 빛이 들지 않는 그늘진 동굴 입구가 나타났다. 곤겐도였다. 우리는 그 공간에 빨려들듯, 길을 벗어나 앞에 있는 난간에 기대어 뻥 뚫린 동굴을 바라봤다.

곤겐도는 날카로운 지층 사이에 이질적으로 자리한 동굴로 입구에는 돌로 만든 작은 사당이 세워져 있었다. 안내판에는 동굴의 유래가 적혀 있었는데, 과거 이 동굴에 살던 큰 뱀이 사람들을 괴롭히자 수행중이던 교키 보살이 퇴치했다는 설명이었다. 지금은 출입이 금지되어 있지만 자유롭게 드나들 수 있었던 과거에는 이곳에 숨어 비바람을 피하던 사람이 있었을지 모른다. 동굴 안쪽을 가만히 보고 있으면 보통은 무섭지만 이곳은 그런 섬뜩한 느낌 대신 서늘한 바람이 지나는 신성한 분위기가 감돌았다.

곤겐도를 지나 조금 걸어가니 길 끝에 널찍한 공간이 보였다. 길이 끊겨 목적지에 도착한 줄 알았는데 안내판을 보니 더 좁고 험한 산길을 따라 올라가야 한다고 했다.

사이카는 구불구불한 계단을 앞장서 올라갔다. 오렌지 같은 둥근 물체를 떨어뜨리면 그대로 굴러갈 정도로 경사가 가팔랐다. 정신없이 오르는 참에 위에서 등산복 차림의 노부부가 내려오는 걸 보고 옆으로 비켜 길을 양보했다. 노부부는 우리에게 고개를 꾸벅하고 마저 내려갔다.

길 양옆에 난 우거진 나무와 양치류 식물이 축축한 습기를 뿜어내고 있었다. 나무가 토해낸 산소를 우리가 고스란히 빨아들이는 듯한, 음이온이 가득한 공간이었다. 뒷통수 중간쯤에서 포니테일로 묶은 머리카락이 걸음을 내디딜 때마다 좌우로 흔들리는 모습을 바라보며 걷고 있는데 사이카가 돌아보며 웃었다.

“잘 따라오고 있어? 너무 조용해서 중간에 낙오한 줄 알았네.”

미소로 답했지만 말할 기운이 없었다. 수국이 흐드러지게 핀 출발지점부터 약 이십 분을 걷는 동안 곤겐도 앞에서 잠깐 숨을 돌린 걸 빼고는 줄곧 빠른 걸음으로 산길을 올라왔기 때문이다.

드디어 산길의 끝이 보였다. 매표소에서 표를 산 뒤 태양빛조차 새하얗게 반사하는 하얀 간논자키 등대를 올려다봤다.

“와, 이게 얼마 만이야! 어릴 적에 봤을 때도 이런 느낌이었어. 등대 자체는 별로 높지 않지만 산꼭대기에 있어서 막상 올라와보면 무척 높은 곳에 있는 것 같은 기분이야.”

가족 여행 경험은 손에 꼽을 정도라는 사이카가 어릴 적 찾았던 추억의 장소였다. 일본 최초의 서양식 등대가 하늘을 향해 쭉 뻗은 모습은 마치 꼭지에 장식이 달린 거대한 양초처럼 보였다. 절벽에서 조금 들어간 산속에서 밤바다를 비추는 등대. 어젯밤 묵었던 호텔 창문에서도 천천히 주변을 비추는 등대의 불빛이 잘 보였다.

안으로 들어가자마자 전속력으로 나선계단을 올라갔다. 산길을 올라올 때 아래에서 단체관광객의 떠들썩한 목소리가 들렸었다. 외길이니 그들의 목적지 역시 이 등대일 것이다. 우리에게는 사람들이 올라오기 전에 마쳐야 할 일이 있었다.

빛이 차단된 등대 내부는 서늘했지만 고여 있는 공기에서 살짝 곰팡내가 났다. 발밑은 어둡고 계단은 구불구불해서 전속력으로 뛰어오르기에는 적합하지 않은 공간이었다. 그래도 우리는 서두를 수밖에 없었다.

앞에 있는 사이카의 걸음이 약간 느려진 걸 느끼고 엉덩이를 힘껏 밀었다. 사이카는 숨을 헐떡이면서 "밀지 마!" 하고 내 손을 뿌리치며 웃었다. 비좁은 등대 내부에서 메아리친 사이카의 목소리가 귓가에 기분 좋게 울려 퍼졌다.

계단을 전부 다 올라오자 둘 다 숨이 턱까지 차올라 제대로 말도 나오지 않았다. 노력한 보람이 있는지 단체관광객을 따돌릴 수 있었다.

아래에 있을 때보다 한결 가까워진 하늘에는 구름 한 점 없었다. 맑게 갠 푸른 하늘을 올려다보자 가슴이 뻥 뚫리는 것처럼 상쾌한 한편 동시에 가슴이 저릿해지는 건 어째서일까. 투명한 저 푸른빛이 나를 아득한 어딘가로 데려갈 것만 같았다. 이마를 타고 흘러내린 땀방울이 눈에 들어가 숲 너머로 펼쳐진 아침 햇살 머금은 바다 풍경이 번져 보였다. 손으로 땀을 닦으며 등대를 둘러싼 하얀 난간에 기댔다.

뾰족한 못 같은 것으로 이름과 하트를 새겨 넣은 낙서와 커플 우산 같은 것을 걸어둔 흔적이 난간을 빼곡히 채우고 있었다. 결국 우리도 이들과 같은 일을 하고픈 것이다. 뭐든 상관없으니 우리 사랑의 증거를 새겨서 보이지 않는 것을 보이게 하는 것. 그런 덧없는 행위를 필사적으로 반복하며 영원을 손을 넣으려는 것이다. 언제까지나 철없고 서투른 방법으로 사랑을 드러내려는 우리 인간의 삶. 분명 일만 년이 흘러도 이 부분만큼은 나아지지 않으리라.

두 손을 확성기처럼 모아 바람을 향해 외쳤다.

"바람 신이시여! 당신 앞에서 우리 사랑을 맹세합니다! 난리 아이는 쇼다 사이카를 아내로 맞이해 평생 사랑하며 살겠습니다."

옆에 있는 사이카가 숨을 들이마시더니 나보다 훨씬 큰 소리로 외쳤다.

"신이시여! 들어주세요! 쇼다 사이카는 난리 아이를 아내로 맞이하여 평생 사랑하며 살 것을 맹세합니다!"

우리의 맹세는 금세 바람에 안겨 사라졌다. 사이카가 꺼낸 상자

속 나란히 자리한 반지를 서로의 손가락에 끼워주고 손을 꼭 잡았다. 그리고 눈을 감고 입맞춤을 했다. 우리를 지켜보는 바람이, 하늘이, 바다가, 영원한 사랑의 증인이 되었다.

生　の　み　生　の　ま　ま　で

처음부터 내내 좋아했어

처음부터 내내 좋아했어 블랙&화이트 098

1판 1쇄 인쇄 2022년 3월 28일 **1판 1쇄 발행** 2022년 4월 22일
지은이 와타야 리사 **옮긴이** 최고은
펴낸이 고세규
편집 류효정 장선정 **디자인** 이경희
마케팅 이헌영 **홍보** 이혜진

발행처 김영사
주소 경기도 파주시 문발로 197(문발동) 우편번호10881
등록 1979년 5월 17일(제406-2003-036호)
주문 및 문의 전화 031)955-3200 **팩스** 031)955-3111
편집부 전화 02)3668-3276 **팩스** 02)745-4827 **전자우편** literature@gimmyoung.com
비채 카페 cafe.naver.com/vichebooks **인스타그램** @drviche **카카오톡** @비채책
트위터 @vichebook **페이스북** www.facebook.com/vichebook
ISBN 978-89-349-4901-5 03830 책값은 뒤표지에 있습니다.

비채는 김영사의 문학 브랜드입니다.

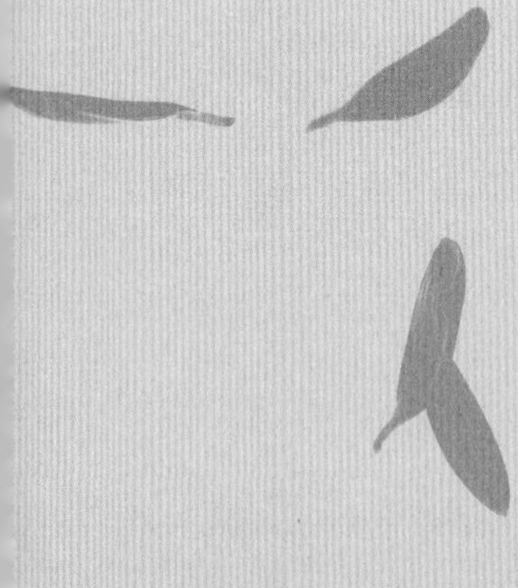